Emily Freud

HER LAST SUMMER

Eine verschwundene Frau.
Eine Reise ohne Wiederkehr.

Thriller

Aus dem Englischen von
Sonja Rebernik-Heidegger

PIPER

Mehr über unsere Autorinnen, Autoren und Bücher:
www.piper.de

Wenn Ihnen dieser Thriller gefallen hat, schreiben Sie uns unter Nennung des Titels »Her Last Summer« an *empfehlungen@piper.de,* und wir empfehlen Ihnen gerne vergleichbare Bücher.

Deutsche Erstausgabe
ISBN 978-3-492-32142-6
Juni 2025

Titel der englischen Originalausgabe:
»Her Last Summer«, Quercus, London 2024

Für direkten Kontakt und Fragen zum Produkt
wenden Sie sich bitte an: *info@piper.de*
Redaktion: Isabelle Toppe
Satz auf Grundlage eines CSS-Layouts von
digital publishing competence (München) mit abavo vlow (Buchloe)
Druck und Bindung: CPI books GmbH, Leck
Printed in the EU

Für Lola

Wenn man sich mitten in einer Geschichte befindet, ist es keine Geschichte, sondern nur eine große Verwirrung; ein dunkles Brüllen, eine Blindheit, ein Durcheinander aus zerbrochenem Glas und zersplittertem Holz, wie ein Haus in einem Wirbelsturm oder wie ein Schiff, das von Eisbergen zerdrückt oder von Stromschnellen mitgerissen wird, und alle an Bord sind machtlos, etwas dagegen zu tun.

Margaret Atwood, *alias Grace*

Schweiß rinnt über ihr von der Sonne verbranntes Gesicht. Ein schnatternder Affe springt direkt vor ihr über den nicht vorhandenen Pfad. Dicke Lianen hängen von oben herab. Angst hallt wie dumpfes Donnergrollen durch ihren Körper. Dieser Albtraum muss ein Ende haben, ermahnt sie sich, während sie sich im Kreis dreht. Warum sind sie hierhergekommen? Es war albern und unverantwortlich. Dieser Ort wird sie verschlingen. Die Sonne. Die wilden Tiere, die überall lauern. Oder *er*. Die Wildschweine und die Gibbons mit den weißen Händen werden sich glücklich grunzend und schnatternd über ihre Knochen und ihr Fleisch hermachen. Rotes Blut, das von den behaarten Unterkiefern tropft. Eine blutige Hand, die einem Jungtier einen Bissen entgegenstreckt. Jemand hat ihr einmal von den malaiischen Sonnenbären erzählt. Der Name klang so freundlich. Aber jetzt, schutzlos und in stinkenden Klamotten, fürchtet sie, dass glänzende Knopfaugen sie aus dem dichten Unterholz heraus beobachten. Werden ihre letzten Momente von der schrecklichen Gewissheit kurz vor einem Angriff geprägt sein?

MARIGOLD CASTLES FREUND LEBT!

Britischer Jugendlicher nach Monaten aus dem schlangenverseuchten thailändischen Dschungel gerettet

9. Oktober 2002, Britische Rundschau

Einer der beiden Teenager, die sich vor mehr als zwei Monaten in Chiang Mai von ihrer geführten Reisegruppe getrennt hatten und seither als vermisst galten, wurde von einem einheimischen Fischer entdeckt. Der bewusstlose, stark dehydrierte und mangelernährte Luke Speed (18) wurde ins Krankenhaus gebracht, wo er zu gegebener Zeit befragt werden soll. Seine Freundin, Marigold Castle, bleibt weiter unauffindbar. Die Polizei wird zeitnah eine Stellungnahme abgeben. Die Teenager konnten selbst im Zuge der größten Suchaktion, die diese Region je erlebt hat, nicht aufgespürt werden, und nach sechs Wochen wurden die Bemühungen größtenteils eingestellt. Bisher galt es als unwahrscheinlich, dass die beiden alleine im Dschungel überleben konnten. Der tropische Regenwald des Khao-Soon-Nationalparks ist älter als der Amazonas und erstreckt sich über fünfhundert Quadratkilometer. Tiefe Täler, Seen, hohe Kalksteinberge und Höhlen beheimaten ein florierendes Ökosystem, dem auch Schlangen, Wildschweine, Echsen, Affen und Bären angehören. Unsere Redaktion hat Luke Speeds Familie um ein Statement gebeten. Marigold Castles Eltern bitten um Wahrung ihrer Privatsphäre.

TRUE CRIME

Kapitel 1

Lichter flammen auf, und meine Finger umklammern das Mikrofon. Ich blinzle, dann schenke ich den Gesichtern, die hinter den tanzenden Staubkörnchen kaum zu sehen sind, ein Lächeln. Das Auditorium ist voll bis auf den letzten Platz. Was ich allerdings nur weiß, weil es mir eine aufmunternde Stimme über die Schulter hinweg ins Ohr flüstert, während ich darauf warte, das Wort zu ergreifen. Ich werde rot, als die Frau zu meiner Rechten zu einer ziemlich dick aufgetragenen, reichlich ausgeschmückten Lobrede ansetzt. Sie führt sämtliche Auszeichnungen meiner kurzen, aber ansehnlichen Karriere als Filmemacherin an, und ich frage mich unwillkürlich, ob ich die Erwartungen der verzückten Zuschauerinnen und Zuschauer erfülle. Normalerweise bin ich diejenige, die in den Unterlagen mit den wohldurchdachten Fragen blättert, die auf ihrem Schoß liegen.

»Ms Chambers, es ist uns eine Ehre, Sie heute hier begrüßen zu dürfen. Wirklich. Eine große Ehre.«

Ich ziehe das Mikrofon näher heran. »Ich freue mich, hier zu sein.« Die Rückkoppelung hallt durch das Auditorium, und ich schiebe den Ständer eilig ein paar Zentimeter nach hinten. Ich fühle mich töricht. »Danke für die Einladung.«

»Die Studentinnen und Studenten der London Film School haben Ihre Dokumentation *Missing* im letzten Semester als Seminarfilm analysiert. Es war ein sehr sensibles Thema, immerhin geht es um ein entführtes Mädchen und dessen traumatisierte Familie. Können Sie uns mehr darüber erzählen, wie Sie auf Ihre Geschichten stoßen und wie Sie an die Angehörigen der Opfer herantreten?«

Ich sammle mich, dann rücke ich das Mikrofon noch einmal im optimalen Abstand zurecht. »Wenn man es mit Verbrechen dieser Art zu tun hat, muss man immer die Befindlichkeiten der beteiligten Personen im Auge behalten. Sie haben sich nicht freiwillig dazu entschieden, zu Opfern zu werden – es ist ihnen einfach passiert. Ich würde keinen Film machen, an dem die Familien nicht teilhaben wollen oder mir vielleicht nicht einmal ihre Erlaubnis geben. Ihre Hoffnungen wurden im Laufe der Zeit bereits unzählige Male zunichtegemacht, und wir wollen ihren Schmerz auf keinen Fall noch schlimmer machen. Allerdings hilft es manchmal, die öffentliche Aufmerksamkeit auf derart grauenhafte Verbrechen zu lenken, um Frieden zu finden. Im Falle von *Missing* und Molly-Anns Eltern stießen wir am Ende auf die Leiche der Kleinen, und die beiden hatten endlich Gewissheit, was ihnen die Trauerarbeit erleichterte. Außerdem können Dokumentationen – wie in diesem Fall – dazu beitragen, gefährliche Kriminelle dingfest zu machen, und sie davon abhalten, noch weiteren Schmerz zu verursachen. Schmerz, den ein Gewaltverbrechen stets mit sich bringt. Wobei es unerlässlich ist, gleichzeitig auch das große Ganze zu betrachten und das System infrage zu stellen, von dem wir annehmen, dass es uns beschützt, wenn das Schlimmste über uns hereinbricht. Ich versuche also, eine persönliche Geschichte zu erzählen, aber gleichzeitig das Gesamtbild nicht aus den Augen zu verlieren. Ich beleuchte unser Rechtssystem und die Gesellschaft, in der wir leben. Ich will den Blick von innen und von außen. Von der Polizeistation genauso wie vom Küchentisch. Ich will da und dort nach der Wahrheit suchen, um irgendwann Antworten zu finden.«

Langsam stellt sich das Gefühl ein, ich hätte bereits zu viel gesagt, und ich verstumme. Ich könnte tagelang über diese Dinge reden.

Die Frau lächelt bekräftigend, und ich sehe, wie ihr Blick suchend über ihre vorbereiteten Fragen huscht. »Ihr Film *Missing*, der es – wie ich erwähnen muss – auf die Shortlist für den Grierson Award geschafft hat, wozu wir Ihnen herzlich gratulieren wollen ...«

Applaus brandet auf, und meine Gesprächspartnerin hält inne, um ihm Zeit und Raum zu geben. Ich halte ihrem Blick stand und widerstehe dem Drang, den Kopf zu senken, um dem Kompliment auszuweichen. »Danke«, sage ich, als das begeisterte Klatschen langsam verklingt.

»Der Film hat dazu geführt«, beginnt sie anschließend noch einmal von vorne, »dass neue Beweise ans Tageslicht kamen und der wahre Täter hinter Gitter wanderte. Wie fühlt es sich an, wenn man als Investigativjournalistin aktiv an einer solchen Entwicklung beteiligt ist?«

»Die Entstehung des Films zog sich über mehrere Jahre, aber mein Interesse wurde ursprünglich von einem Artikel über Molly-Anns Stiefvater geweckt. Er saß damals bereits seit zehn Jahren im Gefängnis und behauptete immer noch steif und fest, das Verbrechen nicht begangen zu haben. Die Indizien belasteten ihn schwer, aber man hatte nie eine Leiche gefunden. Zum Zeitpunkt des Artikels gab es zwar neue Hinweise, aber die Staatsanwaltschaft weigerte sich, den Fall noch einmal aufzurollen. Wir verbrachten mehrere Monate damit, uns in die Geschichte zu vertiefen, und entdeckten einige Spuren, denen nicht nachgegangen worden war und bei denen sich eine genauere Betrachtung unserer Meinung nach lohnte. Wir nahmen mit der Familie und mit dem Anwalt des Stiefvaters Kontakt auf und erhielten Zugang zu sämtlichen Unterlagen. Wir hatten damals noch keine Ahnung, dass uns unsere Nachforschungen auf die Spur von Max Barber führen würden, einem Bauarbeiter, der ein Jahr vor Molly-Anns Verschwinden auf dem Grundstück der Familie gearbeitet hatte.«

»Und der mittlerweile für den Mord an Molly-Ann verurteilt wurde«, bemerkt die Frau wissend.

»Wir traten in Kontakt mit Zeugen, die endlich bereit waren, ihre Version der Geschichte zu erzählen, was oft der Fall ist, wenn ein Geheimnis nach Jahren scheinbar an Gewicht verliert. Unsere Erkenntnisse führten schließlich dazu, dass die Polizei sich endlich bereit erklärte, den Fall neu aufzurollen.«

»Und wir wissen alle, was dann passiert ist …« Sie lehnt sich nach vorne. »Molly-Ann wurde gefunden.«

Mein Lächeln verblasst, als ich daran zurückdenke. »Ja, nun ja.« Ich senke den Blick auf meine Hände. Die Erinnerung an Molly-Anns weinende Mutter und den Schmerz in ihren Augen, als sie in die Kamera blickte, raubt mir den Atem. »Ja. Und da auch DNA-Proben sichergestellt werden konnten, gelang es, Max Barber als ihren Mörder zu überführen.«

»Was für ein unglaublicher Moment! Dank Ihnen ist ein Unschuldiger wieder frei, und ein Mörder wurde aus dem Verkehr gezogen. Wie fühlt sich das an?«

»Überwältigend, um ehrlich zu sein. Wir wollten im Prinzip einen Film darüber machen, dass es in diesem Land trotz engmaschiger, vielfältiger Kontrollen immer noch zu Justizirrtümern kommen kann. Es war eine unerwartete, aber sehr befriedigende Begleiterscheinung meiner Arbeit.«

»Und ich muss sagen, Sie erzählen die Geschichte unglaublich gut.« Zustimmendes Murmeln aus dem Publikum. »Ich habe als Zuschauerin schon lange kein so breites Spektrum an Emotionen mehr erlebt.«

»Wir hatten sehr viel Material, das wir verwenden konnten, und das war uns eine große Hilfe. Aufgezeichnete Telefonanrufe, psychiatrische Gutachten, polizeiliche Befragungen. Der Umstand, dass es in Großbritannien nicht erlaubt ist, in einem Gerichtssaal zu filmen, war eine Herausforderung, aber wir hatten Glück ...«

»Die plötzliche Wendung ...«

Ich nicke zustimmend und lächle schief. »Manchmal ist die Wahrheit unglaublicher als das, was man sich ausdenkt!«

Das Publikum lacht.

»Was löst in Ihnen den Wunsch aus, solche Geschichten zu erzählen? Sie wirken wie ein Hund mit seinem Knochen, sobald Sie einmal losgelegt haben.«

Ich zögere und lasse den Blick über die Studentinnen und Studenten schweifen. Gerade, als ich den Mund öffne, um zu antworten, erhebt sich eine Gestalt. Ich glaube, sie zu kennen, und mein Magen zieht sich zusammen. Erinnerungen steigen hoch und vertreiben sämtliche Gedanken. Ich schließe die Augen und dränge die Dunkelheit zurück. Als ich sie wieder öffne, wird mir klar, dass es bloß ein harmloser Student ist, der ein Foto machen möchte.

Ich umklammere das Mikrofon ein wenig fester. »Es ist mir einfach unglaublich wichtig, die Wahrheit ans Licht zu bringen. Und Geschichten zu erzählen.« Meine Gesprächspartnerin sieht mich an, als wüsste sie, dass da noch mehr ist. Aber ich spitze die Lippen, neige den Kopf und schenke ihr ein freundliches Lächeln, während ich geduldig auf die nächste Frage warte, und sie fährt mit ihrer Liste fort.

Kapitel 2

Ich mache mich auf den Rückweg ins Büro und springe mit einem großen Satz vom Bahnsteig in den Zug. Ich bin flott unterwegs wie immer. Meine Begleiter bitten mich oft, langsamer zu machen, weil sie nicht mithalten können. Das Interview hat mir einiges abverlangt, und es ist, als würden mich meine widerstreitenden Gefühle immer noch verfolgen und der Widerhall des Ungesagten in meine Ohren dringen. Ich weiß, dass es nur einen Weg gibt, dem Unwohlsein zu entkommen, und zwar Arbeit. Sobald ich angekommen bin, lasse ich mich auf meinen Stuhl fallen, mache den Laptop an und setze die Kopfhörer auf. Ich bin fest entschlossen, das geschäftige Treiben im Büro zu ignorieren und mich stattdessen auf das Treatment meines hoffentlich nächsten Films zu konzentrieren. Meine Schultern entspannen sich langsam, während ich mich in Anrufen, Gerichtsprotokollen, Body-Cam-Mitschnitten und Zeitungsartikeln verliere.

Ich bin völlig versunken, und als ich das nächste Mal aus dem Fenster blicke, senkt sich bereits der Abend über die Dächer von Soho. Ein Durcheinander aus Antennen und Schornsteinen ragt in den silbergrauen Himmel. Im Büro gehen Schreibtischlampen aus, und Taschen werden vom Boden gehoben, während die letzten eiligen Gespräche des Tages ein Ende finden. Ich sehe von meiner Insel aus zu und überlege, wohin die anderen jetzt wohl gehen und wer zu Hause auf sie wartet.

Ich höre, wie Cleo, meine Produktionsassistentin, aufsteht und sich streckt. Das Klicken, als der Verschluss ihrer Bauchtasche einrastet. Ich sehe ihre schlanke Silhouette im Augenwinkel, bevor sie die Stimme erhebt. »Cass?« Ich höre auf zu tippen, und meine Finger schweben über der Tastatur, als ich den Kopf drehe. »Ein paar von uns gehen noch auf einen Drink ins *Ship*, kommst du mit?«, fragt sie und lehnt sich an die Ecke meines Schreibtischs, während ich den Kopf schüttle. »Komm schon, das wird lustig. Es ist der perfekte Sommerabend, um sich mit einem Bier in der Hand auf dem Bürgersteig zu drängen. Das hast du dir verdient, Cass.«

Ich deute auf das geöffnete Dokument auf meinem Bildschirm. Langsam sieht es aus, als könnte daraus irgendwann ein Pitch entstehen. »Ich will das hier noch vor dem Meeting morgen früh an Raef schicken. Vielleicht gibt er uns das Go. Geht ihr nur und amüsiert euch.«

Sie wirft mir einen ihrer Blicke zu. »Cass, du arbeitest zu viel.« Als sie mein steifes, entschlossenes Lächeln sieht, lässt sie es gut sein. »Okay. Soll ich bleiben und helfen?«

Ich schüttle den Kopf. Sie hat bereits die Hand auf die Lehne ihres Drehsessels gelegt. Bereit, sich wieder darauf niederzulassen. »Nein, geh. Die Telefonanrufe, die du übernommen hast, waren eine große Hilfe. Mach dir einen schönen Abend.«

Sie nickt zufrieden. Sie ist genau, wie ich an diesem Punkt meiner Karriere war: hungrig, ambitioniert. Versessen auf jede Art von Lob. Sie setzt sich in Bewegung und ruft mir über die Schulter hinweg zu: »Aber mach nicht zu lange!« Ich beobachte, wie sie sich vor der Glastür mit dem schwarzen Gitterrahmen zu Mo gesellt, einem Produktionsredakteur, mit dem sie seit Kurzem viel Zeit verbringt. Sie grinsen sich an und beginnen eine Unterhaltung. Cleos helles, klingendes Lachen zaubert mir ein Lächeln aufs Gesicht. Ich freue mich für sie. In unserem Job machen wir viel zu viele Überstunden und sind oft wochenlang unterwegs. Außerdem wird erwartet, dass wir von einem Augenblick auf den anderen alles stehen und liegen lassen und im nächsten Moment in einem Zug sitzen. Es bleibt nicht genug Zeit fürs Privatleben, und ich habe es mittlerweile ganz aufgegeben. Immerhin habe ich meine Zwanziger mit der Suche nach einer guten Geschichte verschwendet. Aber war es wirklich eine Verschwendung? Ich bezweifle, dass ich mich ohne diesen Entschluss in meiner derzeitigen Position befinden würde – kaum dreißig und mit einer Nominierung für den Grierson Award in der Tasche. Ich bin nur ein paar Jahre älter als Cleo. Sie behandeln mich hier wie eine andere Spezies. Sie verstehen nicht, wie ich es geschafft habe. Als hätte ich irgendwo gemogelt. Dabei muss man bloß bereit sein, Dinge zu opfern. Man muss sich entscheiden. Und das habe ich getan.

Ein paar Stunden sind vergangen, und ich unterdrücke ein Gähnen. Mein gebeugter Rücken ist verspannt und schmerzt, ich strecke die Arme nach hinten, sodass sich die Hände berühren, und neige den Kopf von einer Seite zur anderen. Dann lehne ich mich wieder näher an den Bildschirm heran und überprüfe noch einmal die E-Mail. Alle wichtigen Informationen müssen sofort ersichtlich sein, denn Raef überfliegt seine Korrespondenz bloß, wenn er in Eile ist. Ich kaue nervös auf der Unterlippe, füge das Dokument an und schicke alles ab. Hoffentlich ist er zufrieden. Songbird Productions ist eine relativ junge

Produktionsgesellschaft, und obwohl Raef der Gründer und Besitzer ist, kümmert er sich immer noch persönlich um alle neuen Projekte.

Am Ende schließe ich erleichtert meinen Laptop und verstaue ihn in meiner Tasche.

»Hallo, wie geht's?«, frage ich die Reinigungskraft, die gerade die Mülleimer leert.

»Sie sind ja wirklich rund um die Uhr hier«, neckt sie mich. »Und immer alleine!«

Ich lache. »Meine Kollegen sind nun mal Faulpelze.«

Sie lächelt, aber ich glaube, einen Hauch Mitleid in ihren Augen zu sehen. Aus einem der Besprechungszimmer dringt das Brummen eines Staubsaugers. Ich bin gerne die Letzte, die das Büro verlässt. Es gibt mir das Gefühl, dass ich jede Minute des Tages produktiv genutzt habe. Als hätte ich das Letzte aus ihm herausgepresst.

Ich durchquere das Großraumbüro und überlege, was ich zu Abend essen werde. Mal wieder Take-away oder vielleicht eine Fertigsuppe? Ich muss noch Futter für Herzog, meine Katze, besorgen.

Das Telefon am Empfang klingelt, doch es ist niemand mehr da. Es schrillt laut durch das leere Foyer. Ich achte nicht weiter darauf und mache mich auf den Weg zu den Aufzügen. Das Klingeln verstummt, als ich am Empfang vorbeikomme, beginnt aber in der nächsten Sekunde von Neuem. Ich halte inne und starre auf das Telefon, dann wandert mein Blick zu den Aufzügen.

Schließlich kehre ich seufzend um, lehne mich über den Empfangstresen, strecke die Hand aus und greife nach dem Hörer. Ich arbeite seit seiner Gründung für dieses Unternehmen, und es ist, als gehörte es zum Teil auch mir. Als ich vor über zehn Jahren meinen ersten Job im Fernsehen bekam, jobbte ich am Empfang eines großen

Unternehmens, in dem Raef als Kreativdirektor tätig war. Ich arbeitete mich in der Hackordnung nach oben, wir wurden Freunde, und er nahm mich mit, als er seine eigene Firma gründete.

»Songbird Productions.« Ich greife nach einem der Blöcke mit dem Firmenlogo und nach einem Bleistift, um mir Notizen zu machen.

»Könnte ich bitte mit Cassidy Chambers sprechen?« Ich blinzle, als ich meinen Namen höre. Die Stimme des Mannes klingt kehlig. Er spricht genau im richtigen Tempo.

»Wer ist da?«, frage ich gespannt. Ich telefoniere häufig zu Recherchezwecken für die unterschiedlichsten Projekte, die ich gerade verfolge, und hoffe immer, den entscheidenden Durchbruch zu schaffen, um meinen nächsten Film in die Wege leiten zu können.

»Ich heiße Luke Speed. Ich ... ich ...« Er bricht ab und ist sich offenbar nicht sicher, wie er es erklären soll. Aber das muss er gar nicht.

»Ich weiß, wer Sie sind«, erkläre ich, und meine Stimmlage ist vor Überraschung um einiges höher als sonst.

»Sind Sie Cassidy?« Er klingt, als hätte er jahrelang nach mir gesucht.

»Ja, ich bin Cassidy.« Ich lasse meine Tasche zu Boden fallen und ziehe die Hörerschnur über den Tresen, damit ich herumtreten und mich auf den Schreibtischstuhl setzen kann. »Was kann ich für Sie tun, Luke?«

»Ich hatte gestern Abend endlich die Gelegenheit, mir Ihren Film *Missing* anzusehen. Er ... er hat einiges an die Oberfläche geholt.«

Ich durchstöbere mein geistiges Archiv der vermissten Personen, das ich mir angelegt habe. Ich habe mich auf der Suche nach einem neuen Projekt mit über hundert Fällen beschäftigt. Ich kenne Lukes Geschichte. Ich war in der fünften Klasse, als die beiden Teenager während einer Rucksacktour durch Thailand verschwanden. Ich weiß noch, wie sich meine Mum den Fernsehbericht durch einen Nebel aus Zigarettenrauch hindurch angesehen hat. Sie waren wochenlang auf sämtlichen Titelblättern. Es war einer der größten Vermisstenfälle der Nullerjahre, und er wurde nie aufgeklärt.

Die Geschichte steht auf der Liste der Projekte, die eine tiefere Recherche verdienen, aber ich wurde von etwas anderem abgelenkt und hatte bisher keine Zeit dafür. Sie hat alles, was es für eine erfolgreiche True-Crime-Doku braucht: eine Liebesgeschichte, einen Verdächtigen, eine junge Frau, deren Tod immer noch nicht eindeutig bewiesen ist. Die Frage, ob er es nun war oder nicht. Die Nostalgie des Verbrechens. Die damals neu in die Kinos gekommene Verfilmung von *The Beach* mit Leonardo DiCaprio hatte Tausende Rucksacktouristen in diese Region gelockt, und als die Geschichte publik wurde, waren alle Blicke auf den asiatischen Kontinent gerichtet. Eine ganze Nation trauerte um das gut aussehende Paar. Doch dann wurde Luke gefunden und entwickelte sich zum Hauptverdächtigen. Am Ende verfiel er den harten Drogen und tauchte in die Unterwelt ab. War er ein weiteres Opfer? Oder ist er schuldig?

Spannende Frage.

Warum ruft er ausgerechnet mich an?

»Ihr Film hat mich zum Nachdenken gebracht. Es ist jetzt zwanzig Jahre her, dass Mari verschwunden ist.« Er hält inne, und ich widerstehe dem Drang, etwas zu sagen. »Jeder hatte die Chance, die Geschichte zu erzählen, und es basierte alles auf Anschuldigungen und Vermutungen.

Es wird Zeit, reinen Tisch zu machen. Es wird Zeit, meine Sicht der Ereignisse darzulegen.«

Ich stehe auf, denn ich habe plötzlich das Bedürfnis, mich zu bewegen. Das passiert mir sonst nie. »Luke. Lassen Sie mich eines klarstellen. Sie rufen an, weil Sie möchten, dass wir eine Doku darüber machen, was damals im Dschungel mit Ihnen und Mari passiert ist?«

»Ja«, lautet die knappe Antwort. »Niemand ... niemand hat mir geglaubt ... Sie glauben mir immer noch nicht.« Seine Stimme bricht.

»Luke«, erwidere ich sanft, »Sie haben eine Menge durchgemacht.«

»Ich habe es satt, mich zu verstecken.« Ich höre Wut. Frustration. »Ich habe es satt, dass die Leute glauben, mich aufgrund der spärlichen Informationen, die die Medien verbreitet haben, zu kennen. Ich habe mich selbst aus dem Sumpf gezogen, in den ich geraten bin, und jetzt muss ich die Kontrolle über mein Leben zurückgewinnen. Es ist *meine* Geschichte. Nicht ihre.« Seine Wut wird immer deutlicher, und ich bemerke überrascht, dass ich Mitgefühl empfinde. »Aber das kann ich nur, wenn ich die Vergangenheit noch einmal aufleben lasse. Mit meinen eigenen Worten.«

Ich räuspere mich. »Luke. Das wird eine riesige Story. Sie wird Ihnen einiges abverlangen. Alle werden sich auf Sie stürzen, das wissen Sie, oder?«

»Sollen sie ruhig. Ich kann mein Leben nicht fortführen, solange mich diese Geschichte verfolgt. Es braucht Veränderung, damit ich weiterziehen kann. Ich weiß nicht, was ich sonst tun soll. Ich stecke fest. Und ich ... ich will sie finden. Mich von ihr verabschieden.« Die Verzweiflung in seiner Stimme dringt tief.

Ich bemerke, dass ich die Hand zur Faust geballt habe,

und lockere meine Finger. »Ihnen muss klar sein, dass ich Sie nicht mit Samthandschuhen anfassen werde, bloß weil Sie zu mir gekommen sind, Luke. Ich werde Ihnen schmerzhafte Fragen stellen. Jeder wird ganz genau wissen wollen, was dort im Dschungel zwischen Ihnen und Mari passiert ist.«

»Ich *will* diese schmerzhaften Fragen«, erwidert er, und die Frustration über mein Zögern bricht beinahe aus ihm heraus. »Ich will, dass mich die Leute als Menschen sehen. Nicht als ... Mörder.« Er hält inne. »Denn ich habe ihr nichts getan. Ich habe sie geliebt. Ich liebe sie noch immer.« Da ist so viel Zärtlichkeit in seiner Stimme, dass ich blinzle.

»Aber Sie wissen, dass es vielleicht anders kommen wird, nicht wahr? Dass Sie Ihre Geschichte erzählen und Ihnen trotzdem niemand glaubt.« Ich möchte von Anfang an ehrlich zu ihm sein, bevor sich die Sache in eine Lawine verwandelt. Ich will nicht, dass er am Ende angerannt kommt und mir erklärt, dass er sich der Konsequenzen nicht bewusst war.

»Ich will es, Cassidy. Ich weiß, dass Sie für Gerechtigkeit sorgen werden. Ich vertraue Ihnen meine Geschichte an.«

Stolz steigt in mir hoch, und ich hole tief Luft. »Okay, Luke. Dann machen wir es.« Ich notiere mir seine Nummer und verspreche, ihn anzurufen, sobald ich mit Raef gesprochen habe. Ich weiß schon jetzt, dass sich die Geschichte im Blitztempo verkaufen wird. Gelegenheiten wie diese, in denen ein immer noch Verdächtiger bereit ist, als Mittelpunkt eines Films zu dienen, sind selten. Die Streamingdienste werden sich darum prügeln, und viele traditionelle Sender ebenfalls.

Das hier ist der große Fisch, auf den ich gewartet habe.

Und ich kann nicht ganz glauben, dass er mir einfach so in den Schoß gefallen ist. Luke Speed wird meine neue Obsession. Das ist mir jetzt schon klar.

Kapitel 3

Raef ist schrecklich hibbelig. Er macht diese nervtötende Sache mit seinem Bein, wenn er unter Strom steht. Wippt unaufhörlich und unbewusst damit auf und ab, während er hektisch an seiner E-Zigarette zieht. Seit ich ihn vor ein paar Tagen abends aufgeregt und völlig euphorisch angerufen habe, redet er nur noch davon, wie sich das Projekt am besten umsetzen lässt. Wem er es pitchen wird. Wie es stilmäßig aussehen soll. Die Reichweite. Die Auszeichnungen. Ich bekomme Tag und Nacht zusammenhanglose Sprachnachrichten mit seinen Gedanken zu Dingen, für die es in diesem Stadium noch viel zu früh ist.

Luke soll heute zu uns ins Büro kommen, und ich erkenne an der Angst, die aus sämtlichen seiner Poren strömt, dass Raef unglaublich nervös ist. Er befürchtet, dass Luke nicht das ist, worauf er hofft, nämlich ein starker Charakter, der alleine einen ganzen Film trägt. Dieses Treffen wird diese Angst hoffentlich ausräumen. Ich selbst bin nicht besorgt. Im Laufe der letzten Tage habe ich mehrere Stunden lang mit Luke telefoniert. Er ist äußerst sympathisch und kann sich brillant artikulieren. Ich weiß, dass das auch auf dem Bildschirm so rüberkommen wird. Diesbezüglich habe ich einen guten Instinkt.

Vor unserem heutigen Treffen habe ich den Cold Case als Treatment aufbereitet und basierend auf meinen bisherigen Telefonaten mit Luke sowie auf Artikeln und

Interviews aus den letzten beiden Jahrzehnten einen möglichen Handlungsablauf, wichtige Schauplätze und Charaktere für den Film festgelegt. Das anstehende Gespräch ist eine der letzten Hürden. Danach will Raef den Ball ins Rollen bringen und die Serie zum Verkauf anbieten, um vorerst zumindest genug Geld für die Produktion zu bekommen.

Nachdem ich mich noch einmal in die Geschichte vertieft habe, finde ich sie noch fesselnder, als ich sie in Erinnerung hatte. Mari und Luke waren schon in der Schule ein Paar und hatten diese beide mit ausgezeichnetem Erfolg abgeschlossen. Sie waren Kapitäne ihrer jeweiligen Sportmannschaften, attraktiv, sexy und mustergültig. Das ganze Paket. Als sie verschwanden, saß die ganze Nation wie auf glühenden Kohlen. Mahnwachen wurden abgehalten. Der Erzbischof von Canterbury erwähnte sie in einer Predigt. Der Premierminister sprach im Parlament über ihr Schicksal. Menschen trugen violette Schleifen, die der Farbe ihrer Schuluniformen nachempfunden waren. Als Luke gefunden wurde, war die Freude groß – genauso wie die Trauer, nachdem man Mari offiziell für vermisst erklärt hatte und davon ausgegangen werden musste, dass sie tot war. Trauer, die sich allerdings in Wut verwandelte, als Lukes Geschichte ans Tageslicht kam.

Er war nicht mehr länger ein Opfer, sondern ein Täter.

Lukes befremdliche Behauptung, ein Wahnsinniger sei ihnen durch den Dschungel gefolgt, wurde von der thailändischen Polizei lediglich belächelt – und noch mehr von den britischen Medien. Er beschrieb einen Irren mit zerzausten Haaren und einem von Schlamm bedeckten Körper, der sie Tag und Nacht nicht aus den Augen gelassen hatte. Eine Zeichnung, die aufgrund seiner Beschreibung erstellt worden war, verbreitete sich im Internet, bevor der Begriff »viral gehen« überhaupt erfunden wurde.

2002 machte Luke, der nach Monaten im Dschungel vor Hunger und Durst halb wahnsinnig geworden war, während der polizeilichen Befragung äußerst wirre Angaben. Er behauptete, er sei eines Morgens in ihrem behelfsmäßigen Unterschlupf aufgewacht und Mari sei einfach fort gewesen. *Puff.*

Niemand glaubte ihm, dass Maris Mörder ein beängstigender Fremder war, der durch den Dschungel geisterte.

Dazu tauchten im Laufe der Zeit immer mehr Beweise auf, die ein vollkommen anderes Bild von Maris Freund zeichneten. Auf Überwachungsvideos war zu sehen, wie sie sich stritten, und Mitreisende berichteten davon, wie sich das Paar in die Haare geraten war. Wirklich gegen Luke sprach aber vor allem die Tatsache, dass die Polizei keinen einzigen Hinweis auf eine weitere Person im Dschungel fand. Der sagenumwobene Mann, von dem Luke berichtete, wurde als Hirngespinst abgetan. Doch die Suchmannschaften konnten Maris Leiche nicht finden. Und so blieb der Fall bis heute ungelöst.

Raef blättert in dem Treatment, das ich für ihn ausgedruckt habe. »Also gut. Ist es okay, wenn du die Führung übernimmst? Es muss unbedingt alles glattgehen.«

Ich nicke und versuche, mich nicht von seiner Nervosität anstecken zu lassen. »Klar. Mach dir keine Gedanken, Raef.« Ich werfe ihm einen schnellen Blick zu.

»Ich treffe mich heute Nachmittag mit Sangeet von Channel4 und Felix von Disney+«, erklärt er, als müsste er zusätzlich betonen, wie wichtig dieses erste Meeting ist. »Weitere Gespräche sind für morgen geplant. Es würde kein gutes Bild abgeben, wenn ich die Termine absagen muss.«

»Ich weiß, Raef«, erwidere ich seufzend. Ich habe ihn darauf hingewiesen, dass wir zuerst alles unter Dach und Fach bringen sollten, bevor er alle verrückt macht. Aber er kann nicht aus seiner Haut. Raef blüht unter Druck erst so richtig auf, und er scheint zu glauben, dass es anderen genauso geht. »Ich habe dir ja gesagt, dass Luke das packt. Da bin ich mir sicher.«

Er mustert mich eingehend, als würde er nach einer Schwachstelle suchen. »Ich hoffe bloß, er macht keinen Rückzieher, wenn wir ihm die Einverständniserklärung unter die Nase halten.« Zum Teil wird es in dem heutigen Treffen auch darum gehen, was das Projekt umfasst und welche negativen Auswirkungen es mit sich bringen kann. Danach muss Luke eine Erklärung unterzeichnen, in der er bestätigt, dass er alles verstanden hat und an dem Film mitwirken möchte.

»Machen wir einfach einen Schritt nach dem anderen«, erwidere ich ruhig. Raef nickt. Ich habe eine hervorragende Erfolgsbilanz, wenn es darum geht, erwünschte Ergebnisse zu erzielen.

Das Telefon auf dem Konferenztisch klingelt. Wir sehen einander an. *Showtime.* Raef nickt mir auffordernd zu, und ich beuge mich nach vorne und hebe ab.

»Luke Speed für Sie«, sagt die Empfangsdame.

Gott sei Dank, ich hatte schon Angst, dass er nicht kommt.

»Super. Schicken Sie ihn in Besprechungszimmer drei.« Ich ziehe meinen Pferdeschwanz fest und streiche mein Oberteil glatt, ehe ich mich zur Glaswand umdrehe.

Die Leute im Büro halten mit ihrer Arbeit inne, heben den Blick und scheinen wie gelähmt. Vor allem die Frauen, aber auch die Männer. Die Atmosphäre ändert sich schlagartig. Hälse werden gereckt, Köpfe gedreht, Lippen teilen sich. Als Luke schließlich um die Ecke tritt, verstehe ich es.

Er ist groß, mit breiter Brust und muskulösen Oberarmen. Die Glatze tut dem gemeißelten Gesicht nur gut. Er ist sanft gebräunt und wirkt, als käme er frisch geduscht aus dem Fitnessstudio. Er trägt ein makellos weißes T-Shirt, eine Khaki-Hose und weiße Converse, die Tasche hat er sich selbstbewusst über die Schulter geworfen. Sein Outfit wirkt mid-century und ist unglaublich gut kombiniert.

Er sieht mich durch die Glaswand und lächelt. Grübchen bilden sich auf seinen Wangen. Ich erwidere das Lächeln warmherzig, denn ich habe das Gefühl, ihn nach unseren langen Recherchetelefonaten, von denen manche mehrere Stunden dauerten, gut zu kennen. Allerdings habe ich mir dabei den Zwanzigjährigen von den Fotos vorgestellt. Nicht *diesen* Luke. Ich habe ihn mir absolut nicht so vorgestellt.

Ich öffne die Tür, und Raef springt auf und streckt ihm die Hand entgegen. »Luke, schön, Sie bei uns begrüßen zu dürfen. Danke, dass Sie gekommen sind.« Er deutet auf den Stuhl auf der anderen Seite des Tisches und greift nach dem Telefonhörer. »Tee? Kaffee?«

Luke zieht den Stuhl heraus und setzt sich. »Ein Glas Wasser wäre toll. Es ist echt heiß heute«, erklärt er und deutet aus dem Fenster und auf den strahlend blauen Himmel.

»Bringen Sie uns doch einen Kaffee, etwas von diesem Kräuterdings, das Cass so mag, und kaltes Wasser samt Gläsern in Raum drei«, bittet Raef den Laufburschen am anderen Ende der Leitung. »Danke.« Er legt auf und nimmt Luke gegenüber Platz. Er hat sein besonders charmantes Lächeln aufgesetzt, das Leuten vorbehalten ist, die er beeindrucken will.

»Also, Luke. Danke, dass Sie uns Ihr Vertrauen in dieser Angelegenheit schenken«, beginnt er und reibt sich die Hände.

Luke nickt und wirft mir einen Blick zu. »Das ist vor allem wegen Cassidy.« Ich spüre, wie ich rot werde. Dabei sieht mir das gar nicht ähnlich. Ich bemühe mich, ihn nicht anzusehen, damit er nichts bemerkt.

»Nun, sie arbeitet für uns, also passt das ganz gut«, erwidert Raef fröhlich und dreht den Stuhl in meine Richtung, was ich als Zeichen nehme, mich ebenfalls einzubringen.

»Ja. Danke, dass Sie hergekommen sind, Luke«, sage ich und sehe mit einem zuversichtlichen Lächeln zu ihm. »Wir würden heute gerne alle weiteren Schritte durchgehen, damit Ihnen klar ist, wozu Sie sich bereit erklären, bevor wir beginnen.«

»Das weiß ich zu schätzen, aber meine Entscheidung steht bereits fest«, erwidert er und lehnt sich selbstsicher und entspannt zurück.

Der Laufbursche platzt ins Zimmer, und die Tassen und Gläser schlagen klirrend aneinander, als er das Tablett auf dem Tisch abstellt. Wir warten, bis er gegangen ist, ehe wir fortfahren. Raef macht den jüngeren Kollegen Angst. Er ist der König der Fernsehdokumentation, und die unzähligen von der Kritik gefeierten Fernsehstunden, für die er verantwortlich ist, sind Respekt einflößend. Sein Blick fürs Detail im Überarbeitungsprozess sucht seinesgleichen. Er geht bis an die Grenzen und darüber hinaus, um sicherzustellen, dass keine Fragen unbeantwortet bleiben und das Beste aus dem Stoff herausgeholt wurde, bevor er auf den Bildschirm kommt. Seine Geschichten sind emotional, aktuell und beschäftigen sich oft mit nationalen Begebenheiten, die in sämtlichen Kaffeeküchen des Landes diskutiert werden. Ich bezweifle, dass ich ohne seine führende Hand und seine Beziehungen, auf die ich ebenfalls bauen konnte, so schnell so großen Erfolg gehabt hätte.

Ich schenke Luke etwas Wasser ein und stelle das Glas vor ihm ab.

»Also, derzeit fragen wir das Interesse diverser Sender ab, pitchen das Projekt und legen dar, wie wir uns die Umsetzung vorstellen. Möglicherweise werden im Verlauf kleine Änderungen gewünscht, die wir aber in jedem Fall mit Ihnen absprechen werden. Vorerst sehen wir Ihre Rolle vor allem als Hauptinterviewpartner. Die Aufzeichnungen werden mehrere Tage dauern, vielleicht lassen wir sie auch eine Weile ruhen, während wir an dem Fall arbeiten, und kommen dann noch einmal auf bestimmte Aspekte zurück.« Luke nickt, während ich spreche. »Wir werden Sie unter anderem in Ihre Heimatstadt begleiten, um den Zuschauern zu zeigen, wo Mari und Sie aufgewachsen sind. Nachdem es kaum Archivaufnahmen und keinerlei Filmmaterial von Ihrer Reise gibt, sondern lediglich unscharfe, zwanzig Jahre alte Fotos, wird es vermutlich auch eine Art Rekonstruktion geben, um den Film mit Bildern auszuschmücken.«

Luke lehnt sich fragend nach vorne, und ich erkläre weiter: »Es soll eine Mischung aus Szenen aus den Interviews und einer Inszenierung der Ereignisse werden, die Sie darin beschreiben. Bilder, die Sie lediglich beim Sprechen zeigen, werden für das Publikum mit der Zeit langweilig. Wir brauchen zusätzliches Filmmaterial. Heutzutage filmen wir alles mit unseren Handys. In zwanzig Jahren werden retrospektive Dokumentationen mit Sicherheit eine Blütezeit erleben, da jeder unendlich viele Videos in seinem Archiv angesammelt hat.« Ich lächle bei dem Gedanken daran. »Aber in Ihrem Fall müssen wir dem Publikum einen inszenierten Einblick in das geben, was damals dort draußen passiert ist, um Ihre Geschichte erzählen zu können.«

Luke nickt. »Okay, ich verstehe.« Seine tiefblauen Augen blicken selbstsicher in meine. Als hätte er keine Angst, mir in die Augen zu sehen. Als hätte er nichts zu verbergen.

»Wir werden außerdem versuchen, Primär- und Sekundärquellen vors Mikrofon zu bekommen. Familienmitglieder. Alte Freunde. Touristen, die Sie während der Reise getroffen haben. Die Polizei. Mitarbeiter der beiden Botschaften.« Mir fällt auf, dass er jetzt einigermaßen besorgt die Stirn runzelt, und ich füge hinzu: »Wir brauchen ausgewogene Einblicke aus allen Perspektiven. Wir würden unseren Job nicht richtig machen, wenn wir darauf keinen Wert legen würden.«

Er rutscht auf seinem Stuhl hin und her. »Falls Sie jemanden dazu bringen können, mit Ihnen zu reden.« Er schüttelt traurig den Kopf.

Ich lehne mich über den Tisch. »Luke. Wir wollen Maris Familie nicht noch mehr Schmerz zufügen, aber genau das würde passieren, wenn wir die Geschichte nach so langer Zeit ohne ihre Erlaubnis wieder ausgraben. Das wäre nicht fair.« Ich werfe einen Blick auf Raef, und er nickt. »Wir machen den Film nur, wenn es für Maris Eltern – Elsie und Charles – in Ordnung ist. Sie müssen nicht unbedingt in den Film. Aber Raef und ich legen darauf sehr viel Wert.«

Luke blickt düster auf seine Hände hinunter. »Ja. Das verstehe ich. Sie haben schon genug durchgemacht.« Er überlegt einen Augenblick lang, ehe er weiterspricht. »Ich hoffe, die beiden verstehen, dass ich Antworten haben will. Deshalb bin ich hier. Ich will endlich herausfinden, was mit Mari passiert ist. Niemand von uns konnte mit seinem Leben weitermachen, das verstehen Sie sicher.« Der Satz endet in einem Flüstern.

Tränen steigen ihm in die Augen, doch er blinzelt sie eilig fort. Ein ungewöhnlicher Beschützerinstinkt regt sich in mir. Es geht um seine Zukunft. Ich spüre das Gewicht der Verantwortung auf mir. »Genau das werden wir versuchen, Luke. Wir werden versuchen herauszufinden, was mit Mari passiert ist.«

Ein sanftes Lächeln umspielt seine Lippen. »Ich weiß, dass Sie das tun werden, Cassidy.«

Kapitel 4

Ich begleite Luke zu den Aufzügen und winke ihm ein letztes Mal zu. Als sich die Türen schließen, lehnt er an der verspiegelten Rückwand, die Hände in den Hosentaschen und ein schiefes Lächeln auf den Lippen. Ich sehe zu, wie die Ziffern auf der Digitalanzeige nach unten zählen, bis er im Erdgeschoss angekommen ist. Dann schlinge ich die Arme um meinen Oberkörper, drücke mich selbst und mache mich – ausnahmsweise langsam – auf den Rückweg ins Besprechungszimmer. Cleo fängt meinen Blick auf. Sie reckt den Daumen nach oben und dann nach unten und sieht mich fragend an, und ich antworte mit einem »Daumen hoch«. Sie grinst. Ich schließe leise die Glastür, ehe ich mich an Raef wende.

Er steht vor dem Fenster und sieht zu, wie sanfter Nebel ins schimmernde Blau des Himmels steigt. »Wunderbar, Cass. Wirklich sehr gut«, meint er und nimmt einen Zug von seiner E-Zigarette. Der Rauch windet sich um ihn herum nach oben, als er sich zu mir umdreht. »Glaubst du, dass er sie umgebracht hat?«

Ich blinzle. Das ist eine sehr direkte Frage. »Ich habe keine Ahnung, Raef.« Ich setze mich auf einen der mit Leder überzogenen Stühle, lehne mich über den Tisch und stütze das Kinn auf der Handfläche ab. »Aber es wäre doch seltsam, wenn er zu uns käme, um einen Film darüber zu machen, wenn er es getan hätte, oder nicht?«

Er lässt sich mir gegenüber nieder und klopft mit dem Stift auf sein Moleskin-Notizbuch. »Machen Psychopathen nicht genau das? Sich unverschämt ins Rampenlicht drängen?«

Ich nicke. »Ja, schon. Aber diesen Eindruck hatte ich bei ihm nicht. Du etwa?«

Er blickt nachdenklich an die Decke. Dann schüttelt er den Kopf. »Nein. Aber es könnte nur Show gewesen sein. Eine geschickte Manipulation. Nicht wahr?«

Ich seufze. »Ja. Das sollten wir im Auge behalten.«

»Das wäre ebenfalls ein interessanter Film«, murmelt er. »Eine Charakterstudie.« Ich beobachte, wie er den Gedanken weiterspinnt, und bin irritiert, wie schnell Raef Luke abgestempelt hat. Luke hat etwas an sich. Etwas Jungenhaftes, Verletzliches, das sich hinter der Fassade verbirgt. Man spürt den verzweifelten Wunsch nach Bestätigung. Die zögerliche Hoffnung, die davon kommt, wenn man jahrelang Misstrauen und Abweisung erfahren hat. Es fühlt sich absolut nicht berechnend an.

Raef sinniert weiter. »Wir sollten einen Backgroundcheck machen. Herausfinden, ob es in den letzten zwanzig Jahren Dinge gab, von denen wir wissen sollten. Eine Untersuchung bis ins letzte Detail. Sollte er irgendwelche Leichen im Keller haben, müssen wir Bescheid wissen.« Ich werfe ihm einen vielsagenden Blick zu. Tolle Wortwahl.

»Natürlich.« Ich hebe meinen Block hoch und zeige ihm die Notiz, die ich vorhin gemacht und zweimal unterstrichen habe.

»Du denkst echt an alles, was?« Er lacht leise. »Das wird gut. Das spüre ich.« Schwungvoll erhebt er sich. »Okay, ich mache mich auf den Weg zu meinen Meetings und erkläre den Sendern mal, was wir haben und was wir uns vorstellen. Und du sprichst in der Zwischenzeit mit Maris Eltern?«

Ich nicke. Ich freue mich nicht gerade auf das Telefonat. Auf die Gefühle, die über mich hereinbrechen werden, sobald sie erkennen, warum ich anrufe. Alter Schmerz wird hochkochen. Aber hoffentlich ist es das am Ende wert, und sie bekommen Antworten. Ich kann mir nicht vorstellen, wie schrecklich es sein muss, zwanzig Jahre lang nicht zu wissen, was mit einem geliebten Menschen passiert ist.

Raef eilt aus dem Büro und achtet nicht weiter auf die Empfangsdame, die mit einem Notizblock in der Hand nach ihm ruft. »Schreiben Sie mir eine E-Mail!«, ruft er ihr über die Schulter hinweg zu und schiebt sich seine Ray-Ban auf die Nase, während seine perfekt abgetragene Umhängetasche aus Leder bei jedem Schritt auf und ab hüpft.

Ich kehre an meinen Schreibtisch zurück und betrachte stumm die Nummer von Maris Eltern, die ich einem Kontakt bei einer landesweiten Zeitung aus den Rippen leiern konnte. Ich löse das gelbe Post-it von der Ecke meines Bildschirms und starre auf die Ziffern. Es hat keinen Sinn, es noch länger hinauszuzögern.

Jemand kichert, und ich hebe den Blick. Cleo steht mit Mo in der kleinen Teeküche. Es ist offensichtlich, dass sie sich mögen. Breites Grinsen und leuchtende Augen auf beiden Seiten. Ihre Bewegungen lenken mich einen Moment lang ab. Wie er ihren Arm berührt, wenn er redet, und wie sie sich einige Zentimeter näher an ihn heran lehnt, um ihm zuzuhören. Eine unsichtbare Anziehung. Der Beginn eines Spiels, das die beiden spielen werden, bis sie – vermutlich nach ein paar Drinks im *French House* – den Mut aufbringen, sich zu küssen. Vielleicht haben sie es bereits getan. Irgendwann verpufft die rosafarbene Wolke der ersten Beziehungswochen und macht dem tröstlichen Alltag einer Langzeitpartnerschaft Platz. Ehe sie müde werden und genug voneinander erfahren haben – über sich selbst oder über die Art von Person, mit der sie zusammen sein sollten. Ehe sie weiterziehen, um den Tanz mit immer neuen Leuten fortzuführen, bis sie schließlich sesshaft werden.

Ich sehe lieber zu, als mich selbst an dem Spiel zu beteiligen. Teil einer Partnerschaft und der Geschichte einer anderen Person zu sein, macht mir Angst. Man kann den Verlauf nicht mehr kontrollieren, wenn man erst einmal selbst darin verwickelt ist. Man ist seinen Gefühlen und Reaktionen ausgeliefert. Ich dokumentiere lieber aus der Ferne. Das ist sicherer. Mo und Cleo bewegen sich gemeinsam auf etwas Neues zu. Das anfängliche Geplänkel, das Lachen, die Berührungen, das Suchen nach einer Verbindung. Es ist Chemie. Älter als die Zeit. Eines Tages wird Cleo traurig und mit tränennassen Wangen ins Büro kommen. Und ich muss sie trösten und versuchen, nicht zu wütend zu sein, weil sie sich nicht auf die Arbeit konzentrieren kann.

»Cass?« Ich drehe mich um. Der Laufbursche steht mit seinem Handy in der Hand vor mir. »Möchten Sie etwas zum Mittagessen, oder gehen Sie raus?« Sein Daumen schwebt über dem Display. Bereit, eine Notiz hinzuzufügen.

»Ich brauche nichts«, erkläre ich, greife in meine Tasche und lege eine Tupperdose auf den Tisch, was wohl Antwort genug ist. Er nickt und geht zum nächsten Senior-Mitarbeiter.

Ich nehme das Post-it, stecke mir die kabellosen Kopfhörer in die Ohren und mache mich auf den Weg zu dem langen Korridor außerhalb der Besprechungszimmer. Es hilft mir beim Denken, wenn ich während schwieriger Anrufe auf und ab gehe. Ich wähle und nehme einen beruhigenden Atemzug.

Es klingelt dreimal, dann hebt ein Mann ab. Der Stimme nach ist er bereits älter. »Drei-neun-null, fünf-sechs-neun-sieben«, sagt er. Meine Großmutter hat sich auch immer mit ihrer Telefonnummer gemeldet, und die Erinnerung daran lässt mich lächeln.

»Spreche ich mit Mr Castle?«

»Wer ist da bitte?« Er klingt erschöpft und müde, und ich habe ein schlechtes Gewissen, ihn zu belästigen. Mir bleiben nur wenige Sekunden, ehe er einem spontanen Entschluss folgend auflegen wird.

»Mein Name ist Cassidy Chambers, ich arbeite für eine Firma, die Fernsehsendungen ...«

»Nein danke. Schönen Tag noch«, erwidert er eilig.

Ich gebe ihm keine Zeit, den Hörer aufzulegen, sondern schieße sofort den nächsten Satz nach. »Luke Speed möchte für eine Dokumentation interviewt werden.« Ich höre kein Piepen am anderen Ende. Bloß Stille.

»Luke«, krächzt Mr Castle schließlich. »Wie geht es ihm?« Ruhe macht sich in mir breit, als mir klar wird, dass er nicht wütend ist. Aber vor allem überrascht mich, dass das die erste Frage ist, die ihm einfällt.

»Er ist wohlauf, Mr Castle. Und er ist bereit, über das zu reden, was damals im Dschungel passiert ist.«

»Von wo rufen Sie noch mal an?«, will er wissen.

»Ich arbeite als Produzentin und Regisseurin für eine unabhängige Produktionsfirma namens Songbird Productions und habe vor Kurzem einen Film mit dem Titel *Missing* gemacht. Es ging um ein kleines Mädchen, das vor langer Zeit verschwunden ist. Während der Dreharbeiten sind wir auf neue Beweise gestoßen, und das hat dazu geführt, dass der wahre Täter hinter Gitter kam und ein unschuldiger Mann freigelassen wurde.« Ich halte kurz inne. »Ihre Leiche wurde gefunden.« Ich weiß, woran er jetzt denkt. »Luke will endlich seine Version der Geschichte erzählen, Mr Castle. Er möchte die Erinnerungen der Leute auffrischen und neue Ermittlungsansätze eröffnen. Vielleicht sogar eine weitere Suchaktion starten.«

Ich lasse ihn eine Weile nachdenken. Ich würde ihm jetzt gerne gegenübersitzen, dann könnte ich seine Reaktion besser einschätzen. Er hat auf jeden Fall noch nicht aufgelegt. Das ist ein gutes Zeichen.

»Wir haben schon länger keinen Anruf dieser Art mehr erhalten.«

»Mir ist klar, dass es schwer ist, alles noch einmal zu durchleben. Aber es ist doch ein großer Schritt in die richtige Richtung, finden Sie nicht?« Noch mehr Stille.

Dann fragt er: »Was wollen Sie von uns?«

»Gar nichts, Mr Castle. Ich wollte Sie nur darüber informieren, was gerade passiert. Es wurde noch kein offizieller Auftrag erteilt, aber die Chancen stehen gut. Aber wir wollen nicht weitermachen, ohne Ihnen Bescheid zu sagen und ... ohne Ihre Einwilligung.«

Es folgt eine lange Pause.

»Ich verstehe. Ich muss mit Elsie sprechen. Es ist sehr schwierig für sie. Ich glaube nicht, dass wir in dem Film vorkommen möchten.«

Kleine Schritte, denke ich. »Das liegt ganz bei Ihnen und muss auch noch nicht jetzt entschieden werden. Wie gesagt, es gibt bislang keinen offiziellen Auftrag. Wir stehen noch ganz am Anfang und leisten gerade die Vorarbeit.«

»Und Luke will wirklich interviewt werden?«, fragt er ungläubig.

»Ja. Er meint, er kann sich erst auf sein Leben konzentrieren, wenn er zumindest den Versuch unternommen hat, die Geschichte abzuschließen. Was verständlich ist.«

»Ich mochte Luke. Sehr sogar«, murmelt er, und ich bin erneut überrascht von der Zuneigung in seiner Stimme. »Er war ein ausgezeichneter Schüler«, fügt er hinzu. Maris Vater war der Direktor der Privatschule, die die beiden besucht haben. »Wenn Luke seine Sicht der Dinge schildern möchte, werden wir ihm nicht im Weg stehen.« Erleichterung macht sich in mir breit, und ich kann es kaum erwarten, es Raef zu sagen. »Ich werde mit Elsie sprechen. Aber ich bezweifle, dass sie gefilmt werden will.«

»Das verstehe ich.« Es hat keinen Sinn, jetzt schon Druck auszuüben.

»Machen Sie mit Ihren Vorbereitungen weiter, und dann kommen Sie auf eine Tasse Tee vorbei, und wir reden«, bietet er freundlich an. Er scheint pragmatisch und ist mir sofort sympathisch.

»Ich danke Ihnen, Mr Castle. Ich möchte nur noch einmal betonen, dass ich diesen Film mit den besten Absichten mache. Es ist eine wichtige Geschichte, die erzählt werden sollte.«

»Jaja«, sagt er und geht nicht weiter darauf ein. »Rufen Sie an, wenn Sie mit der Produktion beginnen. Auf Wiederhören, Ms Chambers.« Er legt auf.

Ich blicke fassungslos auf mein Handy. Das lief sehr viel glatter, als ich erwartet hatte. Ich kehre an meinen Schreibtisch zurück und erlaube mir zur Feier des Tages ein kleines Lächeln, als ich meine Tupperbox öffne und das Sandwich in meinen Mund stopfe. Dann wende ich mich kauend an Melissa, unsere Produktionsleiterin, die für die Planung und die Logistik zuständig ist. »Mel, ich glaube, du kannst eine neue Kalkulationstabelle anlegen«, sage ich grinsend.

Kapitel 5

Die nächsten paar Wochen vergehen wie im Flug, während wir hart daran arbeiten, die Produktion auf den Weg zu bringen. Am Ende hat sich einer der traditionellen Sender die Dokumentation gesichert, was mir anfangs gar nicht gefiel. Sie geben nicht so viel Geld aus wie die Streamer, aber in diesem Fall hat Raef das letzte Wort. Ein Grund für seine Entscheidung ist wohl, dass er auch noch die hochprofitable Fortsetzung einer Serie für den Sender plant. Offenbar hofft er, dass sich unser Projekt auch darauf positiv auswirkt.

Raef denkt immer an das große Ganze. Ich habe mich damit abgefunden, dass es ein ständiger Kampf ums Geld werden wird, denn es gibt kaum etwas, was ich dagegen tun kann. Ich werde einfach meinen Job machen, so gut ich kann.

Ich habe mittlerweile einen Teil des Büros für die Produktion reserviert. Melissa hat bereits Drehtage auf dem Whiteboard notiert, das vor der kleinen Ansammlung an Tischen aufgestellt wurde. Zeitpläne wurden erstellt, Budgets unterzeichnet und eine Crew zusammengestellt. Ich wollte natürlich Cleo an meiner Seite, nachdem ich mittlerweile schon seit einigen Jahren mit ihr als Produktionsassistentin zusammenarbeite. Es gibt keine verlässlichere Unterstützung, und sie kann wunderbar mit Mitwirkenden umgehen. Als Rechercheur habe ich Jamal eingestellt, der mir von einem anderen Produzenten empfohlen wurde. Und Melissa wurde auf mein Betreiben hin aus dem allgemeinen Pool abgezogen und betreut nun ausschließlich unsere Produktion.

»Hat sich schon jemand gemeldet?«, frage ich Cleo, die Maris und Lukes Mitschüler kontaktieren sollte.

Sie sieht mich mit großen Augen niedergeschlagen an, und ich weiß sofort, dass sie noch keinen Erfolg hatte. »Das wird schon noch, wir fangen ja gerade erst an«, beruhige ich sie freundlich. Es hat keinen Sinn, sich jetzt schon Sorgen zu machen. Wir werden es schaffen, es braucht einfach Zeit. Vielleicht muss ich mich stärker in diese Sache einbringen, auch wenn sich Cleo dann inkompetent fühlt. Aber besser ein verletztes Ego als ein schwacher Film.

Am Abend stehe ich mit einem Glas kaltem Weißwein zu Hause und betrachte die Pinnwand, auf der ich Rechercheunterlagen sammle. Das Blaulicht eines Rettungsfahrzeuges huscht blinkend durch mein Wohnzimmer, und ich höre das laute Donnern der vorbeirasenden Motorräder. Ich wohne im Osten Londons, in der Nähe des Old Street Roundabouts und direkt hinter dem Drive-in einer McDonald's-Filiale in einem Block aus ehemaligen Sozialwohnungen. Ich verdiene mittlerweile recht gut und könnte vermutlich umziehen, aber ich habe mich hier eingelebt. Es ist bequem, und Mary, die ältere Dame von nebenan, füttert Herzog, wenn ich beruflich unterwegs bin. Außerdem brauche ich nichts Größeres. Ein Schlafzimmer reicht völlig.

Mein Blick wandert über die verschiedenen Ausschnitte auf der Pinnwand. Es gibt unzählige Artikel und Kommentare da draußen, ganz zu schweigen von den Verschwörungstheorien in zahllosen Reddit-Threads, die von Mari und Luke handeln. Bevor ich alles auf der Pinnwand geordnet habe, war ich ein wenig überfordert von der Fülle an Informationen. Nun verbinden rote Fäden meine Gedanken. Ich trete einen Schritt zurück, um mir einen besseren Überblick zu verschaffen. Ein Foto, das Mari und Luke am Strand einer thailändischen Insel zeigt, springt mir ins Auge. Ich beuge mich nach vorne, ziehe die Reißzwecke aus dem Kork und nehme es in die Hand.

Die beiden sehen unglaublich jung und schön aus. Luke wirkt kleiner, weniger muskulös und hagerer. Etwas längere, strubbelige Haare, dazu Sand im Gesicht, als hätte er gerade ein Sonnenbad hinter sich. Ein Muttermal zwischen Wange und Oberlippe und funkelnde Augen, die er im grellen Sonnenlicht leicht zusammenkneift. Sein Arm liegt lässig über Maris zierlichen Schultern. Sie trägt einen roten Triangel-Bikini, die langen Haare sind weißblond und strähnig, die Stupsnase ist leicht kraus gezogen, als hätte sie jede Menge Unfug im Kopf. Von ihrer Hand baumelt ein Schnorchel.

Der Hintergrund ist der Traum jedes Rucksacktouristen. Weißer Sand, türkisblaues Wasser, Palmen, die ins Meer hängen. Wären sie auf einer der Inseln geblieben und nicht in den Dschungel gegangen, wäre nichts von alldem passiert. Ich frage mich, wo sie jetzt wären. Die Zukunft lag vor ihnen, alle Möglichkeiten standen ihnen offen. Sie wurden ihnen sogar vor die Füße geworfen.

Ich würde gerne in das Bild eintauchen und sie warnen. Ihnen sagen, dass sie sich an jenem Tag während der Wanderung nicht von der Gruppe trennen sollen. Dass sie immer in der Nähe des Wanderführers bleiben sollen. Und immer auf den Weg achten sollen.

Mein Handy vibriert auf dem gläsernen Couchtisch. Ich

gehe hin und blicke aufs Display. Meine Schwester. Ich überlege, den Anruf der Mobilbox zu überlassen, aber dann muss ich später mit ihr reden. »Hallöchen!« Ich sehe mich nach meinem Wein um, greife danach und nehme einen Schluck. »Welche Entschuldigung rechtfertigt deinen Kontrollanruf dieses Mal?«

Rebecca schnaubt wütend, ehe sie antwortet. »Du rufst mich nie an, und wenn ich mich mal unterhalten möchte, kommt sofort der Vorwurf, ich würde mich in dein Leben einmischen.«

»Weil du immer auf der Suche nach Dingen bist, über die du ein Urteil fällen kannst«, necke ich sie.

»Das ist nicht fair!«

Sie hat recht, es ist nicht fair. Ich mache es mir auf dem Sofa bequem und ziehe die Beine unter mich. Herzog schlendert auf mich zu, springt hoch und legt das Kinn auf meinen Oberschenkel. Seine Augen fallen zu, und er döst vor sich hin. Er schläft den ganzen Tag, wenn es so heiß ist.

»Tut mir leid, fangen wir noch mal von vorne an. Wie geht es dir?«, frage ich.

Meine Schwester ist das genaue Gegenteil von mir. Sie ist Grundschullehrerin und hat sich dafür entschieden, weil sie die immer gleichen Abläufe liebt. Und die übertrieben langen Ferien, die sie bereits ein Jahr im Voraus planen kann. Wenn es nach ihr geht, kann alles bleiben, wie es ist. Jahraus, jahrein, bis zur Rente. Sie hat vor Kurzem geheiratet und ihre Traumflitterwochen in Französisch-Polynesien verbracht. Ihr Mann Eric ist der Prototyp eines Bankers. Schicke Uhr, Cabrio, adrettes Haus in Dulwich. Ein Wochenendcottage am Strand von Deal. Sicherheit. Das ist alles, was sie jemals wollte, nachdem wir in unserer Kindheit und Jugend kaum etwas gehabt hatten und auf eigene Faust lernen mussten, im Leben zurechtzukommen. Ich bin fünf Jahre älter, und da unsere Mutter praktisch die meiste Zeit nicht verfügbar war, war ich die einzige Person, auf die sie sich verlassen konnte. Ich habe manchmal das Gefühl, als wäre sie meine größte Errungenschaft. Was ich ihr natürlich niemals sagen würde. Der Druck, die Verantwortung für sie zu tragen und das Chaos unserer Kindheit vor ihr zu verbergen, hat mich stark geprägt. Vielleicht schwärt noch ein kleiner Rest Groll darüber in mir. Und ein schlechtes Gewissen, weil ich die Geheimnisträgerin meiner Mutter war.

Ich habe nicht mehr die Kraft, diese Person für Rebecca zu sein. Aber sie braucht mich inzwischen auch nicht mehr. Sie hat auf ihre eigene Art für das gekämpft, was sie hat. Außerdem ist sie schrecklich verliebt. Und genau das wollte ich immer für meine kleine Schwester: dass sie glücklich ist. Sie wird nie begreifen, wie stolz ich auf sie bin.

Ich wette, sie ist schwanger.

»Cass, ich muss dir etwas erzählen!«, erklärt sie aufgeregt kreischend. Und da ist es auch schon. »Ich bin schwanger.«

Wow. Das ging schneller als gedacht. »Oh, Rebecca! Das ist wundervoll!«

»Du darfst es natürlich niemandem sagen. Es ist noch sehr früh.«

»Auf keinen Fall.«

»Vor allem nicht Mum.«

Mein Lächeln gerät ins Wanken. »Nein, natürlich nicht. Das sind wirklich tolle Neuigkeiten. Wann ist es so weit?«

»Mitte Februar. Ich muss unter dem Schuljahr aufhören, und das ist traurig. Meine zweite Klasse ist so herzerfrischend.« Ich frage mich, ob sie jemals zurückkehren wird. Oder ob das der Beginn einer ganzen Reihe von Kindern ist. Es ist gut. Sie durchbricht den Kreislauf. Genau wie ich – auf meine eigene Art.

»Hattest … hattest du in letzter Zeit mal eine Verabredung?«, fragt sie vorsichtig.

»Nein.« Ich wusste, dass das kommen würde, aber es ärgert mich trotzdem. Sie stößt ein schweres Seufzen aus. »Ich mag mein Leben. Ich bin gerne mit mir alleine.« Ich habe es ihr schon mehrmals erklärt, aber sie versteht es nicht. Sie kann sich keine Zukunft vorstellen, in der es niemanden gibt, der einen liebt. Als wäre das der Grund, warum wir alle hier sind, denn welchen Sinn hätte das Leben sonst? Du bist niemand, solange du nicht jemand anderem gehörst.

»Hast du dir die Liste mit den Therapeuten angesehen, die ich dir geschickt habe?«, fragt sie. Ich streichle Herzog und nippe an meinem Wein. Er schnurrt und hebt anerkennend den Kopf. Er versteht mich.

»Rebecca …«, warne ich sie. Das Gespräch entwickelt sich zu einem Verhör.

»Bitte, Cass. Hör mir doch mal zu. Ich will nur, dass du glücklich bist. Und nach allem, was du durchgemacht hast … Ich meine … willst du dich nicht davon befreien? Wieder *wirklich* frei sein?«

»Ich bin glücklich, Rebecca.«

Sie stößt die Luft aus. »Ich habe da einen Artikel über posttraumatischen Stress gelesen, und er kann für lange Zeit andauern, nachdem …«

»Rebecca«, unterbreche ich sie bestimmt, und sie verstummt kurz.

»Ich weiß, warum du so hart arbeitest, Cass. Ich verstehe es. Es ist reine Ablenkung, nicht wahr? Aber warum geht nicht beides? Ein Mann oder ... vielleicht eine Frau? Was auch immer du ...«

O Gott.

»Hör mal, können wir dieses Thema bitte beenden?« Wir schweigen einander einen Augenblick lang an, dann sage ich vorsichtig: »Ich kann es kaum erwarten, Tante zu werden. Wieso gehen wir nicht essen oder vielleicht ins Freibad, um zu feiern?«

»Das wäre schön. Dieses Wochenende?«, fragt sie hoffnungsvoll.

Mein Blick fällt auf die Pinnwand. »Dieses Wochenende kann ich nicht. Ich schicke dir ein paar Terminvorschläge. Versprochen.« Sie gibt ein Geräusch von sich, als wüsste sie genau, dass das Schwachsinn ist, und ich tue so, als hätte ich einen zweiten Anruf auf der anderen Leitung und verabschiede mich entschuldigend.

Warum gehen die Leute immer davon aus, dass man will, was sie auch wollen?

Ich hebe die dösende Katze vorsichtig von meinem Schoß, stehe auf und greife nach der dicken braunen Mappe auf der Kommode, in der sich der übersetzte Polizeibericht befindet. Charles Castle hat mir eine Kiste mit Unterlagen geschickt, die er in all den Jahren auf der Suche nach seiner Tochter angehäuft hat. Ich habe Lukes erste Befragung mittlerweile mehrere Male gelesen.

Nein ... nein. Sie müssen mir zuhören. Ich habe es nicht getan. Der Mann ... Da ist ein Mann im Dschungel. Bitte. Sie müssen mir glauben. (Schluchzen) Bitte, Sie müssen noch mal raus und sie finden. Vielleicht ist sie noch am Leben. Vielleicht wartet sie darauf, dass wir sie retten. (Schluchzen) Warum hört hier niemand auf mich? Sie verschwenden wertvolle Zeit!

Ich nehme das Foto des Teenagerpaares, das ich auf dem Sofa liegen gelassen habe. Es stammt aus Charles' Sammlung, der auch noch das Negativ besitzt, und nicht aus einem Zeitungsartikel. Ich betrachte Maris fröhliches Gesicht und runzle die Stirn, als mir etwas auffällt. Da ist etwas an ihrem Hals. Ich wische mit dem Daumen über das Foto, um sicherzustellen, dass sich nichts auf der glänzenden Oberfläche befindet, und halte es ins Licht. Vielleicht ist es nur ein Fehler in der Beschichtung. Aber es könnte auch ein Knutschfleck sein. Oder vielleicht ein Bluterguss? Ich trete vor die Pinnwand und hänge das Foto an seinen Platz zurück. Dann öffne ich mit den Zähnen einen Stift, klebe ein Post-it auf die Ecke des Fotos und zeichne einen Pfeil mit Fragezeichen darauf. Anschließend mache ich ein paar Schritte zurück und betrachte alles. Ein Blitz durchzuckt mich, und der daraus entstandene Spalt kribbelt an den Rändern und wird größer, wie brennendes Plastik. Da ist etwas Dunkles. Mehr als bloß ein verschwundenes Teenagermädchen. Alle wissen es. Niemand hat Luke geglaubt, und vielleicht hatten sie recht. Vielleicht ist er ein Soziopath. Ein Lügner. Vielleicht spielt er mit mir. Manchmal ist die offensichtlichste Antwort auf eine Frage die richtige. Ich muss mich womöglich damit abfinden, dass der Protagonist der Geschichte nicht der gute Kerl ist, für den ich ihn trotz allem halte.

Kapitel 6

280722_DER DSCHUNGEL_LUKE SPEED_MASTER I/V

»Gut, fangen wir von vorne an. Erzählen Sie mir, wie Mari und Sie ein Paar wurden?«, frage ich. Luke nickt und blickt mit zusammengekniffenen Augen ins Licht. Er beginnt zu reden, doch ich hebe die Hand. »Tut mir leid, einen Moment noch.« Ich wende mich an den Kameramann. »Duncan, kannst du den Scheinwerfer ein wenig dimmen?« Das Licht wird schwächer, und Luke blinzelt erleichtert. Ich überprüfe die Einstellung auf dem Monitor vor meinen Füßen. Das ist besser. Die Location ist toll. Ein altes Lagerhaus, teilweise verfallen, mit wuchtigen Stahlträgern. Und der breite Kerl mir gegenüber, der nur eine Seite des Bildschirmes füllt. Es sieht genial aus. Raef wird begeistert sein.

Luke kratzt sich am Kopf und runzelt die Stirn. Seine Lippe verschwindet zwischen den Zähnen, und er kaut befangen darauf herum. Die Einstellungen vor dem tatsächlichen Interview sind wichtig, und ich stelle die handelnden Personen gerne auf diese Art vor. Nicht in einem perfekt geschnittenen Gespräch, sondern mit dem Vorlauf. Bevor sie eine Show abliefern. Mit solchen intimen, beiläufigen Momenten. Zum Beispiel, wie er unbehaglich hin und her rutscht und sich umsieht. Als hätte man ihn zu dieser Befragung gezwungen. Und falls das, was vor zwanzig Jahren passiert ist, tatsächlich nicht mehr als eine Reihe unglücklicher Umstände war, wurde er wirklich unfreiwillig ein Teil davon. Aber was, wenn alles gelogen ist und er uns nur etwas vorspielt? Hat er diese Nervosität zu Hause vor dem Spiegel geübt und perfektioniert? Hat er bewusst geprobt, was er alles preisgeben wird?

Nachdem ich die Vorbereitungsarbeiten ein wenig in die Länge gezogen habe, richte ich mich in meinem Stuhl gerade auf und senke den Blick auf die Liste mit den vorbereiteten Fragen, die ich in den Händen halte. In meinem Pferdeschwanz steckt ein Stift, den ich mir jederzeit schnappen kann, um Notizen zu machen. »Okay, Mari und Sie – wie hat die Beziehung begonnen?«

Luke wirkt einen Moment lang, als würden ihn die Erinnerungen auf einmal überwältigen. Er beugt sich mit aufeinandergelegten Händen nach vorne und stützt die Unterarme auf den Oberschenkeln ab, ehe er genug Mut gesammelt hat, um sich wieder aufzurichten und direkt in die Kamera zu blicken, wie ich es ihm gesagt habe. Es soll aussehen, als würde er durch ein Rohr direkt in die Augen der Zuschauer blicken und mit ihnen reden.

»Mari und ich.« Ein Seufzen. »Mari und ich waren beste Freunde.« Traurigkeit ergreift von ihm Besitz, und ich lehne mich mitfühlend nach vorne. »Wir standen uns nicht von Anfang an nahe. In den ersten Jahren an der Ravensbourne sprachen wir kaum ein Wort miteinander. Ich hatte viele außerschulische Aktivitäten. Vor allem Musik und Fußball. War ständig beschäftigt. Ich wusste, wer sie ist, habe sie immer mal wieder gesehen. Hörte die Leute flüstern. Sie waren nicht gerade nett zu ihr. Aber ich war unbedarft und hatte keine Ahnung von den sozialen Hierarchien. Ich ließ mich nicht hineinziehen.«

»Warum mochten die anderen Schülerinnen und Schüler Mari nicht besonders, Luke?«, frage ich. Ich weiß es natürlich, und er weiß, dass ich es weiß. Aber ich brauche es auf Band, um die Basis ihrer Geschichte für den Zuschauer nachzuzeichnen.

»Sie hatten es auf Mari abgesehen, weil sie anders war. Die Tochter des Direktors. Das mögen Teenager nicht. Mr Castle war ein guter Kerl, aber relativ streng. Wahrscheinlich dachten die Leute, Mari würde sie in Schwierigkeiten bringen, wenn sie zu unseren Partys kam oder mit uns abhing und tat, was wir taten. Es schien ihr nichts auszumachen, wenn die Leute sie in der Klasse mit Papierkügelchen bewarfen oder sie nicht gewählt wurde, wenn wir uns paarweise zusammenfinden mussten. Im Nachhinein glaube ich, dass die anderen Maris Coolness als Überheblichkeit empfunden haben.« Er schüttelt den Kopf. »Dabei war sie das gar nicht. Absolut nicht. Aber das weiß ich nur, weil mir – nachdem ich sie näher kennengelernt hatte – bewusst wurde, dass sie sich mit diesem Verhalten bloß selbst schützt. Es tat ihr weh und beunruhigte sie. Sie hätte zu ihrem Dad gehen und ihm alles erzählen können, aber das hat sie nie getan. Sie wollte nicht als Petze dastehen.« Er lacht leise. »Mein Gott, das klingt mittlerweile alles so trivial.« Ich lächle zustimmend, und er fährt fort. »Eines Tages fuhr ich mit dem Rad nach Hause und direkt an ihr vorbei. Sie weinte, also blieb ich stehen. Einer der Idioten aus meinem Jahrgang hatte ihre Busfahrkarte gestohlen, aber sie wollte es ihrem Dad nicht sagen. Ich stieg vom Rad und begleitete sie nach Hause. Ich glaube, anfangs dachte sie, dass ich sie verarschen will. Aber ich habe ihr einfach von meinem Tag erzählt. Ein paar lustige Geschichten. Irgendwann lachte sie. Begann zu antworten. Und wir redeten und redeten. Ich merkte, wie witzig sie war. Wie anders, wenn sie sich nicht mehr in der Schule befand.«

Ein Lächeln umspielt meine Lippen, als ich an den jungen, freundlichen Luke denke, der von seinem Fahrrad springt, um Mari zu helfen. Und an Mari, die endlich einen Freund gefunden hat. An die Hoffnung, die sie wahrscheinlich empfand.

»Sie haben sich also gegen den Gruppenzwang und gegen alle anderen in Ihrem Jahrgang gestellt. Mit vierzehn ist das ziemlich mutig, oder?«

Er lacht verlegen. »Ja, wahrscheinlich. Darüber habe ich gar nicht nachgedacht. Ich mochte Mari einfach. Ich kann es nicht anders erklären. Sie hat plötzlich zu strahlen begonnen – und sie hat *mich* zum Strahlen gebracht. Wir waren wie Magnete, die sich gegenseitig aufladen. Sobald es alle wussten, hörte die Scheiße auf, mit der sie sich herumschlagen musste. Und sie freundete sich mit meinen Freunden an.«

»Sie haben sie also vor der Hölle jedes Teenagers bewahrt?«

»So würde ich das nicht sagen«, meint er und winkt ab.

»Die Kommentare aus dieser Zeit, die Sie beide betreffen, legen allesamt nahe, dass Sie der beliebteste Schüler und die beliebteste Schülerin waren. Würden Sie dem zustimmen?«

Er wird ein wenig rot und kratzt sich am Kopf. »Ähm ... ich schätze, es war schlichtweg eine gute Schlagzeile. Ich verstehe, warum sich die Medien darauf gestürzt haben. ›Musterschüler verschwinden im Dschungel‹.« Er hält nachdenklich inne. »So viel von dem, was wir waren, wurde auseinandergenommen und in eine Form gegossen, die für andere bekömmlich war. Manchmal ist es schwer, sich zu erinnern, wie es wirklich war.« Seine

Stimme schwankt ein wenig. Doch schon die nächste Erinnerung bringt ihn zum Lächeln. »Die Eltern mochten uns. Vertrauten uns. Die Lehrer meinten, wir hätten einen guten Einfluss auf die anderen. Niemand bezweifelte, dass wir uns auch nach der Schule gut schlagen würden.«

»Wie standen Maris Eltern dazu, dass sie einen Freund hatte?«

Er zieht die Nase hoch und räuspert sich, um wieder klar sprechen zu können. »Mit Mr Castle bin ich immer gut ausgekommen. Wir kannten einander bereits, bevor Mari und ich einander nähergekommen sind. Ich war einige Male mit der Schule unterwegs gewesen, und er hatte mir diverse Pokale überreicht. Es war nie wirklich ein Thema. Ihrer Mum gefiel, dass ich ihre Tochter aus ihrem Schneckenhaus gelockt hatte. Bevor sie mich kennenlernte, hatte Mari kein wirkliches Sozialleben. Wir schafften beides. Partys und Schule. Wir waren Nerds, aber ich glaube, wir waren coole Nerds.« Er grinst verlegen über das Etikett, das er sich selbst verpasst hat. »Falls es so etwas überhaupt gibt.« Er hält inne und verliert sich einen Moment lang in der Erinnerung. »Unser ganzes Leben lag vor uns ...« Seine Stimme bricht, und er blickt auf seine Hände hinunter und wirkt irgendwie fasziniert. Als könnte er nicht glauben, dass er sein Leben damals noch im Griff hatte. Und jetzt sitzt er hier und starrt auf seine beinahe vierzigjährigen Hände hinunter, in denen sich absolut nichts befindet.

Er hebt den Blick. »Unser ganzes Leben lag vor uns. Wir sprachen über die Ewigkeit. Wir hatten keine Ahnung, dass unsere gemeinsame Zeit so kurz sein würde.«

Kapitel 7

Ich stürze den Rest meines Kaffees hinunter, stopfe mir die letzte Ecke Toast in den Mund und sehe noch einmal nach, ob mein Laptop und die Kopfhörer in meinem Rucksack stecken. Dann ziehe ich meine abgewetzte Gürteltasche hervor, die ich immer zu den Dreharbeiten mitnehme, und checke auch deren Inhalt: Ersatzbatterien, Stifte, ein kleines Notizbuch und verstärktes Klebeband – wichtige Kleinigkeiten, die einen Stillstand beim Filmen verhindern können, wenn es gerade gut läuft. Ich habe die Bauchtasche dabei, seit ich als Laufbursche gearbeitet habe, und alte Gewohnheiten legt man nur schwer ab. Ich weiß, dass Cleo und Duncan immer parat stehen, aber wenn man gerade filmt und jemand muss los, um irgendetwas zu regeln, ist ein Back-up meiner Erfahrung nach nicht schlecht.

Herzog streicht mit aufgestelltem Schwanz um meine Beine, und ich beuge mich nach unten, um ihn zu streicheln. »Ich bin bald wieder da, Kleiner«, säusele ich, während er schnurrt, schließe den Reißverschluss des Rucksacks und werfe ihn mir über die Schulter.

Heute drehen wir zum ersten Mal mit Luke außerhalb des Lagerhauses. Wir fahren in seine Heimatstadt in der Nähe von Cambridge, um die Schule zu besuchen, von der ich schon so viel gehört habe: Ravensbourne. Sie ist ein wichtiger Teil des Films, denn sie bildet die Kulisse für den Beginn der ganzen Geschichte. Ich will, dass das Publikum versteht, woher die beiden kamen und welche Erwartungen auf ihren Schultern ruhten, als sie zu dieser einzigartigen Reise vor dem Beginn ihrer Unilaufbahn aufbrachen.

Ich war nicht an der Uni. Ich habe gearbeitet. Ich habe gearbeitet und gearbeitet, bis mich die Leute ernst nahmen. Ich habe niemandem gesagt, dass ich auf dem Sofa von Freunden schlief, als ich mein erstes Praktikum bekam. Oder dass ich Zweitjobs hatte, um die Miete zu bezahlen, bis ich zur Rechercheurin befördert wurde. Ich habe nie von einem mehrwöchigen Trip ins Ausland geträumt. In meinen Augen wäre es eine Verschwendung meines hart verdienten Geldes gewesen, das ich dringend brauchte, um mich nach oben in Richtung meiner Wunschkarriere durchzuschlagen. Auf gewisse Weise hat mir das einen Vorteil verschafft. Meine Arbeitsmoral ist erbittert und grenzenlos. Ohne Sicherheitsnetz entwickelt man eine Entschlossenheit, die anderen fehlt.

Ich reihe mich in den Strom der Pendler ein, die in Richtung U-Bahn unterwegs sind, und stelle mir vor, wie Mari und Luke ihre Sachen packten, um zum Flughafen aufzubrechen. Wie sie sich aufgeregt Nachrichten auf ihre Nokias schickten. Ich verstehe den Drang, um die Welt zu reisen, um »sich selbst zu finden«, nicht wirklich. Gibt es als Teenager überhaupt etwas zu finden? Das schafft man doch nur im Laufe der Jahre, indem man Dinge ausprobiert und scheitert, und nicht, indem man sich ein Flugticket besorgt und davonläuft. *Davonlaufen.* Aber Mari und Luke hatten nichts, wovor sie davonlaufen mussten, oder? Sie hatten beide dieses perfekte Leben, das zu Hause auf sie wartete. Sie folgten wohl eher dem leeren Versprechen eines erleuchteten »Wir« am Ende der Reise. Vielleicht gestehe ich ihnen aber auch zu viel zu. Vermutlich wollten sie einfach mal Spaß haben.

Am Bahnhof King's Cross herrscht allgemeine Hektik. Wir sind unter der Anzeigentafel verabredet, und als ich mich nähere, sehe ich Cleo, die mit dem Handy am Ohr auf und ab wandert. Sie wendet sich um, entdeckt mich und verdreht übertrieben die Augen, um mir zu verstehen zu geben, dass der Anruf ihr den letzten Nerv raubt. Vermutlich geht es um die Ausrüstung. Luke ist noch nicht da, also stelle ich mich neben Cleo und sehe mich nach ihm um. Sie beendet das Telefonat und mustert mich.

»So nervös kenne ich dich gar nicht.« Irgendetwas an meiner Körperhaltung muss mich verraten haben.

»Ich bin nicht nervös«, erwidere ich spitzer als beabsichtigt, und sie wirkt verletzt. »Okay, vielleicht ein bisschen«, räume ich seufzend ein. »Er ist zu spät dran.«

Sie lächelt beruhigend und wirft einen Blick auf ihr Handy. »Aber nur zwei Minuten.«

Dann sehe ich ihn. Sein Kopf taucht immer wieder über dem Gewirr der verschwommenen Gesichter auf. Er ist nicht zu übersehen, und es scheint beinahe, als würde sich die Menge für ihn teilen, während er sich wie in Zeitlupe durch sie hindurchbewegt. Als er mich sieht, lächelt und winkt er. Ich hebe grüßend die Hand.

»Hi, Cassidy.« Er bleibt vor mir stehen und kratzt sich am Kopf. Er wirkt ebenfalls nervös.

»Hallo, Luke. Wie geht es Ihnen heute?« Mein Tonfall ist förmlich. Vielleicht, weil ich den Reflex, mich ihm gegenüber wesentlich vertrauter zu verhalten, kompensieren will. »Wir könnten uns einen Eiskaffee holen. Das schaffen wir noch, bevor der Zug losfährt.«

»Für mich nicht. Aber danke.«

»Mir ist klar, dass heute ein wichtiger Tag für Sie ist«, erkläre ich freundlich. »Sie besuchen die Schule zum ersten Mal seit langer Zeit, nicht wahr?«

Er nickt. »Ich war schon viele Jahre nicht mehr dort.« Er schluckt.

Ich drücke beruhigend seinen Arm. »Wir werden nichts überstürzen, okay? Sagen Sie mir einfach, wenn Sie mal eine Minute brauchen. Wir haben keine Eile.«

Er scheint sich ein wenig zu entspannen. »Ich kann es noch immer nicht ganz glauben. Das letzte Mal war ich für meine Abschlussprüfung in Ravensbourne. Ich habe nicht einmal die Ergebnisse abgeholt, denn zu diesem Zeitpunkt war ich bereits ...« Er schluckt erneut. »Fort.«

Cleo nimmt einen weiteren Anruf entgegen. Dieses Mal weiß ich mit Sicherheit, dass es Duncan, der Kameramann, ist. Sie erklärt ihm, dass unser Zug ein wenig verspätet ist. Er wohnt außerhalb der Stadt und wartet dort mit der Ausrüstung und dem Mietwagen auf uns. Ich höre zu, wie sie einen Treffpunkt vereinbaren. Luke steckt die Hände in die Hosentaschen und wartet geduldig.

»Also, kommen Sie klar mit dem, was wir heute vorhaben? Ist noch irgendetwas unklar, oder wollen Sie es noch einmal durchgehen, bevor ...?«, beginne ich.

Er schüttelt den Kopf. »Schon gut. Ich verstehe es. Sie wollen die Zwiebel schälen, um ans Innere zu gelangen.«

Ich lächle. »Wunderbar. Aber melden Sie sich trotzdem, wenn Ihnen etwas unangenehm ist. Es ist eine Sache, in der Stille des Interviewraums über diese Dinge zu sprechen. Filmen in der Öffentlichkeit kann sich völlig anders anfühlen.« Ich mache einige vorsichtige Schritte auf ihn zu. »Haben Sie mit Ihrer Mutter gesprochen?«

Er wendet den Blick ab und beißt die Zähne aufeinander. »Sie ist unsicher. Sie versteht, warum ich es tun will, und unterstützt mich. Aber sie ist auch nervös. Ich will sie zu nichts drängen. Sie müssen verstehen, dass sie ebenfalls in die Sache hineingezogen wurde. Die Vorstellung, nun alles wieder an die Oberfläche zu holen ... Sie hat Angst davor, was es mit mir anstellen könnte. Ich konnte in der Vergangenheit bekanntlich nicht sehr gut damit umgehen, und sie befürchtet, dass ich wieder in das alte Muster zurückfallen könnte.«

Ich nicke und versuche, mir meine Enttäuschung nicht anmerken zu lassen. »Okay, kein Problem. Würde es helfen, wenn ich mit ihr rede?«

»Klar«, meint er. »Geben wir ihr vielleicht noch ein paar Wochen, um sich an den Gedanken zu gewöhnen.«

Ich würde Lukes Mutter liebend gerne interviewen. Sie fragen, wie es ist, die Mutter eines Sohnes zu sein, dem alle Türen offenstehen, bis sich plötzlich alles gegen ihn wendet. Auch sie muss eine Art Trauer empfunden haben. All diese Anschuldigungen, dass ihr geliebter Junge seine Freundin ermordet hat. Man sollte niemals die Folgewirkungen eines solchen Falles unterschätzen. So etwas ändert das Leben von vielen.

Ich rufe mir in Erinnerung, dass wir noch ganz am Anfang stehen und sich alles finden wird. Das tut es immer.

Wir steigen in den Zug und nehmen unsere Plätze ein. Es ist heiß und stickig. Ich halte die Hand unter die Lüftungsdüse, aber es rührt sich nichts. Ich ziehe die kleine Kamera hervor, die ich für zufällige Einstellungen dabeihabe. Als der Zug sich in Bewegung setzt und an Wolkenkratzern und alten, mit Graffiti bedeckten Ziegelwänden vorbeirollt, filme ich Luke, der aus dem Fenster starrt. Lichter huschen über sein Gesicht, während wir die Stadt durchqueren und schließlich hinter uns lassen. Ich starre auf sein Abbild auf dem Display der Kamera und gebe mein Bestes, ihn nicht direkt anzusehen, damit er meinen neugierigen Blick nicht bemerkt.

Schließlich lege ich die Kamera beiseite und lehne mich zurück. Mein Handy vibriert. Eine neue E-Mail. Der Betreff lautet »MARIGOLD CASTLE«. Ich öffne die App – die E-Mail-Adresse ergibt keinen Sinn. Es ist lediglich eine Aneinanderreihung von Zahlen und Buchstaben. Neugierig scrolle ich weiter.

Kleine Mädchen werden verletzt, wenn sie sich in
Sachen einmischen, die sie nicht verstehen.
Vor allem kleine Mädchen wie du, Cassidy Chambers. Anon.

Ich hebe entsetzt den Blick. Da ist ein schrilles Klingeln in meinen Ohren. So etwas wie Angst durchzuckt mich. Ich lasse das Handy fallen und taste auf dem Boden danach.

Cleo bemerkt es. Ich muss kalkweiß im Gesicht sein. »Alles okay?«, fragt sie in einer Mischung aus Belustigung und Sorge.

Ich nicke eilig. »Ja, alles klar.«

Auch Luke wirft mir einen besorgten Blick zu, und ich ringe mir ein entspanntes Lächeln ab. Mein Herz klopft, und mein Finger schwebt über der E-Mail. Ich sollte sie an Raef weiterleiten. Es melden. Aber ich mache nichts dergleichen. Stattdessen lösche ich sie und ermahne mich, nicht weiter darüber nachzudenken.

Kapitel 8

Unser Kameramann Duncan wartet bereits am Bahnhof auf uns, und nachdem wir nacheinander in den gemieteten Minivan geklettert sind, zieht er die Schiebetür zu. Metall kratzt über Metall, und ich erschaudere. Während der Fahrt lasse ich meine Gedanken auf die Reise gehen. Duncan jammert, weil er nicht genau die Kamera bekommen hat, die er wollte. Er ist ein Bär von einem Mann, in den Fünfzigern, mit einem klingenden walisischen Akzent und hat mit der Kamera auf der Schulter die ganze Welt bereist. Er kann auf nervtötende Art besessen davon sein, genau die Einstellung zu bekommen, die er sich vorstellt, und manchmal versteht er nicht, dass der Umgang mit Mitwirkenden ein gewisses Fingerspitzengefühl erfordert, aber am Ende bin ich jedes Mal froh über seine Arbeitsweise, wenn ich mich auf die Suche nach passenden Filmszenen mache und dabei immer wieder seine herrlichen Bilder bewundere. Ich blicke aus dem Fenster und gebe ab und zu zustimmendes Gemurmel von mir, während Duncan kein Ende findet. Das Grün der Landschaft welkt in der drückenden Hitze vor sich hin, und auf der Fahrt aus der Stadt und in Richtung Schule kommen wir an großen, hinter hohen Zäunen und Toren verborgenen Häusern vorbei. Ich werfe immer wieder einen Blick in Lukes Richtung. Er sieht wie gebannt aus dem Fenster, und die Hände im Schoß zittern, während er unbewusst und unaufhörlich mit den Füßen wippt. Ich stelle mir vor, wie es für ihn sein muss. Immerhin ist er die Strecke nach Ravensbourne nicht mehr gefahren, seit er die Schule im Sommer 2002 verlassen hat.

Der derzeitige Direktor war nicht gerade begeistert, dass in der Schule gedreht werden soll. Er wollte nicht, dass der gute Name seiner Einrichtung noch einmal mit einer derart emotional aufgeladenen Geschichte in Verbindung gebracht wird. Doch wir haben ihm erklärt, dass die Schule so oder so erwähnt werden wird und ein paar Bilder von Luke, der die Flure entlanggeht, keinen großen Unterschied machen. Außerdem ist dort ja nichts Schlimmes passiert – ganz im Gegenteil. Am Ende gab er uns die Erlaubnis, da ohnehin gerade Sommerferien sind und sich weder Schüler noch Lehrkräfte im Gebäude aufhalten, und Cleo mailte mir stolz die unterzeichnete Drehgenehmigung.

»Wir sind da«, verkündet Duncan und setzt den Blinker, während wir uns der Abzweigung nähern. Ich lehne mich auf meinem Sitz nach vorne. Wir verlassen die Landstraße und biegen auf den Zufahrtsweg. Am Ende einer gepflegten Hecke ragt schließlich das Gebäude vor uns auf. Die Sonne brennt auf die Türme des neugotischen Bauwerks hinab. Ich habe im Netz Fotos und Promovideos gesehen, aber es ist etwas anderes, tatsächlich hier zu sein. Dank der vielen kleinen Türmchen und der Wasserspeier erinnert die Schule eher an ein Herrenhaus oder eine Universität. Um das Haupthaus erstrecken sich Tausende Quadratmeter Land mit allen erdenklichen Sportplätzen.

Der Hausmeister lässt uns hinein, und ich sehe zu dem kunstvollen Steinrelief über dem Haupteingang empor, als wir hindurchtreten. Hier drin ist es deutlich kühler.

Duncan und Cleo stellen unsere Ausrüstung am Ende des langen Korridors ab. Jedes Klappern und jede Plänkelei hallt von den Wänden wider.

»Falls Sie etwas brauchen, melden Sie sich einfach. Ich wohne auf dem Gelände, ich wäre also in ein paar Minuten bei Ihnen«, erklärt der Hausmeister und gibt Cleo seine Nummer, bevor er uns alleine lässt. Ich sehe zu, wie er seinen verbeulten alten Golfbuggy auf den Kiesweg lenkt.

»Wie in Hogwarts«, murmelt Cleo und reckt den Kopf, um sich umzusehen. Die Tapeten an den Wänden zeigen verschlungene Ranken und dornige Rosen, der glatte Boden aus roten Tonfliesen sieht aus wie frisch poliert.

Da ich mir die Onlinevideos angesehen habe, kenne ich den Grundriss der Schule ein wenig und habe eine kleine Liste mit Orten für die heutigen Dreharbeiten erstellt. Aber jetzt, da ich hier bin ... Es ist kaum zu glauben, dass ich mich in einer Schule befinde. Meine eigene Schule war ein trostloser Kastenbau aus den Fünfzigern. Wir hatten verrottete Fensterbänke und ein erhebliches Nagetierproblem. An einem kalten Wintertag konnte man im Chemielabor seinen eigenen Atem sehen.

Ich stelle mir vor, wie es war, die begehrte Uniform mit dem violetten Wappen zu tragen und durch diese Flure zu gehen. Hatten sie eine Ahnung, wie viel Glück sie hatten? Vermutlich nicht. In diesem Alter merkt man erst, was man hatte, wenn es einem genommen wurde.

Duncan kniet am Boden und bereitet mit großer Sorgfalt die Ausrüstung vor, während Cleo Luke verkabelt. Ich komme nicht umhin, die leichte Röte auf ihren Wangen zu bemerken, als sie das dünne Kabel unter sein T-Shirt steckt.

Ich trete auf die beiden zu. »Okay, Luke. Sie wissen, auf welche Bereiche wir uns konzentrieren wollen. Möchten

Sie vorangehen und uns ein wenig herumführen? Einige Anekdoten über Ihre Zeit hier wären toll. Möglicherweise werfe ich hier und da die eine oder andere Frage ein, je nachdem, wie wir vorankommen. Wir improvisieren einfach, in Ordnung?«

Er reckt den Kopf und blickt nervös den Korridor entlang. Sein Atem geht schnell. Ich berühre seinen Arm. »Luke?«, frage ich leise.

»Entschuldigung. Ja.«

»Sind Sie sicher, dass alles in Ordnung ist? Wir können uns gerne noch ein wenig Zeit nehmen. Vielleicht spazieren wir vorerst ohne Kamera durchs Haus?«

Er schüttelt den Kopf und fährt sich mit der Hand über die Stirn. »Nein, schon gut. Bringen wir es hinter uns.«

»Okay. Sie gehen voran, wir folgen Ihnen.« Ich deute den Korridor entlang. Er holt tief Luft und setzt sich in Bewegung. Seine Schritte hallen von den Wänden wider, und sein Schatten fällt nach hinten auf den glänzenden Boden. Ich packe Duncans Arm, als er Luke folgen will. »Warte, bis er aus dem Bild ist, das sieht super aus«, flüstere ich erklärend.

Erst, als Luke durch die Doppelflügeltür am Ende des Korridors getreten ist, lasse ich Duncans Arm los. »Gut. Gehen wir.«

Luke führt uns durch das Innere der Schule. Zuerst wirkt er unnatürlich und steif, ist sich jeder Bewegung und jedes Wortes zu sehr bewusst. Immer wieder wirft er der Kamera besorgte Blicke zu. Aber im Laufe des Tages entspannt er sich, zeigt uns Dinge, die interessant sein könnten, und beantwortet mit steigender Begeisterung meine Fragen über die Häuser der Schule und die von ihm gewonnenen Trophäen in den Glaskästen.

Als wir schließlich vor der Tür des Gemeinschaftsraumes stehen, hält er inne und blickt durch das Glas im oberen Teil der Tür. Seine Hand liegt auf der Klinke, doch er zögert. »Luke, ist alles in Ordnung?«, frage ich leise. Er nickt, nimmt seinen Mut zusammen und öffnet die Tür.

Der Raum ist anders als der Rest der Schule. Die Wände sind hell gestrichen und mit Bildern der Schüler geschmückt, daneben hängen jede Menge Poster und Stundenpläne. Es gibt eine kleine Küche, und in der Mitte des Raumes wurden mehrere Tische zusammengerückt, um gemeinsam zu lernen. Eine Ecke wurde als Ruhezone mit Sofas und Sitzecken gestaltet. Wir filmen Luke, der langsam herumgeht und alles in sich aufsaugt, während er sich am Kopf kratzt, wie immer, wenn ihn etwas überwältigt. Ich stelle keine Fragen, sondern lasse seinen Gesichtsausdruck für sich sprechen.

»Es kommt mir vor, als wäre es gestern gewesen«, meint er leise, und seine Stimme bricht ein wenig. »Die Sitzsäcke dort waren noch nicht da, wir hatten ein riesiges L-förmiges Sofa.« Er geht zur Feuertreppe, und ich will ihm zurufen, die Tür nicht anzufassen. Womöglich geht der Alarm los und macht den Hausmeister wütend. Doch er drückt bereits den Stangengriff nach unten, und nichts passiert. »Hier haben wir immer heimlich geraucht. Der Aufkleber war schon damals nur Show.« Er deutet auf die Aufschrift *Alarmgesichert* und blickt nach unten. »Sieht so aus, als wäre es immer noch der inoffizielle Raucherbereich.« Sein Grinsen verblasst, als ihm die Kamera einfällt. »Vielleicht schneiden Sie diesen Teil lieber raus. Ich will nicht, dass jemand Schwierigkeiten bekommt.« Ich nicke lächelnd.

Als Nächstes kommen wir in die große Halle. Er schluckt schwer, geht auf direktem Weg in die Mitte und sieht zu der gigantischen, gewölbten Decke empor. »Es wirkt so viel kleiner«, murmelt er leise, doch ich höre ihn dennoch in meinem Kopfhörer. Das Mikrofon zeichnet jeden Atemzug auf. Er macht sich zur anderen Seite des Raumes auf und betrachtet die Namen, die in hölzerne Tafeln eingraviert wurden. »Wir sollten hier auch irgendwo sein«, meint er und sieht sich suchend um. »Vor zwanzig Jahren«, murmelt er und bewegt sich durch die Jahre in die Vergangenheit. Dann streckt er den Finger aus. »Da.« Mein Blick folgt ihm. *Schülersprecher Jungen – Luke Speed, Schülersprecherin Mädchen – Marigold Castle,* steht dort in goldenen Buchstaben.

»Es ist seltsam, denn man möchte meinen, dass sich Widerstand gegen die Tochter des Direktors als Schülersprecherin regte, aber niemand hatte etwas dagegen. Sie wussten, dass sie die Richtige für den Job war.«

Ich trete neben Duncan und flüstere: »Sieh zu, dass du ein paar gute Großaufnahmen von den Tafeln bekommst.« Er wirft mir einen genervten Blick zu. Er wird nicht gerne herumkommandiert, aber ab und zu übersieht er Dinge, und ich wäre stinkwütend, wenn ich am Ende bemerken würde, dass wir keine Aufnahme davon haben.

Mein Blick wandert zu der großen Bühne im vorderen Teil der Halle, und ich stelle mir die Debattierclubs, die Versammlungen und die aufwendigen Theater- und Musikvorführungen vor, die hier stattgefunden haben. Die Klänge eines Klaviers hallen durch den leeren Raum, und als ich mich umdrehe, steht Luke vor dem großen Flügel und klimpert darauf herum. Dann schließt er den Deckel und streicht traurig über die glänzend schwarze Oberfläche. Ich halte mich zurück und lasse Duncan diese ruhigen, vielsagenden Momente einfangen.

Anschließend gehen wir nach draußen zu den Sportplätzen. Luke steht in der Mitte des Fußballfeldes und hat die Hände in die Hüften gestemmt. Er scheint weit fort zu sein. Dann beginnt er zu laufen. »Es war das letzte Spiel der Saison. Es ging gegen die Garrat High, und ich hatte den Ball«, keucht er und tritt gegen einen imaginären Fußball. »Da war dieser unglaublich talentierte Junge. Ich laufe auf das Tor zu, das Feld vor mir ist frei. Der Druck ist enorm, wir brauchen nur noch einen im Netz, dann haben wir die Saison in der Tasche. Die Garrat High blieb bisher ungeschlagen. Ich laufe weiter, doch dann kommt dieser Junge von rechts auf mich zu, und ich denke: *Verdammt, er macht mir alles kaputt.* Er versucht eine völlig verrückte Attacke …« Luke hebt grinsend das Gesicht und blickt in die Kamera. »Und ich denke: ›Nein. Du versaust mir sicher nicht das letzte Spiel, das ich für meine Schule und mit meinem Team spiele.‹ Das Tor war eigentlich zu weit weg. Aber es war meine letzte Chance, ehe er einen neuen Angriff starten konnte. Und mir gelang der perfekte Schuss.« Er schießt den imaginären Ball in Richtung Tor. »*Wumm.* Jaaaa!«, ruft er, läuft im Kreis und zieht sich das T-Shirt über den Kopf. »Die Menge tobte. Wir hatten das Tor. Wir hatten die Saison gewonnen.« Er sinkt auf die Knie. »Es war perfekt.«

Das Hochgefühl ist verflogen. Er steht auf, legt die Hände hinter den Kopf und wandert im Kreis, während der Kummer ihn mit sich reißt. Wir sehen vom Spielfeldrand zu. »Wenigstens hatte ich auch mal eine gute Zeit!«, ruft er uns zu, und sein Grinsen verbirgt, wie es sich wirklich anfühlen muss, wieder in diese Zeit zurückzukehren und alles noch einmal zu erleben.

Wir machen uns auf den Rückweg. »Geht es Ihnen gut?«, frage ich sanft.

Er schweigt, dann nickt er eilig. »Ja. Klar.«

»Sie schlagen sich wirklich gut«, erkläre ich, um ihm Mut zu machen.

Als Nächstes geht es in die Mensa. Ich bin zufrieden. Wir haben mehr, als ich mir von einem Drehtag erhofft hatte, an dem es kaum Action gibt und alles sehr nachdenklich und reflektierend abläuft. Ich kann es kaum erwarten, die Interviews fortzusetzen und die anderen Leute zu treffen, die damals eine Rolle spielten. Es gibt noch jede Menge zu tun, bevor wir beginnen können, alles zusammenzufügen. Je mehr Zeit ich mit Luke verbringe, desto stärker wird das Gefühl, dass es in unserer Geschichte darum gehen wird, wie er selbst zum Opfer dieser ganzen Sache wurde.

Vielleicht gab es tatsächlich einen Mann im Dschungel. War es womöglich eine Vertuschungsaktion der Polizei? Ich nehme mir vor, Jamal zu fragen, wie seine Gespräche mit der thailändischen Polizei bisher gelaufen sind.

Wir haben den halben Weg zur Mensa hinter uns gebracht, als mir klar wird, dass Luke verschwunden ist. Ich kehre um und halte vor der Tür zur großen Halle inne. Luke zieht gerade den Hocker unter dem Flügel hervor und öffnet den Deckel. Das Geräusch, wie er hinten anschlägt, hallt durch den Raum. Die Beine des Hockers kratzen über den Boden. Schließlich hebt Luke die Hände und lässt die Finger sanft auf die Tasten sinken. Zarte Klänge erfüllen den riesigen Raum und entfalten sich wie eine Blume. Ich checke, ob Duncan mir gefolgt ist, und lächle erleichtert, als ich sehe, dass er alles einfängt.

Der Song klingt klassisch, aber gleichzeitig modern. Ich kenne ihn. Er ist so vertraut, aber in diesem Arrangement vollkommen fremd. Ich forme mit den Lippen die Worte, bis sie zur Melodie passen. Dann hab ich's. Es ist *Under the*

Bridge von den Red Hot Chili Peppers. Ich schlucke schwer. Es ist bittersüß und mitreißend. Musik ist wie eine Zeitkapsel. Sie bringt mich zurück in meine Teenagerzeit in den frühen Nullerjahren. Pastellfarbenes, schimmerndes Make-up, tief geschnittene Jeans und mein Mini-Disc-Player. Das Kichern im Haus einer Freundin, während wir über MSN mit irgendeinem Jungen plauderten. Die Tränen, nachdem meine Mum mir eine Ohrfeige gegeben hatte, weil ich zu spät nach Hause gekommen war.

Ich sehe hoch zur verzierten Decke, zu den dicken grünen Samtvorhängen und schließlich zu den in Reihen angeordneten dunklen Mahagonistühlen. Ich stelle mir vor, wie überall Kinder und Jugendliche in ihren gebügelten Uniformen sitzen und geradeaus zu Maris Vater blicken, der die Versammlung leitet. So viel Geld. So viele Privilegien auf dem angeblich erfolgversprechendsten Weg ins Erwachsenenleben. Mittlere Reife, Abitur, ein Brückenjahr, bevor man wieder nach Hause kommt und direkt an eine der besten fünf Universitäten wechselt. Jede Menge Spaß und einen Job in der Firma von einem Bekannten der Eltern, sobald das Flugzeug gelandet ist. Diese Kinder und Jugendlichen kannten nur eine Welt, in der sich alle Türen öffneten und alle Ja sagten. Sie kannten nur den Erfolg.

Ich betrachte Luke, während er spielt. Denke an all die Möglichkeiten, die ihm offenstanden. Und Mari ebenfalls. Bis sie alles verloren haben.

Aber was, wenn das Gegenteil der Fall war? Wenn Luke tatsächlich etwas mit Maris Verschwinden zu tun hatte? Wie wurde aus dem Schülersprecher und Fußballstar ein Mörder? Was passierte zwischen diesem Tor im Sommer 2002 und dem Zeitpunkt, als sie sich im Dschungel verirrten, um ihn zu so einer Tat zu verleiten?

Luke ist fertig. Der letzte Ton hallt durch den Raum und verklingt. Er wendet sich ein wenig verlegen zu uns um. »Tut mir leid, ich konnte nicht anders.«

Ich schüttle den Kopf. »Danke, dass Sie für uns gespielt haben.«

Er bleibt noch einen Moment lang sitzen. Mit hängenden Schultern und gesenktem Kopf.

Wir beschließen, noch einige Aufnahmen vor der Tafel der Schule an der Hauptstraße zu drehen. Luke steckt die Hände in die Taschen. Das Selbstbewusstsein, das er langsam vor der Kamera entwickelt hat, ist verschwunden, nachdem wir die Sicherheit des Gebäudes verlassen haben, und er wirkt nervös. Ich betrachte das beeindruckende Schild. Das Wappen. Die geschwungene goldene Schrift auf violettem Hintergrund.

Ich verliere mich in meinen Gedanken, während Duncan filmend um Luke herumtritt. Ein Regentropfen. Ich blicke in den Himmel. Ich glaube nicht, dass wir einen Regenschirm dabeihaben. Wir sollten die Ausrüstung ins Auto schaffen. Wenn wir innerhalb der nächsten halben Stunde losfahren, schaffen wir es zu dem Zug um vier Uhr.

Doch plötzlich taucht wie aus dem Nichts ein Auto auf und kommt mit quietschenden Reifen zum Stehen. Die Tür geht auf. Ich schnappe nach Luft, als sich ein Mann auf Luke stürzt und ihn im Nacken packt.

»Hey!«, rufe ich, und Adrenalin schießt durch meine Adern. »Hey!« Ich gehe auf die beiden zu, um einzugreifen.

»Du Arsch! Wie kannst du es wagen, dich hier blicken zu lassen? Wo ist sie? Was hast du mit ihr gemacht?«, faucht der Mann, und ich schlage die Hände vor den

Mund, als er Luke mit der Faust ins Gesicht schlägt. Luke geht stöhnend zu Boden. Alles passiert unglaublich schnell.

Duncan senkt die Kamera, um dazwischenzugehen, aber der Mann hat sich bereits abgewandt, stapft zu seinem Auto zurück, knallt die Tür zu und rast davon.

Kapitel 9

280722_DER DSCHUNGEL_LUKE SPEED_MASTER I/V

»Also, wie kamen Sie auf die Idee mit Thailand?«

Luke räuspert sich und rutscht erneut auf seinem Stuhl hin und her. »Ich hatte im September einen Platz an der London School of Economics sicher, und Mari hoffte, dass ihre Noten gut genug für Oxford sein würden. Wir hatten bereits über unsere Beziehung gesprochen – ob sie diese neue Distanz aushalten würde. Wir verhielten uns sehr erwachsen, gingen alles durch. Die Leute nannten uns Dawson und Joey. Wir schlossen einen Pakt, dass wir es schaffen würden. Es war nicht einfach eine Jugendliebe. Wir würden für immer zusammenbleiben.« Er wirft mir einen Blick zu. »Sie finden das albern, nicht wahr?« Ich schüttle den Kopf. »Jeder schien der Meinung zu sein, dass ich ihr einen Gefallen getan habe, aber in Wirklichkeit war es umgekehrt. Ich hatte keine Ahnung, wie einsam ich war – bis sie kam.«

Schweigen. Ich breche es nicht, denn ich habe das Gefühl, als wollte er sich zwingen, etwas auszusprechen.

»Bei mir zu Hause gab es einige Probleme, über die ich mit meinen Kumpels nicht sprechen konnte. Als Teenager muss man immer so tun, als wäre man cool – und damals ganz besonders. Als könnte einem nichts etwas anhaben. Dabei lag mein Dad im Sterben. Als er die Diagnose erhielt, war ich zwölf. Es ging bergauf und bergab, es gab Remissionsperioden, dann war der Krebs zurück. Meine Mum machte die Unsicherheit verrückt. Unser Zuhause wurde zu einer emotionalen Folterkammer. Ich dachte, wenn ich es niemandem erzählte, könnte ich weiterhin so tun, als würde es gar nicht passieren. Während meine Klassenkameraden sich mit allerlei Unwichtigkeiten herumschlugen, fand ich heraus, dass mein Dad – mein Lieblingsmensch – es nicht schaffen würde. Er hat mit mir Fußball gespielt. Hat mich ermutigt, Musik zu machen. Mich aufgebaut. Mich zu dem gemacht, was ich damals war. Doch dann siechte er zu Hause dahin, und es wurde jeden Tag schlimmer. Bis er schließlich starb. Im Jahr vor meinem Abschluss.«

Ich bedenke ihn mit einem mitfühlenden Blick. Es tut mir so leid für diesen jungen Mann, und für den Mann, der jetzt vor mir sitzt.

»Aber ich hatte dennoch Bestnoten. So war das damals, ich habe mich mit Arbeit abgelenkt. Alle Jahrgänge vor uns hatten sich ein Brückenjahr genommen. Wir hörten von Full-Moon-Partys, Tuk-Tuks, Fahrten mit der Fähre und Dschungelexpeditionen. Es klang nach ständiger Bewegung, als könnte ich mich niemals in meinen Gedanken verlieren, wenn ich erst mal dort war. Dieses Buch von Alex Garland – *The Beach* – wurde verfilmt, und wir haben uns den Streifen etwa zwölf Mal angesehen. In unserer Vorstellung war es die ultimative Freiheit. Den Rucksack packen, keinerlei Pläne, ab ins Flugzeug, und der Rest wird dem Schicksal überlassen. Es stand außer Frage, mit wem ich fahren würde. Es gab nur Mari. Jeden Tag, jeden Augenblick. Sie machte mein Leben erträglich. Ich weiß nicht, was ich ohne sie getan hätte, nachdem mein Dad gestorben war.

Der Plan war also, den Sommer in Südostasien zu verbringen. Wir hatten drei Monate, ehe die Uni losging. Dann wollten wir einander abwechselnd an den Wochenenden besuchen. Nach dem Studium wollte sie nach London ziehen, und wir sprachen darüber, uns eine Wohnung in Clapham oder so zu nehmen. Die Reise sollte der Beginn unseres restlichen Lebens werden. Der erste Schritt in die Unabhängigkeit. Keine Regeln, niemand, dem man sich erklären muss. Es sollte magisch werden.« Er seufzt. »Doch ich überlegte, ob ich fahren sollte, wegen ...« Er hält erneut inne, scheint kein Wort mehr über die Lippen zu bringen. Seine blutunterlaufenen Augen blicken in die Kamera. »Wegen meiner Mum. Ich hatte Bedenken, sie alleine zu lassen. Aber sie wollte, dass ich fahre. Sie meinte, Dad hätte nicht gewollt, dass ich wegen ihr auf etwas verzichte. Ich wünschte, sie hätte mich zurückgehalten. Ich wünschte, sie hätte mich angefleht, nicht zu gehen.« Er sieht bittend in die Kamera, als wollte er die Leute, die das irgendwann sehen, dazu bringen, ihn zu verstehen.

Ich werfe einen Blick auf den Monitor vor meinen Füßen. Er wirkt so verletzlich, so hilfsbedürftig. Ich verspüre den Wunsch, aufzustehen, meine Notizen abzulegen und ihn zu umarmen. Doch ich schüttle ihn ab. Denke daran, was er vielleicht getan hat. Was hat dieser Mann bloß an sich? Ich muss mich ständig daran erinnern, dass ich bis jetzt nur eine Seite der Geschichte kenne.

Kapitel 10

Auf dem Rückweg nach London tippe ich meine Notizen in den Laptop, doch dann hebe ich den Blick, um nach Luke zu sehen. Er starrt gedankenverloren und mit einer tiefen Furche auf der Stirn aus dem Zugfenster und scheint den Tag zu verarbeiten. Ich habe kaum etwas zu dem Vorfall gesagt, denn ich weiß, dass es ihm peinlich ist. Die Leichtigkeit, die sich zwischen ihm und uns eingestellt hatte, ist nach dem Angriff verschwunden. Er bewegt den Unterkiefer und verzieht das Gesicht.

Um ehrlich zu sein, stehe ich immer noch unter Schock. Es ging so schnell und kam so unerwartet. Luke hat versucht, es abzutun, und Cleo davon abgehalten, die Polizei zu verständigen. Er hat sie regelrecht angefleht, denn er wollte auf keinen Fall die Polizei in die Sache hineinziehen, die alles aufgeblasen hätte, wo es seiner Meinung nach nichts zum Aufblasen gab. Vielleicht misstraut er der Polizei im Allgemeinen, nach allem, was in Thailand passiert ist.

Mein Blick fällt auf die WhatsApp-Nachricht auf meinem Handy. Raef fragt, wie es gelaufen ist. Ich habe es noch nicht geschafft, ihm zu antworten. Ich glaube nicht, dass ich seinen unterdrückten Jubelschrei ertrage, wenn er von dem Drama erfährt, das sich abgespielt hat. Wie er sich auf die Zunge beißt, um nicht zu fragen, ob Duncan den Schlag gefilmt hat. Das ist diese Sache bei Fernsehsendungen. Schock und Ehrfurcht garantieren eine erfolgreiche Doku mit guter Bewertung. Aber es bedeutet auch, dass wir unsere Mitwirkenden auf eine äußerst schwierige Reise schicken.

»Ist alles okay?«, frage ich Luke. Er spitzt die Lippen, lehnt den Kopf zurück und seufzt. »Kannten Sie ihn?«

Er schüttelt den Kopf. »Es könnte jeder gewesen sein«, murmelt er. »Alle haben sie geliebt. Oder beschlossen zumindest, es zu tun, nachdem die Geschichte überall in den Nachrichten war. Auch wenn sie sie gar nicht persönlich kannten.« Er schnieft. »Ich meine ... ich verstehe es ja. Wenn ich erfahren hätte, dass der Kerl, der etwas mit ihrem Verschwinden zu tun hatte, wieder in der Stadt ist, hätte ich vermutlich Schlimmeres mit ihm angestellt.«

»Es muss schwer sein, nicht mehr nach Hause zu können.«

Er sieht erneut mit gequältem Blick aus dem Fenster. »Mein Zuhause hat mit dem Tod meines Dads aufgehört zu existieren. Immerhin wohnt meine Mum auch nicht mehr dort.« Er blinzelt mehrmals und starrt auf die vorbeiziehende Landschaft hinaus. Ich fluche innerlich. Das wäre eine tolle Einstellung gewesen. Ich warte, bis er nicht mehr auf mich achtet, und mache eine Notiz, dass ich dieses Gespräch noch einmal während der Hauptinterviews wiederholen muss, die wir für die nächsten Wochen eingeplant haben.

In St Pancras angekommen, schwingt Luke die Tasche über seine Schulter. »Auf Wiedersehen«, sagt er und sieht sich bereits nach dem U-Bahn-Schild um.

»Danke für heute. Sind Sie sicher, dass wir nichts tun können ...?« Ich deute auf sein Kinn, und er schlägt den Kragen hoch und schüttelt eilig den Kopf.

»Bis bald, Cassidy.« Er wendet sich ab.

»Ach, Luke, bevor ich es vergesse ...« Er hält inne und dreht sich noch einmal um. »Hatten Sie schon Zeit, die Vereinbarung zu unterzeichnen, die ich Ihnen gegeben habe?«

»Ach ja, das. Ich kenne da einen Anwalt, und ich hätte gerne, dass er noch mal einen Blick darauf wirft.«

Ich lächle. »Kein Problem, es hat keine Eile.«

Er wendet sich ab, nickt Cleo zum Abschied zu und taucht in die Feierabendmassen ein. Warum habe ich das Gefühl, als würde er es absichtlich hinauszögern? Was, wenn wir alles im Kasten haben, er die Vereinbarung aber immer noch nicht unterschrieben hat? Ich schüttle den Kopf. *Hör auf, Cassidy. Er ist bloß vorsichtig.* Außerdem war er es, der mich angerufen hat. Er will seine Geschichte erzählen. Ich beobachte, wie er durch die geschäftige Halle davoneilt. Angst steigt in mir hoch.

Was, wenn er unschuldig ist, ich das in meinem Film aber nicht vermitteln kann und alles nur noch schlimmer mache? Was, wenn er schuldig ist und ich ihm helfe, seine Lügen zu verbreiten?

»Soll ich die hier mitnehmen?«, fragt Cleo und hebt den Plastikbeutel mit den Speicherkarten, die wir heute gefüllt haben. Wir müssen sie downloaden und unter dem Projektordner auf dem Hauptserver sichern. Sie sind das Wertvollste, was wir bisher haben. Vor allem, da wir wertvolles Material gesammelt haben, das wir so nicht mehr bekommen werden. Ich werfe einen Blick auf den Beutel, denke an den Faustschlag und daran, wie katastrophal es wäre, diese Aufnahme zu verlieren. Sie sagt so viel über das Leben aus, das Luke mittlerweile führen muss. Sie macht ihn sympathisch und weckt widerstrebende Gefühle in den Zuschauern.

Ich vertraue Cleo, aber mir selbst vertraue ich mehr.

»Nein, das mach ich.« Ich nehme ihr den Beutel ab und stecke ihn in meine Tasche.

»Okay, wenn du meinst«, erwidert sie verletzt.

»Ich will mir noch einige Einstellungen ansehen«, erkläre ich und hoffe, ihre Befürchtung zu zerstreuen, dass ich möglicherweise kein Vertrauen in sie habe. Ich blicke zum Ausgang. Langsam zieht ein weiterer Sommerabend auf. Meine verschwitzten Klamotten kleben nach der Fahrt in dem stickigen Waggon an meinem Körper. »Es war ein anstrengender Tag. Komm morgen ruhig ein wenig später, ja?«

»Cass, ich muss nicht …«

»Sag einfach Ja und geh noch auf ein Bier mit Mo.« Ich weiß, dass sie sich den ganzen Tag über geschrieben haben. Sie wird rot und nickt. »Dann bis morgen, Cass.« Sie mischt sich unter die Leute, und ihre Schritte werden schneller, je weiter sie sich entfernt.

Ich verlasse den Bahnhof an der Euston Road und gehe weiter die Pentonville Road entlang. Es ist einiges los. Menschen mit roten, stressgeplagten Gesichtern drängen sich vor den Fußgängerübergängen und warten darauf, dass es Grün wird. Ich komme an einer Bushaltestelle vorbei, drehe mich im Gehen um und stelle triumphierend fest, dass gerade ein Bus im Anrollen ist. Ich beschließe, aufzuspringen, um so schnell wie möglich nach Hause und unter die kalte Dusche zu kommen. »Danke«, murmle ich dem Fahrer zu und halte mein Handy vor die kontaktlose Ticketkontrolle. Ich gehe bis ans Ende des Busses. Ein Sitzplatz! Heute Abend ist mir das Glück hold. Ich lasse mich daraufsinken, beobachte die Leute auf ihrem täglichen Weg von der Arbeit nach Hause und frage mich, wer sie sind und was sie erlebt haben. Was für ihr Stirnrunzeln oder Lächeln verantwortlich ist.

Was für ein Tag. Ich fühle mich ermutigt und bin gleichzeitig besorgt, wenn ich daran denke, was noch vor uns liegt. Ich hole mein Handy noch einmal hervor und scrolle durch meine ungelesenen E-Mails. Halte inne. Angst durchzuckt mich. Da ist wieder diese E-Mail-Adresse. Ich überfliege die wenigen Sätze.

Ich habe dir doch gesagt, dass du AUFHÖREN sollst. Ich weiß, wo du wohnst, kleine Lady. Sitzt ganz alleine in ihrem kleinen Haus und spielt mit ihren Puppen.

Ich richte mich schockiert auf und sehe mich im Bus um, doch mir blicken bloß gelangweilte, leere Gesichter entgegen. Übelkeit packt mich. Wer macht so etwas? Es gab noch keine Presseaussendung über die Doku. Ich zwinge die vernünftige Seite meines Gehirns, die Kontrolle über den Teil zu übernehmen, der sofort das Schlimmste annimmt. Es ist nichts. Cleo hat im Zuge der Recherche mit unzähligen Leuten telefoniert, unser Vorhaben ist also nicht topsecret. Es ist irgendjemand, der zu viel Zeit hat und sich auf den Schlips getreten fühlt. Er will mir zum Spaß eine Reaktion entlocken und Unruhe stiften. Das ist genau der Grund, warum ich nicht auf Twitter oder sonst einer Social-Media-Plattform bin. Sie finden dich. Immer. Es gibt ständig irgendjemanden, dem es Spaß macht, genau die richtigen Knöpfe zu drücken. Nur, damit sich jemand noch mieser fühlt als derjenige selbst.

»Bitte alles umsteigen!«, ruft der Fahrer und läutet die Glocke. Ich runzle die Stirn. Es sind noch ein paar Haltestellen. Ich will nur noch nach Hause. Die anderen Passagiere erheben sich stöhnend und strömen zu den Türen.

Ich folge ihnen und trete auf den Bürgersteig. Der Schock über die E-Mail sitzt immer noch tief. Der Bus wendet und fährt in die entgegengesetzte Richtung nach King's Cross zurück, und ich schlinge die Arme um meinen Körper und mache mich mit eiligen Schritten auf den Weg.

Da fällt mir auf, dass ich meine Tasche nicht dabeihabe. Ich sehe mich panisch um und bete, dass es nur einer dieser Momente ist, aber nein. Sie ist nicht da. Ich habe sie im Bus vergessen. Die Speicherkarten! Der Film! Ich mache auf dem Absatz kehrt. Mein Blick fällt auf den roten Doppeldeckerbus, und ich sprinte los. Ich strecke die Arme in die Höhe und winke aufgeregt.

In die andere Richtung ist der Verkehr noch schlimmer. Ich folge dem Bus laufend und joggend. Als ich ihn endlich eingeholt habe, befinden wir uns wieder am Ende der Pentonville Road und ganz in der Nähe von King's Cross. Ich trommle auf die Tür ein, und als der Fahrer aufsieht, fuchtle ich wie wild mit den Armen und deute auf die hinteren Sitzplätze. Irgendwann versteht er und öffnet die Türen. »Danke«, keuche ich und stolpere noch hinten. Da ist sie. Unberührt. Die Erleichterung ist riesig. Ich greife danach, öffne die Verschlüsse und schicke ein Gebet gen Himmel.

Die externe Festplatte und die Speicherkarten sind noch da. »Dem Himmel sei Dank!«, rufe ich und presse die Tasche fest an meine Brust, während ich immer noch keuchend den Mittelgang entlanggehe. Ich kann nicht glauben, was mir beinahe passiert wäre. Wie hätte ich das Raef oder meinen Kollegen erklärt? Und Luke?

Ich betrete das nächstbeste Pub, gehe auf direktem Weg zur Bar und bestelle ein Pint und einen Shot. Der Tequila fließt brennend meine Kehle hinunter. Mein Keuchen beruhigt sich langsam. Dann nehme ich einen weniger hektischen Schluck von dem Bier. Neben mir stellt jemand sein leeres Glas auf den Tresen, und ich sehe auf. Luke.

Er lächelt wissend. Ich fühle mich ertappt. Er wendet sich um und lehnt sich mit verschränkten Armen an die Bar. »Ms Chambers, was für eine Überraschung.«

Ich lecke den Bierschaum von meiner Oberlippe. »Was machen Sie hier?«, frage ich.

»Ich brauchte einen Drink nach dem heutigen Tag.« Er mustert mich. »Warum sehen Sie aus, als wären Sie gerade einen Marathon durch die Wüste gelaufen?«

Er braucht nicht zu wissen, dass ich beinahe die ersten Aufnahmen des Films verloren hätte, für den er sich mir anvertraut hat. »Ich habe mein Handy im Bus liegen gelassen und musste ihm nachlaufen.«

Er nickt und wirft einen Blick auf das leere Tequilaglas. »Sie sind schwer zu durchschauen, Cassidy.« Er mustert mich mit schmalen Augen. »Ich denke, ich bin ganz gut darin, Leute zu deuten, aber Sie ...«

»Da gibt es nicht viel zu deuten«, erkläre ich.

»Ich bin mir sicher, dass das nicht stimmt«, erwidert er, als wüsste er Bescheid. Und ich fühle mich auf seltsame Art wertgeschätzt. Ich verbringe so viel Zeit mit dem Versuch, andere Menschen zu verstehen. Und dabei hat niemand je versucht herauszufinden, wie *ich* ticke. Allerdings wollte ich das auch nie.

Ich wechsle das Thema. »Ist Ihnen so etwas schon mal passiert?«, frage ich und deute auf sein Kinn.

Sein Verhalten verändert sich, und er hebt die Hand, um ein weiteres Bier zu bestellen. Dann legt er die Hände auf die Kante des Tresens. »Ich wurde noch nie geschlagen.« Er sieht mich an. »Ich schätze, das habe ich Ihnen zu verdanken«, witzelt er.

»Ich finde es sehr mutig, dass Sie das tun«, erkläre ich ihm.

Er bekommt sein Pint, bezahlt und deutet auf einen Tisch in der Ecke. Ich nicke und folge ihm. »Es ist im Grunde ziemlich egoistisch. Andere Leute durchleben den Schmerz erneut, und mein Verlangen nach einem Abschluss ist der Grund dafür.«

»Der Schmerz ist ohnehin da. Auf diese Weise bekommt Maris Familie vielleicht die Antworten, die sie sich wünscht. Sie brauchen eine gewisse Art der Endgültigkeit, bevor ... bevor ...«

»Diese Antworten ... erwarten Sie tatsächlich, sie von mir zu bekommen?«, fragt er mit hochgezogener Augenbraue.

»Vielleicht weckt etwas, das Sie sagen, etwas in einem anderen Beteiligten. Es passiert oft, dass Zeugen, die in der Vergangenheit nicht bereit waren, sich einzubringen, sich nach langer Zeit dazu entschließen, doch aus sich herauszukommen. Die Zeit heilt viele Wunden – Beziehungen ändern sich, und das, woran sie einst zerbrochen sind, existiert vielleicht nicht mehr. Wenn neue Beweise auftauchen, begibt sich die Polizei möglicherweise noch einmal auf die Suche. Vielleicht finden sie sogar heraus, wer der Mann ist, den Sie dort draußen gesehen haben. Vielleicht finden sie ihn, wo auch immer er sich aufhält. Irgendjemand muss etwas wissen. Irgendjemand weiß immer irgendetwas.«

»Oder ich gestehe«, meint er, und ein schiefes Grinsen stiehlt sich auf sein Gesicht. »Ist es das, worauf Ihr Boss hofft? Dass er mich bei eingeschaltetem Mikro auf der Toilette erwischt, wie ich leise vor mich hin murmle, was ich getan habe?« Er witzelt noch immer, aber da ist auch eine gewisse Schwere in seiner Stimme.

»Nein«, antworte ich. Das ist ein schwieriges Thema, denn falls Luke tatsächlich schuldig ist, wäre es natürlich gut, wenn genau das passieren würde. »Wenn Sie schuldig wären, würden Sie wohl kaum diesen Film machen wollen.« Ich verschlucke mich an meinem Bier und huste. »Es sei denn, es ist alles bloß ein perfider Plan, um am Ende alles zu gestehen?« Ich verpacke die Frage in einen Scherz und achte genau auf seine Reaktion.

Er zeigt keine, sondern bewegt lediglich sein Glas in kleinen Kreisen über den Tisch. Dann fährt er ernster fort: »Warum machen Sie Geschichten wie diese? Ist es nicht deprimierend, ständig von dieser tiefen Traurigkeit umgeben zu sein?«

Ich denke an die E-Mail auf meinem Handy. Jemand kennt meine Geschichte. »Ich will bloß die Wahrheit herausfinden.« Ich sehe ihn an und überlege, wie weit ich gehen soll. Er ist bereit, mir seine Geschichte zu erzählen. Vielleicht sollte ich ihm auch einen Teil meiner eigenen erzählen. Manchmal kommt die Wahrheit im Zuge eines Austauschs ans Licht.

»Als ich sechs war, wurde ich auf offener Straße entführt. Meine Mum lag im Bett. Sie hat ihren Rausch ausgeschlafen. Es war ein sonniger Tag, und ich wollte spielen, also habe ich mich rausgeschlichen. Ich war eine Woche lang in diesem Keller, ehe man mich gefunden hat. Der Tag wurde zur Nacht, und dann noch einer … und noch einer.« Mich durchfährt ein bitteres Schaudern. Ich blinzle, um die Bilder der Puppen zu vertreiben. Die perfekt gespitzten Lippen, die langen, steifen Wimpern, die glänzenden Haare aus Plastik. »Irgendwann brach die Polizei die Tür auf und holte mich raus.«

Das hat er nicht erwartet. Ich sehe, wie schockiert er ist. Aufgerissene Augen. Mitleid, vor dem ich gerne davonlaufen würde. Ich will das alles nicht. »Cassidy, ich … ich hatte keine Ahnung. Es tut mir so leid.«

Ich recke das Kinn und räuspere mich. »Der einzige Grund, warum ich gefunden wurde, war eine Lokalreporterin. Sie traf den Mann, der mich entführt hatte, als er zum Einkaufen rausging, und befragte ihn. Er wirkte durchtrieben, sagte seltsame Dinge. Sie brachte das Tonband zur Polizei, die ihn sich daraufhin genauer ansah und die Nachbarn befragte … So sind sie auf mich gestoßen.«

Ich schließe einen Moment die Augen und versuche, nicht emotional zu werden. *Lass es gut sein, Cassidy. Du bist stark genug, um dich nicht davon überwältigen zu lassen.* »Wenn es niemanden gibt, der nach der Wahrheit sucht, werden Dinge übersehen. *Menschen* werden übersehen. Wenn es niemanden gibt, der die Bedarfsorientierung der Justiz unter die Lupe nimmt, darin herumstochert, nach Rissen sucht. Ich meine, wer weiß, was mit mir passiert wäre? Vielleicht wäre ich immer noch dort.« Ich schlucke. »Eine weitere Vermisste, die nie mehr nach Hause zurückkehrt …«

Er wischt sich übers Gesicht. Er hätte wohl niemals damit gerechnet, dass ich ihm eine solche Geschichte erzähle. »Cassidy … es tut mir so leid, dass Ihnen so etwas zugestoßen ist.«

»Ich will einen Nutzen aus dieser Erfahrung ziehen. Ich will andere vermisste Mädchen finden und dafür sorgen, dass sie nach Hause kommen. Ich will ihre Mörder und Kidnapper aus dem Verkehr ziehen, ehe sie noch mehr Schmerz verursachen. Sie haben mir Zugang zu dieser Geschichte gewährt. Ich will ihr gerecht werden. Ich will helfen.«

»Ich will nicht, dass der Schlag in den Film kommt«, erklärt er leise.

Beklemmendes Schweigen breitet sich zwischen uns aus. »Luke, es ist wichtig, dass die Leute sehen, wie Ihr Leben seit dem Dschungel verlaufen ist. Dass Sie nicht so leben können, wie Sie leben sollten. Denn ich glaube, dass Sie immer noch dort sind, oder? Genau wie Mari – Ihr Leben hat damals im Dschungel geendet.«

Er denkt eine Weile darüber nach.

»Glauben Sie mir eigentlich, Cassidy? Glauben Sie mir, was den Mann dort draußen betrifft?«, fragt er und wirft mir einen schnellen Blick zu. Seine Stimme klingt leise, als hätte er Angst gehabt, mir diese Frage zu stellen.

Ich überlege, was ich erwidern soll. Mein Bauchgefühl sagt mir, dass er die Wahrheit sagt. Es ist ein starker Impuls, aber ist er real? Wurde ich überrumpelt?

»Luke, ich werde Sie nicht belügen, um Sie auf meine Seite zu ziehen. Ich werde immer ehrlich zu Ihnen sein. Denn genau das wollen Sie, nicht wahr?«

Er lehnt sich näher heran. »Ja. Natürlich. Ich weiß, dass Sie mich noch nicht gut genug kennen und noch nicht wirklich in die Geschichte eingetaucht sind. Aber Sie werden es sehen. Sie werden sehen, wer ich wirklich bin.«

Da ist etwas Sanftes zwischen uns. Zart, aber gleichzeitig stark. Als hätten wir ein intuitives Verständnis füreinander. Eine Verbindung.

»Ich sollte jetzt gehen.« Ich stehe auf. Das alles wird mir zu heftig.

»Bleiben Sie doch und trinken Sie Ihr Bier aus.« Er deutet auf mein halb volles Glas.

Ich schüttle den Kopf. Etwas an der Unterhaltung erweckt in mir den Wunsch, fortzulaufen. Gefühle, die sich meiner Kontrolle entziehen, drehen sich in mir im Kreis. »Ich muss noch ein paar Dinge für die Arbeit erledigen.«

Auf dem Weg zur Tür höre ich seine Stimme. »Cassidy,

warten Sie.« Ich drehe mich um. Er steht mit einigen A4-Blättern in der Hand vor mir und streckt sie mir entgegen. »Die Einverständniserklärung. Ich habe sie unterschrieben.«

Ich mache einen Schritt auf ihn zu. »Super. Danke.« Ich lasse mir nicht anmerken, wie viel mir diese Unterlagen bedeuten, als ich ohne Eile die Hand danach ausstrecke.

»Auf Wiedersehen, Cassidy«, meint er leise.

»Bis bald, Luke.«

Ich verlasse das Pub und trete in die abgasverseuchte, schwüle Luft hinaus, die sich sofort über mein heißes, fleckiges Gesicht legt. Da ist diese starke Verbindung, die ich zu ihm empfinde. Aber ist alles nur ein Spiel? Führt er mich hinters Licht? Versucht er, mich an sich zu binden und zu manipulieren, damit ich nicht die wahre Geschichte erzähle? Sondern die, die er will?

Kapitel 11

100822_DER DSCHUNGEL_LUKE SPEED_MASTER I/V

»Ich war nicht zum ersten Mal ohne Eltern unterwegs. Die Jungs und ich waren nach der Mittleren Reife auf Mallorca, aber das hier fühlte sich anders an. Wir stiegen in dieses Flugzeug, landeten in Doha und nahmen erschöpft den nächsten Flug in Angriff. Es fühlte sich an, als wären wir unendlich weit von zu Hause fort. Wir waren aufgeregt, aber ich weiß noch, dass wir beide auch sehr ruhig waren. Wir warfen einander ständig Blicke zu, um sicherzugehen, dass alles okay war. Die plärrenden Lautsprecher am Flughafen sprachen von Orten, über die wir bisher nur gelesen oder die wir im Fernsehen gesehen hatten. In Sprachen, die wir noch nie gehört hatten. Wir waren zwei behütete Teenager aus der Vorstadt. Es war wild. Es war Furcht einflößend. Wenn ich jetzt zurückblicke, wird mir erst klar, wie jung wir waren. Wir waren im Grunde noch Kinder.

Während des ersten Fluges waren wir überaufmerksam, saßen aufrecht da, sahen uns um, blätterten in den Magazinen, die wir gekauft hatten. Begannen mit den Büchern, die wir sorgfältig für das Handgepäck ausgewählt hatten. Aber wir konnten uns nicht konzentrieren. Beim zweiten Flug waren wir hundemüde. Emotional und körperlich erschöpft von der abgestandenen Luft und nervösen Vorahnungen. Wir schliefen die ganze Zeit, die Beine über die Beine des anderen gelegt. Manchmal streichelte ich ihre Haare oder starrte aus dem Fenster auf die Wolken hinaus.

Mir ist klar, dass wir großes Glück hatten. Eine Reise ans andere Ende der Welt. Zeit, die Freiheit zu genießen. Und *uns selbst zu finden*. Das sagten die Leute damals ständig. Mittlerweile bin ich fast vierzig und weiß, wie naiv das klingt. Aber wir hatten unser ganzes Leben in einer abgeschotteten Gemeinschaft verbracht. Ravensbourne war die einzige Welt, die wir kannten. Die Reise nach Thailand war unsere Art, uns davon zu befreien. Natürlich klingt es privilegiert und dumm, aber wir sahen es als eine Art Initiationsritus. Wie die Führerscheinprüfung und das Abitur. Etwas, das alle von uns erwarteten.

Am Ende standen wir völlig fassungslos am Flughafen von Bangkok. Gereizte Zollbeamte fragten uns nach unseren Plänen, und wir fühlten uns schuldig. Die Hektik am Flughafen. Die Schilder mit den Buchstaben, die wir unmöglich entziffern konnten. Wir unterhielten uns flüsternd, während wir mit dem Taxifahrer verhandelten, und fragten uns, ob er uns über den Tisch zog. Starrten mit aufgerissenen Augen aus dem Fenster, als er durch den irrwitzigen Verkehr mit uns davonschoss.

Unsere Eltern hatten für die erste Nacht ein Hotel in der Khaosan Road gebucht, eine Gegend, die bei Rucksacktouristen sehr beliebt war. Damit wir uns erst einmal zurechtfinden konnten. Mari war in ihrem Element – wir nahmen ein Schaumbad und bestellten beim Zimmerservice. Fühlten uns wie Erwachsene und gleichzeitig wie Rockstars. Ich weiß noch, wie sie auf dem Bett herumsprang, in die zur Faust geballte Hand *Dilemma* sang und bei ›my boo‹ auf mich zeigte.

Wir konnten unser Glück kaum fassen. Wir waren angekommen. Wir mussten uns vor niemandem rechtfertigen. Zum ersten Mal in unserem Leben waren wir vollkommen frei.«

Kapitel 12

Wenn jemand sagt, dass er letzte Nacht nicht geschlafen hat, lügt er. Denn er hat geschlafen. Vielleicht nicht lange, aber zumindest ein paar Stunden. Ich hingegen habe letzte Nacht tatsächlich kein Auge zugetan. Die Kinderlieder, die er in Endlosschleife abgespielt hatte, verfolgten mich. Die Puppen. Die Regale voller Puppen. Wie er sie mit seinen schmutzigen Fingern betatschte, bevor er sie mir überreichte. Mir sagte, dass ich damit spielen soll, während er danebenstand und vor Freude bebte. Übelkeit steigt in mir hoch, und es ist, als hätte ich gerade etwas gegessen und jetzt erst bemerkt, dass es verdorben ist, als ich daran denke, wie sehr ich seine Aufmerksamkeit genossen habe. Zu Hause bekam ich nicht viel davon. Aber dann war da das wachsende Unbehagen, als er meinte, es sei noch nicht Zeit, nach Hause zu gehen, als ich ihn danach fragte. Und fragte. Und fragte. Bis mir langsam klar wurde, dass ich mich an einem sehr schlimmen Ort befand.

Mein Kopf fühlt sich an, als wäre er unter Wasser, und ich versuche, mich auf den Bildschirm zu konzentrieren. Im Büro ist heute viel los, doch die lauten Stimmen am Telefon und das Gelächter klingen gedämpft. Mein Blick fällt auf das Whiteboard, auf dem die Master-Interviews verzeichnet sind, die wir bereits im Kasten haben, dann betrachte ich das Foto, das ich darunter an die Wand gepinnt habe. Es ist dasselbe, das ich zu Hause habe, und zeigt Luke und Mari am Strand. Mari trägt ihren roten Bikini, und sie sehen unglaublich glücklich aus – aber jeder weiß, dass Fotos lügen. Ich denke an eine Ausstellung in einer Galerie, die ich mir kürzlich angesehen habe. Es wurden die letzten Fotos von Menschen gezeigt, die Selbstmord begangen hatten. Sie sahen so normal aus. Grinsende Brautjungfern, Jungen im Teenageralter, die zusammen Geburtstag feierten. Eine elegante junge Frau, die für ihren Instagram-Post eine Schnute zieht. Wir zeigen den Leuten immer nur das, was sie sehen wollen. Es ist mein Job, herauszufinden, was hinter der Fassade wirklich vorgeht.

»Cass?«, fragt Cleo.

»Ja?«, erwidere ich. Sie sieht mich mit seltsamem Blick an. Ich richte mich auf, als mir auffällt, wie zusammengesunken ich auf meinem Stuhl sitze. »Was ist los?«

»Der Zug?« Sie deutet auf die Uhren an der Wand, die neben New York, L. A. und Tokio auch die Zeit in London anzeigen.

»Scheiße.« Ich schnappe mir meine Tasche. »Gehen wir.«

Wir schaffen es gerade noch rechtzeitig, und ich lasse mich nach der wilden Hetzerei zitternd auf meinen Sitzplatz sinken. Heute besuchen wir Maris Eltern. Es wird nicht gefilmt, es ist lediglich ein erstes Treffen, um über die Doku zu sprechen und mögliche Befürchtungen aus der Welt zu schaffen. Ich würde sie nur zu gerne interviewen, und das wissen sie mit Sicherheit auch. Aber ich werde sie zu nichts drängen. Die beiden sind ein älteres Paar, das abgrundtiefe Trauer erleben musste, und ich werde behutsam vorgehen und ihnen die Zeit geben, die sie brauchen.

Ich versuche, mich auf die Artikel zu konzentrieren, die ich vor unserer Ankunft noch einmal lesen möchte. Maris Vater Charles Castle wurde fünf Jahre nach ihrem Verschwinden von der *Times* interviewt. Er wollte eine neue Suche organisieren, zu der es allerdings nie kam. Das Foto zeigt einen Mann in den Siebzigern, der in seinem Wohnzimmer in einem Lehnstuhl sitzt. Die jahrelange Trauer ist ihm anzusehen. Er hält ein gerahmtes Bild seiner Tochter in den Händen. Im Interview nennt er Mari den Sinn seines Lebens. Sein einziges Kind. Verloren. Die Castles waren bereits älter, als Mari geboren wurde. Ihre Mutter Elsie war dreiundvierzig. Sie war ein Wunder. Gerade, als sie dachten, es sollte nicht sein, war Mari plötzlich da. Achtzehn Jahre später war sie fort. Es war herzzerreißend.

»Hier.« Cleo zieht ein Red Bull aus ihrem Rucksack und reicht es mir. »Ich habe heute Morgen ein paar besorgt«, erklärt sie. Ihr muss aufgefallen sein, wie müde ich bin. »Willst du vorab noch etwas durchgehen?«

»Wir richten uns nach ihnen. Bauen eine Beziehung auf.«

Sie nickt und nippt an ihrer Dose. Nagt an ihrem in leuchtendem Pink lackierten Acrylnagel. »Also, was meinst du?«, fragt sie nach einer Weile.

»Wozu?«, frage ich und hebe den Blick vom Display.

»Glaubst du, er war es?« Eine perfekt gezupfte Augenbraue wandert nach oben. Ich lächle. Ich weiß, dass sie schon lange darauf wartet, mir diese Frage zu stellen.

»Wenn er unschuldig ist, wurden sie im Dschungel von einem Irren verfolgt. Vielleicht wollten die thailändischen Behörden nicht, dass so etwas ans Licht kommt? Womöglich haben sie versucht, es zu vertuschen? Das kann vorkommen, vor allem bei einer so intensiven medialen Berichterstattung.« Cleo runzelt die Stirn. Sie findet das weit hergeholt. Doch manchmal bedeutet die Wahrheit, dass man die Komfortzone verlassen muss. »Aber ich weiß es nicht. Ich glaube, da ist noch etwas anderes ...« Ich lasse den Satz so stehen. »Es wäre super, wenn wir das niederländische Pärchen finden würden, das damals von der Polizei befragt wurde. Vor allem Astrid. Irgendwelche Neuigkeiten diesbezüglich?«

»Nein. Ich bin alle Personen mit diesem Namen auf Facebook durch, aber ohne Treffer. Vermutlich hat sie geheiratet und einen anderen Nachnamen angenommen. Ich habe auch in Holland keine Dokumente gefunden. Vielleicht ist sie umgezogen.«

Ich nicke. Wir brauchen mehr. Langsam fühlt es sich fadenscheinig und einseitig an. Ich treffe mich morgen mit Raef, und er erwartet ein Update.

»Willst du wissen, was ich denke?«, fragt sie und neigt den Kopf.

»Klar.« Cleo hat einen guten Instinkt, obwohl ihr ihre mangelnde Erfahrung manchmal einen Strich durch die Rechnung macht.

»Ich glaube, er lügt. Ich meine, diese Sache mit dem Dschungel und dem Kerl – das klingt sehr an den Haaren herbeigezogen. Wie aus einem Horrorfilm. Er muss es gewesen sein.«

Aus irgendeinem Grund macht mich das wütend. »Wirklich? Also ich weiß nicht. Er ist auf uns zugekommen. Ich sehe keinen Grund, warum er ...« Mir wird klar, wie seltsam sie mich ansieht, und ich frage mich, warum ich so versessen darauf bin, Luke zu verteidigen. Ich nehme mich zurück. »Aber wir haben einfach noch nicht genug Material. In jeglicher Hinsicht. Wir stehen erst am Anfang.« Ich seufze. »Und ich muss noch einiges durchgehen, bevor wir ankommen.«

Kapitel 13

100822_DER DSCHUNGEL_LUKE SPEED_MASTER I/V

»An unserem ersten Abend gingen wir aus, um etwas zu essen und uns die berüchtigte Straße anzusehen, von der wir schon so viel gehört hatten. Die Khaosan Road ist *der* Treffpunkt für Rucksacktouristen in Südostasien. Irgendwann kommt jeder dorthin, besorgt sich ein Visum, Zugfahrkarten oder Tickets für die Fähren. Falls man dort unten jemanden trifft, den man kennt, dann auf diesen vierhundert Metern. Es war das Tor in unser Abenteuer.

Wir konnten es kaum erwarten, rauszugehen und uns umzusehen. Wir traten durch die automatischen Schiebetüren, und die feuchte Hitze traf mich wie eine Flutwelle. Wir klammerten uns an unsere geöffneten Reiseführer und hielten immer wieder an, um auf der Straßenkarte nachzusehen – wir sahen aus wie die typischen Touristen, die gerade aus dem Flugzeug gestiegen waren. Es war ein regelrechter Kulturschock. Der Lärm, der Gestank, die vorbeizischenden Tuk-Tuks, die plötzlich hupend aus dem Nirgendwo auftauchten, während wir jedes Mal herumwirbelten und eilig zur Seite sprangen. Es war überwältigend.

Zu Beginn gefiel mir die Khaosan Road ganz und gar nicht. Es war einfach zu viel. Irgendwann standen wir Hand in Hand am Ende der Straße. Es sah genauso aus wie auf den Bildern, die ich gesehen hatte. Aber tatsächlich dort zu sein und diesen Angriff auf die Sinne zu erleben, verstärkte alles nur noch. Musik wummerte, Verkaufsstände schossen überall aus dem Boden, und zu den riesigen Leuchtreklamen an den Hauswänden kamen kilometerlange, herabhängende Stromkabel, die schrecklich gefährlich aussahen. In jeder noch so kleinen Nische wurden Dienstleistungen oder Waren angeboten. Insekten am Spieß als Snack für zwischendurch. Nachtclubs, Restaurants, Massagestudios, Touristenunterkünfte. Ein Mann, der Blumengirlanden verkaufte und einen Buggy voller Affen vor sich her schob. Straßenverkäufer, die Essen, Schmuck und Wasserpfeifen feilboten. Und überall, wohin man schaute, Touristen aus dem Westen in Fischerhosen und Chang-Beer-Shirts. Zierliche Thai-Mädchen in engen Kleidern, die uns in Bars locken wollten.

Ich war noch nie an einem bunteren, chaotischeren Ort gewesen. Wenn man eine Zeit lang dort ist, erkennt man, wie eintönig das Chaos ist, aber auf den ersten Blick war es unglaublich. Ich fühlte mich so lebendig.

An jenem ersten Abend trafen wir also dieses niederländische Pärchen. Sander und Astrid. Mari liebte die beiden. Sie hatte immer wieder davon gesprochen, beim Reisen neue Freunde zu finden. Sich gefragt, ob überhaupt jemand mit uns reden würde. Aber darüber musste sie sich keine Sorgen machen. Jeder redete mit jedem.«

»Astrid und Sander wurden auch von der Polizei befragt, nicht wahr?«

Er seufzt. »Ja. Sie hatten von Anfang an etwas gegen mich. Sie dachten vermutlich, ich würde Mari zu sehr einschränken. Dabei habe ich nur versucht, auf sie aufzupassen. Mari war manchmal zu vertrauensselig und naiv. Sie dachte, ihr könnte nichts Schlimmes zustoßen, und ging oft zu weit, weil sie das Risiko nicht sah. Ich schätze ... ich schätze, die beiden hielten mich für einen ziemlichen Kontrollfreak. Aber sie kannten Mari nicht so, wie ich sie kannte.«

»Erzählen Sie mir von dem Abend.«

»Ich kannte den Lonely-Planet-Reiseführer praktisch auswendig und war sehr gewissenhaft. Ich war das organisatorische Gehirn unserer Reise. Ich hatte bereits vorab zwei gute Locations für den Abend ausgesucht. Mari machte sich deshalb über mich lustig. Sie scherzte, dass es beim Reisen nicht darum ging, einen Plan zu haben, und dass wir keine Rentner auf Kreuzfahrt waren. Sie wollte spontan sein.

Die Bar, in der wir schließlich landeten, hatte einen breiten Balkon mit Blick auf die Straße, von dem man wunderbar Leute beobachten konnte. *Buckets! Buckets!*, stand auf einem grellen Neonschild an der Hauswand. Wir hatten schon von diesen Eimern gehört. Cola, Red Bull und allerlei Alkoholisches wurden in bunte Strandeimer geleert, dazu kamen eine Ladung Eis und zwei oder mehrere Plastikstrohhalme. Mari wollte einen. Ich versuchte, sie davon zu überzeugen, es am ersten Abend langsam angehen zu lassen und erst mal ein Bier zu trinken. Aber sie wollte nichts davon wissen. ›Scheiß drauf! Lassen wir es krachen.‹ Wir haben Hunderte von diesen Eimern getrunken. Also, bevor ... bevor wir in den Dschungel gingen.

Mir fiel auf, dass Mari ständig zu dem Pärchen am Nebentisch hinübersah. Sie waren braun gebrannt und wirkten entspannt und ein wenig verwildert. Als hätten sie ihre Geldgürtel schon längst abgelegt. Der Kerl hatte Dreads, und das Mädchen trug eine dieser bescheuerten Fischerhosen. Ehrlich gesagt, ärgerte ich mich über die beiden. Sie gaben sich zu große Mühe, cool zu sein. Doch Mari konnte nicht aufhören, das blonde Mädchen anzustarren. Sie schien fasziniert von ihr und der Leichtigkeit, mit der sie sich in der fremden Umgebung bewegte.

Ich gab unsere Bestellung auf und sagte Danke auf Thailändisch, *khob khun ka,* wie wir es im Flugzeug geübt hatten. Die Eiswürfel klirrten. Wir nahmen beide einen Strohhalm und tranken. Ich erinnere mich noch genau daran. Der Drink war unglaublich süß, fast sirupartig. Mari zog am Strohhalm. Trank immer mehr und mehr. Ich grinste und tat es ihr nach. Wir waren angekommen.

Das Überwachungsvideo, auf dem Mari völlig betrunken auf dem Balkon tanzt ... Ich weiß nicht mehr, ob meine Erinnerung daran echt ist oder von dem Video stammt. Es ist alles ineinander verlaufen. Dinge, die ich gelesen habe. Filmmaterial. Die Erinnerungen anderer Leute. Ich kann nicht mehr sagen, was ich damals schon gewusst und was ich erst im Laufe der Zeit erfahren habe. Ergibt das einen Sinn?«

Ich nicke. Das tut es auf alle Fälle.

»Aber egal, an diesem Abend haben wir also Astrid und Sander kennengelernt. Wir hingen eine Weile mit ihnen ab. Mari mochte die beiden, mir gingen sie, ehrlich gesagt, auf die Nerven. Astrid fragte, ob wir gerade angekommen seien, und meinte dann herablassend zu Mari, dass sie noch an ihrer Bräune arbeiten müsse. Mari schien es nicht zu bemerken. Dafür trat sie mir unter dem Tisch gegen das Schienbein, als ich erzählte, dass uns unsere Eltern ein Zimmer in einem Viersternehotel bezahlt hatten.

Astrid erklärte, dass die Full-Moon-Party, die größte Strandparty Thailands, schon in ein paar Wochen stattfinden würde und dass wir am besten gleich mit dem Inselhopping beginnen und rechtzeitig nach Koh Phangan reisen sollten, bevor alle Unterkünfte belegt waren. Damit hat sie unsere Pläne praktisch einzementiert.

Ich muss immer daran denken, dass vielleicht alles anders gekommen wäre, wenn wir zuerst in den Dschungel aufgebrochen wären, wie ich es ursprünglich geplant hatte.«

Kapitel 14

Cleo steigt aus dem Taxi, um das schwere Eisentor zu öffnen, und der Wagen fährt in die Einfahrt und hält auf einer Seite des zweistöckigen, aus weißem Kalkstein gebauten Herrenhauses. Ich habe die kurze Fahrt damit verbracht, mir gut zuzureden. Ich muss bei dem Gespräch mit den Castles in Höchstform sein, das bin ich ihnen schuldig. Es war mit Sicherheit emotional schwierig für sie, sich auf diesen Tag vorzubereiten, und ich will das Gefühl haben, ihnen einen angemessenen Eindruck des Gesamtbildes vermittelt zu haben, wenn wir später nach Hause fahren. Sie sollen ein gutes Gefühl dabei haben, dass sie uns die Geschichte anvertraut haben. Wenn wir dieses Treffen vermasseln, würde das ganze Projekt schon früh unter keinem guten Stern stehen. Auch wenn sie uns versichert haben, mitmachen zu wollen, hat sich im Vorfeld dieses ersten, heiklen Treffens Sorge in mir breitgemacht.

Der Kies knirscht unter meinen Schuhen, und ich blicke zu den lang gezogenen georgianischen Fenstern hoch, in denen sich der blaue Himmel spiegelt. Cleo und ich gehen auf die unglaublich riesige Eingangstür zu. Ich habe bereits einige Außenfotos des Hauses gesehen, und ich erinnere mich vor allem an eines. Es zeigt Mari, die gerade erst ins Teenageralter gekommen ist und sich mit herausgestreckter Zunge an die Wand lehnt. Neben ihr steht ihr

Vater Charles – alt genug, um ihr Großvater zu sein – mit einem glücklichen, schiefen Grinsen auf dem Gesicht und einer Fliege um den Hals. Im Hintergrund sieht man ihre Mutter Elsie in einem geblümten Kleid. Sie wirkte damals schon seltsam angespannt.

Wir drücken den großen runden Klingelknopf, und ein hartes, kreischendes Geräusch ertönt. Wir warten. Cleo lächelt nervös. Sie ist schicker angezogen als sonst und trägt eine kurzärmelige Bluse und Jeans mit hohem Bund. Im Büro folgen wir – wie jede andere Produktionsfirma – einem sehr informellen Dresscode, und normalerweise trägt sie zerrissene Jeans und Bikerstiefel, die bei jedem Schritt klirren. Schon, als ich vor ein paar Jahren begonnen habe, mit ihr zu arbeiten, hat mich ihre Fähigkeit fasziniert, die Umgebung einzuschätzen und sich dementsprechend anzupassen.

Die Tür geht auf, und vor uns steht Charles Castle, der uns allerdings bloß ein sehr verhaltenes Lächeln schenkt. Das hier ist kein Höflichkeitsbesuch. Die Dinge, über die er mit uns reden wird, werden ihm Schmerzen bereiten. Er hat sie lange und tief in sich begraben, um sich von einem Tag zum anderen durchzuschlagen.

Ich strecke die Hand aus. »Mr Castle, ich danke Ihnen, dass Sie sich Zeit für uns nehmen.«

Er nickt und schüttelt meine Hand. »Willkommen auf Holly Manor, Ms Chambers.« Er winkt uns ins Haus. »Ich dachte, wir könnten den Tee auf der Veranda trinken, nachdem die Sonne herausgekommen ist.« Sein Rücken ist gekrümmt, seine Schritte sind langsam. Er muss mittlerweile über neunzig sein.

Im Haus riecht es muffig, und die meisten Vorhänge sind zugezogen. In den vereinzelten Lichtstreifen tanzen Staubkörner. Eine modellierte Tonfigur von Jesus Christus am Kreuz hängt zwischen gerahmten Fotografien und Malereien an der Wand. Wir kommen an einem Büro vorbei, in dem sich Unterlagen stapeln. An der Wand sehe ich eine Karte von Thailand, und auf dem klobigen Schreibtisch steht ein uralter Computer. »Mein Büro«, erklärt Mr Castle mürrisch und deutet in den Raum. »Es gibt nichts, was ich über diesen Teil der Welt nicht weiß.« Er klingt stolz. Es ist sicher hilfreich, wenn man sich auf etwas konzentrieren kann. Früher ist er jedes Jahr nach Thailand gereist, um die Geschichte am Leben zu erhalten. Mittlerweile ist ihm die Reise wohl zu beschwerlich.

Wir treten ins Wohnzimmer, von wo eine große, doppelflügelige Glastür in den Garten hinausführt. Mr Castle öffnet sie, doch der Griff hakt. Es ist das Haus eines alten Ehepaars, das langsam verfällt, wenn keine regelmäßige Instandhaltung mehr erfolgt. Er tritt durch die Tür, und wir folgen ihm. Es ist, als wären wir aus einer Höhle in einen gepflegten Lustgarten getreten. »Meine Frau ist eine weitaus eifrigere Gärtnerin als Hausfrau«, scherzt er und erklärt damit den großen Unterschied zwischen drinnen und draußen. »Es überrascht mich immer wieder, wie sie den Garten so lebendig hält, selbst bei dieser Hitze.« Im Inneren eines von niedrigen Hecken begrenzten Kreises befindet sich ein atemberaubend schöner Rosengarten. Blüten in allen möglichen Pastelltönen strecken sich zaghaft dem blauen Himmel entgegen. Geschlossene Knospen wackeln wie Pompons im sanften Wind.

Mr Castle zeigt auf ein paar weiß gestrichene Gartenstühle, und ich nehme Platz. Das Metall bohrt sich in meinen Rücken. Ich versuche, es mir so bequem wie möglich zu machen. Cleo hat dasselbe Problem. Ich höre sanftes Klirren, drehe den Kopf und sehe eine kleine alte Dame mit einem Tablett auf die Veranda treten. Ich kenne sie von den Fernsehinterviews und den Fotos. *Elsie.* Überall, wo ich sie bisher gesehen habe, sah sie aus, als wäre das Leben eine Qual. Unfähig, den Blick zu heben, tief in sich selbst versunken.

Sie ist ebenfalls gealtert, wirkt aber immer noch jünger als ihr Mann. »Hallo«, sagt sie und stellt das Tablett auf dem Tisch ab. Unfähig, mir in die Augen zu sehen. Dann wischt sie sich mit einem unzufriedenen Blick die Hände an der Schürze trocken.

»Ihr Garten ist wunderschön, Mrs Castle.« Sie zuckt zusammen. Ich hoffe, sie empfindet das Kompliment nicht als billigen Versuch, ihr Vertrauen zu gewinnen, denn ich meine es ernst.

»Tee?« Sie klingt, als wäre jeder Atemzug eine Herausforderung. Ich versinke in Schuldgefühlen, dass wir hierhergekommen sind.

»Das wäre nett, danke.«

Sie gießt zitternd Tee aus der altmodischen Kanne, und ich kämpfe gegen den Drang an, aufzustehen und ihr zu helfen. Sie lässt einen Teller mit Schokoplätzchen herumgehen. Dann nimmt sie ebenfalls Platz. Sie sitzt ganz vorne auf der Stuhlkante und verschränkt die Hände im Schoß, als würde sie auf den Zug warten.

»Ich hoffe, Sie nehmen uns unsere anfänglichen Bedenken, an Ihrem Projekt teilzunehmen, nicht übel«, beginnt Charles. »Wir wurden zu oft von Produktionsfirmen hängen gelassen, die viel Zeit mit uns verbracht haben, um das Projekt am Ende doch nicht zu verwirklichen.«

Ich schüttle den Kopf. »Das ist verständlich. Es kostet Sie sicher jedes Mal eine Menge Kraft, wenn ein Anruf wie meiner kommt.« Sie sehen einander an. Elsie schüttelt den Kopf. Ich frage mich, was sie über uns geredet haben.

Charles räuspert sich. »Sie haben gesagt, dass nach Ihrer letzten Dokumentation eine ... Leiche gefunden wurde. Die Familie konnte ihr Kind begraben.«

»Ja.« Ich hasse es, ihnen falsche Hoffnungen zu machen. »Es war außergewöhnlich. Wobei hier nicht zwangsläufig etwas Ähnliches passieren wird. Aber es kann helfen, die Geschichte wieder in den Fokus zu rücken.« Ich halte inne. »Molly-Anns Familie fiel es extrem schwer, mit der Unsicherheit umzugehen und sich ständig zu fragen, ob sie immer noch irgendwo dort draußen war. Oder ob sie gestorben war und sie sich endlich erlauben konnten, um sie zu trauern.«

»Ja«, sagt Elsie leise, und ich sehe zu ihr. Sie hat den Blick auf ihren Schoß gerichtet, wo sich ihre Finger in den Stoff ihrer Schürze graben.

»Es muss schrecklich für Sie gewesen sein. Sie vermissen sie sicher sehr.«

Elsie starrt hinaus in ihren Garten. Sie erwidert nichts. Mr Castle steht auf und geht zum Rand der Veranda. Seine Hände stecken in den Hosentaschen, wo ein paar Münzen klimpern. »Ich schätze, Luke macht sich gut vor der Kamera? Er war immer ein sehr charmanter junger Mann.«

Ich nicke. »Er ist überaus wortgewandt.«

»Er gehörte zu den klügsten jungen Männern, die wir an der Schule hatten.« Er wirkt stolz. »Ich hatte viel für ihn übrig.« Er wendet sich ruckartig zu mir um. »Glauben Sie seiner Darstellung der Ereignisse?« Sein Blick ist flehend. Verzweifelt.

»Die Geschichte ist einigermaßen ... Ich verstehe, warum viele Schwierigkeiten damit haben. Aber in meinen Augen wirkt er ehrlich. Er müsste schon ein sehr guter Schauspieler sein – denn es besteht für mich kein Zweifel, dass er Ihre Tochter sehr gerne gehabt hat.«

»Ich kannte seinen Vater, wussten Sie das? Wir haben zusammen Golf gespielt. Sehr traurig, was mit der Familie passiert ist. Ich hatte ein Faible für Luke. Er war so vertrauenswürdig, ein hervorragender Schüler. Und Mari war … zu dieser Zeit war sie sehr glücklich, nicht wahr, Elsie?«

Sie wirft ihm einen scharfen Blick zu. Sie schüttelt den Kopf, möchte nicht hineingezogen werden, starrt wieder auf ihre Hände.

»Mari war nicht immer ganz einfach«, gibt er zu.

»Charles«, murmelt Elsie, als müsste sie ihn an etwas erinnern.

»Wer ist in diesem Alter schon einfach?«, bemerke ich mitfühlend.

»Ich war um die fünfzig, als wir sie bekamen. Sie war unser einziges Kind.« Seine Stimme klingt belegt. »Luke hatte einen guten Einfluss auf sie. Wir waren zufrieden mit dieser Paarung. Er brachte das Beste in ihr zutage.«

Nun ergreift Elsie das Wort. »Marigold war eine wunderbare Tochter. Klug und charmant. Sie war Schülersprecherin, wussten Sie das?« Es sind die längsten Sätze, die sie seit unserer Ankunft gesprochen hat. Sie klingen wie ein Werbejingle. Leicht zu merken. Charles sieht sie an und presst traurig die Lippen aufeinander.

»Wir waren vielleicht … übervorsichtig, was sie betraf. Wissen Sie, wir haben nicht mehr damit gerechnet, ein Kind zu bekommen. Sie war ein Geschenk Gottes. Wir konnten das Gefühl, dass wir sie irgendwann verlieren würden, nie ganz abschütteln …« Der Satz hängt zwischen uns in der Luft. Die Ironie dahinter ist schwer zu ignorieren. Charles hüstelt. »Die Presse hat Mari auf eine bestimmte Art dargestellt, an der wir vermutlich auch unseren Anteil hatten. Wir wollten nicht, dass sie … etwas verdrehen. Dass sie Dinge analysieren, die nichts mit dem Fall zu tun hatten.«

»Welche Dinge?«, frage ich verwirrt.

»Die Leute kümmern sich mehr um Mädchen, die einer bestimmten Vorstellung entsprechen, nicht wahr?«

»Wie ...?«, hauche ich atemlos.

»Charles!«, zischt Elsie, und er runzelt die Stirn.

Ich spüre die Spannung zwischen den beiden. »Niemand verdient, dass ihm oder ihr so etwas zustößt. Jede vermisste Person ist wichtig. Ganz egal, welche Art von Person er oder sie ist.«

»Aber genau das ist ein Trugschluss. Jemand, der nicht dem Ideal entspricht, zählt nicht. Nicht für die Presse, nicht für die Leute, die die Zeitungen kaufen«, faucht er. »Sie folgen einem Irrglauben«, fügt er heiser hinzu.

Cleo wirft mir einen Blick zu. Ich runzle kaum merklich die Stirn. Ich habe keine Ahnung, was hier gerade vor sich geht.

»Was hat Luke von dieser Doku? Wie ich hörte, ist er tief gesunken«, fragt Charles und wechselt das Thema.

»Es geht ihm mittlerweile ganz gut. Er ist wieder auf die Beine gekommen und schon lange Zeit clean. Aber er meint, er würde feststecken, könne nicht weiterziehen. Er sieht den Film als Abschluss. Er will seine Geschichte erzählen und außerdem herausfinden, was mit Mari passiert ist.«

»Und Sie glauben, dass er unschuldig ist?« Er sieht mich regungslos an.

»Ich sehe es als Möglichkeit. Aber ich würde meinen Job nicht richtig machen, wenn ich nicht auch andere Möglichkeiten in Betracht ziehen würde, Mr Castle. Ich versuche, so viele Standpunkte wie möglich zu dokumentieren, um am Ende auf die Wahrheit zu stoßen. Und eine

Möglichkeit wäre, dass Luke etwas mit Maris Verschwinden zu tun hat. Vielleicht war es ein Unfall, den er sich nicht eingestehen kann. Oder etwas Unheilvolleres.«

Er hebt die Hand, um mich zum Schweigen zu bringen, und scheint wütend über meine Antwort. »Jaja. Das wissen wir. Wir haben Luke nicht mehr gesehen, nachdem herauskam, dass es Unklarheiten bezüglich seiner Rolle in der Geschichte gibt.« Er scheint noch mehr sagen zu wollen, doch dann klappt er den Mund kurz zu und sieht mir unumwunden in die Augen. »Ich glaube nicht, dass er etwas damit zu tun hat. Ich *weiß* es einfach. Luke war ein guter Junge.«

Er tritt auf den Rasen. Betrachtet die Rosen. »Wissen Sie, wir hoffen nach wie vor, dass sie noch irgendwo da draußen ist. Wir haben ihr Zimmer nie angerührt ... Bloß für den Fall. Eigentlich lächerlich.«

Ich richte mich auf. »Würde es Ihnen etwas ausmachen, wenn ich es mir einmal ansehe?«, frage ich und versuche, nicht zu begierig zu klingen.

Elsie sieht nervös zu ihrem Mann. »Was wollen Sie denn dort finden?«, fragt sie und klammert sich an den Stoff ihres Rockes.

»Es würde mir helfen, einen besseren Eindruck von Mari zu gewinnen. Vielleicht wurde etwas übersehen.«

»Ich glaube nicht, dass das etwas bringt«, erklärt Elsie abwehrend.

»Natürlich nur, wenn Sie einverstanden sind.« Ich will sie nicht verärgern. Charles verschränkt die Arme und seufzt. Das Schweigen ist unerträglich.

»Elsie, das könnte unsere letzte Chance sein«, meint er schließlich, und sie senkt den Blick. Dann nickt sie endlich. Er wendet sich wieder an uns. »Wenn Sie glauben, dass es hilfreich sein könnte ...«

Charles steigt langsam die Treppe hoch. Eine Hand liegt auf dem Geländer, und er zieht sich keuchend nach oben. Ein Schritt nach dem anderen. »Ich komme nicht mehr oft hier hoch. Mein Zimmer ist jetzt im Erdgeschoss.«

Ich richte den Blick nach unten. Elsie steht neben Cleo am unteren Ende der Treppe und sieht mit schmalen Augen zu mir hoch.

»Das Foto hier ist fantastisch, Mrs Castle. War das an Ihrem Hochzeitstag?«, fragt Cleo gerade, als ich im oberen Stockwerk ankomme.

Charles hält einen Moment lang vor einer geschlossenen Tür inne, dann legt er die Hand auf den Türknauf und dreht ihn. »Lassen Sie sich ruhig Zeit«, sagt er und lässt mich alleine.

Das Zimmer ist genau so, wie ich es mir vorgestellt habe. Tatsächlich ist es meinem eigenen Zimmer in diesem Alter sehr ähnlich. Die Poster. Leonardo DiCaprio in *The Beach.* Das Cover des Red-Hot-Chili-Peppers-Albums *By the Way,* das 2002 auf den Markt kam. Ein lebensgroßes Bild von Gwen Stefani aus ihren Tagen bei No Doubt. Maris Lernplan in verblasstem Kugelschreiber und mit verschiedenen farblichen Markierungen. Ich betrachte die Fotos, die sie als Collage auf einer Pinnwand arrangiert hat. Sie zeigen hauptsächlich Luke und Mari an verschiedenen Orten. Beim Abschlussball, auf Partys, auf einem Schulausflug im Ausland, zusammengekuschelt auf dem Sofa eines Freundes. Ich mache Fotos mit meinem Handy und hoffe, einige Gesichter auf dem Klassenfoto wiederzufinden, das wir im Büro haben.

Ich werfe mir einen Kaugummi in den Mund. Mein Magen gurgelt. Das machen das Koffein und die Anspannung. Ich warte, bis ich höre, wie Charles die Treppe nach unten stapft, dann öffne ich eine Schublade und blättere mich durch mehrere Notizbücher. »Komm schon, Mari«, flüstere ich. »Erzähl mir etwas, das ich noch nicht weiß.«

Ein Notizbuch sticht mir besonders ins Auge, und ich nehme es heraus und öffne es. Die aufwendigen Zeichnungen darin sind schwer zu begreifen. Sehr dunkel. Schwarz und rot. Blut. Rot wie rohes Fleisch. Sie war sehr talentiert, aber es ist alles unglaublich düster. Nicht das, was ich mir von der adretten, wohlhabenden blonden Privatschülerin erwartet hätte, die ich von den Fotos kenne.

Ich blättere weiter. Jede Menge Kritzeleien. Notizen, ganze Sätze, Zeilen aus Gedichten. *Tief im Schlamm. Gib mir einen neuen Ort … Ring-o-ring … ich bin bereit zu fallen …* Ich blicke beunruhigt zur Tür. Es fühlt sich nicht gut an, in den privaten Dingen anderer Leute zu wühlen. Dann sehe ich es. Eine E-Mail-Adresse. Aber sie ist durchgestrichen. Als wollte sie nicht, dass sie jemand sieht. Ich versuche, sie zu entziffern. Am Ende mache ich ein Foto davon.

Ich lasse die Finger über den staubigen Tisch gleiten und stoße auf einen kleinen, zusammengerollten Zettel. Ich greife danach. Eine Drogerierechnung, die im Laufe der Jahre verblasst ist. Die Schrift ist kaum noch zu entziffern. Ich betrachte die gekauften Artikel. Offenbar fand der Einkauf kurz vor der Abreise statt. Da sind der Geldgürtel und die Adapterstecker. Sonnencreme und Mascara. Eine Doppelpackung Wegwerfkameras. Ich betrachte traurig das Datum und die Uhrzeit, als ihr die Rechnung übergeben wurde. Sie hat Dinge für die Reise gekauft und war zweifellos unglaublich aufgeregt. Hatte keine Ahnung, wie alles enden würde. Ich mache ein Foto und lasse die Rechnung auf dem Tisch zurück, damit sie weitere Jahre dort liegen und verblassen kann.

Später im Büro lehne ich mich in meinem Schreibtischsessel zurück. »Warum hat jemand zwei E-Mail-Adressen?«, frage ich in die Runde. Cleo und Jamal drehen sich zu mir um. Melissa ignoriert die Frage. Sie ist wie immer zu beschäftigt mit logistischen Details und Tagesablaufplänen.

»Pornos«, meint Jamal mit wissendem Blick.

»Vielleicht hat sie sie eingerichtet und nie verwendet?« Cleo zuckt mit den Schultern.

»Jamal, kommst du in den Account?«

»Bloß, weil ich erst dreiundzwanzig bin, bin ich noch lange kein Hacker.«

»Kannst du wenigstens mehr über die E-Mail-Adresse herausfinden? Den Provider kontaktieren? Fragen, ob wir Zugang erhalten?«, frage ich weiter.

Er nimmt mir das Post-it aus der Hand. »Soll ich im Silicon Valley anrufen, oder was? Ich glaube, so funktioniert das nicht.« Sein herablassender Tonfall prallt an mir ab. »Wahrscheinlich ist sie mittlerweile erloschen. Aber ich habe einen Freund, der uns vielleicht weiterhelfen könnte.«

»Super. Ich will alle E-Mails, die auf dieser Adresse eingegangen sind und von dort verschickt wurden.« Ich habe eine gute Stunde damit zugebracht, die Buchstaben zu entziffern.

»Vermutlich wurde bereits alles gelöscht …«

»Sieh einfach, was sich machen lässt«, erwidere ich. Seine Negativität nervt.

»Wir haben mittlerweile den Backgroundcheck von Luke bekommen«, erklärt Melissa, die uns noch immer den Rücken zugewandt hat. Auf ihrem Schreibtisch stapeln sich Ausdrucke und Post-its.

»Ach ja?« Ich hebe gespannt den Kopf. Ich bin neugierig, was alles über unseren Hauptprotagonisten ans Tageslicht gekommen ist.

»Er hatte nie Schwierigkeiten mit der Polizei, was Gewalttätigkeiten betrifft. Zumindest haben wir nichts gefunden. Und wir waren wirklich sehr gründlich. Vor einigen Jahren gab es ein paar Bagatelldelikte – Diebstahl und solche Dinge.«

»Okay«, erwidere ich nachdenklich. Luke war jahrelang drogensüchtig. Kleinkriminalität und Diebstähle gehen damit Hand in Hand, das überrascht mich also nicht. Ein Gewaltvergehen hätte gegen ihn gesprochen, das Fehlen eines solchen unterstreicht die Glaubwürdigkeit seiner Geschichte. Aber es bedeutet auch, dass wir keine neuen Ansatzpunkte haben.

Wir brauchen einen Durchbruch. Vielleicht finden wir etwas in den E-Mails, das uns eine neue Perspektive eröffnet. Leute, die wir noch nicht auf dem Radar haben und mit denen Mari damals Kontakt hatte. Vielleicht ergeben sich neue Fragen, die ich Luke stellen kann. Denn wir brauchen unbedingt eine Wende für den Film.

Etwas Großes.

Einen Cliffhanger.

Kapitel 15

100822_DER DSCHUNGEL_LUKE SPEED_MASTER I/V

»Niemand hat mich je nach den schönen Seiten unserer Reise gefragt. Dieser erste Monat, als wir von Insel zu Insel gezogen sind, war mitunter die schönste Zeit meines Lebens. Da war alles, was uns versprochen worden war. Jeden Tag weiße Sandstrände. Und alles war so unglaublich billig. Wir lebten wie König und Königin, und das für weniger als zehn Pfund am Tag. Wir lagen nur am Strand, besänftigten unseren Kater mit einem Smoothie und lasen Bücher mit Dutzenden Eselsohren, die kostenlos in Bars in Regalen zur Verfügung standen. Wir gönnten uns eine Thai-Massage und kauften Bier ein. Wir lebten in kargen Hütten am Strand, aber wir brauchten nicht viel. Wir waren ohnehin den ganzen Tag unterwegs. Manchmal gab es aktivere Phasen, und wir spielten Volleyball oder machten uns auf die Suche nach Wasserfällen. Mari liebte es, nachts nackt im Meer zu schwimmen. Aber eines stand fest: Jeden Abend wurde Party gemacht.

Die Fahrt in den Süden war aufregend. Wir fuhren mit dem Nachtzug und anschließend mit der Fähre. Es war absolut nicht so, wie ich es erwartet hatte: Leute, die aus offenen Zügen hingen, Hühner in Bussen und Einheimische, die uns müde belächelten, während wir ohne Klimaanlage beinahe zugrunde gingen. Es war sehr viel organisierter.

Wir warteten gemeinsam mit einer Schar Jugendlicher aus dem Westen vor dem Reisebüro. Ein Kerl mit einem Klemmbrett verpasste uns verschiedenfarbige Sticker, die unsere Zielorte festlegten, und dann wurden wir wie Schafe hin und her getrieben. Wir waren beide müde, verkatert und überhitzt. Mari holte ihren Notizblock heraus und begann, unsere Mitreisenden zu zeichnen. Sie hatte Talent. Haben Sie ihre Arbeiten gesehen? Sie hatte bereits einen Platz am Central St Martin's College of Art and Design in der Tasche, wussten Sie das? Aber sie hatte beschlossen, dass es klüger wäre, nach Oxford zu gehen und Englisch zu studieren. Ich schätze, ihr Dad hatte dabei seine Finger im Spiel.

Auf jeden Fall war es ein großes Abenteuer. Mari schlief mit dem Kopf an meiner Schulter, und wir flüsterten uns Dinge zu. Ein Wort reichte, um dem anderen seine Gedanken mitzuteilen. Es war mehr, als bloß Sätze zu vervollständigen. Ein Nicken oder ein Blick mit aufgerissenen Augen genügte, und wir lachten über Sachen, die nur wir verstanden und die seit Jahren unser Ding waren.«

»Sie haben sich also nie gestritten? Was ist mit dem Tag in der Khaosan Road?«

»Natürlich. Wir lagen uns ständig in den Haaren. Wie ein altes Ehepaar. Zeigen Sie mir ein Paar, bei dem das nicht so ist. Ich würde sagen, *das* wäre nicht normal, oder? Ich weiß, dass der Kerl vom Reisebüro allen von dem riesigen Streit auf der Straße erzählt hat. Die Leute stürzten sich darauf, vor allem die Polizei. Aber es war bloß eine alberne Zankerei darüber, ob wir zuerst in den Norden zum Trekking oder nach Süden zu den Inseln fahren sollten. Es war kein richtiger Streit – ich meine, da gab es weitaus schlimmere! Ich verschwendete danach keinen weiteren Gedanken daran. Es hieß, Mari hätte geweint, was nicht stimmte. Wir haben nicht geschrien. Da war gar nichts. Wenn etwas Schlimmes passiert – wie Maris Verschwinden zum Beispiel –, dann legen die Leute alles, was sie gesehen haben, auf die Waagschale. Ein aufgebrachtes Mädchen auf der Straße, das sich wild gestikulierend mit seinem Freund unterhält. Klar, er hat sie getötet. Wussten Sie, dass fünfundsiebzig Prozent der Falschurteile auf nicht korrekte Augenzeugenberichte zurückzuführen sind? Jedes scharfe Wort, das zwischen uns fiel, wurde überanalysiert und aufgeblasen. Als ob man meine Erinnerungen auseinandergerissen und damit herumexperimentiert hätte.«

»Es muss eine sehr intensive Erfahrung gewesen sein, als Paar alleine und auf diese Art zu reisen. Da kommen verständliche Emotionen an die Oberfläche.«

»So schlimm war es gar nicht. Auf unserer Reise von einer Insel zur anderen lernten wir irgendwann diese beiden Französinnen kennen. Sie waren bereits in Südamerika gewesen und nun seit einigen Wochen in Thailand unterwegs. Eine erzählte uns, dass sie genug von ihrer Freundin hätte, aber nicht wüsste, wie sie ihr sagen sollte, dass sie nicht mehr mit ihr weiterreisen möchte. Nachdem die beiden fort waren, redeten Mari und ich ständig nur darüber, wie froh wir waren, dass wir zusammen waren. Wir waren uns einig, dass uns so etwas nie passieren würde.«

Kapitel 16

Wir befinden uns in einer Praxis in der Harley Street in der Londoner Innenstadt und führen vor laufender Kamera ein Interview mit dem Psychiater, der Luke nach seiner Rückkehr behandelt hat. Zu dieser Zeit herrschte eine ungeheure Hysterie, und es ist schwer, sich den Weg durch die Pressestimmen zu bahnen. Es gibt Fotos von Luke im thailändischen Krankenhaus, auf denen er aussieht wie ein Skelett. Nach seiner Entlassung wurde er in einem örtlichen Hotel unter Hausarrest gestellt, während erneut und mithilfe der Informationen, die er bereitstellen konnte, nach Mari gesucht wurde. Doch Mari wurde nicht gefunden, weder tot noch lebendig. Und nach weiteren Ermittlungen gerieten die Verdächtigungen gegenüber Luke ins Wanken.

Nach einigem Ringen vonseiten der Britischen Botschaft wurde er nach England zurückgebracht, wo das nächste Kapitel seines Albtraumes begann. Die feindseligen britischen Medien stürzten sich auf ihn, und in seinem Leben war nichts mehr, wie es einmal war. Er hatte den Platz an der London School of Economics verloren, und man erlaubte ihm nicht, sich noch einmal zu bewerben. Sie waren wohl froh, dass sie eine Möglichkeit gefunden hatten, ihn loszuwerden. Er konnte das Haus nicht verlassen, ohne dass ihn jemand anbrüllte oder ihm eine Kamera vors Gesicht hielt. Er war der Lieblingsbösewicht der Nation – ein

Foto, wie er normalen Alltagsbeschäftigungen nachging, zierte am nächsten Tag sämtliche Titelblätter, und die Schlagzeilen lauteten: *Monster auf freiem Fuß.*

Schließlich folgte der Zusammenbruch. Er schaffte es nicht, mit den Anschuldigungen und dem tief sitzenden Hass gegen ihn klarzukommen. So landete er bei Dr. Ackerman. Und nachdem Luke jetzt mit seinem ehemaligen Arzt gesprochen hatte, erklärte sich dieser zu einem Interview bereit, um seinen professionellen Standpunkt darzulegen.

»Fühlen Sie sich wohl?«, frage ich.

»So wohl man sich in dieser Situation fühlen kann«, erwidert der Arzt. Er scheint ein von Natur aus entspannter Kerl zu sein, und ich habe ein gutes Gefühl. Wir haben die Kamera vor seinem Schreibtisch aufgebaut, und er rückt eilig Dinge hin und her, um für Ordnung zu sorgen. Dann greift er nach seinem Füller und öffnet unbewusst immer wieder den Verschluss mit dem Daumen, um ihn danach wieder zu schließen.

»Bitte richten Sie Ihre Antworten an mich und nicht an die Kamera. Und es wäre hilfreich, wenn Sie meine Frage in Ihre Antwort einbauen könnten, da wir meine Stimme am Ende vermutlich herausschneiden werden. In Ordnung?« Er nickt. »Dann los.« Ich räuspere mich. »Also, würden Sie uns bitte verraten, in welchem Zustand sich Luke befand, als Sie ihn kennenlernten?«

Dr. Ackerman nickt und erinnert sich. Mittlerweile ist er an die fünfzig, aber damals war er noch ein junger Arzt. »Luke stand unter starken Beruhigungsmitteln, als er mit dem Krankenwagen von der Notaufnahme an einen sicheren Ort gebracht und anschließend stationär aufgenommen wurde. Ich weiß noch, dass er unglaublich dünn war und dunkle Ringe unter den Augen hatte. Er blinzelte hektisch und in einem fort. Er war in einem schlimmen Zustand. Er sah aus, als hätte er die Hölle auf Erden erlebt, und um ehrlich zu sein, Ms Chambers, war es vermutlich genau das gewesen.«

Ich hebe einen Finger. »Tut mir leid, Dr. Ackerman, aber könnten Sie mich bitte nicht direkt ansprechen? Dann klingt es allgemeiner. Wäre das in Ordnung?«

»Tut mir leid. Natürlich.« Er hält inne, dann wiederholt er den letzten Satz: »Er sah aus, als hätte er die Hölle auf Erden erlebt, und um ehrlich zu sein, war es vermutlich genau das gewesen.«

Ich strecke den Daumen in die Höhe. »Wie lange befand sich Luke bei Ihnen in Behandlung?«

»Luke war ein paar Wochen bei uns, dann wurde er entlassen, aber er kam nicht klar, also ließ ich ihn wieder einweisen. Die ersten paar Wochen nach seiner Rückkehr waren die schlimmsten. Er hatte Albträume und entwickelte Psychosen. Schrie das ganze Haus zusammen.«

»Psychosen? Wie Halluzinationen?«

»Ja, unter anderem.«

»Ist es normal, dass Leute nach traumatischen Erlebnissen halluzinieren?«

Er hebt die Augenbrauen. »Ja. Vor allem bei posttraumatischem Stress. Er sah offenbar immer wieder, was ihm im Dschungel widerfahren war.«

Luke und ich haben in den Interviews noch nicht über die Zeit im Dschungel gesprochen. Er macht zu, sobald es zur Sprache kommt, und ich will keine Enthüllungen während Gesprächen ohne Kamera riskieren. Es wird einen wichtigen Moment in unserem Film darstellen.

»Der Mann, von dem die beiden angeblich verfolgt wurden – was halten Sie davon? Glauben Sie, dass Luke halluziniert hat?«

Dr. Ackerman verschränkt die Hände vor sich auf dem Tisch. »Ja, es wäre möglich, dass er halluziniert hat – sie waren am Verhungern und schwer traumatisiert –, aber …« Er hält inne. »Es wäre auch möglich, dass sie tatsächlich verfolgt wurden. Wir können es nicht mit Sicherheit sagen. Wir wissen nur, dass die Polizei nie Beweise dafür gefunden hat, dass noch jemand dort draußen war. Ich habe Luke in den Monaten, die ich ihn begleiten durfte, als äußerst sympathischen, liebenswerten Jungen – beziehungsweise Mann – kennengelernt. Aber es wäre möglich, dass er Mari etwas angetan hat und sein Gehirn nicht dazu fähig war, es zu verarbeiten. Weshalb er diesen Mann erfand, um mit dem Trauma umzugehen. Einen … einen Akteur für seine eigenen Handlungen.« Ich lehne mich nach vorne. Diese Theorie habe ich noch nie gehört. »Ich bin kein Polizeibeamter, und es hat mich nie jemand nach meiner Meinung gefragt. Aber es wäre durchaus denkbar.«

»Das ist faszinierend«, sage ich und werfe einen Blick auf meine Fragen. Angesichts dieses neuen Ansatzes sind sie nicht mehr relevant. »Sie meinen, er könnte ihr etwas angetan haben, und als er nicht damit fertigwerden konnte, hat er diesen Mann erschaffen, um ihm seine eigenen Handlungen zuzuschreiben?«

Dr. Ackerman nickt. »Er war im Überlebensmodus, und sein Gehirn fand einen Weg, um ihm zu helfen, damit klarzukommen. Möglicherweise war es ein psychotischer Schub.«

»Wird er sich in einem solchen Fall jemals daran erinnern können, was wirklich passiert ist?«, frage ich.

Der Arzt überlegt, bevor er antwortet. »Manchmal blockiert das Gehirn die Erinnerung, weil die Wahrheit zu schwer zu verkraften ist. Diese falschen Erinnerungen können sich unglaublich real anfühlen. Normalerweise können wir diesen Wahnvorstellungen irgendwann mit der Wahrheit begegnen.« Ich sehe ihn verwirrt an, und er erklärt: »Ein Mann mit einer psychotischen Störung hält seinen Nachbarn für den Teufel und schlägt ihn nieder. Wir Ärzte können dieser Wahrnehmung in Zusammenarbeit mit der Polizei und der Familie und mithilfe der Wahrheit entgegenwirken – nämlich, dass besagter Nachbar eben nicht der Teufel ist –, sobald der psychotische Schub zu Ende ist. Aber in Lukes Fall können wir uns nicht zu hundert Prozent sicher sein, dass der Mann, den er gesehen hat, tatsächlich seiner Vorstellung entsprang. Es gibt niemanden, der mit ihm vor Ort war. Abgesehen von Mari.« Er massiert sich das Kinn. »Vielleicht hat er sie gar nicht auf die Art verletzt, an die jeder sofort denkt. Vielleicht hat sie sich – zum Beispiel – ein Bein gebrochen, oder eine Wunde hat sich infiziert. Sie hatte womöglich starke Schmerzen, es war keine medizinische Hilfe greifbar, und er musste die Entscheidung treffen, sie zu erlösen. Für die beiden war der Dschungel die Hölle auf Erden. Zwei Teenager aus der Stadt. Stellen Sie sich das mal vor.«

Ich schlucke. Es ist beängstigend.

»Es wäre nicht verwunderlich, dass sein Gehirn in einer derart extremen Umgebung verrückt gespielt hat, sondern durchaus möglich.«

»Und er wäre unschuldig, wenn etwas Derartiges im Laufe eines psychotischen Schubs passiert wäre?«

»Das ist eine komplizierte Frage, zu der viele andere Experten hinzugezogen werden sollten. Es wäre ein langwieriger Prozess nötig, um das festzustellen. Aber meine ursprüngliche Diagnose würde sicher eine Rolle spielen. Und ich würde auf jeden Fall bestätigen, dass er nicht bei

Sinnen war, falls eine Obduktion diese Frage aufwerfen würde.«

»Eine Obduktion? Zwanzig Jahre später?«

»Nehmen wir an, Mari hatte ein gebrochenes Bein und ist wochenlang durch den Dschungel gehumpelt – dann würde eine Obduktion einen nicht verheilten Bruch offenbaren. Es bleiben unglaublich viele Hinweise erhalten, selbst nach zwanzig Jahren. Möglicherweise gibt es weitere forensische Spuren oder andere Beweise, die belegen, dass doch eine andere Person im Dschungel unterwegs war. Wenn Mari gefunden werden würde, könnte man Lukes Rolle in ihrem Verschwinden sicher deutlicher definieren. Aber das wird nicht passieren. Immerhin haben es die thailändischen Behörden Jahr für Jahr abgelehnt, die Suche wieder aufzunehmen.«

Ich erstelle ein Protokoll des Interviews mit Dr. Ackerman. Es ist großartig. Seine Theorie ermöglicht eine alternative Herangehensweise an den Fall. Eine Erklärung. Ich versuche, mich in Luke hineinzuversetzen. Ein Teenager, der vor nicht allzu langer Zeit zum ersten Mal offiziell Alkohol trinken durfte und sich nun in der schlimmstmöglichen Situation wiederfindet. Er hat die Wahl, es liegt in seiner Hand. Es ist die schlimmste Entscheidung, die ein Mensch treffen muss. Jemand, den man liebt, schreit vor Schmerzen. Es gibt keinen Ausweg.

Was hätte ich getan? Ich hoffe, dass sich meine Zuschauer genau diese Frage stellen werden, wenn das Interview ausgestrahlt wird.

Ich denke an die Sorge auf Dr. Ackermans Gesicht, als er mir von Luke erzählte, und an die eilige Frage vor unserem Aufbruch. Er wollte wissen, wie sich Luke schlägt, und war froh darüber, dass er wieder mit beiden

Beinen im Leben steht. Noch jemand, den mein Protagonist tief beeindruckt hat. Fast jeder, den ich bis jetzt kennengelernt habe, hat mir versichert, wie sehr er Luke mochte. Sogar jene, von denen man es nicht erwarten würde. Charles Castle ist nach wie vor auf seiner Seite. Und da ich ihn mittlerweile auch besser kenne, verstehe ich, warum.

Oder er ist ein begnadeter Manipulator.

»Cass!«, ruft Cleo, und ich hebe den Blick. Sie deutet mit dem Kopf auf Raef, der mich zu sich winkt.

»O Mann«, murmle ich, bevor ich aufstehe und durchs Büro stapfe.

Raef schließt seine Bürotür hinter mir. »Also, wie läuft's?«

»Du weißt doch, dass *Making a Murderer* zum Fall Steven Avery über einen Zeitraum von zehn Jahren produziert wurde, oder?«, erinnere ich ihn.

Er schnippt mit den Fingern. »Wir brauchen einen guten Titel. *In Plain Sight – Mörder unter uns,* oder so.«

»Dafür ist es noch zu früh, Raef. Es besteht nach wie vor die Möglichkeit, dass Luke ein weiteres Opfer ist, und es wäre nicht fair, ihn jetzt schon zu brandmarken. Wir haben noch Monate. Mindestens.«

Er mustert mich nachdenklich. »Okay, Cassidy. Also, wie läuft es deiner Meinung nach?«

»Gut. Ich bin zufrieden. Es ist, als gäbe es noch einiges zu entdecken. Die Geschichte ist ... vielschichtig. Außerordentlich. Luke ist außerordentlich.« Ich überlege, ob ich ihm von der Begegnung im Pub erzählen soll. Raef würde es vermutlich gefallen – er würde mir auf den Rücken klopfen und mir zu meinen »Fähigkeiten« gratulieren. Aber so war das nicht. Außerdem gefällt mir nicht, dass Raef vielleicht der Meinung sein könnte, die Tatsache, dass ich eine Frau bin, sei der einzige Grund, warum Luke sich mir geöffnet hat. Ich habe diese Story aufgrund meiner bisherigen Leistungen an Land gezogen, sonst nichts.

»Gut. Also, es liefen da ein paar Dinge im Hintergrund, von denen ich dir nichts erzählen wollte, solange es nicht endgültig beschlossen war.«

»Ach ja?«, frage ich genervt. Immerhin bin ich diejenige, die den Fall bis ins kleinste Detail analysiert hat. Raef kennt bloß die Eckpunkte, und trotzdem trifft er spontane Entscheidungen mit seinen Kumpels vom Sender. »Ich habe tolle Neuigkeiten, Cassidy.« Er beugt sich nach vorne, als würde das die Spannung erhöhen. »Sie wollen ihn noch mal zurückschicken. Ist das nicht großartig?«

»Zurückschicken?«, wiederhole ich.

»Sie wollen, dass er nach Thailand zurückkehrt. Mit uns und unseren Kameras. Um alles noch mal zu durchleben. Interviews und Rekonstruktionen sind super, aber sie befürchten, dass deine Interviews nicht die großen Neuigkeiten ans Tageslicht bringen werden, auf die wir hoffen. Du hast eine unglaubliche Beziehung zu ihm aufgebaut, und wir dachten, dass er sich vielleicht an etwas erinnert, wenn ihr beide dort draußen unterwegs seid. Dass er etwas sagt. Was auch immer das ist, und …«

»Dass er sich sein eigenes Grab schaufelt?«, unterbreche ich ihn ausdruckslos.

»Wenn er sich kein Grab schaufeln *muss,* sollte das kein Problem sein«, erwidert er zuversichtlich.

»Aber ich dachte, sie hätten die Doku mit diversen Rekonstruktionen gekauft. Nicht mit Luke, der wieder … *dort* ist.« Ich könnte laut schreien. Die Kontrolle entgleitet mir zusehends.

»Aber das ist doch toll, oder etwa nicht? Sie gehen davon aus, dass wir dadurch auf drei Episoden und nicht bloß auf zwei Teile kommen. Sie wollen, dass er dir Locations zeigt, die er und Mari besucht haben, und dir dabei seine Version der Geschichte erzählt.«

»Und wir sollen auch ... in den Dschungel?«, frage ich ungläubig und blinzle.

»Glaubst du, er wäre dabei?«, fragt Raef.

Ich starre aus dem Fenster hinaus auf das Dächerchaos von Soho und denke nach. Zuerst wird er vermutlich aus allen Wolken fallen. Doch irgendwann wird er pragmatisch denken und mich fragen, ob es denn wichtig sei, um die Geschichte zu erzählen. Ich werde ihm bestätigen, wie unglaublich wichtig es ist, und er wird sich einverstanden erklären. Ich kann ihn überreden. Aber will ich das?

»Aber Raef ... er hat dort draußen den Verstand verloren. Was, wenn er eine Panikattacke bekommt, oder ...?«

»Wir lassen ein psychiatrisches Gutachten erstellen. Alles astrein.«

Ich versuche, mir die Größe des Unterfangens vorzustellen. Ich im Dschungel. Mit Luke. Dann denke ich an den Film. Die Symbolik. Die Kamera, die sämtliche Reaktionen einfängt, während er sich der Vergangenheit stellt. Ich habe ja gesehen, was die Rückkehr an seine alte Schule mit ihm gemacht hat.

»Dann redest du also mit Luke?«

»Kann ich noch mal darüber schlafen?«

Er wirft mir einen Blick zu. »Das ist der Film, den sich der Kunde wünscht, Cass. Ich kann ihn auch an jemand anderen übergeben.« Es ist eine leere Drohung. Ich weiß schon jetzt, dass Luke diesen Film nicht ohne mich machen würde. Ich könnte mich wehren. Ich könnte es Luke ausreden und Raef sagen, dass er es nicht machen will.

Dann denke ich daran, was Dr. Ackerman gesagt hat. Vielleicht erinnert sich Luke an etwas, das er unterdrückt hat. Vielleicht kann die Geschichte auf diese Weise endlich ein Ende finden. Für ihn. Und für Mari. Ich stelle mir den Moment im Film vor. Es könnte bemerkenswert werden. Kein unklares Ende, das von den Zuschauern verlangt, sich selbst eine Meinung zu bilden, sondern etwas Eindeutiges. Vielleicht finden wir sogar ihre Leiche, nachdem wir das Gebiet eingegrenzt haben, wie bei *Missing*. Dann könnten sich Lukes und Maris Familien mit dem arrangieren, was passiert ist, und weiterziehen. Es würde zwar nicht einfach für ihn werden, aber wenigstens könnte er dann einen Schlussstrich ziehen, und die Unsicherheit, in der er – und Maris Familie – lebt, hätte ein Ende.

»Haben wir denn eine Crew? Ich kann unmöglich alles alleine machen, noch dazu auf einem anderen Kontinent. Die Logistik, die Genehmigungen und all das. Außerdem will ich grünes Licht vom Psychiater. Luke geht es heute viel besser als damals, aber ich will ihn nicht dorthin bringen, wenn die Chance besteht, dass er es nicht verkraftet.«

Raef hebt die Hände. »Natürlich nicht. Ich würde dich nie mit einem Mörder auf die andere Seite der Welt schicken, wenn die Gefahr bestünde, dass er austickt.«

»Mit einem mutmaßlichen Mörder«, erinnere ich ihn, und er nickt wegwerfend.

»Sag mir Bescheid, wie Luke dazu steht.« Er trommelt mit den Fingern auf den Tisch. »Tolle Arbeit, Cass. Großartig.« Sein Telefon klingelt, und er scheucht mich aus dem Büro. Ich halte vor seiner Tür inne. Fassungslos, aber auch belebt von der neuen Dimension, die das alles gerade angenommen hat.

Kapitel 17

200822_DER DSCHUNGEL_LUKE SPEED_MASTER I/V

»Koh Phangan ist *die* Partyinsel in Südostasien. Die Full-Moon-Party findet jeden Monat statt, und fast jeder Rucksacktourist zwischen achtzehn und dreißig, der in diesem Teil der Welt unterwegs ist, fährt auf die kleine Insel, um eine Nacht lang die Lust am Leben zu zelebrieren. Für mich war es zum Teil nur ein Punkt auf der Liste, die wir auf unserer gut getarnten Pauschalreise abhaken wollten. Aber die Atmosphäre war nicht zu verleugnen. Wie die Spannung stetig stieg. Es war wie Blut, das auf ein schlagendes Herz zuströmt.

Wir hatten die Tage zuvor auf Koh Samui verbracht und fuhren eine Woche vor der großen Nacht mit der Fähre auf die Insel. Schon jetzt kamen die Leute scharenweise an. Am Strand gab es vorübergehende Bühnen und Tanzflächen, die Friseursalons, Internetcafés, Restaurants und Bars entlang der Hauptstraße waren alle geöffnet und voller Menschen. Musik dröhnte. Scooter zischten an uns vorbei, beladen, als würde bald ein Unwetter aufziehen.

Wir schliefen in einer kleinen Anlage namens BooBoo Bungalows, die aus mehreren Hütten bestand. Schmale, unbefestigte Wege führten durch die Palmen, und es gab Bambusterrassen, wo wir Bier tranken und Karten spielten. Es war laut, wir hörten die Partys am Strand sogar noch, wenn wir in den frühen Morgenstunden ins Bett fielen. Es gab keine Klimaanlage, nur einen Ventilator, der mehr schlecht als recht funktionierte. Aber wir beschwerten uns nicht. Wir waren einfach glücklich, dort zu sein und eines der heiß begehrten Zimmer ergattert zu haben. Wir lagen oft auf den Terrassen der vielen Restaurants, die auf den Strand hinausragten, lasen, faulenzten, aßen und tranken, worauf wir gerade Lust hatten. Unterhielten uns mit anderen Reisenden, die gerade angekommen waren. Nährten uns gegenseitig an unserer Aufregung, als wären wir Teil eines großen Ganzen.

In der Nacht vor der Full-Moon-Party trafen wir erneut auf Sander und Astrid. Sie luden uns für den nächsten Abend auf ein paar Pillen ein, die sie organisiert hatten. Wir meinten, wir würden darüber nachdenken. Wir hielten nicht viel von Drogen. Wir brauchten sie nicht. Wir hatten auch so unseren Spaß, nur wir alleine, wir brauchten keine chemischen Hilfsmittel. In dieser Nacht tanzten wir bis in den Morgen und sprangen ins Meer, als die Sonne aufging. Es war magisch.

Ich klinge manchmal etwas abfällig, was die ganze Sache betrifft, aber es hat wirklich Spaß gemacht. Allerdings waren wir dem falschen Glauben verfallen, dass wir uns in Sicherheit befanden. Dass uns in dieser Blase aus weit gereisten Freunden nichts passieren konnte.«

Kapitel 18

Am nächsten Abend stehe ich alleine auf meinem Balkon, blicke von hoch oben hinab auf die unter der drückenden Hitze brodelnde Stadt, die an mir vorbeipoltert, und verliere mich in der Geschichte von Luke und Mari und allen, die davon berührt wurden. Menschen, zu denen ich mittlerweile auch gehöre. Ich trinke den letzten Rest Wein und mache mich auf den Weg in die Wohnung, um nachzuschenken. Doch in der Flasche schwappt gerade noch ein Zentimeter Flüssigkeit hin und her. Im Schrank ist mehr. Ich klettere auf die Arbeitsplatte, hole eine neue Flasche herunter und springe zu Boden, dann nehme ich den Korkenzieher aus der Schublade und beginne, die Flasche zu öffnen, ohne einen weiteren Gedanken daran zu verschwenden. Ich will gerade die beiden Hebel nach unten drücken, als ich zur Vernunft komme. Was tue ich da? Ich bin bereits beschwipst. Es wäre unverantwortlich, jetzt weiterzumachen. Ich bin erschöpft, denn ich habe die letzten Wochen kaum geschlafen und höre unaufhörlich diese Stimme in meinem Kopf.

Mich bis zur Besinnungslosigkeit zu betrinken, ist keine Lösung. Ich stelle die Flasche ab und trete ein paar Schritte zurück. Dann wische ich mir mit der Hand übers Gesicht, und ein Schwall böser Gedanken bricht über mich herein. Ich breche auseinander, obwohl ich gerade jetzt stark und standfest sein sollte.

Die anonymen E-Mails reißen nicht ab. Jedes Mal, wenn eine eintrifft, dreht sich mir der Magen um. Die letzte kam gestern Abend, kurz bevor ich zu Bett ging.

Wie ich sehe, nimmst du meine Warnungen nicht ernst. Selbst schuld, kleines Mädchen.

Ich konnte die ganze Nacht nur an ihn denken. An die gespitzten, feuchten Lippen, wenn er mir beim Baden zusah und mir mit zitternder Hand eine schmutzige Gummiente entgegenstreckte, die aussah, als hätte er sie auf der Straße gefunden. Das lauwarme Wasser wurde eiskalt, meine Finger waren verschrumpelt, doch ich hatte zu große Angst, ihn zu bitten, mir aus der Wanne zu helfen.

Er ist vor einigen Jahren gestorben. Ich war bei der Beerdigung. Ich war die Einzige. Ich bin mir immer noch nicht sicher, warum ich hingegangen bin. Es war schon ziemlich merkwürdig, schätze ich. Aber ich dachte, es würde mir helfen. Immerhin wusste ich danach zweifelsfrei, dass er fort war. Und ... ich empfand Mitleid für ihn. Ich höre noch immer, wie er geweint hat, als sie mich holten. Wie er den Namen schrie, der nicht meiner war. Seine Tochter war vor langer Zeit gestorben. Er hatte viele Jahrzehnte alleine verbracht und seine Puppensammlung stetig erweitert. Er brauchte nur noch eine, um sie zu vervollständigen. Mich.

Ich habe vor Jahren meinen Namen geändert, damit ich mich nicht ständig erklären muss. Ich will nicht, dass die Leute mich erkennen. Zumindest nicht deswegen. Vielleicht würde es sogar meine Arbeit beeinflussen. Die Leute könnten mich für schwach und zerbrechlich halten. Und das bin ich auf keinen Fall.

Ich greife seufzend nach dem Telefon. Eine Nachricht

von Rebecca mit dem Drei-Monate-Ultraschallbild. Ich schicke lächelnd ein Herz zurück und tippe: *Sieht aus wie du.*

Ihre Antwort kommt sofort. *Ich hoffe, eher wie DU!*

Ich betrachte das körnige Schwarz-Weiß-Bild. Da ist sie. Die nächste Generation. Ich kann mir nicht vorstellen, dass ich jemals selbst Kinder haben werde. Ich werde diesen Gefühlen nie wieder so nahekommen wie bei diesem kleinen Wesen, das in meiner Schwester heranwächst.

Ich scrolle durch meine anderen Nachrichten, und mein Lächeln verblasst. Luke hat immer noch nicht auf die Nachricht geantwortet, die ich ihm vor ein paar Tagen nach dem Gespräch mit Raef geschickt und in der ich ihn um einen Anruf gebeten habe. Ich wische mich durch unseren Chatverlauf. Normalerweise hat er schnell geantwortet. Das Schweigen ist nervenaufreibend. Ich kaue auf meinem Daumennagel. Er hat mich aufs Abstellgleis gestellt.

Ich hasse diesen Teil meiner Arbeit. Diese ständige, latente Angst, dass ein Protagonist plötzlich abspringt und Monate harter Arbeit innerhalb einer Sekunde beim Teufel sind. All die Menschen, die enttäuscht wären. Vor allem von mir. Das verlorene Geld.

Ich trete vor die Pinnwand, die ich seit Beginn der Dreharbeiten ständig erweitere. Die Fotos und Notizen sind so durcheinander, dass sie für andere wohl kaum einen Sinn ergeben. Ich betrachte ein aktuelles Foto von Luke. Es ist ein Screenshot aus einem unserer Interviews. Ich habe eine kleine Biografie zusammengestellt. Achtunddreißig Jahre alt, Datenanalyst – ein Job, den er anonym und von zu Hause aus ausüben kann. Lebt alleine in einer Mietwohnung in Balham. Führt ein einsames Leben. Fitnessstudio, Mikrowellenessen und Arbeit. Kaum Freunde, keine Freundin. Dafür lag er zu viele Male am Boden. Ich empfinde unwillkürlich eine unglaubliche Traurigkeit, wenn ich an ihn denke.

Dann wird mir klar, dass sich unsere Leben in vielerlei Hinsicht ähneln.

Wie willst du es anlegen, Cass?, fragt Raef ständig. Machen wir einen Film über einen narzisstischen Soziopathen, der auf der Suche nach neuem Ruhm ist, in dem er sich sonnen kann? Oder über einen armen, unschuldigen Mann, den die Welt zwanzig Jahre lang zu Unrecht verantwortlich gemacht hat? Dem Fremde ins Gesicht schlagen, sobald er sich auch nur eine Sekunde lang aus der Deckung wagt?

Mein Telefon klingelt. Meine Brust platzt vor Erleichterung, als ich den Namen auf dem Display sehe. Ich nehme einen großen Schluck Wasser, um nüchtern zu werden. »Luke, hi«, sage ich bemüht ruhig und gelassen.

»Cassidy«, erwidert er leise. Mir gefällt, wie er meinen Namen sagt. Den *ganzen* Namen. Nicht Cass, wie die meisten anderen. »Tut mir leid, ich hatte eine knappe Deadline im Job.«

»Schon okay. Mir ist klar, dass Sie außer der Doku auch noch andere Dinge zu tun haben.« Ich versuche, fröhlich zu klingen, und nicht so, als hätte ich alle paar Minuten auf mein Handy geschaut und über all die schlimmen Dinge nachgedacht, die passieren würden, wenn er jetzt aussteigt. »Wie geht es Ihnen, Luke?«

»Heute wurde ich bei meinem Mittagsspaziergang von einer riesigen roten Katze verfolgt, und ich dachte, Sie hätten vielleicht Herzog auf mich angesetzt.« Ich muss unwillkürlich lächeln. Ich habe ihm alles über meinen ziemlich großen roten Kater erzählt. »Im Laufe der Nachmittagsmeetings fiel mir dann ein, dass ich Ihnen noch einen Anruf schulde.« Ich schlucke und genieße seinen zuvorkommenden Tonfall. Mein Blick fällt erneut auf das Foto an der Pinnwand.

Ich schüttle den Kopf und rufe mir in Erinnerung, warum ich ihn um einen Anruf gebeten hatte. »Ich habe aufregende Neuigkeiten, über die ich mit Ihnen sprechen wollte.« Ich hole tief Luft und versuche, die leichten Schwankungen in meiner Stimme zu unterdrücken. »Um eventuelle Vorbehalte Ihrerseits zu klären.« Ich halte inne und warte darauf, dass er etwas sagt, aber es kommt nichts. Ich hatte gehofft, ihm etwas Begeisterung zu entlocken, um es einfacher zu machen. »Luke, sind Sie noch da?«

»Ja, ich warte gespannt auf die aufregenden Neuigkeiten«, erwidert er interessiert.

Meine Muskeln spannen sich an. »Oh. Ja. Richtig. Also, die Kunden haben sich ein paar Ausschnitte aus den Interviews angesehen und waren begeistert. Richtig begeistert. Sie wollen, dass wir nach Thailand reisen. Sie glauben, dass Ihre Rückkehr dorthin dem Ganzen noch einmal mehr Leben einhaucht – so, wie eine Wiederaufnahme der polizeilichen Ermittlungen zu neuen Ansätzen führen kann.«

»Die wollen, dass wir beide nach Thailand fliegen?«

Ich schlucke. »Ja.«

Schweigen.

»Das war nicht vereinbart«, erklärt er dann kühl.

Mir wird flau im Magen. Ich versuche eilig, den Fehler wiedergutzumachen. »Ich weiß. Aber wie schon bei unserem ersten Treffen angesprochen, können sich Pläne ändern, je tiefer wir in die Geschichte eintauchen. Es tut mir leid, dass ich Sie nicht besser auf diese Situation vorbereitet habe. Es ist ... Ich hätte nicht gedacht, dass dieser Wunsch seitens der Kunden aufkommen würde.«

»Darf ich darüber nachdenken?«

»Ja. Ja, natürlich.« Ich erinnere mich daran, was Raef über die zusätzlichen Episoden und das Geld gesagt hat, und füge eilig hinzu: »Wir hätten eine ganze Crew – einen Kameramann, einen Tontechniker, einen Produktionsassistenten und einen Rechercheur, der uns mit der Logistik behilflich ist. Außerdem einen Mittelsmann vor Ort. Es wären nicht nur wir beide *alleine.*« Ich spüre das unangenehme Schweigen, das diesem Wort folgt.

»Ich weiß nicht ... Ich soll noch einmal dorthin zurück ...?« Er holt tief Luft. »Was, wenn ... wenn *er* noch immer da draußen ist?« Seine Stimme bebt. Ich sehe sofort den achtzehnjährigen, bis auf die Knochen abgemagerten Jungen vor mir, der aus dem Dschungel gerettet wurde.

»Luke, wir haben eine ganze Crew dabei. Und das war vor zwanzig Jahren. Dieser Mann ... Es ist ausgeschlossen, dass er noch dort ist«, sage ich. »Außerdem werden Sie vor der Abreise mit einem Psychologen sprechen, um sicherzustellen, dass Sie wirklich bereit sind, und um sämtliche Fallstricke im Vorhinein auszuräumen, sodass Sie mental gut vorbereitet und dazu in der Lage sind. Außerdem wird er auch während der Reise ständig telefonisch erreichbar sein, falls Sie zusätzliche Unterstützung benötigen.«

»Meine Albträume ...«, meint er stotternd.

»Was passiert darin?«, frage ich sanft.

»Er ... er verfolgt mich noch immer. Steht vor meinem Fenster. Wartet vor meiner Tür. Manchmal bin ich wieder im Dschungel. Und wenn ich aufwache, bin ich so erleichtert, dass ich nicht wirklich dort bin ... ich ...« *O Gott.* »Wissen Sie, was dort draußen das Schlimmste war?«

»Was?«

»Das Wissen, dass es jederzeit möglich war, dass wir in die falsche Richtung gehen. Selbst von einem Hügel aus war nichts außer Bäumen zu sehen. Man hat keine Ahnung, ob man sich der Zivilisation nähert oder sich von ihr entfernt. Oder ob man sich bloß im Kreis bewegt. Man hat keine Ahnung, ob man hoffnungsvoll den nächsten Schritt setzen soll oder ob es hoffnungslos ist.«

»Ich kann mir nicht vorstellen, wie das gewesen sein muss«, sage ich und schließe einen Moment lang die Augen, verloren in der Vorstellung von Mari und Luke. Erschöpft, in schmutzigen, zerrissenen Klamotten, völlig desorientiert und verängstigt.

Ich höre, wie er sich bewegt. Vielleicht ist er aufgestanden. »Ich ... ich denke darüber nach, okay? Ich muss jetzt los.«

»Natürlich, Luke, ich verstehe.« Ich widerstehe dem Verlangen, ihn weiter zu drängen. Er muss die Entscheidung selbst treffen, sonst wird das nie etwas.

»Cassidy, glauben Sie, dass es das Richtige ist? Werden sich dann mehr Leute den Film ansehen und meine Seite der Geschichte hören?«

Ich schlucke. Was soll ich sagen? »Es könnte sogar dazu führen, dass der Fall neu aufgerollt und wieder nach Mari gesucht wird, Luke. Das ist doch, was Sie wollen, nicht wahr?«

»Ich denke darüber nach.«

Ich nicke, und er legt auf.

Ein paar Stunden später bekomme ich eine Nachricht. *Ich mache es. Weil Sie es sind.*

Und ich werde das Gefühl nicht los, dass ich ihm gerade eine Falle gestellt habe.

Ich drehe mich im Schlaf von einer Seite auf die andere.

Ich habe tatsächlich geschlafen! Ich höre ein Klopfen, öffne die Augen, greife nach meinem Handy, das auf dem Nachttisch am Ladekabel hängt, und schaue auf die Uhr. Drei. Verdammt. Wenn es schon fünf wäre, hätte es als ganze Nacht gezählt. Das Klopfen geht weiter, und ich beschließe, aufzustehen. Herzog streicht um meine Beine, als ich in die Küche trete. Regen prasselt gegen das Fenster. Es hat seit Wochen nicht mehr geregnet, das muss das Geräusch gewesen sein, das ich gehört habe. Aber dann höre ich es erneut. Es klingt anders als das Gewitter vor dem Fenster.

Ich gehe zum Balkon. Ein Blitz durchzuckt den Himmel, und ich trete keuchend einen Schritt zurück. Ein ohrenbetäubender Donner folgt. Dann der nächste Blitz, der den Balkon in gleißendes Licht taucht. Mein Blick fällt auf einen mit Schlamm bedeckten Mann mit wilden Haaren und noch wilderen Augen. Ich schreie. Die Kinderlieder hallen durch meinen Kopf. Und ich schreie und schreie.

So lange, bis ich aufwache, die Finger ins Laken gegraben, den Mund aufgerissen und immer noch schreiend, während sich das Zimmer um mich dreht.

Kapitel 19

200822_DER DSCHUNGEL_LUKE SPEED_MASTER I/V

»Dann war die Nacht der Full-Moon-Party da. Die Aufregung, die seit der Ankunft auf der Insel beständig gewachsen war, entwickelte sich zu einem regelrechten Rausch. Mari kaufte neonfarbene Körperfarben und malte pinke, grüne und gelbe Streifen auf meine Wangen. Sie hatte sich eine Hochsteckfrisur machen lassen und trug dieses hautenge weiße Kleid aus Lycra, das sie in einem der Läden entlang der Hauptstraße gekauft hatte. Sie war braun gebrannt und sah einfach unglaublich aus. Außerdem hatten wir uns bei einer alten Frau am Strand Blumengirlanden in Weiß und Violett besorgt.

Das Foto, das die Zeitungen verwendet haben ... das Foto aus der Nacht damals. Wir baten einen der Kerle aus der Nachbarhütte, es zu machen. Wir schrien ›Vollmond‹ statt ›Cheese‹ und rissen die Arme in die Höhe.

Wir hatten beschlossen, das Angebot mit den Pillen anzunehmen. Mari meinte: ›Wenn wir es mal versuchen wollen, dann heute.‹ Ich war einverstanden.

Zuerst wollten wir zu Abend essen, aber wir brachten nicht viel runter, also holten wir uns stattdessen einen Wassermelonendrink, gossen Wodka dazu und saßen Händchen haltend am Wasser, das im Licht der Fackeln loderte.

Die Flammen spiegelten sich in den sanften Wellen. Musik stieg in den Sternenhimmel. Dann schlossen wir uns den Massen an, sprangen und drehten uns über den wogenden Strand, der zu einer riesigen Tanzfläche geworden war, die bis ins Meer reichte.

Sander und Astrid tanzten aufgeregt auf uns zu und legten uns zwei winzige weiße Pillen in die Hände. Ich sah Mari fragend an. *Bist du dir sicher?* Sie hatte dieses Leuchten in den Augen. Da wusste ich, dass wir es durchziehen würden. Wir grinsten und steckten uns gegenseitig die Tabletten in den Mund.

Zuerst passierte gar nichts. Wir sahen einander erwartungsvoll an. Astrid schlug vor, einen Spaziergang zu machen, bis die Wirkung einsetzte. Irgendwann verloren wir die beiden aus den Augen. Und plötzlich waren wir alleine am ruhigeren Ende der Bucht.

Ich werde es nie vergessen. Mari wandte sich zu mir um, nahm meine Hand und sagte: ›Weißt du, was, Luke? Wenn wir irgendwann einmal nicht mehr achtzehn sind und gemeinsam an einem Strand wie diesem stehen und du mich fragst, ob ich dich heiraten will, werde ich Ja sagen.‹ Dann küsste sie mich. Und es war ein echt langer, leidenschaftlicher Kuss. ›Heirate mich‹, sagte ich, irgendwie high und dann auch wieder nicht. Ich wollte es einfach laut aussprechen. Ich wollte ihr sagen, dass ich für immer ihr gehören würde. Und sie flüsterte mir ›Ja‹ ins Ohr. Ich weiß nicht, ob sie es ernst gemeint hat oder ob sie ebenfalls high war. Ich schätze, wir werden es nie erfahren. Ich habe es jedenfalls noch nie jemandem erzählt.«

Er hält einen Moment lang inne.

»Im nächsten Moment sank Mari plötzlich auf die Knie, und ihr ganzer Körper begann zu pumpen. Auf und ab, als hätte sie einen Anfall. Sie warf sich im flachen Wasser hin und her. Ich kniete neben ihr und versuchte, sie festzuhalten. Ich hielt ihren Kopf über Wasser, während sie mit den Armen ruderte. Dann riss sie plötzlich die Augen auf. Sie war okay. Die Erleichterung war unbeschreiblich. Nur Sekunden später stürzte sich Sander wie ein Rugbyspieler auf mich und riss mich von ihr weg, während Astrid ihr aufhalf und mir hasserfüllte Blicke zuwarf. Mari stand hustend und verwirrt blinzelnd neben ihr. Sie dachten, ich hätte ihr etwas getan. Ich wollte ihnen erklären, was passiert war, aber ich sah nur ihre entsetzten Blicke. Mari sagte andauernd, dass alles okay sei, aber ich bin mir nicht sicher, ob sie ihr glaubten.

Ich sehe immer noch ihre zerrissene Blumengirlande, die im Wasser treibt. Klar und deutlich. Als hätte ich schon damals gewusst, dass etwas Dunkles auf uns zukam. Ich weiß, dass Sander und Astrid die Ereignisse an diesem Abend nicht überwinden konnten, das haben sie danach auch der Polizei gesagt. Aber es war, wie ich es in meinem Verhör zu Protokoll gegeben habe: Mari hatte einen Anfall. Es war nicht das, was die beiden behaupteten. Ich hätte … ich hätte Mari niemals wehgetan. Niemals.«

Kapitel 20

Es ist etwa eine Woche her, dass Luke sich einverstanden erklärt hat, nach Thailand zu reisen. Ich schlafe immer noch schlecht, und die sorgenvollen Gedanken über die bevorstehende Reise tun ihr Übriges. Cleo stellt einen Kaffee neben mir ab. »Danke!«, rufe ich fröhlich, um ihr nicht zu zeigen, wie unruhig ich bin. Dann wende ich mich wieder Lukes psychologischem Gutachten zu und lese den letzten Absatz noch einmal.

Nach der Einzelsitzung kann bestätigt werden, dass Luke Speed über alle relevanten Informationen verfügt, um seine Einwilligung zur Mitarbeit an dem Film von Songbird Productions zu geben. Mögliche Folgen einer Rückkehr nach Thailand, wo er in der Vergangenheit traumatische Erfahrungen machen musste, wurden besprochen. Des Weiteren erfolgte eine Erarbeitung verschiedenster Bewältigungsstrategien im Falle eines Rückfalles in eine Belastungssituation. Der Patient ist sich der Tücken einer Rückkehr ins Licht der Öffentlichkeit bewusst und weiß um die möglicherweise negative Reaktion des Publikums. Er hat in der Vergangenheit Therapiemöglichkeiten in Anspruch genommen, nimmt derzeit keine Medikamente – was meiner fachlichen Meinung nach auch nicht nötig ist – und ist mittlerweile seit mehreren Jahren clean. Er sieht die Reise als einen Weg, die Kontrolle über die Vergangenheit wiederzuerlangen.

»Hey, Cass.« Ich hebe den Blick. Raef winkt mich zu sich. »Auf ein Wort.« Ich folge ihm in sein Büro.

»Alles gut?«, fragt er und deutet mit dem Kopf auf einen Stuhl. Ich setze mich.

»Der Psychologe hat grünes Licht gegeben.«

»Das sind wunderbare Neuigkeiten!«, ruft er. »Ich wusste, dass du es schaffst«, fügt er hinzu, als hätte ich etwas mit dem Gutachten zu tun, und ich runzle die Stirn.

»Okay, also hör mal. Ich will dich damit nicht belasten, aber ich habe gerade erfahren, dass wir das Geld für die Überstunden nicht bekommen.«

Ich blinzle. Wut steigt in mir hoch. »Wie bitte?«

»Sie haben kalkuliert und sind zu der Meinung gelangt, dass die vorveranschlagte Summe reicht. Ich bin es mit dem Produktionschef durchgegangen, und wir haben einige Straffungen vorgenommen. Die Dreharbeiten in Thailand sollten in zwei Wochen erledigt sein. Rein und raus. Wir können nicht zurück, um nachträglich etwas zu ändern, und wir können nicht verlängern. Okay? Ich verhandle gerade über drei weitere Produktionen mit dem Sender, und ich weiß, dass ich das Okay erst bekomme, wenn sie sehen, wie wir uns hierbei schlagen. Es muss alles fristgerecht und innerhalb des Budgets passieren.«

»Was ... was genau meinst du mit Straffungen?«, frage ich, und Angst macht sich in mir breit. All die Versprechungen – gab es die nur, bis alles unter Dach und Fach war? Und jetzt, da alles bereit ist, werden die Parameter verändert? »Raef ...«

»Du hast immer noch Duncan, Cleo und einen Mittelsmann vor Ort. Das ist mehr als genug. Ich kann bloß keine Extrakosten bewilligen. Jamal muss euch von hier aus unterstützen, außerdem müssen wir den Zeitplan ein wenig straffen. Aber es ist immer noch mehr als machbar. Es ist mehr als genug!«

Ich versuche, die Kraft zusammenzukratzen, um mich zu wehren, aber ich bin zu erschöpft und frustriert, und mir ist klar, dass die Entscheidung bereits getroffen wurde.

»Cass, du machst einen tollen Job. Die Interviews sind großartig. Dieses verliebte Gesülze. Genial. Dr. Ackerman ist gigantisch und gibt dem Film die nötigen Konturen und etwas Geheimnisvolles. Aber fest steht, dass wir niemals drei Teile herausbringen, wenn wir es nicht schaffen, Familienmitglieder und Freunde vor die Kamera zu bekommen. Leute, die Mari und Luke auf ihrer Reise kennengelernt haben. In dieser Hinsicht müssen wir noch etwas draufsetzen.«

Ich schwanke kaum merklich, die Wut und die Verbitterung kochen über. Hitze steigt in meinen Nacken, und ich werfe ihm mit schmalen Augen einen missmutigen Blick zu. Er hat mir diese Reise aufgezwungen und alle unsere Ressourcen dafür verplant. »Das kommt schon noch, Raef. Wir kümmern uns darum, wenn wir aus Thailand zurück sind.«

Er nickt. »Super. Was ist mit Luke?«

»Mit Luke?«

»Du hast mittlerweile viel Zeit mit ihm verbracht. Du musst doch ein Bauchgefühl haben.«

»Vielleicht hat er sich den Mann nur eingebildet. Aber vielleicht täuschen wir uns alle, und da war wirklich jemand im Dschungel, der ihnen gefolgt ist.« Ich stolpere über meine eigenen Worte.

Er wirft mir einen seltsamen Blick zu und lehnt sich zurück. »Cass, ich ... Sei einfach vorsichtig da draußen, ja? Du solltest einen Schritt zurücktreten, weitere Informationen sammeln und beobachten. Lass dich emotional nicht zu sehr hineinziehen, okay?«

»Ich lasse mich nie emotional in etwas hineinziehen«, erwidere ich. Aber ich weiß, dass es in diesem Fall nicht stimmt. Ich glaube nicht, dass mir jemals in meinem Leben etwas so sehr am Herzen lag.

Kapitel 21

200822_DER DSCHUNGEL_LUKE SPEED_MASTER I/V

»Wir litten beide unter den Nachwirkungen der Drogen. Mari ging es am schlimmsten, sie übergab sich zwei Tage lang. Ich versuchte, mich, so gut es ging, um sie zu kümmern. Ich habe keine Ahnung, was in den Pillen war, aber ich glaube noch immer, dass irgendein Zusatzstoff diese schwere Reaktion ausgelöst hat. Wir saßen in unserer winzigen, nach Kotze stinkenden Hütte fest und fielen nach dem unglaublichen Hoch der letzten paar Wochen in ein tiefes schwarzes Loch. Ich hörte die letzten Übriggebliebenen, die immer noch feierten, und es fühlte sich an wie ein riesiger schlechter Scherz. Niemand interessierte sich für die Kultur des Landes, in dem wir uns befanden. Es ging nur darum, Party zu machen und jemanden für die nächste schnelle Nummer zu finden.

In jenen zwei Tagen musste ich zusehen, wie sich meine wunderschöne Freundin, die immer so geistreich, elegant und traumhaft war, in ein Häufchen Elend verwandelte. Ich fühlte mich verantwortlich. Ich hätte sie beschützen sollen.

Aber vor allem spürte ich den überwältigenden Wunsch, zu verschwinden. Ich hatte genug davon, ständig dem Spaß hinterherzuhetzen. Ich wollte etwas Bedeutungsvolles tun. Ich dachte, der Dschungel wäre die Antwort. Ich wollte sehen, wie es ist, einen der unwirtlichsten Orte dieses Planeten mit dem Rucksack zu durchwandern.

Mein Dad war auch einmal im Dschungel – er hat mir davon erzählt, als wir vor seinem Tod über mögliche Reiseziele sprachen. Er war in seinen Zwanzigern viel unterwegs, war ein wahrer Abenteurer. Er war in einem Kibbuz in Israel und einem Ashram in Indien. Er war ein Kosmopolit. Aber das hier hatte damit nicht das Geringste zu tun. Ich dachte, dort oben im Dschungel hätten wir Zeit, um zu reflektieren – und ein echtes Abenteuer zu erleben. Vielleicht würden wir danach weiter nach Myanmar oder Laos fahren, um auf die harte, ehrliche Art zu reisen, die uns wirklich verändern würde. Nicht so wie hier.

Wir mussten raus aus diesem Ödland in seiner bunten Verkleidung und noch einmal von vorne beginnen.«

Kapitel 22

Es ist mehrere Wochen her, seit Luke das Okay von seinem Psychologen erhalten hat, und Raef hat mich gezwungen, mir ein langes freies Wochenende zu gönnen, bevor es nach Thailand geht. Ich besorgte eine Schachtel von Mums Lieblingspralinen und machte mich auf den Weg ins Pflegeheim. Sie hat mittlerweile Alzheimer – eine Folge des schweren Alkoholmissbrauchs. Manchmal ist sie nett zu mir, wenn ich sie besuche. Dann wieder hält sie an der Rhetorik fest, die sie immer zum nächsten Glas greifen ließ, und ich bin – wie alle anderen auch – der Feind.

Dieses Mal war es weder das eine noch das andere. Sie blickte bloß stumm aus dem Fenster und schien mich kaum zu bemerken.

Ich denke oft daran zurück, wie ich als Kind die Wahrheit vertuscht habe, wenn die Fürsorge zu Besuch kam. Sie hatte die Fähigkeit, sofort in einen anderen, akzeptableren Charakter umzuschalten. Sogar nach meiner Entführung, als überall die Alarmglocken schrillten, schaffte sie es, sich zusammenzureißen. Was wäre passiert, wenn ich nicht gelogen hätte, als man mich nach meiner familiären Situation gefragt hatte? Warum hatte ich das Gefühl, ich müsste sie beschützen?

Das alles fragte ich mich, während wir beide aus dem Fenster starrten und einen Spatz beobachteten, der sich an einem Futterspender zu schaffen machte.

Danach fuhr ich nach Deal, um das Wochenende mit meiner Schwester Rebecca, ihrem Mann Eric und seiner Familie am Strand zu verbringen. Rebecca wollte eine Party veranstalten, um ihre Schwangerschaft zu verkünden. Ich erzählte ihr nichts von meinem Besuch bei Mum. Sie wirkte so glücklich, und ich wollte es ihr nicht verderben. Am Ende blieb ich bloß eine Nacht. Erics Familie funktioniert wie ein gut geöltes Uhrwerk, und Rebecca passt wunderbar dazu, während ich jedes Mal das Gefühl habe, die anderen von außen zu beobachten.

Ich bin froh, wieder im Büro zu sein, und wir waren bis jetzt schwer beschäftigt mit der Logistik und dem Auftreiben möglicher Interviewpartner in Thailand. Melissa musste lediglich die Namen auf den Anträgen für die Filmvisa ändern, da ohnehin geplant war, ein Team hinzuschicken, um die Filmsequenzen für die Rückblicke zu drehen, was mittlerweile nicht mehr nötig ist. Und weil Luke theoretisch nicht an dem Film arbeitet, braucht er nicht einmal ein Visum für die Einreise. Die örtlichen Behörden wissen zwar Bescheid, was wir filmen und mit wem, aber ich hatte Angst, Lukes Namen in einem Antragsformular zu erwähnen. Womöglich hätte der Computer Alarm geschlagen und ihm die Einreise verweigert, was uns sehr viel Zeit gekostet hätte.

Ich reibe mir die Augen. Es ist, als hätte ich Sand hineinbekommen, so trocken sind sie. Mein Handy vibriert, um mich an einen Anruf zu erinnern, den ich unbedingt noch erledigen muss. Cleo hat es geschafft, eine von Maris und Lukes alten Klassenkameradinnen ausfindig zu machen, und sie hat einem kurzen Telefonat zugestimmt. Ich wähle ihre Nummer und nippe an meinem kalten Kaffee, während es klingelt.

»Hallo?«

»Alice, hi. Danke, dass Sie …«

»Cassidy Chambers«, unterbricht sie mich scharf und mit verächtlicher Stimme. »Der einzige Grund, warum ich heute mit Ihnen spreche, ist, weil ich will, dass Ihre kleine Rechercheurin – oder wer auch immer diese Frau ist – endlich aufhört, mich mit E-Mails zu bombardieren. Ich finde das unhöflich. Ich habe Nein gesagt, und ich werde meine Meinung nicht ändern, also lassen Sie mich in Ruhe.« Am Ende klingt sie, als wäre sie den Tränen nahe.

»Alice, es tut mir schrecklich leid, dass Sie sich belästigt fühlen.« Cleo dreht sich um und wirft mir einen bösen Blick zu. Ich achte nicht weiter darauf. Es ist meine Schuld. Ich habe ihr gesagt, dass sie es noch einmal versuchen soll, obwohl sie protestiert hat. Ich stehe auf und gehe hinaus in den Flur, um weiterzutelefonieren.

»Ich werde mit Cleo reden. Aber sie ist sehr leidenschaftlich, was diese Dokumentation angeht. Das sind wir alle. Und es gab einige Leute, die Ihren Namen erwähnt und uns erzählt haben, wie nahe Mari und Sie sich standen. Ich will ein paar Worte von den Klassenkameraden und -kameradinnen. Darüber, wie sie war. Um sie den Zuschauern als dreidimensionale Person begreiflich zu machen. Nicht nur als Foto in der Zeitung, sondern als Mensch, dem Dinge wichtig waren. Der gerne gezeichnet, gelesen und gelacht hat. Einen echten Menschen. Sonst fehlt dem Film etwas sehr Wichtiges, nämlich Mari.«

Am anderen Ende der Leitung herrscht Schweigen, dann meint Alice steif: »Das war sie nicht.«

»Wie bitte?«

»So, wie Sie sie beschrieben haben. Zeichnen, lesen, lachen.« Ich runzle die Stirn. »Mari … Sie konnte ziemlich … beängstigend sein«, fährt Alice fort.

»Beängstigend?«

»Manipulativ. Schwierig. Wir waren alle einigermaßen verwirrt, als sie sich Luke gekrallt hat. Ich muss jetzt gehen«, erklärt sie plötzlich, als hätte sie schon zu viel gesagt.

»Warten Sie, Alice – wie meinen Sie das?«

»Ich muss jetzt gehen. Bitte akzeptieren Sie, dass ich nichts mit dem Film zu tun haben möchte, und rufen Sie nicht wieder an.« Sie legt auf, und ich stehe blinzelnd da. Überrascht von der Feindseligkeit gegenüber Mari. Verärgert, dass sie einfach aufgelegt hat, bevor ich nachhaken konnte.

Ich kehre zu unseren Schreibtischen zurück und schreie im nächsten Moment auf, als ich über einen Kamerakoffer stolpere, der vorhin noch nicht da war. Die anderen sehen mich an. Um unsere Tische stapeln sich die Kisten. Kamerazubehör, das wir nicht vor Ort mieten können, und Ausrüstung für den Dschungel – Wanderstiefel, Moskitonetze, Regenmäntel, Medikamente gegen Durchfall und ein Erste-Hilfe-Koffer.

In drei Tagen geht es los. Ich spüre, wie der Druck in mir steigt, als würden die Glaswände von allen Seiten näher rücken. Ich bemerke, wie Raef mich durch seine geöffnete Bürotür beobachtet, während er telefoniert. Er scheint zu wissen, dass etwas nicht stimmt.

Ich habe das Gefühl, als hätte ich, verdammt noch mal, gar nichts in der Hand. Eine Geschichte über zwei Teenager, die auf Reisen gingen, bis etwas Tragisches passierte. Ein Unfall, oder doch nicht? Ich beiße in meinen Fingernagel. *Sie werden es herausfinden,* höhnt die Stimme in meinem Kopf. *Du bist nicht annähernd so talentiert, wie alle denken.* Meine Nasenflügel beben. Ich denke an die anonymen E-Mails, die ich erhalte, seit ich mit der Recherche begonnen habe. Und die mir langsam den Verstand rauben.

Ich lasse mich auf meinen Stuhl sinken und blicke hoch zu den Fotos an der Pinnwand. Das Foto von der Full-Moon-Party, beide hübsch zurechtgemacht, voller Neonfarbe.

In diesem Moment ... in diesem Moment fällt mir etwas auf.

»Hey, Cleo. Wie viele Wegwerfkameras wurden gefunden?«

»Häh?«, fragt sie und dreht sich in ihrem Stuhl herum.

»Die Polizei – wie viele Wegwerfkameras hatte Luke dabei?« Sie sieht mich ratlos an. »Na gut, wie viele Fotos haben wir?«

»Ich weiß nicht. Ich habe sie nicht gezählt«, erwidert sie trocken. Ich war ihr gegenüber in den letzten Tagen ziemlich ruppig, ich habe eine patzige Antwort verdient.

»Kannst du das bitte nachholen?«, frage ich, und sie schnaubt und dreht sich ruckartig wieder zu ihrem Computer um, auf dem sie die Fotos gespeichert hat.

Ich öffne inzwischen den Karton mit meinen neuen Wanderstiefeln und schlüpfe hinein. Sie sind schwer, eng und steif. »Bist du sicher, dass das die richtigen Schuhe für den Dschungel sind? Es sind keine Schneestiefel oder so?«, frage ich Melissa stöhnend.

Sie wirft mir einen entnervten Blick zu. »Ich habe einen halben Tag lang für dich recherchiert. Du solltest damit nach Hause gehen, um sie einzulaufen«, erklärt sie mit mütterlicher Strenge.

»Siebenundzwanzig Fotos. Genau so viele befinden sich auf einer Wegwerfkamera. Ich habe es gegoogelt«, verkündet Cleo. »Warum?«

»Weil sie zwei gekauft hat. Eine Doppelpackung«, erkläre ich und erinnere mich an die Rechnung in Maris Zimmer.

»Vielleicht haben sie eine verloren oder weiterverschenkt«, meint Cleo schulterzuckend.

»Ja, vielleicht«, stimme ich ihr zu. Ich rolle meinen Stuhl vor ihren Computer und nehme die Maus.

Cleo steht auf. »Ich muss heute früher gehen.«

»Wo willst du hin?«

»Ich habe heute Geburtstag, das habe ich dir doch gesagt. Ich gebe eine Party. Du solltest auch kommen. Mal eine Zeit lang hier raus ...«

Sie ist wütend. Ich werfe einen Blick auf Melissa und Jamal und erkenne, dass sie für einen normalen Arbeitstag ziemlich schick angezogen sind. »Geht ihr denn alle hin?« Sie nicken. Und mir ist es nicht einmal aufgefallen.

»Du hast meine Einladung ignoriert«, erklärt Cleo barsch und hängt sich ihre Tasche über die Schulter. »Komm, wenn du willst. Oder auch nicht.«

»Mal sehen, wie ich hier vorankomme«, stammle ich.

Sie zuckt mit den Schultern und wendet sich an die anderen. »Wir sehen uns nachher.« Ich blicke ihr nach, wie sie zum Empfang stapft, wo Mo in einem schicken Button-down-Hemd auf sie wartet.

»Sie ist aufgebracht«, erklärt Melissa und gibt sich nicht die Mühe, sich umzudrehen, um mich anzusehen.

»Warum?«, frage ich verwundert.

»Sie musste ihren ersten Urlaub mit Mo für die Dreharbeiten in Thailand absagen. Und du warst in letzter Zeit echt grauenhaft zu ihr«, antwortet sie nüchtern. Ich blinzle, das aufflammende Mitleid verfliegt schnell. Weiß Cleo, was ich alles verpasst und für den Job geopfert habe? Ihre Haltung ärgert mich. Es macht mich wütend, dass sie nicht versteht, in was für einer privilegierten Position sie sich befindet. Ist ihr klar, wie viele Menschen gerne an dieser Produktion mitarbeiten würden?

Jamal sieht zu mir. Unsere Blicke treffen sich, und er wendet sich eilig ab. Melissa ist die Einzige, die sich traut, etwas zu sagen. »Sie sieht zu dir auf, weißt du? Wir wissen alle, dass du unter großem Druck stehst, aber sie ist nervös. Sie hat noch nie im Ausland gedreht, und du bist sehr schroff ihr gegenüber.«

»Jaja, schon klar«, murmle ich leise. Aber sie hat recht. Der Film, meine eigenen vermeintlichen Unzulänglichkeiten und die Angst, keinen Abschluss zu finden, haben mich zu sehr vereinnahmt. Der Druck, abzuliefern, ist unerträglich.

Was ist mit dir passiert, Mari? Hat es etwas damit zu tun, was Alice am Telefon gesagt hat? Oder mit deiner geheimen E-Mail-Adresse? Welche Rolle spielst du in dieser Geschichte, verdammt noch mal?

Kapitel 23

150922_DER DSCHUNGEL_LUKE SPEED_MASTER I/V

»Also Luke. Der Dschungel.«

Er reibt sich das Kinn. Dann lehnt er sich nach vorne. Hält den Kopf gesenkt, als ringe er um Atem. Ich warte, werfe einen Blick auf das Bild auf meinem Monitor, beobachte ihn, während die Sekunden vergehen und die Kamera diesen intimen, unbehaglichen Moment einfängt, bevor er sich auf die Reise in die Dunkelheit begibt.

»Warum beginnen wir nicht mit der Fahrt nach Chiang Mai?«, schlage ich vor und weise ihm sanft den Weg.

Er richtet sich auf und blickt direkt in die Kamera. Er ist bereit. »Wir buchten die Wanderung über eine Reiseagentur auf Koh Phangan. Die Zugfahrt dauerte ewig. Wir wollten das Geld für den Flug sparen. Mari fühlte sich immer noch unwohl und schlief den Großteil der Fahrt mit dem Kopf an meiner Schulter.« Er berührt gedankenverloren sein Schlüsselbein. »Nachdem wir in Chiang Mai angekommen waren, fühlte sie sich langsam wieder besser. Der erste Tag verlief ganz gut. Verwirrend zwar, aber da war zumindest das eine oder andere zaghafte Lachen. Wir trafen die Gruppe, mit der wir unterwegs sein würden – es waren etwa zehn weitere Wanderer. Alles junge Leute aus dem Westen, wie wir. Ich war ein wenig enttäuscht, als ich sie sah.«

»Einige von ihnen haben der Polizei erzählt, dass die Stimmung zwischen Mari und Ihnen angespannt war«, sage ich und versuche, nicht anklagend zu wirken.

Luke verzieht verärgert das Gesicht. »Wir waren nicht gerade in Topform. Mari war nicht sie selbst. Die Full-Moon-Party hatte Spuren hinterlassen. Die Leute haben übertrieben und Mutmaßungen angestellt, ohne zu wissen, was wirklich in uns vorging. Wir waren nicht in der Stimmung, neue Leute kennenzulernen.«

»Und dann begann die Wanderung ...«

Er fährt plötzlich hoch.

Ich stehe ebenfalls auf und umklammere meine Notizen. »Luke? Luke, ist alles okay?« Er wendet sich von mir ab.

»Ich kann das nicht«, sagt er und zerrt an dem Mikrofon an seinem Kragen.

»Sie können das ... Sie ... Sie schlagen sich so gut«, flehe ich und frage mich, woher dieser Stimmungswandel kommt. Ich habe große Hoffnungen in dieses Interview gesetzt. Das letzte vor der Reise.

»Ich bin noch nicht so weit, Cassidy.« Sein Blick ist gequält.

»Wie meinen Sie das?«, frage ich atemlos. Das ist bis jetzt das wichtigste Interview von allen. Ich muss wissen, wie er die Sache gesehen hat, bevor wir in den Dschungel gehen, wo es hoffentlich die große Enthüllung geben wird. Danach können wir dieses Interview einspielen, in dem er immer noch alles verdrängt ... Es ist wichtig für den Film. Ich muss versuchen, es zu retten.

»Ich kann nicht darüber sprechen. Nicht hier. Ich bin noch nicht so weit«, wiederholt er und geht auf und ab.

»Luke, hören Sie ...«

»Ich mache es, wenn wir dort sind. Ich erzähle Ihnen,

was im Dschungel passiert ist, sobald wir im Dschungel sind.«

»Aber Luke ...«

»Cassidy, ich mache es dort. Okay?« Seine Stimme wird immer lauter. »Oder wollen Sie, dass ich gehe?« Er deutet mit einem zitternden Finger auf die Tür.

Ich gebe klein bei. »Okay, okay. Bitte, Luke, setzen Sie sich. Gehen wir ... gehen wir einfach ein paar allgemeinere Fragen durch. Nichts über den Dschungel, versprochen. In Ordnung?«

Er nickt, geht zurück zu seinem Stuhl und setzt sich. Duncan eilt zu ihm und richtet das Mikrofon neu ein.

Als Duncan wieder hinter der Kamera steht und wir uns alle ein wenig beruhigt haben, fahre ich fort. »Luke, könnten Sie unseren Zuschauern schildern, wie es für Sie in den letzten zwanzig Jahren war?« Ich rutsche auf meinem Stuhl nach vorne. »Was wollen Sie denjenigen sagen, die behaupten, sie wüssten ganz genau, was passiert ist?«

Er lässt die Frage auf sich wirken und betrachtet dabei traurig seine Hände. Dann blickt er erneut in die Kamera. »Die Leute sollen wissen, dass Mari der einzige Mensch ist, den ich je geliebt habe. Seit den tragischen Vorfällen konnte ich nie wieder jemandem nahekommen. Zum Teil, weil ich Angst habe, was die Frauen über mich denken, wenn sie von der Geschichte erfahren. Und zum Teil, weil ... weil ... Ich habe Angst, noch einmal jemanden zu verlieren, den ich liebe. Zuerst starb mein Dad.« Er wendet sich einen Moment ab, sein Kinn bebt. »Und dann fand ich mich im Dschungel wieder, wo ich Tag für Tag nach Mari suchte. Ich rief ihren Namen. Ich betete, dass ich sie finde und wir nach Hause können. Ich träumte von den Dingen, die wir getan haben. Von der Schule, vom

Fußball, von den Späßen im Gemeinschaftsraum. Mir wurde klar, dass ich nie wirklich geschätzt habe, was wir hatten … und wie dumm der Versuch war, etwas Besseres zu finden. Wir hatten alles. Einfach alles.«

Er hustet, um ein Schluchzen zu verbergen. Er schluckt und schafft es schließlich, weiterzusprechen. »Irgendwann kehrte ich tatsächlich nach Hause zurück. Aber nichts war so, wie ich es in Erinnerung hatte. Auf der Straße spuckten mich fremde Leute an. Freunde wollten nichts mehr mit mir zu tun haben. Meine Mum konnte mir nicht einmal in die Augen sehen. Ich war immer noch verloren, wissen Sie? Und ich bin es bis heute.« Er sieht aus wie das personifizierte Elend. »Aber ich schwöre, dass ich Mari nicht wehgetan habe. Ich habe immer die Wahrheit darüber gesagt, was dort draußen passiert ist.« Er sieht mich an, und sein Gesicht fällt in sich zusammen. »Da war ein Mann, Cassidy, das ist die Wahrheit. Ich schwöre es Ihnen.« Er beginnt zu weinen, seine Schultern beben, und ich kämpfe gegen den Drang an, zu ihm zu gehen und ihn zu trösten.

»Es war noch jemand dort draußen«, wimmert er schniefend. Angst packt mich, als ich den Wahnsinnigen aus meinem Traum vor mir sehe. Und zum ersten Mal glaube ich ihm tatsächlich.

Kapitel 24

Auf dem Nachhauseweg breche ich in Tränen aus. Ich kann nichts dagegen tun. Ich drücke mich in den Eingang eines geschlossenen Geschäfts, während die Tränen über meine Wangen strömen. Warum weine ich? Ist es wegen des Films? Wegen Luke? Oder wegen meiner eigenen Vergangenheit? Ich zwinge mich, langsam und gleichmäßig zu atmen. »Hör auf damit«, befehle ich meinem Spiegelbild, das mir aus dem Schaufenster entgegenblickt. Ich bin völlig durcheinander, meine Mauern laufen Gefahr, einzustürzen und mich schutzlos zurückzulassen.

Mein Handy klingelt, und ich hole es aus der Tasche. Ich schniefe, als ich Raefs Namen auf dem Display sehe. Ich wische mir mit dem Ärmel über die Nase, räuspere mich und beschließe, den Anruf entgegenzunehmen.

»Und?«, fragt er aufgeregt.

»Er wollte heute nicht über den Dschungel sprechen.«

Schweigen.

»Okay«, sagt Raef schließlich und zieht das Wort enttäuscht in die Länge.

Ich seufze. »Ich will nicht zu viel Staub aufwirbeln, bevor wir dort sind. Vielleicht ist es sogar gut für uns, wenn wir erst vor Ort darauf zu sprechen kommen.«

»Ja …« Ich sehe vor mir, wie er sich am Kinn kratzt und überlegt, welche Auswirkungen diese neue Entwicklung haben könnte. »Wie viele Master-Interviews habt ihr bis jetzt?«

»Wir haben zehn Stunden, aufgeteilt auf drei Interviews. Wir haben sämtliche Hintergrundstorys. Alles … abgesehen vom Dschungel und dem, was während des zweiten Teils der Reise passiert ist. Aber ich habe überlegt, dass wir es dort draußen klären und dann noch ein Master-Interview machen, wenn wir zurück sind. Dann können wir alles zusammenschneiden.«

Er klingt erleichtert. »Okay, hört sich gut an. Bist du bereit? Wann geht es los? Morgen?«

»Ja.«

»Alles Gute, Cass. Du kannst mich jederzeit anrufen. Das wird großartig.«

»Mach ich.« Ich kann immer noch nicht glauben, dass wir wirklich fliegen werden.

»Und keine Panik, falls es zu viel wird – wichtig ist, dass die Grundlagen da sind, den Rest erledigen wir bei der Überarbeitung«, meint er freundlich. »Es wird ein toller Film, das spüre ich. Eine Charakterstudie. Luke ist großartig. Ich habe mir neulich noch eines der Interviews angesehen. Er ist sehr sympathisch. Gut aussehend. Verletzlich. Du wirkst hin- und hergerissen. Die Leute werden es lieben.«

»Danke, Raef«, sage ich leise. Es gefällt mir nicht, dass er Luke wie eine Rolle beschreibt, nicht wie einen echten Menschen. Aber genau das wird er sein, wenn wir hiermit fertig sind. Es ist mein Job, dass die Rolle der Wahrheit entspricht. Und nicht einer Lüge.

Ich komme nach Hause und beginne zu überlegen, welche Klamotten ich einpacken soll. Ich schicke Rebecca ein Foto meines extrastarken Moskitomittels, nachdem sie mich mindestens fünf Mal daran erinnert hat, es bloß nicht zu vergessen, als ich in Deal war. Sie schickt ein lachendes Emoji als Antwort. Auch wenn ich weiß, dass sie sich Sorgen wegen des Drehs macht, und sie mich ständig fragt, ob es auch sicher für mich sei. Ich musste sie daran erinnern, dass ich bereits in Kriegsgebieten gedreht habe, aber das beruhigte sie nicht sonderlich.

Ich werfe die Klamotten aufs Bett und halte dazwischen immer wieder inne. Luke. Ich habe mittlerweile Stunden, wenn nicht sogar ganze Tage mit ihm verbracht. Sein Gesicht angestarrt. Ihm zugehört, während er erzählt hat. Seine Gesichtsausdrücke studiert. Die Art, wie er mich, die Kamera, das Publikum angefleht hat, ihm zuzuhören. Er hat eine unglaubliche Verletzlichkeit an sich, die er hinter den aufgeblasenen Muskeln und seinem selbstsicheren Auftreten verbirgt. Aber wovor hat er Angst? Davor, sich den Erinnerungen an diesen Mann zu stellen? Oder sich selbst?

Ich bekomme eine E-Mail von Jamal:

Die thailändische Polizei stellt euch jemanden für ein Interview in Chiang Mai zur Verfügung.

Okay, das sind gute Neuigkeiten. Wir brauchen jemanden von der offiziellen Seite, der über deren Sicht der Dinge spricht. Ich spüre ein hoffnungsvolles Kribbeln.

Ich durchstöbere meinen Schrank. Meine neue Camouflage-Hose, ein paar Trägershirts und mehrere Baumwollhemden gegen Insektenstiche. Ich werde schrecklich elegant aussehen. Ich erlaube mir ein schiefes Grinsen, während ich ein rotes Bandana in den Koffer werfe. Als er voll ist, schließe ich den Reißverschluss, setze mich auf die Bettkante und lege den Kopf in die Hände.

Ich will nicht fort. Der Gedanke tropft wie geschmolzenes Wachs auf meine Haut und überrascht mich. Etwas Schlimmes wird passieren. Ich weiß es einfach.

Mein Handy klingelt, und ich gehe zur Kommode. Es ist Luke. Ich räuspere mich. »Hey. Wie läuft's beim Packen?« Ich versuche, fröhlich zu klingen.

»Ich kann das nicht, Cassidy.« Seine Stimme klingt rau.

»Was?«

»Ich kann nicht dahin. Ich dachte, ich könnte es. Aber ich kann nicht zurück.«

Ich bekomme keine Luft. Der Druck auf meinen Schultern wird so schwer, dass sich meine Brust schmerzhaft zusammenzieht.

»*Sie* wollten diesen Film machen, Luke«, erinnere ich ihn flüsternd. »Wir haben alle so hart gearbeitet …« Ich hole tief Luft und zwinge mich, die Kontrolle über das Gespräch zu übernehmen. »Luke. Sie haben noch Ihr ganzes Leben vor sich. Dieser Film – es ist Ihr Liebesbrief an Mari. Er zeigt, wie *Sie* sind. Ihre Geschichte. Ihre Wahrheit. Wir können endlich klarstellen, was mit ihr passiert ist.«

»Cassidy, bitte …«

Ich überlege, was ich sagen könnte, um ihn zu überzeugen. »Niemand wird Ihnen jemals noch eine Chance geben, Ihre Geschichte zu erzählen, wenn Sie jetzt abbrechen. Niemand wird riskieren, dass ihm dasselbe passiert wie uns. Das ist Ihre einzige Chance. Würden Sie es nicht bereuen, wenn Sie sie sausen lassen?«

»Meinen Sie wirklich, dass ich es tun soll, Cassidy?« Seine Stimme ist leise und kehlig. »Sind Sie sicher?«

»Sie haben mich angerufen, Luke.« Ich tippe mir mit dem Finger an die Brust, obwohl mich niemand sieht. »Sie haben etwas zu sagen. Ich bin hier, um Ihnen zuzuhören. Um die Dinge zu sammeln, die Sie loswerden wollen. Um sie in die richtige Reihenfolge zu bringen, damit die Leute verstehen. Sie haben gesagt, dass Sie mir vertrauen.«

»Müssen wir wirklich dorthin?« Er klingt schwach. Flehend.

»Luke, der Sender hat dafür bezahlt. Sie wollen etwas dafür bekommen. Drohnenaufnahmen und Action. Sie wollen, dass der Film nächstes Jahr unter den ganz großen mitmischt. So sehr glauben sie an Sie und dieses Projekt. Sehen Sie das denn nicht? Sie erzählen endlich Ihre Geschichte – wozu das alles, wenn es niemand sieht? Wollen Sie nicht so viele Menschen wie möglich erreichen, wenn Sie sich schon dieser Belastung aussetzen?«

»Wenn Sie ich wären ...«

»Aber ich bin nicht Sie, Luke!«, fauche ich. »Ich habe nicht erlebt, was Sie erlebt haben. Ich weiß nicht, was dort im Dschungel passiert ist. Nicht wirklich. Also erzählen Sie es mir. Helfen Sie mir, es der Welt zu zeigen. Helfen Sie mir, es allen zu zeigen, damit sie verstehen, was Sie durchgemacht haben.«

Schweigen. »Okay. Ich werde jetzt packen. Und Cassidy ... ich vertraue Ihnen tatsächlich.« Seine Stimme klingt klein und verletzlich. Mein Herz zieht sich zusammen.

Wir verabschieden uns, und das Adrenalin pumpt durch meine Adern, als ich den Hörer auflege. Meine Hände zittern. Ich frage mich, was der Grund für diesen Anruf war. Ob er vielleicht doch ein Soziopath ist.

Ob es ihm gefällt, wenn ich ihn anflehe. Genau das ist es, nicht wahr? Es gefällt ihm, wenn eine Frau am anderen Ende der Leitung ihn anfleht, etwas zu tun. Das ist der Grund. Ich beiße die Zähne aufeinander. Alleine die Vorstellung. Ich fühle mich beschmutzt und erschaudere.

ROMANCE

Kapitel 25

»Tut mir leid, Miss, wie war das?«, fragt der Taxifahrer.

Ich erstarre. Offenbar habe ich mit mir selbst geredet. »Schon gut«, antworte ich. *Reiß dich zusammen.*

Eine weitere schlaflose Nacht liegt hinter mir. Ein weiterer Albtraum. Ich sehne mich beinahe nach den Erinnerungen an meine Kindheit. Denn das hier ist wesentlich schlimmer. Wenn ich jetzt die Augen schließe und es wage, einzuschlafen, sehe ich bloß den Mann im Dschungel. Er wartet in meinen Träumen auf mich. Bereit, sich auf mich zu stürzen.

Letzte Nacht hat sich der Albtraum schließlich in etwas Surreales verwandelt, das noch viel verstörender war. *Er* kam mir nahe genug, um sein Gesicht zu erkennen. Er kratzte sich den faulig riechenden Schlamm und den öligen Matsch mit den Fingern von der Haut, und darunter kam Luke zum Vorschein. Ich wachte in kaltem Schweiß gebadet auf und fragte mich, ob ich verrückt bin, mit ihm ins Herz des Dschungels zurückzukehren. Und falls Luke tatsächlich die Wahrheit sagt – könnte der Verfolger womöglich immer noch dort draußen sein und auf neue Opfer warten? Ich schüttelte den Kopf über mich selbst und diesen albernen Gedanken.

Und nun sitze ich hier, auf dem Weg in Richtung Flughafen, und wünsche mir nichts mehr, als dass der Taxifahrer umdreht und mich nach Hause bringt. Aber das wäre so, als würde ich im Alleingang versuchen, ein Frachtschiff zu wenden. Als stünde ich auf einer Klippe und spürte einen Finger in meinem Rücken, der langsam den Druck erhöht. Wobei ich ganz nebenbei auch noch Lukes Hand halte.

Ein Teil von mir wünscht sich, ich könnte die Uhr zurückdrehen und hätte nie mit diesem Film begonnen. Ich war so übermütig, als alles begann. Wird mir mein Ego zum Verhängnis?

Ich blicke hinaus in den spätsommerlichen Himmel. Unter uns schießt der graue Asphalt der Autobahn vorüber. In diesem Moment wird mir klar, wovor ich mich am meisten fürchte. Es ist gar nicht der Dschungel, sondern die Tatsache, dass ich zwei Wochen in Lukes Nähe verbringen werde. Es gibt keine Wohnung, in die ich am Ende des Tages flüchten kann. Keinen Ort, um sich von der intensiven Zeit zu erholen, die wir jedes Mal miteinander erleben.

Wie viel Nähe ist zu viel Nähe? Wie viel Nähe will ich?

Wir halten, und der Fahrer öffnet mir die Tür und holt meine Tasche aus dem Kofferraum. Ich sehe an dem glänzenden Terminalgebäude hoch und schlucke schwer. Es wird keinen Ort geben, um sich zu verstecken. Ich presse den Daumen auf meine Handfläche. Diese Müdigkeit ist, als würde man durch tiefen Schlamm waten. Schon die einfachsten Gespräche scheinen, als müsste ich im Höllentempo abgefeuerte Fragen bei einer Quizshow beantworten. Ich halte vor der automatischen Schiebetür inne. Sie öffnet sich zischend. Ich bleibe noch einen Moment länger dort stehen. Die Tür beginnt resigniert, sich wieder zu schließen, doch in dem Moment trete ich mit neu erwachter Kraft hindurch. *Ich schaffe das.*

Ich werfe einen Blick auf die Anzeigentafel, um den richtigen Schalter für die Gepäckabgabe zu finden. Als ich mich auf den Weg dorthin mache, entdecke ich die anderen. Sie tragen Kappen auf dem Kopf und Rucksäcke auf dem Rücken und lachen. Es ist der Rausch vor dem Beginn der Dreharbeiten. Cleos argwöhnischer Blick landet auf mir. Ich habe einiges an Arbeit vor mir, um das wieder geradezubiegen. Sie hat die Nase voll. Aber ich brauche sie an meiner Seite und darf meinen Frust über den Film und meine eigenen Unzulänglichkeiten nicht an ihr auslassen.

»Tut mir leid, dass ich zu spät komme. Der Verkehr. Das ist so aufregend!«

Ich schenke Cleo ein Lächeln, drücke kameradschaftlich ihren Arm, und sie wird weich. »Wir haben bereits eingecheckt, also hinüber mit dir«, sagt sie und deutet auf den Schalter.

Ich werfe einen Blick auf Luke. Er wirkt müde. »Geht es Ihnen gut?« Ich denke an unser Gespräch gestern Abend. Er nickt verhalten. Schuldgefühle steigen in mir hoch. Ich hätte ihn nicht dazu überreden sollen. Ich versuche, das Gefühl abzuschütteln, dass das nicht richtig ist.

Aber es bleibt bestehen.

Verwirrt verfolge ich, wie Luke von der Stewardess in die Businessclass geführt wird. »Wie konnte er Melissa bloß *dazu* überreden?«, frage ich Cleo. Das hier ist keine Entertainment-Doku mit riesigem Budget, bei der die Protagonisten in der Businessclass um die Welt jetten.

»Er hat Flugangst. Sie haben offenbar einen Kompromiss gefunden. Ich glaube, er hat einen Teil des Tickets selbst bezahlt oder so«, flüstert sie mir über die Schulter hinweg zu, während wir uns auf den Weg in die Economy Class machen.

Ich blicke zurück und beobachte, wie Luke versucht, es sich bequem zu machen. Er rutscht unruhig hin und her und probiert die zahlreichen Extras in seinem kleinen, luxuriösen Privatbereich aus. »Wir sehen uns auf der anderen Seite!«, rufe ich ihm zu, und er wirft mir einen sehnsuchtsvollen Blick zu.

»Schönen Flug, Cassidy«, erwidert er. Ich habe das Gefühl, als hätte ich etwas Wichtiges zurückgelassen.

Ich folge den anderen und recke den Kopf, um nach unseren Plätzen zu suchen. Warte ungeduldig, bis die Passagiere vor mir ihr Gepäck in den Fächern über den Sitzen verstaut haben und schließlich auf ihre zugewiesenen Plätze rutschen.

Wir kommen zu unserer Reihe. Ich sitze am Gang, gleich neben Cleo. Nachdem wir uns niedergelassen haben, lehne ich mich hinaus und werfe einen Blick in Richtung Businessclass. Ich sehe Lukes Arm auf der Lehne. Dann zieht die Stewardess mit einem mürrischen Blick in meine Richtung den Vorhang zu. Ich verdrehe die Augen und lehne mich schnaubend zurück. Cleo holt ihren Laptop hervor und beginnt zu tippen.

Ich wickle erschöpft meine Strickjacke enger um meinen Körper. »Ich glaube, ich schlafe eine Runde. Die letzte Nacht war nicht sehr erholsam.«

»Okay, Cassidy«, antwortet sie.

Ich lehne den Kopf zurück und schließe die Augen.

Als ich sie wieder öffne und aus dem Fenster blicke, muss ich sie sofort zusammenkneifen, so hell ist der Himmel, über den flauschige weiße Wolken ziehen. Ich lecke mir über die Lippen und greife nach meinem Handy, um auf die Uhr zu schauen. Eine armselige halbe Stunde. Das reicht nicht. Cleo tippt noch immer, und nicht allzu weit entfernt höre ich den Trolley der Stewardessen, die Drinks ausschenken.

Jemand berührt meinen Arm, und ich sehe überrascht auf. Eine Stewardess lehnt sich zu mir nach unten. »Ihr Mann hat uns auf die Verwechslung aufmerksam gemacht. Der Platz neben ihm ist frei, Sie können sich also gerne zu ihm setzen. Die Unannehmlichkeiten tun uns schrecklich leid.« Ich blicke den Gang entlang. Luke sieht mit einem wissenden Lächeln zu mir nach hinten, und seine Augen funkeln. Ich muss grinsen. *Jetzt verstehe ich.* Ich habe keine andere Wahl, als mitzuspielen. Außerdem ist es eine gute Gelegenheit, die Spannung zwischen uns abzubauen, damit wir für den Trip in der richtigen Stimmung sind. Und ich hatte noch nie einen Platz in der Businessclass.

»Oh, alles klar, danke!« Ich hole meine Tasche aus dem Fach über meinem Sitz. Cleo sieht mich fragend an, doch ich schüttle den Kopf und lege den Finger auf die Lippen.

Ich gehe den Mittelgang entlang und trete durch den halb geschlossenen Vorhang zu Luke. »Ein herzliches Dankeschön an meinen *Ehemann.«*

»Gratulation von der gesamten Crew Ihres British-Airways-Fluges!« Die Stewardess reicht mir ein Glas Champagner. »Wir wünschen Ihnen wunderschöne Flitterwochen.«

Ich hebe eine Augenbraue und nehme das Glas entgegen. »Danke.« Ich setze mich. Es ist um ein Vielfaches bequemer als vorhin. »Wie haben Sie das gemacht?«, flüstere ich und achte darauf, dass mich keiner hört.

»Der Platz war leer. Es wäre schade gewesen, ihn ungenutzt zu lassen. Außerdem habe ich schon den Abflug gerade mal so ohne Panikattacke überstanden. Ich bin mir nicht sicher, ob das Valium reicht, um mich wieder nach unten zu bringen. Sie sind sozusagen mein Assistenzhund«, witzelt er.

Ich schnaube. »Das ist ja nett. Echt super. Ein Assistenzhund.« Dann muss ich lachen. Es fühlt sich gut an.

Ich höre jemanden kichern und sehe hinüber zu den Stewardessen, die sich ganz offensichtlich über Luke unterhalten. Ich versuche, ihn durch ihre Augen zu sehen. Gut aussehend, charmant. Er lehnt sich in seinem zurückgeklappten Stuhl nach hinten, streckt die Beine aus und überkreuzt die Knöchel. Ich tue es ihm nach. Als ich den Kopf drehe, sehen wir uns direkt in die Augen. Es ist ein wenig zu nahe. Aber wenn ich mich aufrichte, sieht es so aus, als hätte ich es bemerkt. Und als würde es mir etwas ausmachen. Oder so.

»Sind Sie eigentlich verheiratet? Kann es sein, dass es bei unserer Rückkehr eventuell zu Problemen kommen könnte, *Schatz?*«, witzelt er weiter.

Ich lache auf. Ich könnte nicht weiter davon entfernt sein. »Nein, ich bin nicht verheiratet und war es auch nie. Offenbar gehe ich derart in meinen Projekten auf, dass ich nicht die geistige Kapazität dafür habe. Ich sehe meine Familie nur selten und habe noch weniger Zeit, um jemanden kennenzulernen. Was ist mit Ihnen? Gab es jemandem in Ihrem Leben?« Er runzelt die Stirn, und ich füge eilig hinzu: »Nach Mari, meine ich ...«

Er schüttelt den Kopf. »Ich hatte ein paarmal ... etwas laufen, aber wenn es ernst wurde, wollte ich mich nicht binden. Oder ich hatte ständig das Gefühl, ich müsste ihnen von Mari erzählen. Ich weiß auch nicht. Ich bin ziemlich verkorkst in dieser Hinsicht.«

»Das tut mir leid.«

»Einmal Mädchenmörder, immer Mädchenmörder.« Er richtet den Blick nach vorne. Er klingt verbittert, aber es schwingt auch Traurigkeit mit. Ich nippe an meinem Champagner. »Vielleicht nachher«, meint er leise. »Wenn der Film ausgestrahlt wurde und mir endlich alle glauben ...« Mitleid packt mich, und ich schlucke. »Vielleicht wird es dann anders.«

»Soll ich Ihnen etwas verraten?«, frage ich, denn ich habe das Gefühl, ihm etwas zu schulden, nachdem er sich mir geöffnet hat. Er nickt. Ich lege eine dramatische Pause ein. »Ich war noch nie verliebt.«

Er richtet sich auf und sieht mich spöttisch an. »Im Ernst?«

Ich fühle mich mit einem Mal schrecklich verletzlich. Warum musste ich ihm so etwas Albernes erzählen? Er sieht mich ungläubig an. Als würde er mich jetzt mit anderen Augen sehen.

»Aber Sie sind ... Sie sind ...«

»Was?«

»Sie sind wunderschön«, sagt er traurig, und meine Wangen beginnen zu glühen. Im nächsten Augenblick hat er sich wieder unter Kontrolle. »Ich meine ... Sie sollten schon Dutzende Male verliebt gewesen sein.« Er betrachtet mich gequält und kratzt sich am Kopf. »Mann, das macht mich echt traurig.«

»Ich mache Sie traurig?«

»Ich finde einfach, dass Sie schon einmal verliebt gewesen sein sollten. Hals über Kopf«, erklärt er mürrisch, als würde ihn alleine die Vorstellung, dass es nicht so war, wütend machen.

»Ich habe mich eben meiner Karriere verschrieben. Verliebtsein hatte niemals Priorität.«

»Auch nicht, als Sie jünger waren?«

»Meine Mum war … ähm … krank. Als Teenager musste ich mich oft um sie kümmern. Und sie wollte nicht, dass ich spätabends noch unterwegs war, wegen dem, was mir als Kind widerfahren ist. Außerdem habe ich eine kleine Schwester, und ich war oft zu Hause, um auf sie aufzupassen.«

Sein Gesicht wird weich. »Aber Sie haben doch …?« Er sieht mich an, kann den Satz aber nicht beenden.

Mir wird klar, was er meint. »O Gott, natürlich!« Ich werde rot. »Ich wollte bloß nie eine Beziehung. Ich war ständig unterwegs und habe gearbeitet, und die Männer hatten das Warten satt. Außerdem habe ich mich nie so ernsthaft für jemanden interessiert, dass etwas in Schwung gekommen wäre.«

Er seufzt, richtet sich auf und winkt der Stewardess.

»Was machen Sie denn?«, flüstere ich verwundert.

Die Stewardess eilt grinsend zu ihrem Lieblingspassagier. »Bekommen wir noch etwas von dem Champagner, bitte? Vielleicht könnten Sie uns sogar eine Flasche abzweigen?« Er nimmt meine Hand, drückt sie und schenkt mir einen liebevollen Blick.

»Ich darf eigentlich nicht …«, beginnt sie. Doch als Luke mit funkelnden Augen zu ihr hochsieht, ändert sie ihre Meinung. »Okay«, meint sie verschwörerisch und schlendert zurück zu der kleinen Bordküche.

»Luke …«

»Wenn dieser Flug die einzige Gelegenheit ist, dass wir beide von uns selbst behaupten können, verheiratet zu sein, dann sollten wir das feiern.«

Ich lache. Warum auch nicht? Es muss nicht immer alles schwer sein. Meine Schultern entspannen sich, und ich erkenne, dass ich froh bin, die Dunkelheit zu Hause hinter mir zu lassen. Vielleicht wird die Reise doch ganz okay.

Ich wache ruckartig auf. Im Flugzeug ist alles ruhig. Die Lichter sind aus. Jemand hat eine leichte Decke über mich gebreitet, und ich spüre etwas auf meiner Hand. Ich drehe den Kopf und sehe, dass Lukes Finger auf meinen liegen. Vorsichtig ziehe ich meine Hand unter ihnen hervor.

Kapitel 26

Suvarnabhumi Airport, Bangkok. Wir steigen benommen aus dem Flugzeug und gehen durch die Schleuse. Wir sind ein müder Haufen, gezeichnet von der langen Reise und der Zeitverschiebung. Im Ankunftsterminal ist es ruhig. Wir waren offenbar das einzige Flugzeug, das gelandet ist. Leise, blecherne Fahrstuhlmusik begleitet uns, während wir uns über die Fahrsteige bewegen. Das Innere des Gebäudes besteht hauptsächlich aus Sichtbeton, und es fühlt sich nüchtern und dystopisch an. Als wären wir auf dem Mars gelandet.

Im Haupttterminal herrscht eine vollkommen andere Atmosphäre. Ein hektisches Summen liegt in der Luft. Leute eilen in alle Richtungen. Mein Blick fällt auf ein junges Paar mit großen Rucksäcken, tief in ein Gespräch versunken, und ich bleibe wie angewurzelt stehen und starre die beiden an. Ich sehe Mari und Luke vor mir. So jung. So weit fort von zu Hause. Mir wird klar, dass ich den ganzen Flug über kein einziges Mal an Mari gedacht habe.

»Hier entlang!«, ruft Cleo und übernimmt die Führung.

Wir laden unser Gepäck in den vorab gemieteten Van und filmen unsere Ankunft. Bangkok überrollt uns wie eine riesige Flutwelle. Menschen. Chaos. Lärm und Farben. Ich verliebe mich augenblicklich. Duncan filmt Luke, der nachdenklich aus dem Fenster blickt. Der Van schlängelt sich wackelnd durch den Verkehr, und Duncan murrt, dass er kein stabiles Bild hinbekommt. Ich beruhige ihn. Es soll ruhig wackelig wirken, so flatterhaft wie die Stadt. Ich überlege, bei der Überarbeitung einen Filter über die Aufnahmen zu legen, sodass sie aussehen, als hätte es ein Amateur vor zwanzig Jahren gefilmt. Die körnigen, unredigierten Aufnahmen machen sich sicher gut zwischen den Drohnenaufnahmen und den hochauflösenden Panoramaansichten. Ich will, dass es sich anfühlt wie ein Angriff auf die Sinne. Genau so, wie ich es jetzt gerade empfinde. Der Rausch und die Aufregung, die einen nach der Landung in dieser pulsierenden, niemals ruhenden Stadt packen. Eine Explosion, die alles mit sich reißt.

Lukes Gesicht bleibt unergründlich. Irgendwo zwischen niedergeschmettert, hoffnungsvoll – und traurig. Vermutlich könnte er es selbst nicht erklären, auch wenn er es versuchen würde.

Melissa hat uns in einem großen Hotel in Sukhumvit untergebracht, das zu einer internationalen Hotelkette gehört. Ich steige aus dem Van und blicke an dem hoch aufragenden, glänzenden Gebäude empor. Wir sind weit entfernt vom Viertel der Rucksacktouristen und der Khaosan Road. Die Luft ist nach dem eiskalten Strom der Klimaanlage im Van herrlich warm. Ich überlasse es Duncan, mit dem Hotelpersonal über den richtigen Transport der Kameras und der Filmausrüstung zu diskutieren, und folge Cleo ins Foyer. Überall Glas und Marmor, hohe Decken und kunstvolle Blumenarrangements. Cleo geht zur Rezeption und checkt unsere Gruppe ein. Ich drehe mich um, um nach Luke zu sehen. Doch er ist nicht da. Cleo deutet auf den Haupteingang des Hotels. »Offenbar braucht er eine Minute.« Ich sehe Luke auf der anderen Seite der Tür, eingehüllt in eine Rauchwolke.

»Ich rede mit ihm«, sage ich und gehe wieder nach draußen.

Er sitzt auf den Stufen, und ich lasse mich neben ihm nieder, schlinge die Arme um meine Knie. »Ich wusste gar nicht, dass Sie rauchen.«

Er hebt den Blick. »Tue ich normalerweise auch nicht.« Er streckt mir die Packung entgegen, und ich nehme eine Zigarette.

»Also nur im Urlaub und zu besonderen Anlässen?«, frage ich wissend und greife nach einem Streichholz.

Er schüttelt den Kopf. »Nur, wenn ich ein verborgenes Trauma wieder ausgraben und das Schlimmste, was mir im Leben passiert ist, noch einmal durchleben muss«, erwidert er trocken.

Ich stecke meine Zigarette an. »Jap. Das ist sicher ein guter Grund.« Ich stoße seufzend den Rauch aus und genieße den Nikotinschub. »Wie geht es Ihnen?«

Er schnieft und sieht mich an. »Ich habe Angst vor dem Dschungel«, erklärt er und bringt es kaum über die Lippen. Er macht eine ausladende Geste. »Das hier ... Das ist schon okay.«

Ich beobachte die schnittigen Autos und die Taxis, unter die sich das eine oder andere Tuk-Tuk gemischt hat. »Sie müssen nicht alleine hin. Wir sind bei Ihnen«, meine ich sanft.

»Sie waren noch nie im Dschungel, oder?«

Ich schüttle den Kopf. »Nein«, gebe ich zu.

»Sich dort zu verirren, ist die Hölle auf Erden.« Die Eindringlichkeit in seiner Stimme trifft mich tief. Rauch verfängt sich in meinem Hals, und ich muss husten.

»Ich kann mir nicht ansatzweise vorstellen, wie es für Sie gewesen sein muss. Aber dieses Mal werden Sie sich nicht verirren, Luke. Wir sind bloß zwei Tage dort. Rein und wieder raus. Wir haben unseren thailändischen Mittelsmann dabei. Er ist unglaublich erfahren. Einer der besten. Es wird nicht so wie beim letzten Mal, das schwöre ich Ihnen.«

»Geht der Sender davon aus, dass ich die Nerven verliere? Ist es das, was Sie wollen?« Er beobachtet meine Reaktion genau. »Wollen Sie, dass ich zusammenbreche? Dass ich plötzlich gestehe, sie umgebracht zu haben? Ja, das wollen Sie, nicht wahr? Darauf hoffen Sie. Aber ich habe ihr nicht wehgetan. Ich habe es Ihnen doch gesagt. Ich habe Ihnen gesagt, dass ...«

Cleo tritt durch die Tür und unterbricht ihn. »Cass, die Rezeptionistin ...«, beginnt sie.

»Cleo, was auch immer es ist, kümmere dich selbst darum, okay?« Es macht mich wütend, dass sie die Situation nicht besser eingeschätzt hat.

»Gut«, sagt sie und wirft mir meine Schlüsselkarten zu. »Ich gehe rein. Bis morgen.« Sie stapft davon, und ich beobachte, wie sie ihren Koffer packt und sich auf den Weg zu den Aufzügen macht. Es ist spät, und wir haben noch nichts gegessen. Ich verstehe, dass sie sich bloß noch nach dem Roomservice und einem Telefonat mit Mo sehnt.

Ich wende mich wieder an Luke. Er zieht nervös an seiner Zigarette. Der groß gewachsene Mann neben mir wirkt zerbrechlich und verloren. »Sie glauben mir doch, nicht wahr?« Seine Augen sind feucht. »Ich kann das hier nicht durchziehen, wenn Sie mir nicht glauben. Sie glauben ... Cassidy ... jetzt, da Sie mich kennen ... da glauben Sie doch, dass ich unschuldig bin, oder?«

Ich muss es sagen, mir bleibt keine andere Wahl. »Natürlich tue ich das.« Es ist nicht gelogen. Ich glaube es tatsächlich. Irgendetwas ist dort draußen passiert, und er musste, so gut es ging, damit fertigwerden. Es ist, wie Dr. Ackerman gesagt hat: Wer weiß, wie man selbst in einer solchen Situation gehandelt hätte? Im Prinzip kann es niemand wissen.

Ich glaube, dass Luke ein guter Mensch ist.

Zumindest das glaube ich.

»Okay.« Er nickt, als müsste er sich selbst gut zureden. »Okay.« Er lächelt erleichtert. Dann schnipst er die Zigarette auf den Bürgersteig und steht auf. Ich tue es ihm gleich. Im nächsten Moment umarmt er mich ungestüm. Ich fühle mich winzig in seinen Armen, lege unwillkürlich die Wange auf seine Brust und schließe einen seligen Moment lang die Augen. Dann zwinge ich mich, mich von ihm zu lösen und ihn sanft von mir zu drücken. Obwohl es der friedlichste Ort war, an dem ich seit sehr langer Zeit gewesen bin. Und obwohl ich mir wünsche, es wäre möglich gewesen, dort zu bleiben.

Kapitel 27

Ich krabble zwischen die gestärkten Laken und liege wartend wach. Stunden vergehen. Endlich döse ich ein, doch damit öffnet sich erneut das Tor in die Dunkelheit. Der Traum. Der irre Mann aus dem Dschungel. Ich stehe wie erstarrt da, und er tanzt um mich herum, kommt mir schrecklich nahe. Doch dieses Mal wischt er sich nicht den Schlamm vom Gesicht. Dieses Mal kommt er immer näher. Einen Stein in der erhobenen Hand. Gleich wird er auf meinen Kopf niederfahren. Ich ducke mich und wappne mich gegen den Schmerz. Doch dann … *Wumm!* Luke stürzt auf ihn zu, zieht ihn von mir fort. Ich bin gerettet.

Ich fahre schwer atmend hoch. Das Zimmer dreht sich. Meine Hand sinkt auf meine keuchende Brust.

Irgendwann stemme ich mich hoch. Sitze mit dem Rücken am Kopfteil des Bettes und denke an Luke. An den albernen Traum, in dem er mich gerettet hat. Ich lasse den Kopf frustriert nach hinten an das Holzbrett krachen und zucke schmerzerfüllt zusammen. Warum kann ich nicht aufhören, an ihn zu denken? Was passiert mit mir?

Ich berühre meine Lippen. Ich mache mir nicht oft Gedanken über mein Aussehen. Selbst mit den dunklen Ringen unter den Augen nannte er mich wunderschön. Ich stoße die Luft aus, als ich an Lukes zärtliche Worte denke. Ich kann mich nicht erinnern, dass jemals jemand so etwas zu mir gesagt hat. Nicht so. Ich habe nie jemanden nahe genug an mich herangelassen.

Was mache ich hier? Was soll das? Ich muss eine Nacht durchschlafen. Nur eine einzige. Dann erst kann ich mit klarem Kopf über all das nachdenken.

Die Hälfte des ersten Drehtages ist vorbei, und ich spüre, dass ich immer gereizter werde. Die Aufnahmen passen in ein Reisemagazin fürs Frühstücksfernsehen und nicht zu einer düsteren, unheilschwangeren True-Crime-Produktion. Ich verfolge auf dem kabellosen Monitor in meiner Hand, wie Luke die Khaosan Road entlangschlendert. Er deutet hierhin und dorthin und sagt Dinge wie: »Ich glaube, daran erinnere ich mich.« Oder: »Vielleicht haben wir hier gegessen.« Ich seufze. Sind meine Erwartungen zu groß? Kommt der gute Stoff erst? Ich zerre an meinen Kopfhörern und wische mir den Schweiß von den Ohren, der mein Unwohlsein noch verstärkt.

»Es ist anders«, meint Luke, als wüsste er nicht, was er sonst sagen soll.

»Was ist denn anders?«, rufe ich aus ein paar Metern Entfernung, damit ich nicht im Bild bin.

»Früher war es chaotischer. Diese Poller hier ...« – er deutet auf die Vorrichtungen, die Autos und fahrende Händler daran hindern sollen, in die Straße einzufahren –, »die gab es damals noch nicht«, erklärt er, und sein Blick wandert über die sauberen, gepflegten Bürgersteige und das moderne Abflusssystem. Er geht langsam weiter. »Ich meine, es ist alles hygienisch sauber, trotz der vielen Leute. Vor zwanzig Jahren herrschte hier diese ganz besondere Energie. Als könnte wirklich alles passieren. Als stünde man an der Schwelle zu etwas Berauschendem ... etwas Gefährlichem ... Als gäbe es keine Regeln.« Er sieht sich um. Die Enttäuschung ist ihm deutlich anzusehen. »Es ist ein völlig anderer Ort«, höre ich ihn über meine Kopfhörer leise murmeln.

Dann ein plötzliches Wiedererkennen. Er deutet auf eine Bar. »Das ist es! Hier waren wir an unserem ersten Abend. Kaum zu glauben, dass es den Laden immer noch gibt.« Wir folgen ihm eine schmale Treppe nach oben und auf eine große, breite Terrasse mit weißen Gartenstühlen aus Plastik und niedrigen Bambustischen. Einige junge Touristen sitzen verstreut, trinken Bier und wirken dabei ziemlich verkatert. Sie werfen unserer Kamera skeptische Blicke zu.

Luke stemmt die Hände in die Hüften und ringt nach Atem. »Wow. Es sieht im Prinzip noch immer so aus wie damals.«

Ein stämmiger Mann hüpft von seinem Stuhl in der Ecke und wedelt mit einigen Rechnungen durch die Luft. Er deutet wütend auf die Kamera und brüllt irgendetwas auf Thailändisch. Duncan senkt die Kamera, und Cleo eilt mit unserem lokalen Vermittler Reggie auf den Mann zu. Unsere Lizenzen und Berechtigungen in der Hand und ein strahlendes Lächeln auf dem Gesicht. Ich überlasse es ihr, sich um das Problem zu kümmern, und drehe mich zu Luke um, der am Balkongeländer steht. Dort, wo Mari getanzt und das sichergestellte Überwachungsvideo alles aufgezeichnet hat. Ich hebe den Blick und sehe, dass auch die Kamera noch da ist und alles beobachtet.

Luke betrachtet die Menschenmassen, die unter uns vorbeiziehen. Seine Hände liegen auf dem Geländer. Sein groß gewachsener Körper, der breite Rücken. Ich versuche, nicht daran zu denken, wie es sich in seinen Armen angefühlt hat.

»Alles okay!« Cleo kommt grinsend zurück und hält

mir eine unterschriebene Einverständniserklärung unter die Nase. Der Eigentümer hat sich beruhigt, sitzt an seinem Tisch und zählt Banknoten. Ich gebe Duncan ein Zeichen, und er richtet die Kamera auf Luke, der nachdenklich schweigend am Geländer steht und die Touristen beobachtet. Das macht sich sicher gut im fertigen Film. Ich hasse es, die Stimmung zu zerstören, aber ich tue es trotzdem.

»Woran denken Sie gerade, Luke?«, rufe ich.

Er wendet sich um, und als er die Kamera sieht, nickt er kaum merklich. »Ich denke daran, wie gerne ich die Zeit zurückdrehen würde. Wie gerne ich jetzt hier sein würde, zusammen mit Mari, und alles wäre völlig anders verlaufen. Ich wünschte, ich hätte sie beschützen können.« Seine Stimme bricht, und ich halte den Atem an, als eine Träne über seine Wange kullert. Es ist ein herrliches Bild. Dieses attraktive, tieftraurige Gesicht.

Er wischt sich über die Wange, schnieft, reißt sich zusammen und blickt direkt in die Kamera. »Ist es das, was Sie wollten, Cassidy?«

Der sanfte Tonfall ist wie weggeblasen. Ich hebe den Blick von meinem Monitor und sehe ihm in die Augen. Ist da etwas Unheilvolles in ihnen, das bis jetzt noch nicht da war?

Wir legen eine Drehpause ein und holen uns ein schnelles Mittagessen bei einem der Straßenverkäufer. Ich lasse die Schultern kreisen und überlege, ein kühles Bier zu trinken, aber ich sollte den anderen mit gutem Beispiel vorangehen. Nachdem ich fertig gegessen habe, schlendere ich an den Verkaufsständen entlang.

Vor einem Tisch mit Taschenmessern halte ich schließlich inne. Ich lasse die Finger über die säuberlich aufgereihten Messer und das kalte Metall gleiten. Reggie tritt zu mir und hebt eines hoch. Er wurde Melissa und unserem Team wärmstens empfohlen, nachdem er sich sowohl im urbanen Bereich als auch im Dschungel bestens zurechtfindet. Wobei man ihm vor allem Letzteres ansieht, immerhin trägt er einen Cowboyhut, hat tiefe Furchen im Gesicht und die langen Haare im Nacken zu einem Knoten gebunden.

»Sie sollten sich das hier kaufen«, rät er und reicht mir das Messer. Im Griff ist ein kleiner Elefant aus Perlmutt eingelassen.

»Ich wollte eigentlich nicht …« Ich habe noch nie ein Messer besessen.

»Der Elefant symbolisiert Stärke und Langlebigkeit. Er hat hier in Thailand einen hohen Stellenwert. Nehmen Sie es, es könnte sich im Dschungel als nützlich erweisen«, erklärt er wissend. Er hat einen amerikanischen Akzent. Ich habe gehört, wie er Cleo erzählt hat, dass er als junger Mann eine Zeit lang in den Staaten gelebt und dort Englisch gelernt hat. Reggie verhandelt auf Thailändisch, und nachdem ein Preis feststeht, lasse ich das Messer in meine Tasche gleiten.

»Danke, Reggie.«

Mein Handy vibriert, und ich hole es heraus. Eine Nachricht von Raef.

Wie läuft es? Ruf an, wenn du mal einen Moment Zeit für mich hast. Alles Gute für den ersten Tag usw. …

Kurz und auf den Punkt gebracht.

»Ich muss noch schnell einen Anruf erledigen!«, rufe ich den anderen zu und trete in ein Café mit einem *Free-WiFi*-Zeichen. Ich wähle Raefs Nummer und pule an einem alten Stück Klebeknete an der Wand, während ich darauf warte, dass er rangeht.

»Cass, meine kleine Ninja.« Ich zucke zusammen. »Wie gefällt dir Thailand? Wie schlägt sich Luke denn so?« Ich stelle mir vor, wie er in seinem sicheren Büro sitzt, Tausende Kilometer entfernt.

»Ganz gut. Es ist natürlich schwer, nach zwanzig Jahren wieder hierher zurückzukehren, und es war eine lange Reise. Wir sind alle ziemlich fertig. Luke ... er hat vorhin geweint. Er wirkt ... verletzlich. Und er hat Angst vor dem Dschungel ...«

»Gut«, meint Raef, und ich sehe vor mir, wie er mit dem Stift auf sein Notizbuch tippt. »Wohin geht's als Nächstes?«

»Wir haben morgen noch einen Tag in Bangkok eingeplant, dann fahren wir mit dem Zug runter zu den Inseln. Und nach der Full-Moon-Party geht's ab in den Dschungel. So, wie die beiden es damals gemacht haben.«

»Okay, gut. Lass ihn nur nicht zu leicht vom Haken, Cass«, sagt er mit fürsorglicher Stimme. »Ich weiß, es ist schwer, Grenzen aufrechtzuerhalten, wenn man so eng zusammenarbeitet. Und vielleicht entwickelst du sogar eine Bindung zu ihm. Aber vergiss bitte nicht, dass er möglicherweise seine Freundin umgebracht hat. Und dass du wegen Mari dort bist. Wegen Mari und ihrer Familie.«

Ich blinzle. Er trifft es auf den Punkt.

»Ja, klar. Aber Luke ... könnte genauso ein Opfer sein«, merke ich an.

Eine bedeutungsschwangere Pause. »Ja, sicher«, erwidert Raef steif.

Er kennt Luke nicht so, wie ich ihn kenne.

»Aber natürlich denke ich vor allem an Mari«, füge ich eilig hinzu. Meine Wangen glühen, denn das war eine Lüge, nicht wahr? Ich verliere sie. Und mich selbst.

Er redet weiter. Macht Vorschläge, wie wir dieses und

jenes stilistisch umsetzen könnten, und ich nicke und gebe zustimmendes Gemurmel von mir, bis er von etwas anderem abgelenkt wird und den Anruf beendet.

Ich blicke an den Menschen vor dem Café vorbei zu den anderen. Cleo ist aufgestanden und redet wild gestikulierend, als würde sie eine witzige Geschichte erzählen. Die Männer lachen. Luke lacht mit. Und ich versinke in einem Sumpf aus Verwirrung und Widersprüchen und habe keine Ahnung, wie ich diesem je wieder entkommen soll.

Kapitel 28

An diesem Abend gönne ich mir ein Bad. Das Adrenalin, das meinen Körper den ganzen Tag über fest im Griff hatte, steigt durch meine Schultern und hinauf in die feuchte Luft. Mein Handy piept, und ich schüttle das Wasser von den Fingern und greife danach. Jamal hat auf meine E-Mail von vorhin geantwortet.

Bisher keine Neuigkeiten zu Maris E-Mail-Account.
Wir bleiben dran.

Was für eine Enttäuschung. Vielleicht kommt nie heraus, was es damit auf sich hatte. Ich antworte und bitte Jamal, seinem Freund zu sagen, dass er alles direkt an mich weiterleiten soll, falls er doch noch Erfolg hat. Ich will die Erste sein, die es sieht – was auch immer es ist.

Ich scrolle zu einer weiteren E-Mail von Jamal.

Betreff: Astrid
Hey, Cass – ich glaube, ich habe sie gefunden!
Ich habe ihre E-Mail-Adresse und bereits eine Anfrage gesendet. Ich melde mich, sobald sie geantwortet hat.
Daumen sind gedrückt.

Ich grinse. Ein Lichtblick.

Eine weitere E-Mail erregt meine Aufmerksamkeit.

Eine schreckliche Vorahnung ergreift von mir Besitz. Die Nachricht ist anonym.

Wie war der Markt, Cassidy? Hast du gefunden, wonach du gesucht hast?

Meine Finger zittern, als ich das Foto im Anhang öffne. Da ist Duncan, der auf der Khaosan Road filmt, und da ist Cleo, die das Teleskopmikrofon über ihren Kopf hält, um die Geräusche einzufangen. Luke hat die Hände in die Hüften gestemmt, und auf seinem Rücken zeichnet sich ein dreieckiger Schweißfleck ab.

Mein Atem stockt. Wasser schwappt über den Wannenrand, als ich mich ruckartig aufrichte. Das wirft ein völlig anderes Licht auf die Sache. Das Bild eines einsamen Trolls vor einem Bildschirm verblasst, und etwas deutlich Unheilvolleres nimmt seinen Platz ein. Werden wir verfolgt?

Ich fasse einen Entschluss. Ich werde Raef anrufen. Es gibt Handlungsleitfäden, wie während einer Produktion in einem solchen Fall vorgegangen werden soll. Der Sender sollte informiert werden und wird vermutlich seine Anwälte und die Polizei einschalten. Das ist Stalking, und ich sollte die Last nicht alleine tragen.

Dann komme ich wieder zu Sinnen und tippe »Khaosan Road« in die Twitter-Suchleiste ein. Und tatsächlich hat bereits jemand mehrere Fotos von uns und Luke auf der geschäftigen Touristenmeile gepostet und mit dem Hashtag *#LukeSpeedBackinThailand* versehen. Das überrascht mich nicht. Wir fallen auf wie ein bunter Hund. Vermutlich hat der Troll das Foto von hier. Ich frage mich, ob die Presse auf den Zug aufspringen wird. Das ist das Letzte, was wir brauchen. Aber im Moment bin ich vor allem froh, dass ich nicht von irgendeinem Ekelpaket verfolgt werde, das versucht, mich mit seinen bösartigen E-Mails psychisch fertigzumachen. Ich verfrachte den grässlichen Troll zurück hinter seinen schäbigen Schreibtisch, wo er hingehört.

Trotzdem werde ich mit Raef sprechen, sobald wir zurück sind. Jemand will mich von der Story abbringen, und dagegen muss vorgegangen werden. Da draußen ist jemand, der nicht will, dass dieser Film gedreht wird. Jemand, der in meinem Privatleben gewühlt hat und sein Wissen gegen mich verwendet. Aber warum? Das ergibt absolut keinen Sinn.

Die Entspannung ist dahin, und ich steige aus der Wanne und schlüpfe in den flauschigen weißen Bademantel, der an der Tür hängt. Ich trete vor das große Fenster und blicke hinaus auf die funkelnden Lichter der Stadt. Das Adrenalin schießt erneut durch meine Adern, und ich weiß, dass ich nicht so schnell zur Ruhe kommen werde. Ich beschließe, nach unten an die Bar zu gehen und etwas zu trinken. Ich muss abschalten, bevor ich mich wieder stundenlang im Bett hin und her werfe.

Ich gehe den mit Teppich ausgelegten Flur entlang und rufe den Aufzug. *Ping!* Im nächsten Moment öffnet sich die Tür, und ich trete in die Kabine. Es ist nur das leise Rauschen des Aufzugs zu hören, bevor sich die Türen ins geschäftige Foyer öffnen. Leute in eleganter Abendkleidung schlendern durch den Raum. Lautes Lachen und leise Gespräche überall.

Ich betrete die Bar. Riesige Blumenarrangements in griechischen Vasen. Kerzen auf den Tischen, die ein sanftes Licht auf die Gesichter der Gäste werfen. Ich fühle mich underdressed in meinen Jeans und dem Trägertop. Irgendwo in den Tiefen des Gebäudes gibt es, soweit ich weiß, noch eine weniger formelle, entspanntere Bar. In meiner Vorstellung schenkt mir bereits ein in verständnisvolles Schweigen gehüllter Barkeeper einen Drink nach dem anderen ein.

Den Flur entlang befinden sich mehrere, derzeit unbenutzte Veranstaltungs- und Seminarräume. Aus einem dringt Klaviermusik, und ich halte vor der Tür inne. Mein Blick fällt durch den Türspalt. Luke sitzt an einem großen schwarzen Flügel. Er spielt eine seltsame Melodie. Ist vollkommen verloren in seiner eigenen Welt. Der große Raum ist völlig leer. Auf dem leuchtend roten Teppichboden stehen lediglich einige vergoldete Stühle in einer Ecke. Die Tür, an die ich mich gelehnt habe, bewegt sich knarrend. Luke sieht auf. Ich muss mich zeigen. Sein verwirrtes Gesicht verzieht sich zu einem erfreuten Lächeln, als er sieht, dass ich es bin. »Hallo, Cassidy. Was machen Sie denn noch hier?«

»Ich konnte nicht schlafen«, erkläre ich.

Er nickt. »Ich auch nicht.«

Ich trete in den Raum, als würde mich ein unsichtbarer Faden zu ihm hinziehen. Ich habe kaum noch die Kontrolle darüber. »Haben Sie weiter Klavier gespielt, nachdem ...?«

Er schüttelt den Kopf. »Nein. Es fiel mir schwer, Dinge zu tun, die ich einmal geliebt hatte. Ich habe erst vor Kurzem wieder mit dem Spielen angefangen. Ich bin ein wenig eingerostet.« Ein weiteres Gespräch, das sich wunderbar in unserem Film gemacht hätte. Ich nehme mir vor, mir eine Notiz für die nächste Interviewreihe zu machen, die nach unserer Rückkehr beginnen wird. Ich lasse die Hand über die glatte Oberfläche des Flügels gleiten. »Haben Sie auch einmal gespielt?«, fragt er.

»Du meine Güte, nein. Aber ... ich kann eine sehr leidige Version des Flohwalzers.«

Er lacht. »Na, dann los.« Er rückt zur Seite, damit ich neben ihm Platz habe.

»Nein! Es klingt schrecklich! Wirklich.«

»Kommen Sie schon, Cassidy. Ich warte.« Er klopfte auf den freien Platz.

Ich sehe auf die Sitzfläche und beschließe, es zu riskieren. Als ich mich setze, berühren sich unsere Arme. Ein widerhallendes, beinahe magisches Kribbeln durchströmt meinen Körper. Ich hebe die Hände und lege die Finger auf die Tasten. »Aber nicht lachen!«, befehle ich ihm, und er schüttelt den Kopf.

»Das würde ich niemals tun«, meint er übertrieben ernst.

Ich beginne mit dem fröhlichen Geklimper, doch es klingt grauenhaft. Er lacht.

»Hey!« Ich halte inne und sehe ihn an. »Sie haben versprochen, dass Sie mich nicht auslachen!«

Er räuspert sich. »Tut mir leid.«

Dann greift er überraschend nach meiner Hand, hebt sie sanft von den Tasten und richtet meine Finger neu aus. »So«, sagt er. »Sie müssen so tun, als würden Sie einen Tennisball halten. Die Finger sind locker, die Daumen ausgestreckt«, erklärt er und zeigt es mir. Ich schlucke.

»Okay, noch mal«, weist er an. Ich hole tief Luft und beginne von vorne. Er hat recht. Es hilft tatsächlich. Er legt die Finger neben meine und spielt mit. Schneller und schneller. Die energiegeladene Melodie umfängt uns. Und ich versuche lachend, mit ihm Schritt zu halten. Er spielt ganz wunderbar und zwingt mich, ebenfalls schneller zu spielen. Es erfordert mein ganzes Können und meine ganze Konzentration.

Als das Lied vorbei ist, brechen wir in Gelächter aus.

Dann Schweigen. Wir sehen einander an. Unsere Wangen glühen. Sein Gesicht ist nur Zentimeter von meinem entfernt. Seine Lippen. Gleich berühre ich sie. Ich springe auf. Weiche zurück. Verliere beinahe das Gleichgewicht.

»Ich muss zurück. Schlafen«, stammle ich.

»Bleiben Sie doch. Wir könnten etwas trinken?«

Das Klopfen meines Herzens dröhnt in meinen Ohren. Ich will es. Ich will ihm nahe sein. So sehr, dass es wehtut. Ich weiche weiter zurück. Das, was wir hier tun ... Es ist ein offenes Geheimnis zwischen uns, über das wir nicht sprechen können.

»Wir sehen uns morgen«, sage ich und gehe.

Ich liege im Bett. Denke an Luke. An Mari. An das Foto von ihr im roten Bikini und an den Mann im Dschungel. An die Gründe, warum ich hierhergekommen bin. Und daran, wie sehr sie von meinen unerwarteten Gefühlen für Luke überschattet werden.

Kapitel 29

Am nächsten Tag filmen wir an den verschiedensten Touristen-Hotspots in Bangkok, die sich Mari und Luke vor zwanzig Jahren angesehen haben. Zuerst besuchen wir Wat Pho, den weitläufigen buddhistischen Tempel, in dem sich der riesige liegende Buddha befindet. Er ist eine der berühmtesten Sehenswürdigkeiten der Stadt. Ich fächle mir mit der Hand Luft zu, während wir Luke filmen. Er legt ein paar Blumen für Mari ab, dann richtet er sich mit immer noch gesenktem Kopf auf und steht schweigend und nachdenklich da. Männer mit rasierten Köpfen und in orangefarbenen Gewändern treten friedlich um ihn herum, nicken und halten den Blick auf ihre betenden Hände gerichtet.

Ich nehme einen tiefen Atemzug, und die heiße, feuchte Luft strömt in meine Lunge. Ich schließe die Augen, und meine Gedanken schalten ab, beinahe so, als wäre ich einen Sekundenbruchteil lang eingeschlafen. Ich zucke zusammen. Es ist zu ruhig hier – eine Verschnaufpause nach dem unerbittlichen Tempo der Stadt, aber ich spüre, wie ich abgleite. Unfähig, mich zu konzentrieren.

»Cass? Cass?« Duncan ruft nach mir. »Hast du AA-Batterien dabei?« Cleo macht sich an dem Mikrofon an Lukes Gürtel zu schaffen, und ich nicke und hole die Ersatzbatterien aus meiner Gürteltasche.

Die nächste Station ist einer der schwimmenden Märkte. Lange Boote reihen sich an den Ufern des durch die Innenstadt fließenden Flusses. Schreie schallen aus allen Richtungen. Bunte Waren leuchten auf dem schlammigen Wasser. Abfall tanzt über die Wellen. Ich starre auf einen toten Vogel hinunter. Seine Flügel liegen eng am Körper an wie bei einer schlafenden Taube.

»Cass? Cass?« Ich hebe den Blick. Cleo mustert mich neugierig. »Glaubst du, wir haben genug?«

Ich nicke. »Ja. Machen wir uns auf den Rückweg.«

Sie tritt näher. »Ist alles okay? Du bist irgendwie ... nicht du selbst.«

Es gefällt mir nicht, wie sie versucht, mich zu durchschauen. Sie ist so gut in ihrem Job, weil sie über einen begnadeten Instinkt verfügt. Aber gerade jetzt kann ich das so gar nicht gebrauchen. Nicht, während ich mit aller Kraft versuche, das Chaos zu verbergen, das in meinem Kopf herrscht.

»Mir geht es gut. Ich schlafe schlecht. Vielleicht hole ich mir nachher etwas aus der Apotheke«, erkläre ich ihr, und sie nickt.

»Gute Idee. Ich kann etwas für dich besorgen, wenn du möchtest?«

Ich schüttle den Kopf. »Nein, schon gut.« Ich sehe, wie sie das Gesicht verzieht, als hätte sie keinen blassen Schimmer mehr, wie sie mit mir umgehen soll. »Cleo, ich wollte dir schon die ganze Zeit sagen, dass du wirklich großartige Arbeit leistest. Ich kann mir ehrlich nicht vorstellen, wie es wäre, mit einer anderen außer dir hier zu sein. Danke.« Sie sieht mich ungläubig an.

»Wirklich?«, haucht sie.

»Du bist grandios. Es ist auch dein Film. Vergiss das nicht.«

Ich merke, wie sehr sie sich freut. »Danke, Cass. Ich

weiß deine Worte wirklich zu schätzen. Und diese Chance.«

»Los, machen wir Schluss hier«, sage ich, und sie ruft nach Reggie, der die Rückfahrt organisiert hat.

Ich spüre, dass mich jemand beobachtet, und als ich mich umdrehe, mustert Luke mich besorgt. Ich wende eilig den Blick ab.

Wir packen die restliche Ausrüstung zusammen und stellen sie zu den Kamerakoffern, die sich bereits im Van befinden. Der Nachtzug nach Surat Thani geht heute Abend. Von dort ist es nur eine kurze Fahrt zur Fähre und schließlich einige Stunden auf dem Meer bis zur berühmt-berüchtigten Insel Koh Phangan. Dem Ort der Full-Moon-Party, auf der Mari ihren schrecklichen Zusammenbruch erlebte, der anscheinend den Wendepunkt der Reise markierte.

Die Full-Moon-Party spielt eine wichtige Rolle im Film, und nachdem sie nur einmal im Monat stattfindet, haben wir die Dreharbeiten um sie herum geplant. Sie bildet einen Rahmen für die Pilgerreisen unzähliger westlicher Jugendlicher, die sich jedes Jahr zu dieser einen besonderen Insel aufmachen, um sich mit Alkohol und Drogen zuzudröhnen. Außerdem war es der letzte Ort, an dem Luke und Mari wirklich glücklich waren, und ich will ein Gefühl dafür entwickeln. Und dann ist da der Luke der Gegenwart, beinahe vierzig, immer noch gezeichnet von der Reise, die er vor zwei Jahrzehnten unternommen hat. Luke, der sich durch die Massen an Jugendlichen schiebt, die die Zeit ihres Lebens genießen, obwohl sich in seinem Leben seit dem Besuch der Party alles verändert hat. Ich will, dass die Kamera einfängt, wie er völlig in sich gekehrt am Strand steht, während sich die jungen Leute tanzend um ihn drängen. Feuertänzer schicken glühende Bälle in die Luft, und mit Neonfarben bemalte Mädchen kreischen vergnügt. Ich habe ein sehr deutliches Bild davon in meinem Kopf.

Wir stehen auf dem Bahnsteig und warten auf den Zug.

Mein Handy vibriert. Eine E-Mail von Jamal. *Betreff: Astrid.* Ich öffne sie eilig.

Sie hat sich gemeldet, will mit dir reden. Offenbar ist in Bangkok etwas passiert, von dem sie noch nie jemandem erzählt hat. Sie ist auf dem Weg zu einem Yoga-Retreat, der Empfang war schrecklich. Aber sie ruft dich in ein paar Tagen an, wenn sie wieder zurück ist.

Ich bin enttäuscht, dass er nicht auf einen schnellen Rückruf bestanden hat, bevor sie von der Bildfläche verschwunden ist, aber es sind trotzdem gute Nachrichten. Ich frage mich, was sie wohl zu erzählen hat. Die Aussicht auf etwas Neues, das erst jetzt ans Licht kommt, gibt mir Auftrieb. Raef wird hocherfreut sein. Ich überlege bereits, sie vor der Kamera zu interviewen, und frage mich, was sie über Luke zu sagen hat. Ich sehe zu ihm, und er fängt meinen Blick auf und lächelt auf freundliche, gedankenverlorene Art.

Der Zug fährt ein, und ich verziehe angestrengt das Gesicht, während ich meine Tasche über die Treppe nach oben in den Waggon hieve, lehne aber jede Hilfe ab. Es sitzen sich immer zwei Fahrgäste gegenüber. Ich rutsche auf einen Platz und ziehe den Laptop hervor, um gleich mit der Arbeit zu beginnen.

»Ist es okay, wenn ich mich hierhin setze?«, fragt Luke und deutet auf den Platz gegenüber.

Mein Herz zieht sich zusammen. Bei einer solchen Nähe

nimmt man jede Bewegung überdeutlich wahr. »Klar.« Ich zucke mit den Schultern. Hitze steigt meinen Hals nach oben. Meine Augen huschen zurück zu meinem Bildschirm. Ich habe vor, die Aufnahmen aus den letzten Tagen zu transkribieren. Natürlich könnte Cleo das übernehmen, oder Jamal zu Hause im Büro, aber ich will mich mit dem Material vertraut machen, da ich gleich nach unserer Rückkehr einige Sequenzen als Vorschau für den Sender zusammenstellen soll. Wenn ich bis dahin eine klare Vorstellung davon habe, welche Szenen und Aufnahmen ich verwenden möchte, spare ich nachher viel Zeit.

Außerdem bin ich froh über die Ablenkung. Einmal im Flow, vergesse ich, dass Luke überhaupt da ist. Als ich mit der ersten Datei fertig bin, hebe ich einen Moment lang den Kopf. Luke trägt Kopfhörer und starrt aus dem Zugfenster. Das flammende goldene Licht der langsam untergehenden Sonne fällt auf sein konzentriertes Gesicht. Ich versuche, ihn nicht anzustarren, öffne eilig die nächste Datei, klicke mich durch die Aufnahmen und mache Notizen.

Jemand klopft mir auf die Schulter. Cleo streckt mir eine Speisekarte entgegen und deutet auf einen Mann, der Bestellungen entgegennimmt. Ich hebe eine Seite meines Kopfhörers vom Ohr, damit ich sie besser höre.

»Ich nehme das Pad Thai – was möchtest du?«

Ich überfliege die Karte. »Ich auch.« Ich gebe sie ihr zurück und konzentriere mich wieder auf meine Arbeit. Der Tisch zwischen den Sitzen wird ausgeklappt und das Essen darauf abgestellt, doch ich sehe mir weiter das Material an, mache Notizen und transkribiere, während ich die Nudeln in meinen Mund schaufle und ab und zu den Blick hebe. Lukes Hand liegt auf einem geöffneten Buch, in der anderen Hand hält er Essstäbchen. Er blickt immer noch gedankenverloren aus dem Fenster. Doch im nächsten Moment fängt er meinen Blick auf, und ich werde rot und wende mich rasch ab.

Cleo, Duncan und Reggie unterhalten sich und trinken Bier. Ich sollte mich gesellig zeigen und mich zu ihnen setzen. Aber ich schaffe es nicht, in Lukes Nähe Small Talk mit den anderen zu betreiben. Es wird jedes Mal so furchtbar schnell intensiv zwischen uns. Und Cleo würde es bemerken.

Nach dem Abendessen kommt der Bahnmitarbeiter und verwandelt die Sitzplätze in Stockbetten. Ich stehe mit dem Laptop an die Brust gedrückt daneben und sehe ihm zu, wie er seinen Zaubertrick vollführt. Mir war nicht klar, dass Luke und ich uns ein Stockbett teilen werden, nachdem wir einander gegenübersitzen.

»Unten oder oben?«, fragt Luke und lehnt sich an die Matratze der oberen Pritsche.

Ich schlucke schwer. »Unten.« Meine Stimme zittert. Ich werfe meinen Laptop aufs Bett und rutsche in die Nische. Cleo und Duncan teilen sich das Stockbett gegenüber, Reggie liegt etwas weiter entfernt. Es ist wie in einem Tourbus. Ich umklammere meine Zahnbürste und eine Wasserflasche und mache mich auf den Weg zur Toilette, um mein Make-up zu entfernen und mich zu waschen. Ich reiße mir das klebrige Top vom Leib und benutze ein in Wasser getränktes Taschentuch, um den Schweiß unter meinen Achseln zu entfernen. Dann schlüpfe ich in das größte, unförmigste T-Shirt, das ich dabeihabe.

Ich schwanke von einer Seite zur anderen, als ich durch den fahrenden Zug zu meinem Bett zurückkehre. Ich schlüpfe hinein, werfe einen letzten Blick auf die dunklen Silhouetten um mich herum und schließe den Vorhang.

Ich falte das dünne Kissen zusammen, lasse mich darauf sinken und starre zu der ausgebeulten Matratze über mir empor. Der Zug schaukelt sanft, und das regelmäßige Rumpeln führt dazu, dass meine Lider schwer werden. Und irgendwie gelingt es mir, einzuschlafen.

Meine Lider öffnen sich flatternd, als sich jemand hinter mich schiebt. Ich schnappe leise nach Luft. Er schmiegt sich an meinen Nacken, und ich schließe die Augen. Sein Geruch ist übermächtig. Seine Arme umfangen mich und ziehen mich näher. Ich spüre seine Lippen auf der zarten Haut direkt unter meinem Haaransatz, er ist nur noch einen Hauch davon entfernt, diese empfindliche Stelle zu küssen.

»Ich gehe wieder, wenn du willst«, flüstert er.

Ich bewege mich nicht, schüttle bloß kaum merklich den Kopf. »Geh nicht«, murmle ich.

Mein ganzer Körper schmerzt. Wir liegen wie gelähmt da.

Es fühlt sich realer und ungefilterter an als jede bisherige Begegnung in meinem Leben.

Kapitel 30

Als ich aufwache, dringt das buttergelbe Licht des Morgens durch die Vorhänge, die sanft im Rhythmus des Zuges hin und her schaukeln. Ein Puffen erklingt, dann ein unerwartetes Tröten. Der schmale Platz hinter mir ist leer, aber ich drehe mich trotzdem um und betrachte die Falten im Laken, die er hinterlassen hat. Ich berühre vorsichtig meine Lippen, und meine Nasenflügel beben, als ich mich an seinen Atem auf meiner nackten Haut erinnere. Ich richte mich auf, ziehe die Knie an die Brust und lege die Wange darauf ab, während ich versuche, an dem magischen Gefühl festzuhalten. Obwohl ich gleichzeitig den Drang verspüre, es weit von mir zu schieben.

Ich ziehe ruckartig den Vorhang zurück. Dunstiges Licht fällt auf die vorbeiziehenden Reisfelder. In der Ferne ragt ein riesiger, blau schimmernder Berg in den Himmel. Ich betrachte ihn, denke an den Film und all die Menschen, die ihr Vertrauen in mich gesetzt haben. Daran, dass ich sie alle enttäuschen werde. Und mit einem Mal verschwindet das magische Gefühl, das ich wie einen Mantel um mich geschlungen habe, und macht Abscheu und Scham Platz.

Etwa eine halbe Stunde später höre ich, wie die Zugbediensteten durch den Waggon gehen, Passagiere wecken und die Betten wieder in Sitzplätze verwandeln. Ich denke an Mari und Luke vor zwanzig Jahren. An die berauschende Vorfreude auf den nächsten Teil ihres Abenteuers. Die Reise von dem internationalen Flughafen und der kosmopolitischen Hauptstadt durch das landwirtschaftlich geprägte Herz des Landes, um am Ende an der Küste zwischen Palmen zu stehen, wo die Sonne in Rot und Orange im Meer versinkt.

Ich sehe Maris Gesicht vor mir. Ich habe nur selten an sie gedacht, seit wir gelandet sind. Ich fühle mich schmutzig. Als hätte ich sie betrogen. Mit ihm.

Irgendwann sitzen wir uns erneut gegenüber. Ich spüre Lukes nachdenklichen Blick, der versucht, meinen aufzufangen, aber ich lasse es nicht zu. Ich starre auf seine geballte Faust auf der Armlehne. Er steht auf und schrammt dabei mit solcher Wucht an mir vorbei, dass ich das Gefühl habe, als hätte ich einen Schlag in die Magengrube bekommen.

Es ist oft seltsam, wie viel gesagt werden kann, ohne ein einziges Wort zu sprechen.

»Hast du zumindest annähernd gut geschlafen?«, fragt Cleo und geht neben mir in die Hocke, um gutmütig zu mir hochzublicken.

Ich nicke. »Ja, viel besser. Das Schaukeln des Zuges hat geholfen, glaube ich.«

»Na, siehst du, da hast du die Lösung!« Sie lacht, und ich schenke ihr ein Lächeln. Sie ist so süß.

»Also, wie sieht der Plan aus, wenn wir erst einmal angekommen sind?«, frage ich. »Holt uns jemand ab?«

Sie öffnet den Ablaufplan auf ihrem Handy. »Ja, ein Minivan bringt uns zum Hafen, dort gibt es eine kurze Wartezeit, bis wir an Bord der Fähre gehen können.«

Luke setzt sich wieder. Auf seinem Hals sind ein paar Tropfen, offenbar hat er sich Wasser ins Gesicht gespritzt.

Ich schalte in den Arbeitsmodus, zwinge mich, alles andere abzustreifen, und spiele meine Rolle. »Wunderbar. Luke, wenn es für Sie in Ordnung ist, filmen wir Sie beim Aussteigen aus dem Zug und auf der Fähre. Wir bleiben hinter Ihnen. Ich stelle vielleicht ein paar Fragen. Sie kennen ja mittlerweile den Ablauf.«

Er wendet sich ab und verzieht dabei kaum merklich das Gesicht. »Klar.«

Panik steigt in mir hoch, während Cleo ihn verkabelt. Was auch immer zwischen uns ist, muss aufhören. Sonst setze ich meine Karriere – und meinen kostbaren Film – aufs Spiel.

Ist schon okay, ich habe es unter Kontrolle. Wir haben nichts Falsches getan. Noch nicht.

Am Hafen angekommen, folgen wir Luke auf die Fähre. »Hier ist auch alles anders. Neue Schiffe, schätze ich«, sinniert er und kratzt sich am Hinterkopf. Er klingt ernüchtert und lustlos. Er wirft einen seitlichen Blick auf die Kamera. Wir werden heute nicht allzu viel aus ihm herausholen, das merke ich schon jetzt. Sobald wir auf der Insel angekommen sind, lassen wir es für heute gut sein. Er kann sich ausruhen und sich auf die kommenden Dreharbeiten vorbereiten. Ich muss mit ihm reden, die Sache klären. Dann können wir es hinter uns lassen.

Wir filmen Luke, wie er im Passagierraum unter Deck Platz nimmt, und machen ein paar Aufnahmen, als die Fähre ablegt. »Okay, das genügt. Machen wir Pause. Wir drehen weiter, wenn wir auf die Insel zusteuern«, sage ich zu Cleo und gebe ihr meinen Monitor. Dann ziehe ich die Kopfhörer aus den Ohren und reiche sie ihr ebenfalls. Sie nickt, und ich mache mich auf den Weg zur Toilette. Die Tür schlägt hinter mir zu, und ich klammere mich an das kleine Metallwaschbecken, um nicht das Gleichgewicht zu verlieren. Ich betrachte mein Gesicht in dem schmutzigen Spiegel. *Reiß dich zusammen.* Ich muss mich wieder in den Griff bekommen. Ich fühle mich klein in seiner Gegenwart.

Ich spüre ein Brummen und greife nach meinem Handy. Eine Nachricht von Raef.

Seid ihr schon auf der Insel? Lass dir keine K.-o.-Tropfen ins Getränk mischen und tanz nicht zu wild. :-) Wie geht es Luke? Hat er schon etwas Überraschendes preisgegeben?

Ich lasse mich auf die Toilettenschüssel sinken und tippe eine Antwort. *Ich habe das Gefühl, dass ich langsam die Kontrolle verliere ...* Doch dann lösche ich die Worte schnell wieder. Er will eine plötzliche Wende, die uns das große Geld bringt. Den charmanten Psychopathen, der plötzlich sein wahres Gesicht zeigt. Aber das wird nicht passieren. Es ist ausgeschlossen, dass Luke so ist.

Ich würde mich nie so fühlen, wenn er es wäre.

Als mir klar wird, dass ich bereits länger fort bin, als ich sollte, öffne ich die Tür und mache mich auf die Suche nach den anderen. Sie haben ein paar nebeneinanderliegende Sitzplätze gefunden. Ich lasse mich neben Cleo nieder und klinke mich in die Unterhaltung ein. Luke erzählt von einer besonders misslichen Überfahrt, auf der alle seekrank wurden, bis nur noch Würgen zu hören war. Ich ahme das Gelächter der anderen nach und habe keine Ahnung mehr, wie ich mich ihnen gegenüber verhalten soll.

Das Jubeln und Kreischen der jüngeren Passagiere weckt mich. Ich blicke zum Fenster hinaus, das voller Salzflecken ist, und sehe Land.

Ein Felsen im Meer.

Mein Blick huscht zu Luke, doch sein Platz ist leer, sein Mikro liegt achtlos auf der Sitzfläche. Ich sehe mich um, doch ich kann ihn nirgendwo entdecken. Ich gehe an Deck. Da ist er und starrt zur Insel hinüber.

»Ist alles okay?«, rufe ich über das Dröhnen des Motors hinweg. Er antwortet nicht und dreht sich auch nicht um. »Luke?«

Er rührt sich nicht, und ich höre kaum, was er sagt. »Ich bin nur ...«

Ich trete ein paar Schritte näher. »Was?«

Er wendet sich ruckartig um. »Traurig, Cassidy. Ich bin traurig.« Die Wucht seiner Stimme lässt mich nervös innehalten.

»Das ist ... verständlich«, sage ich und deute auf die Insel. Ich will sagen, was ich immer sage. Das, was seine Ängste offenbar vertreibt. Doch ehe ich weiterreden kann, fährt er mich an.

»Nein, *darum* geht es nicht, Cassidy.« Ich öffne den Mund, doch er ist schneller. »Egal, was Sie gerade sagen wollten«, zischt er abweisend. »Sie glauben, Sie könnten jeden zu allem überreden, nicht wahr?«

Ich sehe mich um und stelle sicher, dass uns niemand beobachtet. Cleo ist in ein Gespräch mit Duncan vertieft, der aufgebracht auf die Koffer und Taschen deutet.

Luke tritt auf mich zu. »Aber darum geht es nicht.« Seine Augen sind rot und geschwollen. »Natürlich bin ich traurig, weil dem Mädchen, das ich geliebt habe, etwas Schreckliches widerfahren ist und unsere Reise hierher alles ins Rollen gebracht hat. Ich wünschte, ihr Leben wäre nicht ruiniert. Ich wünschte, das Leben ihrer Eltern wäre nicht ruiniert, genauso wenig wie das Leben meiner Mum. Ich weiß, es ist selbstsüchtig, denn ich bin noch am

Leben und sollte dankbar dafür sein. Aber mein Leben wurde ebenfalls ruiniert. Ich dachte, ich könnte mich nicht noch mieser fühlen als ohnehin schon, aber ich habe mich geirrt. Das ... das ist schlimmer.«

Ich klappe den Mund auf, meine Gedanken rasen. Wie soll ich das hier auflösen? Ich sehe Mari, die frech die Nase krauszieht. Ihre dunklen, blutroten Zeichnungen.

»Luke, wenn es etwas über Mari zu erzählen gibt, das Sie mir noch nicht gesagt haben ... wenn es etwas ist, das Ihnen helfen könnte, müssen Sie ...«

»Mari? Mari? Nein, zur Abwechslung geht es hier nicht um Mari.« Er hält inne. »Jedes Mal, wenn ich jemanden mag, denke ich, dass dieser jemand mich niemals auch mögen wird. Im Hinterkopf hegt jeder den Verdacht, dass ich es getan habe. Jedes Mal.« Er sieht mir direkt in die Augen. »Ich kann nie einfach nur ich sein. Einer Frau sagen, dass ich sie mag. Dass ich sie will. Und dass ich möchte, dass sie mich ebenfalls will.« Wir sehen einander an. »Sie wissen ganz genau, wovon ich rede, Cassidy.«

Meine Lippen teilen sich. Schmerz. Ich versuche, die richtigen Worte zu finden, aber ich habe keine. Ich lasse die Schultern sinken. Duncan eilt mit der Kamera auf der Schulter an Deck. Cleo stürzt an ihm vorbei, um Luke zu verkabeln. Sie werfen mir nervöse Blicke zu, haben Angst, dass sie etwas Wichtiges verpasst haben, das sich gut im Film gemacht hätte. Aber ich bin bloß erleichtert, dass sie nicht gehört haben, was er gerade gesagt hat.

Luke lehnt sich an die Reling und starrt zur Insel hinüber. Ich beobachte, wie die anderen ihn filmen, und halte mich beklommen im Hintergrund. Ich muss das hier auflösen, bevor wir die Insel wieder verlassen. So kann ich auf keinen Fall mit ihm in den Dschungel gehen.

Kapitel 31

Der Minivan hält vor unserem Resort, und wir springen hinaus auf die unbefestigte Straße. Ich bleibe bei Luke, während Reggie und Duncan die Ausrüstung aus dem Kofferraum holen. Cleo unterhält sich mit dem Concierge. Alle sind beschäftigt.

»Luke, wir sollten reden«, sage ich leise.

Er nickt. »Ja, das sollten wir.«

Das alles geht auf meine Rechnung. Ich habe zugelassen, dass es sich hochschraubt. Bei diesem Projekt sind große Emotionen im Spiel. Aber sie sollten nicht aus meiner Richtung kommen. Luke befindet sich in einem sehr verletzlichen Zustand. Ich hätte es nie so weit kommen lassen sollen. Es ist meine Schuld.

Ich höre jemanden schluchzen und blicke auf die andere Straßenseite. Eine junge Frau lehnt sich weinend an die Schulter ihrer Freundin. Sie ist um die achtzehn und wischt sich die Tränen von den Wangen, bevor sie sich an ihre Freundin wendet. »Es wurde alles gestohlen! In der Tasche war mein Reisepass.« Mascara rinnt über ihr Gesicht, und sie hält einen einzelnen Flip-Flop in der Hand. Ihr Knie ist abgeschürft. Die Nacht hat ihr schwer zugesetzt. Ich sehe zu, wie die beiden jungen Frauen sich umarmen und schließlich weiterziehen. Das weinende Mädchen legt den Kopf auf die Schulter seiner Freundin, und sie schwanken langsam die Straße entlang, unter den Palmen hindurch und zurück zum Strand.

»Cass!«, ruft Cleo. »Die Zimmer sind fertig.«

Mein Telefon vibriert. »Okay, ich komme gleich«, erwidere ich und werfe einen Blick auf die E-Mail, die ich gerade bekommen habe. Sie stammt von Alice. Sie bittet um einen Rückruf, offenbar will sie mir etwas erzählen. Ich tippe eilig eine Antwort und bitte sie, mir die passende Uhrzeit mitzuteilen.

Unser Resort besteht aus zahllosen Hütten und befindet sich auf der anderen Seite von Haad Rin, dem Partystrand, an dem sich die exklusiveren Hotels befinden. Im angemessenen Abstand von der wummernden Musik und den hibbeligen, betrunkenen, zugedröhnten und schmusenden Jugendlichen. Hier fühle ich mich tatsächlich alt.

Ich mag meine »Hütte«. Sie verfügt über ein großes Schlafzimmer, eine kleine Sitzgruppe und eine Außendusche an der Rückseite. Nach der langen Reise ist es ein herrliches Gefühl, draußen unter dem Sternenhimmel zu stehen und sich das Wasser auf den Kopf prasseln zu lassen. Es weckt meine Lebensgeister.

Ich habe Cleo und Duncan losgeschickt, um ein paar abendliche Aufnahmen von dem feiernden und tanzenden Partyvolk und den Feuerartisten zu machen. Der verschwenderische Hedonismus der mittelständischen Jugend. Sie sollen die Atmosphäre einfangen. Die Essenz dieses Ortes. Als Hintergrund für diesen wesentlichen Teil von Lukes und Maris Geschichte.

Duncan war sofort dabei, da er ohnehin seine Drohne auspacken wollte, um ein paar abendliche Panoramaaufnahmen vom Strand zu machen. Morgen findet die Full-Moon-Party statt. Ich spüre jetzt schon die Erleichterung, wenn wir diesbezüglich alles im Kasten haben und den

Punkt von unserer Liste streichen können. Die Sorge, dass wir nicht rechtzeitig hier sein würden, weil wir den Zug verpassen oder etwas anderes dazwischenkommt, war groß. Raef wäre stinkwütend gewesen.

Ich schlüpfe in den dünnen Hotelbademantel und werfe einen Blick auf die Uhr. Alice sollte sich jeden Moment melden. Ich behalte das Handy in der Hand, während ich durchs Zimmer tappe und meine Habseligkeiten auspacke. Fünf Minuten nach der vereinbarten Zeit klingelt schließlich das Telefon.

»Hallo, Alice«, begrüße ich sie bemüht entspannt.

»Cassidy. Tut mir leid, aber mein Meeting hat länger gedauert.«

»Kein Problem. Danke, dass Sie sich noch einmal mit mir in Verbindung gesetzt haben.«

»Ich musste ständig an unser Gespräch denken. Im Laufe der Jahre habe ich es geschafft, das, was mit Mari und Luke passiert ist, zu verdrängen. Ich schätze, das haben wir alle.« Das klingt interessant. »Die Medien haben sich auf die Geschichte gestürzt.« Sie seufzt. »Wir haben uns alle an dieser Lüge beteiligt. Mari ... Mari war ganz und gar nicht so, wie die Presse sie nach ihrem Verschwinden dargestellt hat. Aber niemand traute sich, etwas zu sagen. Wer redet schon schlecht über ein Mädchen, das im Dschungel vermisst wird? Und Mr und Mrs Castle waren am Boden zerstört. Also haben wir die Klappe gehalten. Die Zeitungen schrieben über die perfekte, engelsgleiche Schülersprecherin. Und wir dachten: Sollen sie doch zumindest das haben. Immerhin wurde ihre Tochter vermisst und war wahrscheinlich tot, was machte es da schon, wenn sie weiter in diesem Irrglauben lebten und keine Ahnung hatten, wer sie wirklich war? Vielleicht machte es ihnen zumindest das einfacher.« Sie redet, als könnte sie jetzt, da sie begonnen hat, nicht einmal mehr eine Pause einlegen, um Luft zu holen. »Wir mochten Mr Castle. Sehr sogar. Er war dieser exzentrische Professor, der immer noch einen Scherz auf den Lippen hat, selbst wenn er dich wegen eines Vergehens in sein Büro zitiert. Er war fair, und er wollte, dass wir alle erfolgreich waren. Man merkte, dass er es ernst meinte. Aber was Mari angeht ... hat er versagt. Wäre sie eine andere gewesen, hätte man sie schon Jahre vorher von der Schule geworfen. Aber sie war sein Augenstern, und wir wussten, dass wir uns nicht mit ihr anlegen durften – nicht einmal aus Versehen, denn dann hätte sie sich irgendetwas über uns aus den Fingern gesaugt. Er hat alles für sie getan und sie unter allen Umständen beschützt. Sie war seine Achillesferse. Ich weiß, es klingt grauenhaft, aber wir haben alle einen großen Bogen um sie gemacht. Wir hatten bereits erlebt, wie sie Leute ans Messer lieferte, und wollten nicht, dass uns dasselbe passiert. Sie hat sogar einmal dafür gesorgt, dass eine Lehrerin hinausgeworfen wurde. Hat behauptet, die Frau hätte sie fertiggemacht, und das nur, weil die Lehrerin sich geweigert hatte, die Regeln für Mari etwas freier auszulegen als für andere.«

»Und Luke?«, frage ich verblüfft.

Sie klingt mit einem Mal traurig. »Luke war ein toller Kerl. Er hat hart gearbeitet und kam mit allen gut aus – von den beliebtesten Schülern bis hin zu den Nerds. Er hielt uns im Gleichgewicht. Jeder nahm sich Zeit für ihn. Das war auch der Grund, warum wir nicht gerade begeistert waren, als Mari plötzlich ein Auge auf ihn warf. Er war nicht dumm, aber manchmal einfach zu nett, wissen Sie? Er spürte nicht, wenn jemand eine böse Aura hatte. Er sah alle so, wie sie gesehen werden wollten, auch wenn es nicht der Wahrheit entsprach.

Nach dem Tod von Lukes Dad kam die ganze Klasse zur Beerdigung. Ich weiß noch, wie seltsam Mari sich verhielt. Als wollte sie die Trauer an sich reißen. Am Ende war Luke derjenige, der *sie* trösten musste. Als hätte sie es nicht ertragen, dass die Aufmerksamkeit zur Abwechslung auf ihn gerichtet war.

Nachdem … nachdem die beiden verschwunden waren, fütterten Mr und Mrs Castle die Medien mit Informationen über Mari. Die perfekte Tochter. Die Schülersprecherin. Sie taten uns schrecklich leid, also spielten wir mit. Es war das Mindeste, was wir für sie tun konnten. Wochen vergingen, und uns wurde klar, dass Mari und Luke höchstwahrscheinlich tot waren. Wir dachten, wenn es das ist, was ihre Eltern brauchen, um damit klarzukommen, dann soll es so sein. Niemand geht zu einem Journalisten und sagt: *Hör mal, dieses Mädchen war eine bösartige, niederträchtige Schlange.* Warum auch? Also erzählten wir dasselbe wie ihre Eltern, wenn uns jemand nach Mari fragte.«

Ich erinnere mich an die Blicke, die sich Mr und Mrs Castle zugeworfen haben, als wir über ihre Tochter sprachen. »Aber sie war doch Schülersprecherin?«

»Die Lehrer haben sie gewählt, nicht wir«, erwidert Alice schlicht.

»Sie glauben, dass Mr Castle seine Finger im Spiel hatte?«, frage ich verblüfft.

»Wie ich schon sagte: Sie hatte ihn um den Finger gewickelt. Ein weiterer Mann, der ihrem Zauber erlegen ist. Er hat sie vergöttert.«

Ich runzle die Stirn. Das passt absolut nicht zu dem, was Luke mir während der Interviews erzählt hat. Er hat Mari nie auch nur ansatzweise so beschrieben. Warum hält er nach wie vor an dieser Lüge fest? Steht er selbst nach zwanzig Jahren immer noch unter ihrem Bann?

»Wie hat sie sich Luke gegenüber verhalten?«

Alice seufzt. »An seiner Seite war sie ausgeglichener, und es war um einiges angenehmer, mit ihr zusammen zu sein. Aber in den Jahren vor dem Abschluss ... Ich weiß auch nicht. Ich hatte das Gefühl, als hätte er alles für sie getan. Er verlor an Gewicht, zog sich zurück. Andererseits lag sein Dad im Sterben, und es war eine schwere Zeit für ihn. Niemand kann sagen, was hinter verschlossenen Türen wirklich in dieser Beziehung vor sich ging.«

»Alice, würden Sie vor der Kamera über diese Dinge sprechen?«

Betretenes Schweigen, bevor sie scharf die Luft einzieht. »Das muss ich mir erst überlegen. Der Gedanke, an die Öffentlichkeit zu treten und den Leuten Dinge zu sagen, die sie nicht hören wollen ... er macht mir Angst. Sie werden denken, dass ich bloß eifersüchtig war. Vor allem, weil es unseren damaligen Behauptungen völlig widerspricht.«

»Danke, dass Sie sich mir anvertraut haben, Alice. Denken Sie gerne in Ruhe darüber nach. Je mehr von der Wahrheit an die Öffentlichkeit gelangt, desto wahrscheinlicher ist es, dass die Leute da draußen Luke als denjenigen sehen, der er wirklich ist. Und das wollen Sie doch auch, nicht wahr? All die Anschuldigungen, denen er sich stellen musste. Man hält ihn für den Aggressor in der Beziehung. Aber Ihre Aussage lässt die Menschen diese Sichtweise womöglich infrage stellen.«

»Ich werde darüber nachdenken«, erwidert sie leise.

Wir verabschieden uns und legen auf. Ich bleibe mitten im Raum stehen und denke an die Interviews mit Luke. Er hat niemals auch nur ansatzweise Maris Charakter infrage gestellt. Für ihn war sie perfekt. Er hält sich nach wie vor an das Drehbuch – wie alle anderen auch.

Aber warum?

Einige Minuten später klopft es leise an meine Tür. »Hallo?«, rufe ich und mache mich auf den Weg, um sie zu öffnen. Sind die anderen etwa schon zurück? Ich werfe einen Blick auf die Uhr und stelle verärgert fest, dass sie nicht allzu lange unterwegs waren.

»Cassidy?« Oh. Es ist Luke.

Ich ziehe den Gürtel des Bademantels enger und verknote ihn energisch. Dann öffne ich die Tür. Er trägt beigefarbene Shorts und ein weißes T-Shirt und sieht erfrischt aus.

»Hi, Luke. Was kann ich für Sie tun?«

»Können wir reden?«, fragt er und deutet in mein Zimmer. Ich werfe einen Blick über die Schulter. »Ich ziehe mir nur schnell etwas über, und wir treffen uns an der Bar, okay?«, erwidere ich und versuche, die Tür zu schließen.

»Bitte, Cassidy. Nur eine Minute?« Ich gebe nach und lasse ihn ins Zimmer.

»Ich habe keine Ahnung, warum ich mir das angetan habe«, sagt er, sobald ich die Tür geschlossen habe. »Hierherzukommen. Diesen Film zu machen.« Er wandert mit aneinandergelegten Händen auf und ab.

»Luke ...«

»Ich dachte ... ich dachte, wenn ich den Leuten meine Geschichte erzähle, werden sie erkennen, dass ich ihr niemals wehgetan hätte. Dass ich sie *geliebt* habe.« Er sieht mich an. Hat er etwa ... geweint?

»Luke«, beginne ich noch einmal und denke an das Gespräch mit Alice. »War Mari ... war sie wirklich ...?«

Er wirft mir einen scharfen Blick zu. »War sie was?«

Ich frage mich, warum er nach all der Zeit immer noch versucht, sie in Schutz zu nehmen. Nach allem, was passiert ist. Was hat sie mit ihm gemacht? Was hat er mit ihr gemacht? Die Fragen lassen mich nicht los. »War Mari jemals ... gemein zu Ihnen?«, frage ich.

Er tritt von einem Bein aufs andere. »Wie meinen Sie das?«

»Sie sprechen immer davon, wie gut Sie sich verstanden haben. Aber welche Machtdynamik herrschte in Ihrer Beziehung?« Ich trete auf ihn zu. »Haben Sie sich jemals manipuliert gefühlt?«

Er betrachtet mich mit intensivem, nachdenklichem Blick. »Cassidy. Ich habe keine Ahnung, worauf Sie hinauswollen.« Er schüttelt den Kopf. »Nein. Nie. Warum?«

Ich mustere ihn und suche nach etwas, das seinen Worten widerspricht.

Draußen beginnt es zu regnen. Der dünne Vorhang vor dem offenen Fenster bewegt sich zitternd.

»Ohne Sie würde ich das hier nicht schaffen«, flüstert er. »Wenn alles, was dabei herauskommt, die Tatsache ist, dass ich Sie kennenlernen durfte, dann reicht mir das, schätze ich.«

Ich schüttle den Kopf. »Luke, wir müssen uns auf den Film konzentrieren. Das, was wir zu empfinden glauben ... es ist bloß auf die emotionale Intensität dieser Reise zurückzuführen. Wir ... wir müssen das hinter uns lassen, okay? Sonst setzen wir den Film aufs Spiel. Das verstehen Sie doch?«

Er wendet den Blick ab und beißt die Zähne aufeinander. Dann nickt er. »Ja. Sie haben recht.« Er hält inne, als wolle er noch etwas sagen, entscheidet sich aber dagegen. Draußen vor dem Fenster hört man das Lachen und die Schreie der Gäste, die vom Regen überrascht wurden. »Ich sollte gehen.«

Ich nicke. »Ja, das sollten Sie.«

Er betrachtet mich traurig. Dann geht er zur Tür, öffnet

sie und tritt hinaus in den Regen. Es regnet mittlerweile so stark, dass Dampf aus dem Boden steigt. Seine Schultern sind in Sekundenschnelle patschnass, das T-Shirt durchsichtig. Er macht einige Schritte, dann hält er inne und dreht sich noch einmal um. »Glauben Sie, dass ich das Richtige tue, Cassidy?«, ruft er durch das Rauschen des Regens hindurch.

»Ja ... Aber nur, wenn Sie die Wahrheit sagen, Luke. Sonst hätte es kaum einen Sinn, nicht wahr? Was auch immer passiert ist und welche Gründe Sie dafür hatten ... Sie müssen ehrlich sein.«

Er nickt traurig, dann macht er sich auf den Weg und verfällt in einen leichten Trab, um möglichst rasch ins Trockene zu kommen.

Ich stehe in der Tür und sehe ihm nach, bis er verschwunden ist. Die Traurigkeit hält mich fest umklammert. Vielleicht ist es aber auch die Angst. Oder beides. Ich schließe einen Moment lang die Augen und erschaudere, als ich an seinen Atem in meinem Nacken und diese neue Mari denke, die sich leise flüsternd in meine Gedanken stiehlt.

Kapitel 32

Heute Abend steigt die Full-Moon-Party, und wir sind alle gemeinsam unterwegs, um zu filmen. Musik dröhnt aus jeder Ecke und vermischt sich mit dem Gekicher und Gelächter des Partyvolks, das Hand in Hand die Straße hinuntertanzt. Ich hatte keine großen Erwartungen an diese Party und bin eher davon ausgegangen, dass sich der Strand in eine Art spirituelles Mekka verwandeln wird, worauf das Wort »Vollmond« im Titel hindeutet. Jetzt, da ich mittendrin bin, stelle ich allerdings fest, dass es sogar noch schlimmer ist. Alles ist auf Konsum ausgerichtet. Geldmacherei, wohin man blickt. Riesige Coca-Cola-Plakate. 7Elevens. Flyer als Werbung für diverse After-Party-Raves. Ein tropisches Paradies – überlaufen, überbebaut, überbeansprucht. Das, was es einmal war, ist zu einem riesigen Freizeitpark verkommen. Den jungen Touristen wird hier das Geld aus der Tasche gezogen – und ich kann es den Einheimischen nicht verübeln.

Das Hotel, in dem Mari und Luke 2002 wohnten, gibt es nicht mehr. Stattdessen steht dort ein unattraktiver Betonklotz, den ein schmutziges Schild als Hotel ausweist. Wir filmen Luke vor dem Eingang, während er uns von der Vergangenheit erzählt.

Danach folgen Aufnahmen der kreischenden, lachenden Horden am Strand. Ein Schild mit der Aufschrift *Full Moon Koh Phangan* wird von lodernden Flammen erleuchtet, die sich in dem dunklen, seichten Wasser spiegeln. Halb nackte Teenager mit in phosphoreszierenden Farben bemalten Körpern umschwirren einander gierig.

Wir versuchen uns an der Einstellung, die ich mir wünsche: Luke inmitten der Menschenmenge, während um ihn herum eine wilde Party tobt. Aber ich bin mir nicht sicher, ob es funktioniert. Die jungen Leute recken ihre blanken Hintern in die Kamera und brüllen im Vorbeigehen »Hey, Mami!« wie die größten Vollidioten. Aber vielleicht geht es gerade darum.

»Gehen wir doch zu dem Strandabschnitt, wo Sie Mari damals gebeten haben, Sie zu heiraten«, schlage ich an Luke gewandt vor. Wir machen uns auf den Weg zu dem ruhigeren Fleckchen, und Luke zeigt nervös hierhin und dorthin. Schluckt und starrt hinaus auf die sich brechenden Wellen, während die Sterne unfassbar hell vom dunkelblauen Himmel leuchten. Er erzählt die Geschichte noch einmal, doch seine Worte klingen geziert, als hätte er Mühe, sie auszusprechen. Es behagt ihm nicht. Wahrscheinlich fühlt er sich in Gegenwart der hyänenartigen Jugendlichen und in Begleitung eines Kamerateams wie auf dem Präsentierteller.

Wir gehen weiter zu der Bar, in der Mari und Luke des Öfteren zu Gast waren und in der 2002 während der Full-Moon-Party ein Foto der beiden entstand. Ich habe es auf dem Handy und bitte Duncan, genau dieselbe Einstellung zu wählen. Dann filmen wir Luke, der einsam mit einem Drink an demselben Tisch sitzt wie damals.

»Fehlt dir noch etwas?«, fragt Cleo und schüttelt die Arme aus. Es ist anstrengend, den Mikrofonständer ständig über den Köpfen der Leute zu platzieren. Ich sehe mich um. Ich glaube, wir haben genug. Die ganze Situation trübt meine Stimmung. Vielleicht kann man solche

Dinge nur mit achtzehn genießen. Wobei ich mir nicht sicher bin, ob ich es in diesem Alter getan hätte. Ich war anders als andere Teenager, habe nie gerne in großen Gruppen gefeiert oder mich mit Jungs verabredet. Und wenn ich einmal auf einer Party oder einer Veranstaltung war, wusste ich nie, welches Verhalten von mir erwartet wurde, und bereute am Ende jedes Mal, dass ich hingegangen war.

»Ich glaube, es reicht«, erwidere ich. »Aber ich fürchte, wir brauchen morgen früh bei Sonnenaufgang noch ein paar Aufnahmen. Der Morgen danach. Verlegen nach Hause schleichende Jugendliche. Diese Dinge. Um zu verdeutlichen, wie sich Mari am nächsten Tag gefühlt haben muss.«

Cleo nickt so begeistert wie immer. Sie dreht gerne ohne mich, dann kann sie die Regisseurin spielen. Deshalb packt sie solche Gelegenheiten für gewöhnlich beim Schopf. »Klar, ich begleite Duncan.«

»Super«, erwidere ich lächelnd.

Luke tritt zu uns, während wir unsere Ausrüstung verstauen. Ich werfe einen flüchtigen Blick zurück auf den mittlerweile leeren Tisch, da kommt mir ein Gedanke. »Haben Sie die andere Wegwerfkamera verloren?«, frage ich und denke an die Drogerierechnung.

»Wie bitte?«

»Es gab zwei Kameras – Mari hat eine Doppelpackung gekauft. Ich habe die Rechnung in ihrem Zimmer gefunden.« Cleo wirft mir einen seltsamen Blick zu. Sie versteht nicht, warum ich immer noch darauf herumreite.

»Sie waren in Maris Zimmer?«, fragt Luke verblüfft.

»Es wurde nicht angerührt, seit sie verschwunden ist.«

Ich beobachte Luke, während er an die damalige Zeit zurückdenkt. Er hat sicher unzählige Erinnerungen an das

Zimmer. Knutschen auf dem Bett. Oder Mari, die ihn zeichnet, während im Hintergrund leise die Playlist spielt, die er für sie zusammengestellt hat.

Er blickt aufs Wasser hinaus. »Ich habe keine Ahnung, was mit der Kamera passiert ist. Es ist immerhin zwanzig Jahre her, Cassidy«, meint er schließlich, und es ist klar, dass er nichts weiter dazu sagen will.

Ich runzle frustriert die Stirn. *Ich weiß, dass du mir etwas verschweigst.* Ich denke an das Gespräch mit Alice zurück. Es ist offensichtlich, dass er vor mir verbergen will, wie Mari tatsächlich war, es sei denn ... es sei denn, er war tatsächlich blind vor Liebe.

Morgen kehren wir aufs Festland zurück und begeben uns auf eine noch längere Zugfahrt in Richtung Dschungel, der von Bangkok aus gesehen auf der gegenüberliegenden Seite des Landes liegt. Raef legt großen Wert darauf, dass wir dieselbe Route nehmen, die Luke und Mari genommen haben. Luke und ich machen uns mit Cleo und Duncan auf den Rückweg ins Hotel. Unsere Schultern stoßen aneinander, während wir die unbefestigte Straße entlanggehen. Ich beschleunige meine Schritte, um etwas Abstand zu gewinnen.

Im Haupthaus des Hotels ist es angenehm ruhig. Alle sind auf der Party. Selbst die Bewohner dieses einigermaßen exklusiven Resorts wären nicht auf die Insel gekommen, wenn sie nicht auf die Party gewollt hätten. Wir durchqueren schweigend die Lobby und lassen Cleo und Duncan hinter uns. Duncan rollt sich vor der Tür noch rasch eine Zigarette, während die beiden den Treffpunkt für die frühmorgendlichen Dreharbeiten festlegen.

Luke und ich verlassen das Hauptgebäude durch den gegenüberliegenden Eingang und gehen an dem im

Dunklen liegenden Swimmingpool vorbei zu den Hütten auf der anderen Seite. Ich versuche, schneller zu gehen, damit ich ungestört zu meiner Hütte abbiegen und ihm aus der Ferne zum Abschied zuwinken kann.

»Cassidy.« Ich drehe mich um. Es liegen nur wenige Meter zwischen uns, aber es ist, als hätte sich ein gewaltiger Abgrund aufgetan. »Darf ich Sie begleiten?«

Ich sollte ablehnen. Es ist viel zu gefährlich. »Luke ...«

»Ich will nicht alleine sein«, gesteht er und schluckt.

»Luke, ich bin wirklich müde.«

»Nur ein paar Minuten. Um ein wenig runterzukommen, bevor ich zu Bett gehe. Ich bleibe auch nicht lange.«

»Luke«, wiederhole ich schroff und hoffe, dass es ihn abschreckt.

»Cassidy«, erwidert er im selben Tonfall mit einem frechen Grinsen, und ich muss unwillkürlich lächeln.

Ich seufze. »Okay, auf ein schnelles Bier.«

Er grinst zufrieden und folgt mir zu meiner Hütte. Ich werfe einen Blick zurück, um sicherzugehen, dass uns die anderen nicht beobachten.

Meine Hand zittert, als ich die Tür öffne. Ich mache Licht und beseitige eilig das Chaos. Luke geht zur Minibar, nimmt zwei Flaschen heraus und lässt die Kühlschranktür mit einem leisen Klacken zufallen. Er öffnet die Flaschen, nimmt einen großen Schluck aus seiner und streckt mir die andere entgegen. »Ihr Zimmer ist schöner als meines. Ich muss ein ernstes Wörtchen mit Melissa reden, wenn wir zurück sind«, sagt er, und seine Augen blitzen schelmisch.

Ich nehme ebenfalls einen Schluck. »Ich hätte Sie nicht für eine derartige Diva gehalten, Luke«, erwidere ich keck.

Betretenes Schweigen, während er sich umsieht und

meine Habseligkeiten betrachtet. »Wie laufen die Dreharbeiten Ihrer Meinung nach?«

Ich trinke einen weiteren großen Schluck und genieße die kalte, sprudelnde Flüssigkeit, die meine Kehle hinunterrinnt. Ich lecke mir über die Lippen, bevor ich antworte. »Ganz gut, Luke. Ich glaube, die Zuschauer werden gefesselt sein. Genug Suspense haben wir jedenfalls«, erkläre ich.

»Suspense«, wiederholt er langsam, als müsste er erst darüber nachdenken. »Sie verwenden dieses Wort ziemlich häufig.«

Ich lache. »Wirklich?« Er nickt. »Vermutlich haben Sie recht. Das ist typisch für uns Fernsehleute. Wir haben ja schon des Öfteren darüber geredet, dass wir so viele Zuschauer wie möglich vor die Bildschirme bekommen wollen, und eine Möglichkeit, das zu erreichen und die Leute an eine Geschichte zu fesseln, ist Suspense. Die Spannung, die aufgebaut wird.«

»Und worin genau liegt die in diesem Fall?«

Ich denke einen Augenblick lang nach. Ich muss vorsichtig sein, wie viel ich ihm offenbare. »Ich schätze, die liegt darin, dass wir bis jetzt nur einen kleinen Teil der Geschichte erzählt haben.«

»Der Dschungel«, murmelt er. »Rückt Luke Speed endlich mit der Wahrheit heraus?« Er nimmt einen weiteren Schluck Bier und nickt. »Ich verstehe schon. Die Uhr tickt.«

Ich presse die Lippen aufeinander. Ich will nicht, dass er jetzt schon erkennt, was ich denke, denn womöglich durchbricht er die sogenannte vierte Wand und steigt aus der Rolle aus, die er bis jetzt gespielt hat. Und es ist unbedingt notwendig, dass er allem, was noch kommt, natürlich und unbefangen gegenübertritt, sonst wirkt es gekünstelt.

Wir stehen an zwei gegenüberliegenden Seiten des Raumes. In der Ferne erhebt sich ein Feuerwerk in den Himmel. Er tritt einen Schritt auf mich zu. Ich stelle mein Bier ab. Das Feuerwerk entfaltet sich. *Popp, popp, popp.* Das Licht im Zimmer flackert und erlischt beinahe. Ich wische mir die Haare aus dem Gesicht und sehe ihn an. Unsere Blicke treffen sich. Lassen einander nicht mehr los. »Luke ...«, beginne ich. Ein erbärmlicher Versuch, ihn abzuwehren. Er macht noch einen Schritt auf mich zu. *Popp, popp.* Ein weiteres Flackern. Als würde sich ein Zauber entladen.

Es ist nur noch ein kleiner Abstand zwischen ihm und mir. Mein Herz pocht. Er ist fast dreißig Zentimeter größer als ich. Das flackernde Licht erlischt endgültig, und wir versinken in der Dunkelheit. Es ist wie ein Zeichen. Als würde sich eine Decke über uns breiten und uns unter sich verbergen. Als wären wir nicht länger hier. Er legt sanft eine Hand auf meine Wange, und ich hebe unwillkürlich den Kopf. Vorfreude packt mich, als er den Kopf senkt. Ich schließe die Augen.

Unsere Lippen treffen aufeinander, und ein leises, unbeabsichtigtes Stöhnen entfährt mir. Insgeheim habe ich mir das hier wohl seit dem Moment gewünscht, als wir uns das erste Mal gegenüberstanden. Nein, vielleicht ist es sogar noch länger her. Seit ich seine Stimme durchs Telefon gehört habe. Er nimmt meine Hand. Unsere Finger verschränken sich ineinander. Wir bewegen uns in Richtung Bett. Setzen uns küssend auf die Kante, werden immer gieriger und drängender, als wäre Küssen wichtiger als Atmen. Er greift nach den Trägern meines Tops, doch ich schiebe seine Hände fort und ziehe es mir eilig über den

Kopf. Ich schlüpfe aus meinem BH und beobachte ihn, als sein Blick zum ersten Mal auf meine nackten Brüste fällt. »Bist du sicher, dass du das willst?«, fragt er.

Ich kann im Moment nicht darüber nachdenken. Alles, woran ich denken kann, ist er. Daran, dass ich ihn will. Ich antworte nicht, sondern stürze mich auf ihn. Schlinge die Arme um seine Schultern und küsse ihn erneut. Unsere Zungen begeben sich in einen Tanz, und ich genieße jede Sekunde dieser sinnlichen Flutwelle. Ich zerre an seinem T-Shirt, und er zieht es sich über den Kopf. Ich schnappe nach Luft, als sich unsere nackte Haut zum ersten Mal berührt. Ich spüre, wie sich seine Erektion gegen seine Shorts drückt, und meine Finger zittern, als ich die Knöpfe öffne. Kurz darauf halte ich ihn zum ersten Mal in der Faust. Ich vergehe vor Sehnsucht nach ihm. Ich kann an nichts anderes denken. Bis jetzt habe ich immer nur so getan, als ob. Habe mich gezwungen, es zu genießen, weil ich dachte, dass ich genau das wollen muss. Um danach jedes Mal enttäuscht zu sein, weil ich nicht noch mehr wollte. Aber das hier ist anders. Genau so wollte ich mich immer fühlen, aber ich habe es nie auch nur ansatzweise erlebt.

Kurz, bevor er in mich dringt, treffen sich unsere Blicke. Er fragt mich erneut: »Bist du dir sicher?«, und ich packe ihn und ziehe seinen Kopf zu mir, bis unsere Lippen aufeinandertreffen.

Kapitel 33

Am nächsten Tag regnet es. Doch es ist kein prasselnder, stürmischer Monsun – das hätte mir vermutlich nichts ausgemacht. Stattdessen erinnert es mich an den Nieselregen im grauen London. Die anderen sind bereits um vier Uhr los, um zu filmen, und dementsprechend erschöpft. Aber das ist mir nur recht. Ich könnte heute kein aufgeregtes Plappern ertragen. Ich will bloß schweigend in den Abgrund starren, der sich in mir aufgetan hat. Ich gerate immer tiefer in die Panikspirale, elektrisiert von dem Impuls, direkt ins Verderben zu laufen. Selbstzerstörerisches Verhalten war mir bisher fremd. Ich habe nie verstanden, warum jemand freiwillig die Kontrolle aufgibt, die mir immer Trost gespendet hat. Mittlerweile tue ich es.

Wir drängen uns auf die Fähre, die uns zurück aufs Festland bringt. Das Schaukeln lässt Übelkeit in mir hochsteigen. Ich frage Cleo, ob sie den Dreh der Überfahrt übernehmen möchte, und sie nickt zufrieden, während ich mich zurückziehe und wässrigen Kaffee aus einem Styroporbecher trinke. Ich vergrabe mich in mir selbst, während mich heiße Erinnerungen durchzucken und die Folgen der vergangenen Nacht in meiner Vorstellung immer katastrophalere Ausmaße annehmen. Vor allem aber drehen sich meine Gedanken um das, was Alice mir am Telefon verraten hat. Darum, dass Mari Luke manipuliert und vereinnahmt hat. Ich wage einen Blick in seine Richtung. Es ist ihm unglaublich unangenehm, gefilmt zu werden, auch wenn er sich sichtlich bemüht, höflich und nett zu Cleo zu sein. Welchen Einfluss kann Mari selbst nach zwanzig Jahren noch auf ihn haben, der es ihm unmöglich macht, die Wahrheit über sie zu erzählen? Kann ich ... Bin ich ... diejenige, die den Bann am Ende brechen kann?

Ich gehe ihm, so gut es geht, aus dem Weg und achte darauf, im Zug gegenüber von Cleo zu sitzen, damit wir uns am Abend ein Doppelstockbett teilen. Ich spüre, wie er immer wieder versucht, meinen Blick aufzufangen, aber ich weigere mich. Wie können sich zwei Menschen so derart nahe und schon kurze Zeit später so derart weit voneinander entfernt sein? Ich nehme eine Bewegung im Augenwinkel wahr und erkenne, dass Cleo mir zuwinkt, um meine Aufmerksamkeit zu erregen. Hoffentlich will sie nicht über den Film reden. Meine Gedanken sind im Moment nicht klar genug dafür. Da ist zu viel anderes Zeug. Letzte Nacht. Alice. Was hat das alles zu bedeuten? Was habe ich getan?

»Cassidy.« Cleo lehnt sich nach vorne und senkt die Stimme. »Ist alles okay? Du wirkst verstört.« Sie mustert mich eindringlich, und ich wünschte, wir würden nicht in einem Zug festsitzen und ich könnte aufstehen und gehen.

»Alles gut«, winke ich eilig ab.

Sie schüttelt den Kopf, lehnt sich noch näher heran, und ihre Stimme ist kaum mehr als ein Flüstern: »Luke ... er hat etwas an sich, aber ich kann es nicht benennen. Er verbirgt etwas vor uns.«

Ich schlucke. Sie hat recht. Das tut er. Aber es ist nicht das, was sie denkt.

»Wir müssen vorsichtig sein, wenn wir erst im Dschungel sind, Cass. Wir wissen nicht, wozu er fähig ist, und …«

»Ist schon gut, Cleo«, unterbreche ich sie barsch.

Sie fährt zurück, als hätte ich sie geschlagen. »Was, wenn nicht? Cass … du musst es doch auch spüren. Er ist … er ist …« Sie sucht nach den richtigen Worten. »Wir sind kurz davor, mit ihm in den Dschungel zu fahren. An den Ort, an dem seine Freundin zum letzten Mal lebendig gesehen wurde. Hast du keine Angst?«

Ich sehe sie an. Sie hat keine Ahnung, was hinter ihrem Rücken vor sich geht. Sie zieht die völlig falschen Schlüsse.

»Cleo, überlass mir das Nachdenken und konzentriere dich auf deinen Job, okay?«

Sie blinzelt. Dann nickt sie. »Okay. Wie du willst, Cass«, stammelt sie und hält kurz inne, bevor sie aufsteht und zur Toilette eilt. Ich höre ein Schluchzen. Du meine Güte. Ich wische mir den Schweiß von der Stirn und fühle mich schrecklich.

Am nächsten Morgen steigen wir in Bangkok in einen anderen Zug um, und jeder vertreibt sich die Zeit auf seine Weise. Bücher, Filme, Arbeit. Abgesehen von den Szenen, die wir unterwegs filmen, versuche ich, Luke und seinem grüblerischen Blick auszuweichen. Als wir schließlich im Norden ankommen, bin ich so erschöpft, dass ich kaum noch die Kraft dazu habe, ihn zu ignorieren. Ich wünschte, ich könnte einfach davonlaufen. Aber wie soll ich vor mir selbst flüchten?

Am nächsten Tag haben wir einen Termin auf der Polizeistation der Provinz Chiang Mai. Ich habe Luke zusammen mit Cleo in unserer Unterkunft zurückgelassen. Duncan und Reggie sind derzeit die wesentlich angenehmere Gesellschaft. Mir ist klar, dass Cleo sich zurückgewiesen fühlt, aber ich habe ihr erklärt, wie unglaublich wichtig es ist, Zeit mit Luke zu verbringen und ihn zu beruhigen, bevor wir uns auf den Weg in den Dschungel machen.

Der stellvertretende Kommandant der Provinzpolizei Region 5, dem die Erlaubnis erteilt wurde, mit uns zu sprechen, sitzt hinter seinem Schreibtisch, und vor ihm stapeln sich Unterlagen auf einer altmodischen weißen Aktenablage. Er ist groß und breit. Das enge khakifarbene Hemd spannt über seinen Schultern. Orden zieren seine Brust. Schweiß rinnt über sein Gesicht, und er wischt ihn mit einem Taschentuch fort.

»Haben Sie eine Ahnung, wie oft Touristen während solcher Wanderungen verschwinden? Nie! Es kommt äußerst selten vor. Sie haben sich nicht an die Regeln gehalten. Sind alleine los, ohne ihrem Wanderführer Bescheid zu sagen. Das viele Geld, das wir für die Suche nach ihnen aus dem Fenster geworfen haben. Es ist Irrsinn«, zischt er. »Wir wollen, dass sich die Touristen bei uns sicher fühlen. Die beiden haben sich selbst in Gefahr gebracht. Hunderttausende Dollar verschwendet. Wir hatten sogar Hubschrauber im Einsatz«, poltert er weiter, während wir die Ausrüstung aufbauen, und ich werfe Duncan einen vielsagenden Blick zu, den er sofort versteht. Wir müssen uns beeilen, sonst entgeht uns das Beste. Als wir endlich fertig sind, nehme ich eilig auf dem Stuhl neben der Kamera Platz, und Duncan gibt mir ein »Daumen hoch«.

»Okay, ist es so in Ordnung für Sie?« Ich überprüfe noch einmal, ob das rote Licht an der Kamera auch tatsächlich leuchtet. Der mürrische Gesichtsausdruck des Polizisten ist wie weggeblasen, und er lächelt zum ersten

Mal, seit wir den Raum betreten haben. Na toll. »Wunderbar. Können Sie uns etwas über die übliche Vorgehensweise in solchen Fällen erzählen?«

»Der Tourismus spielt in diesem Teil des Landes eine sehr große Rolle. Wir tun alles, was in unserer Macht steht, um zu verhindern, dass so etwas überhaupt passiert. Unmittelbar nach dem Eingang der Vermisstenmeldung war bereits ein riesiges Rettungsteam auf der Suche nach den beiden. Wir standen in ständigem Kontakt mit der Britischen Botschaft. Und mit den Familien. Die Zusammenarbeit war hervorragend. Wir waren sehr froh, als Luke gefunden wurde. Ein Durchbruch! Wir hatten unser Bestes gegeben. Aber uns wurde schnell klar, dass die Geschichte, die er uns erzählte, nicht der Wahrheit entsprach. Wir wurden hinters Licht geführt. Am Ende kamen wir zu dem Schluss, dass der wahrscheinlichste und vermutlich auch der wahre Grund dafür, dass es zu dieser Situation gekommen ist, der Junge war. Aber wir konnten ihn nicht zur Verantwortung ziehen. Es gab keine Leiche!« Er rutscht hin und her, sein Lächeln wirkt immer aufgesetzter, als versuchte er mit aller Kraft, einen Ausbruch vor der Kamera zu verhindern. »Wir wollen, dass Touristen, die in unser Land kommen, sich absolut sicher fühlen und wissen, dass ihnen nichts passiert. Es gibt keine seltsamen Männer, die sich im Dschungel verstecken.« Alleine die Vorstellung bringt ihn zum Lachen. »Auf keinen Fall.«

»Aber der Dschungel ist beinahe fünfhundert Quadratkilometer groß. Wäre es da nicht möglich, dass etwas übersehen wurde?«

»Wir haben keinerlei Beweise dafür gefunden, dass noch jemand im Dschungel war und ihnen gefolgt ist«, erklärt er knapp. »Wir hatten die besten Suchmannschaften der Welt und haben beinahe unser gesamtes Jahresbudget für die Suche nach dem Mädchen aufgewandt. Nichts. Er hat sie irgendwo vergraben. Das ist das Wahrscheinlichste.«

»Aber Sie fanden auch keine Beweise dafür, dass Luke Mari etwas angetan hat«, stelle ich unverblümt fest.

»Miss Cassidy, Sie wissen so gut wie ich, dass Morde am häufigsten von Leuten aus dem direkten Umfeld der Opfer begangen werden. Die Wahrscheinlichkeit, dass der Täter ein völlig Fremder ist, ist mehr als gering.«

»Aber Beweise gibt es keine. Könnte es nicht sein, dass Mari sich verirrt hat und ... eines natürlichen Todes gestorben ist?«

Er seufzt. »Warum hat er dann behauptet, dass dort draußen ein Mann war?«, fragt er und neigt den Kopf. »Das ergibt doch keinen Sinn, oder?« Er mustert mich mit schmalen Augen.

»Aber es gibt keine Beweise, die auf ein Verbrechen hindeuten«, wiederhole ich und bleibe standhaft. »Was, wenn er einen psychischen Zusammenbruch erlitten hat ...?«

Er wirft mir einen vielsagenden Blick zu. »Sie sind zu zweit in den Dschungel rein, aber nur einer kam wieder heraus.« Er sieht schnaubend in die Kamera. »Doch genug davon. Wir sind hier schwer beschäftigt.«

»Aber Deputy Commander Chen, viele Leute sind der Meinung, dass es zu Ihrem Vorteil war, Luke als den Schuldigen zu präsentieren. Sie haben sicherlich Ihr Bestes gegeben, aber alle Blicke waren auf Sie und Ihr kleines Team gerichtet, das alleine die Ermittlungen führen musste ... Sie haben die Hinweise auf diesen Fremden nie wirklich verfolgt, nicht wahr?«

Ich bin zu weit gegangen, und er ist sauer. Er steht auf

und reißt das Mikro von seinem Hemd. Ich gebe Duncan ein Zeichen, dass er weiterfilmen soll. »Wollen Sie etwa andeuten, dass wir unseren Job nicht gut genug erledigt haben?« Er wirft mir einen bösen Blick zu, und Duncan wird nervös. »Wir sind zwar bloß eine kleine Stadt, Miss Cassidy, aber die Leute hier sind erstklassig.« Irgendetwas an seinem Blick weckt in mir die Vermutung, dass da noch mehr ist. »Die logischste Erklärung befindet sich direkt vor Ihrer Nase, Miss Cassidy. Dieser Mann. Wir wollen ihn nicht hierhaben. Verstanden? Machen Sie keinen Ärger. Filmen Sie, wenn Sie wollen, und dann verschwinden Sie wieder.« Er lässt die Hand auf den Schreibtisch krachen. »Am Ende Ihres Filmes wird herauskommen, dass er schuldig ist. Bringen Sie ihn zum Reden, sonst verschwenden Sie hier bloß Ihre und meine Zeit.« Er ruft seinen Kollegen etwas auf Thailändisch zu, und ich gebe Duncan ein Zeichen, dass er die Kamera ausmachen soll.

Natürlich wäre Lukes Geständnis die bequemste Lösung für sie. Es wird schwer sein, ihnen andere Möglichkeiten aufzuzeigen. Der bisherige Verlauf der Geschichte kam ihnen zugute. Wir sind weiter denn je davon entfernt, sie zu einer neuerlichen Suche zu überreden. Es sei denn, wir finden selbst etwas dort draußen ... oder Lukes Erinnerung kehrt zurück.

Kapitel 34

Am nächsten Tag stehe ich bereits im Morgengrauen auf der Veranda unserer Unterkunft, trinke Kaffee und sehe hinaus in den brodelnden Dschungel. Alles, worüber wir in den letzten Monaten gesprochen haben, führte hierher. An diesen Ort, an dem die Zivilisation endet und die Natur das Kommando übernimmt. An den Ort, der Mari verschluckt und nie wieder freigegeben hat.

Mein Herz klopft schneller, als ich an Luke denke. Die Erinnerung daran, wie er meine Hand umklammerte. Lustvolles Stöhnen. Ich schüttle den Kopf. Ich brauche die körperliche Bewegung, um den Gedanken loszuwerden. Wenn irgendjemand dahinterkommt oder wir das, was zwischen uns war, weiter wachsen lassen würden, wäre der Film gestorben und es gäbe einen riesigen Skandal. Meine subjektive Sichtweise wurde von meinen übermächtigen Gefühlen auf schreckliche Weise beeinträchtigt. Falls Raef es jemals erfahren sollte, wären das Vertrauen, das wir aufgebaut haben, und sein Glaube an meine Fähigkeiten innerhalb eines Sekundenbruchteils wie weggeblasen. Mein Name würde in Verruf geraten, niemand würde mehr mit mir zusammenarbeiten wollen. Und schlimmer noch. Nicht nur meine eigene Karriere würde in Schieflage geraten, auch Raefs Firma und sein Ruf wären in Gefahr.

Luke. Wenn er unschuldig ist, gäbe es dann auch nur die geringste Chance, dass etwas aus uns werden kann?

Ich lasse die Vorstellung einen Moment lang zu. Luke in meiner Wohnung, der Herzog streichelt, bevor wir ins Bett sinken. Am frühen Morgen Croissants und Kaffee in Papierbechern aus dem Café um die Ecke, bevor wir fröhlich lachend die Brick Lane entlangschlendern. Würde er zu mir in die Wohnung ziehen? Oder würden wir irgendwo ganz von vorne beginnen?

»Cass, wir haben alles gepackt«, meint Cleo und reißt mich aus meinen Gedanken. Ich zucke überrascht zusammen, als sie meinen Ellbogen berührt. Ich stelle meinen Kaffeebecher auf dem Frühstückstisch ab und folge ihr um die Veranda herum zur Vorderseite des Hauses. Der Kofferraum des Vans steht offen, unsere Ausrüstung ist bereits verstaut.

»Wo ist Duncan?«, frage ich und sehe mich um. Reggie studiert die Karte. Luke sitzt auf den Verandastufen und wirkt wie in Trance. Unsere Blicke treffen sich. Wir wenden uns beide ab. Ich bleibe seit unserer Ankunft betont auf Abstand, aber ich muss mit ihm reden und eine Art Waffenstillstand vereinbaren, um gut durch die nächsten Tage zu kommen. Wir müssen uns darauf konzentrieren, warum wir hier sind. Darauf, dass Luke endlich aus seiner Perspektive erzählt, was im Dschungel zwischen ihm und Mari passiert ist – so, wie er es versprochen hat.

»Es gibt ein Problem mit der Drohne. Er ist gleich wieder da.« Cleo stellt sicher, dass Luke außer Hörweite ist. »Wie lief es gestern auf der Polizeistation?« Sie tritt näher.

»Er war natürlich vollkommen voreingenommen. Es ging ihm bloß darum, den Ruf als Tourismusregion zu verteidigen. Ein Irrer, der im Wald haust und nur darauf wartet, sich über Leute herzumachen, ist nicht gerade die beste Werbung. Vielleicht befürchten sie auch, dass herauskommt, dass sie nicht alles getan haben, um den Mann aufzuspüren.«

Sie nickt besorgt. »Dann glaubst du also, dass es tatsächlich so gewesen sein könnte?« Sie schluckt schwer und wirft einen Blick auf das dichte Blattwerk. »Dass jemand dort draußen war?«

Ich seufze. »Cleo, das ist zwanzig Jahre her. Wir haben nichts zu befürchten.« Ich denke an Dr. Ackermans Theorie. »Außerdem könnte es auch vollkommen anders gewesen sein. Vielleicht gibt es eine nuanciertere Erklärung, die der Polizei gar nicht in den Sinn kam. So, wie sie der Psychiater angedeutet hat.« Ich drücke ihren Arm. »Wir sind hier absolut sicher. Immerhin haben wir Reggie. Niemand kennt den Dschungel besser als er.«

Sie nickt mit großen Augen und beißt sich auf die Unterlippe. »Okay, Cass.«

Ich werfe einen weiteren flüchtigen Blick in den Dschungel und schließlich auf Luke. Was wird es mit ihm machen? Werden seine Mauern einstürzen? Und was passiert dann?

Duncan stürzt durch die Eingangstür. »Cass?«

»Jap.« Ich trete auf ihn zu.

»Ich fürchte, ich habe schlechte Nachrichten.«

»Was ist los?« Er klingt besorgt, aber er echauffiert sich gerne über Dinge, die problemlos aus der Welt geschafft werden können.

»Die Drohne ist abgestürzt«, erklärt er gequält.

»Abgestürzt?«, wiederhole ich entnervt. Melissa bringt mich um. »Wie, zum Teufel, ist denn das passiert?« Er wirft mir einen stechenden Blick zu, und ich werde weich. Er ist genauso verzweifelt wie ich. Die Ausrüstung ist sein Baby. Er ist sehr stolz darauf, dass sich immer alles in einem Topzustand befindet.

»Ist auf den letzten Aufnahmen etwas zu sehen?«, frage ich und werfe einen Blick auf sein Handydisplay.

»Schwer zu sagen. Ich habe die Drohne vorhin getestet.«

Ich sehe einen Teil des Dschungels aus der Vogelperspektive. Doch dann wird das Bild plötzlich unscharf, und die Kamera schießt auf den Boden zu. Im nächsten Augenblick ist alles schwarz.

»Scheiße«, flüstere ich und sehe zu Cleo und Reggie. »Bekommen wir einen Ersatz?« Reggie telefoniert. Cleo deutet mit dem Kopf auf ihn. Offenbar ist er bereits an der Sache dran.

»Wir brauchen die Drohne in den nächsten Tagen unbedingt. Wenn wir es nicht hinbekommen, fehlt uns eine der wichtigsten Aufnahmen. Luke, der oben auf dem Aussichtspunkt steht.« Panik packt mich. Beinahe steigen mir Tränen in die Augen. Cleo scheint bestürzt über meine heftige Reaktion. Bis jetzt hat sie mich immer bloß stark und unerschütterlich erlebt.

»Cass, glaubst du, das weiß ich nicht?«, erwidert sie matt.

»Sie geben doch alle ihr Bestes«, meint Luke plötzlich, und ich werfe ihm einen Blick zu. Fassungslos, dass er sich einmischt. Im nächsten Moment schäme ich mich. Er ist offensichtlich enttäuscht von meiner Reaktion und der Tatsache, dass ich meinen Frust an meinem Team auslasse.

»Entschuldigt bitte. Ich weiß natürlich, dass ihr alle euer Bestes gebt.«

Reggie beendet sein Telefonat und kommt zu uns. »Wir bekommen einen Ersatz, aber erst übermorgen.«

Ich presse nachdenklich die Lippen aufeinander. Ich muss mit Raef sprechen, denn in diesem Fall müssen wir unsere Pläne ändern. Wir brauchen neue Flüge und zusätzliche Drehtage, die bezahlt werden müssen. Dazu kommt die Miete für die Ausrüstung. Er wird alles andere als glücklich sein. Ich hole mein Handy hervor und entferne mich von der Gruppe, wobei ich Cleo einen kurzen Blick zuwerfe, damit sie weiß, wen ich anrufe. Sie nickt mitfühlend.

Ich erreiche bloß die Mailbox und bin gerade dabei, eine Nachricht zu hinterlassen, als er zurückruft. »Cass. Was ist los? Hast du schon ein Geständnis?« Er lacht. Ich nicht.

»Raef, unsere Drohne ist abgestürzt, und es dauert zwei Tage, bis der Ersatz da ist. Wir müssen warten, bis sie geliefert wird – was bedeutet, dass wir zwei zusätzliche Tage brauchen und sich alles nach hinten verschiebt ...«

»Du meine Güte, Cass.« Sein jovialer Tonfall ist wie weggeblasen.

Ich suche angestrengt nach einer Lösung. »Vielleicht können ein paar von uns schon mal vorgehen und die Wanderung filmen, und Cleo bringt die Drohne hinterher, sobald sie ...«

Er unterbricht mich. »Cleo alleine im Dschungel? Das würde Melissa gar nicht gefallen. Soweit ich weiß, steht in der Risikobewertung, dass die Crew außerhalb der Tourismuszentren aus mindestens zwei Leuten bestehen muss.«

Das ist das Besondere an Raef. Er wirkt wie ein kreativer Wirrkopf, aber er weiß genau, wo die Grenzen liegen – wenn auch vor allem deshalb, um Schlupflöcher zu finden.

»Du kannst doch auch eine Kamera bedienen, nicht wahr?«, fragt er.

»Wie bitte?« Meine Schultern spannen sich. »Du glaubst, ich kann den wichtigsten Teil des Films selbst drehen? Während ich gleichzeitig versuche, die Wahrheit aus Luke herauszubekommen, und mich ganz nebenbei auch noch durch den Dschungel schlage?«

»Du hast doch früher auch selbst gedreht.«

»Ja, aber das ist Jahre her, Raef. Und in einer solchen Umgebung …«

Meine Gedanken überschlagen sich, und ich suche fieberhaft nach einer anderen Lösung. Die Vorstellung, selbst zu filmen, lässt mein Herz rasen. »Wie wäre es, wenn Duncan die Wanderung filmt, und ich bleibe bei Cleo?« Ich habe es kaum ausgesprochen, da ist mir bereits klar, dass das nicht funktionieren wird. Duncan versteht es, Dinge wunderschön in Szene zu setzen, aber er würde niemals ein Interview mit Luke hinbekommen und hat auch keine Ahnung von der redaktionellen Seite des Jobs. Außerdem wird Luke ohne mich keinen Fuß in den Dschungel setzen.

»Bist du verrückt geworden, Cass? Nein. Du machst dich mit dem Mittelsmann und Luke auf den Weg, und die anderen sehen zu, dass sie mit der neuen Drohne nahe genug an euch dran sind, um eine Luftaufnahme von dem Berg zu machen, wenn ihr am zweiten Tag oben ankommt. Das wird kinderleicht. Rauf und wieder hinunter. Du bringst ihn dazu, dass er auspackt, dann noch ein paar Drohnenaufnahmen, und schon könnt ihr raus aus dem Dschungel und direkt zurück nach Bangkok, ohne dass wir neue Flüge oder zusätzliche Drehtage brauchen. Ich bin glücklich, der Sender ist glücklich. Und du wirst auch glücklich sein. Und am Ende bekommen wir auch den Auftrag für diese andere Geschichte, die ich am Laufen habe.« Es ist ihm anzuhören, dass es beschlossene Sache ist.

»Raef …« Aber es hat keinen Sinn. Er ist nicht hier. Er

versteht nicht, was für eine Mammutaufgabe vor mir liegt. Andererseits will ich den Frieden wahren. Beweisen, dass ich es schaffe. Mit dem Interview nach London zurückkehren und den Ruhm genießen, den mir die Tatsache einbringen wird, es ganz alleine geschafft zu haben. »Okay, na gut. Ich glaube, das sollte klappen.« Wir unterhalten uns noch ein Weilchen über die logistischen Details, dann verabschiede ich mich und kehre zu den anderen zurück.

»Okay, hier ist der Plan.« Die Crew schart sich um mich, nur Luke bleibt etwas abseits. »Ich kann filmen, Cleo nicht. Es ist nicht ratsam, dass sich einer allein in den Dschungel aufmacht, aber wir haben nur noch drei Drehtage. Deshalb bleiben Cleo und Duncan hier und warten auf die Ersatzdrohne, während ich mit Reggie und Luke vorausgehe.« Mehrere Augenpaare richten sich schockiert blinzelnd auf mich. »Wenn wir auf dem Berg angekommen sind, solltet ihr bereits im Basislager sein. Nahe genug, um uns mit der Drohne zu filmen.« Die Akkulaufzeit ist auf zwanzig Minuten begrenzt, was bedeutet, dass die Drohne nur eine bestimmte Distanz zurücklegen kann. Wenn sie es bis zum Basislager schaffen, sollte es machbar sein.

Duncan tritt besorgt einen Schritt nach vorne. »Bist du sicher, dass du das hinbekommst, Cass? Es wird ein hartes Stück Arbeit, unter diesen Bedingungen zu filmen.«

Ich werfe ihm einen mürrischen Blick zu. »Ich komme klar. Ich habe bereits Filme gedreht. Alleine«, erkläre ich. Er zuckt mit den Schultern. Aber er hat recht. Ich habe noch nie unter solchen Bedingungen eine Kamera bedient.

»Reggie, du kennst den Dschungel besser als jeder andere, nicht wahr?«

»Ja, ich habe schon viele Gruppen hindurchgeführt. Zwar nicht auf derselben Route, aber ich kenne das Terrain gut«, erwidert er mit solcher Leichtigkeit, dass ich das Gefühl habe, wir seien mehr als sicher in seinen erfahrenen Händen.

»Super. Okay. Dann machen wir es so.« Ich schenke der Crew ein zuversichtliches Lächeln, das sämtliche Befürchtungen im Keim ersticken soll. »Problem gelöst.«

Luke tritt vor. »Wäre ... wäre es nicht besser, wenn ... wir eine größere Gruppe wären?«, fragt er mit zitternder Stimme, und mir wird klar, dass er Angst hat. Je mehr Leute bei ihm sind, desto stabiler ist das Sicherheitsnetz, das wir um ihn ziehen werden.

»Wir schaffen das, Luke. Es sind nur ein paar Tage, und Reggie ist ein Profi.«

»Na gut, wenn ... wenn Sie meinen.« Er greift nach seinem Rucksack.

Cleo legt die Hand auf meinen Arm. »Können wir kurz reden?«

»Klar.«

Sie zieht mich zur Seite. »Cass, willst du das wirklich tun? Ich glaube, es ist keine gute Idee, alleine mit Luke loszuziehen.«

»Warum nicht? Außerdem sind wir nicht alleine. Reggie ist auch dabei.«

»Es ist *Luke Speed,* Cass. Und ihr begebt euch in den Dschungel, in dem seine Freundin unter *mysteriösen Umständen* verschwunden ist.«

»Cleo, komm schon.« Ich schüttle den Kopf. »Hat er sich deiner Meinung nach verdächtig verhalten, seit wir hier sind? Ehrlich, das ist doch albern.«

»Ihr kehrt an den Ort zurück, an dem seine Zukunft zerbrochen ist. Niemand weiß, wie er reagieren wird.

Außerdem musst du nicht nur alles filmen, sondern auch die redaktionelle Arbeit erledigen, während ihr euch durch den Dschungel kämpft – möglicherweise mit einem Mann, der knapp vor einem Nervenzusammenbruch steht. Es ist einfach nicht fair … Raef hätte dir das nicht aufbürden sollen …«

»Ich mache es für den Film. Wir brauchen diese Aufnahmen. Sie sind der Grund, warum wir hier sind. Außerdem bin ich mir hundertprozentig sicher, dass Luke nichts Falsches getan hat, und er wird es schaffen. Ich kann mit ihm umgehen.«

»Okay. Es ist dein Film. Wenn du es für das Beste hältst.«

Sie glaubt, dass ich sie nicht ernst nehme. Aber sie hat keine Ahnung, was hinter den Kulissen vorgefallen ist.

»Ja, es ist das Beste für den Film«, erwidere ich, drehe mich ruckartig zu den anderen um und klatsche in die Hände. »Also gut. Ziehen wir es durch!«

Kapitel 35

Der Van holpert über unbefestigte Straßen, während sich rechts und links von uns das Grün des Dschungels erhebt. Wir halten auf einer Lichtung, und mein Blick fällt auf einen ruhigen, olivgrünen Fluss und eine uralte Anlegestelle aus Holz. Die Wasserstraße schlängelt sich bis ins Zentrum des undurchdringlichen Regenwaldes, wo wir die erste Nacht im Basislager verbringen werden, bevor wir uns am nächsten Morgen tiefer in den Dschungel vorwagen. Die Last dessen, was vor uns liegt, ist deutlich zu spüren, und ahnungsvolles Schweigen hat sich über die Gruppe gelegt. Ich habe anfangs noch versucht, die anderen aufzumuntern, aber meine aufgesetzte Tapferkeit konnte meine Nervosität nicht verbergen, und am Ende habe ich mich der gedrückten Stimmung ergeben. Nur noch zwei Tage, dann ist alles vorbei, und ich kann mich in der tröstlichen Umgebung von Soho und in dem Wissen, einen riesigen Teil des Puzzles erledigt zu haben, darauf konzentrieren, meinen Film zu machen.

Im Laufe der nächsten achtundvierzig Stunden wird Luke endlich offenbaren, was vor Maris Verschwinden zwischen ihnen vorgefallen ist. Dann kann ich zurück zu Herzog, meiner Wohnung und meinem Leben und das, was zwischen uns war, für immer in mir verschließen. Ich kann so tun, als wäre nichts von alldem passiert. Den Film machen und zum nächsten Projekt weiterziehen.

Angst packt mich. Wen verarsche ich hier? Wie soll jemals wieder irgendetwas sein wie früher?

Ich würde so gerne die Augen schließen, und wenn ich sie wieder öffne, hätte ich die nächsten Tage bereits hinter mir.

Am Ende der Anlegestelle ist ein langes Holzboot in verblasstem Pink und Blau vertäut. Es hat schon bessere Tage gesehen, und bei seinem Anblick wird mir flau im Magen. Ganz hinten befinden sich der ölige Außenbordmotor und eine fröhliche thailändische Fahne, die unbedarft im Wind tanzt. Ich helfe, die Ausrüstung aus dem Kofferraum des Vans zu hieven, und stapfe den kurzen Weg hinunter zur Anlegestelle. Reggie springt in das Boot, und Duncan reicht ihm die Taschen, die er mit einem Seil in der Mitte des Bootes festzurrt. Ich sehe zu, wie er auch seine beiden Macheten sichert. Die Sonne spiegelt sich auf den Klingen, und angstvolle Übelkeit steigt in mir hoch.

Es fühlt sich plötzlich alles so real an. Ich werfe einen sehnsüchtigen Blick auf den Van und würde am liebsten zurücklaufen. Mich weigern, hierzubleiben. Aber wir sind zu weit gekommen, und mir bleibt keine andere Wahl, als es durchzuziehen.

Die Campingausrüstung wird ebenfalls an Bord gebracht, und ich betrachte alles mit bangem Blick. Es ist eine riesige Verantwortung, und es wird sicher nicht leicht, sich an alle technischen Details zu erinnern, während ich gleichzeitig die redaktionelle Seite des Drehs nicht außer Acht lassen darf. Ganz zu schweigen von dem körperlich herausfordernden Marsch durch den Dschungel. Hoffentlich bin ich derart abgelenkt, dass ich keine Zeit habe, an das zu denken, was auf der Insel zwischen mir und Luke vorgefallen ist.

Luke steigt ins Boot und wirft einen nervösen Blick in den Dschungel auf der anderen Seite des Flusses. Er hat den ganzen Tag über kaum ein Wort gesagt. Kein Wunder. Er weiß, wie es enden wird. Ich würde am liebsten laut auflachen. Ich mache die Sache größer, als sie ist! Wir werden nur ein paar Tage in der Wildnis verbringen. Tausende Menschen machen jedes Jahr überall auf der Welt dasselbe, und nichts passiert.

Cleo tritt auf mich zu. Die Holzbretter unter ihren Füßen knarren. »Ruf mich jeden Abend an, ja?« Sie drückt mir den Koffer mit dem Satellitentelefon in die Hand. Der Handyempfang endet ein paar Kilometer nach der Anlegestelle. Allerdings braucht auch das Satellitentelefon ein Loch im Blätterdach, um eine Verbindung herstellen zu können.

»Wir sehen uns in zwei Tagen bei der Anlegestelle im Basiscamp«, versichere ich ihr. Es ist mehr als offensichtlich, wie besorgt sie ist. »Hör auf, mich so anzusehen! Es wird alles gut gehen.« Ich grinse. »Sieh nur zu, dass du nicht zu viele von diesen Eimern in dich hineinschüttest«, sage ich, und ihr entwischt ein kurzes Lachen. »Und vergiss nicht, die bisherigen Aufnahmen zu transkribieren«, erinnere ich sie. »Ich will nicht zurückkommen und feststellen, dass du außer einer ansehnlichen Bräune nichts zustande gebracht hast«, witzle ich, auch wenn ich weiß, dass ich mir keine Sorgen machen muss. Cleo ist ein Arbeitstier, und ich habe ein schlechtes Gewissen, dass ich sie während dieser Produktion so außen vor gelassen habe. Ich werde sicherstellen, dass auch sie ihre Lorbeeren abbekommt. Vielleicht bekommt sie sogar die Nennung als erste Produzentin, die sie sich so sehr wünscht.

Reggie streckt mir die Hand entgegen und hilft mir ins Boot. Die Haut auf seinen Fingern und seiner Handfläche ist rau wie Schleifpapier. Es ist ein beruhigendes Gefühl. Ein Zeichen, dass jede Herausforderung und jede Erfahrung in seinem Leben Spuren hinterlassen haben. Ich schenke dem Mann mit dem Cowboyhut ein Lächeln und habe ein gutes Gefühl dabei, dass er uns ins Unbekannte begleiten wird. Bisher hat er sich im Stillen um alles gekümmert, was getan werden musste, und nie großes Aufheben verursacht. Wo wir auch waren, er hat alles für uns glattgebügelt. Ich vertraue ihm vollkommen und hätte diesem Unterfangen niemals zugestimmt, wenn es ihn nicht gäbe.

Das Boot schwankt, und ich verliere beinahe das Gleichgewicht, weshalb ich mich eilig setze. Luke lässt sich hinter mir nieder. »Nein, du sitzt vorne«, bestimme ich. Ich werde die Fahrt in den Dschungel filmen und will, dass er am Bug sitzt. Wir tauschen unbeholfen die Plätze. Seine Hand berührt meinen Arm, und ich starre auf die Stelle, als hätte ich mich verbrannt.

Wir fahren los. Der Motor schnauft leise vor sich hin, während wir durch das ruhige Wasser pflügen. Cleo und Duncan werden kleiner und kleiner. Etwas berührt mein Bein, und ich blinzle überrascht, als ich nach unten blicke und sehe, wie Lukes Finger sanft über meinen Knöchel gleitet. Ich ziehe meinen Fuß zurück, werfe ihm mit schmalen Augen einen Blick zu und schüttle abwehrend den Kopf. Er wendet sich verletzt ab. Wie soll er genug Sicherheit empfinden, um mir zu erzählen, was passiert ist, solange unsere Beziehung derart angespannt ist? Ich muss mit ihm reden, sobald wir im Basislager sind. Ihm sagen, dass wir zumindest einen Teil unserer Professionalität wahren müssen, um diese Drehtage durchzustehen. Das richtige Gespräch kann folgen, sobald wir zurück sind.

Ich filme unser gemächliches Vordringen ins Herz der Wildnis. Sonnenlicht fällt auf den Fluss, der sich durch den dichten Urwald schlängelt. Vögel gleiten über uns hinweg, und ich spüre beinahe ihre Flügelschläge in der Luft. Affen springen von einem Ast zum anderen und verfolgen aufgeregt die neueste Entwicklung in ihrem Zuhause. Ich bitte Luke, sich umzudrehen, sodass sein Rücken in Richtung Bug zeigt, und filme die verschiedenen, komplizierten Regungen in seinem Gesicht, während er sich umsieht. Ich sehe die Einstellung im fertigen Film vor mir. Die Zuschauer, die beobachten, wie sich der Schleier der Trauer über ihn breitet, während die Erinnerungen hochsteigen.

Mit jedem Zentimeter, den wir uns voranbewegen, fühle ich mich weiter vom »echten« Leben entfernt.

»Warum kommen eigentlich keine Touristen mehr in diese Gegend?«, rufe ich Reggie zu und richte die Kamera auf ihn. Er hat die Hand auf den Motor gelegt und lenkt das Boot, der Blick ist geradeaus gerichtet.

Er hebt nachdenklich die freie Hand an den Hut. »Eine Zeit lang war hier ganz schön was los, selbst nach der erfolglosen Suchaktion. Offenbar haben sich viele für diese Route entschieden, weil sie von der Geschichte gehört hatten und vor ihren Freunden damit angeben wollten. Doch dann gab es immer mehr Berichte über seltsame Vorfälle im Dschungel. Dinge, die aus Rucksäcken verschwanden. Nach einiger Zeit weigerten sich die Fremdenführer, weitere Touristen hierherzubringen.«

Mein Lächeln gefriert. »Wie bitte?« Meine Arme fühlen sich an wie Gummi. Luke starrt Reggie ungläubig und gleichzeitig schockiert an. »Glaubst du, dass immer noch jemand dort draußen herumschleicht?«, frage ich.

Reggie schüttelt grinsend den Kopf. »Ach Quatsch! Die

Leute lieben solche Geschichten. Die Jugendlichen haben einfach übertrieben und sie damit noch weiter aufgeblasen.«

Ich nicke lächelnd. So wird es sein.

Nach einiger Zeit lege ich die Kamera in den Schoß. Ich kann nicht ständig filmen. Wir haben drei Ersatzakkus. Also insgesamt vier, die jeweils für fünf Stunden Filmmaterial reichen. Das sind zwanzig Stunden für drei Tage und sollte genügen. Die Speicherkarten sind ein weiterer Punkt, den ich im Auge behalten muss. Ich bin wie immer unglaublich paranoid und fürchte andauernd, die winzigen Plastikquadrate irgendwo zu verlieren, weshalb ich sie in einem wasserdichten Zip-Beutel um den Hals trage.

Sie zu verlieren, wäre das Schlimmste überhaupt. Wir sind versichert, aber bei der Vorstellung, alles noch einmal filmen zu müssen, läuft mir ein kaltes Schaudern über den Rücken.

Beim Filmen selbst muss ich darauf achten, dass auch der Ton mitaufgezeichnet wird. Das klingt zwar alles nicht weiter schwierig, aber in der Hitze des Gefechts vergisst man schnell etwas, und ich habe niemanden, der mich daran erinnert. Ich nage auf meinem Daumennagel herum, und mein Kopf raucht, so viele Dinge sind zu bedenken, damit am Ende alles klappt. Ich will auf keinen Fall bei der Bearbeitung merken, dass eine wichtige Tonaufnahme fehlt oder eine Szene, die ich unbedingt verwenden wollte, völlig unscharf ist.

Im nächsten Moment steigt wie aus dem Nichts ein noch gewichtigerer, dunklerer Gedanke in mir hoch: Was, wenn wir nicht mehr von hier fortkommen?

Mir entfährt beinahe ein Lachen. Das ist doch lächerlich.

Ich bemerke, dass Luke mich beobachtet, und versuche

mich an einem versöhnlichen Lächeln. Wir müssen uns auf die nächsten paar Tage konzentrieren und alles andere beiseiteschieben. Ich bin nicht gerade in Hochform. Die Schlafstörungen und dazu noch die Vergangenheit, die mich verfolgt. Die E-Mails, die das Messer noch tiefer in mich gestoßen haben. Ich habe mich schrecklich verhalten und zugelassen, dass mein Privatleben mein Berufsleben zerfrisst. *Aufhören,* ermahne ich mich selbst.

Ich muss mich darauf besinnen, wer ich bin und warum ich das hier tue. *Mari.* Ich bin hier, um herauszufinden, was wirklich mit ihr passiert ist. An dem Ort, an dem sie damals verschwand. Luke wird endlich ehrlich sein und mir alles erzählen. Und ich werde es festhalten.

Ich werfe einen Blick auf mein Handy. Ich habe immer noch Netz und mehrere Nachrichten. Ich tippe mich hindurch und entdecke eine neue E-Mail von Jamal. Als ich den Betreff lese, richte ich mich überrascht auf.

Maris E-Mails
Hey, Cass. Mein Kumpel hat es geschafft. Er hat die Datei direkt an dich geschickt, so wie du es wolltest.

Mein Atem geht schneller, und meine Augen huschen über das Display. Da sind so viele E-Mails, in denen mein Name nur unter »CC« steht, dass ich eine Weile brauche, um die richtige zu finden. Ich öffne sie. Es gibt einen Anhang. »Mari Castle E-Mails«. Die Nachricht selbst ist kurz:

Es sind nur Notizen an sich selbst. Keine ausgehenden oder eingehenden Nachrichten.

Das Netz wird langsam immer schlechter. Meine Finger zittern, als ich eilig die Datei auf mein Handy lade, sodass ich sie wenigstens lesen kann, bevor es sich vollständig verabschiedet.

Ich lecke mir über die Lippen und werfe einen flüchtigen Blick auf Luke, bevor ich die erste Mail öffne.

mari.castle1984@infinitymail.com
03.07.2002 19:30:21
Hi Mari, wie fühlt es sich deiner Meinung nach an, wenn man stirbt? Wird man einfach ausgeknipst, wie eine Glühbirne? Oder wartet etwas Zauberhaftes auf uns? Der Gedanke ist eigentlich ziemlich selbstgefällig. Von allen Tieren, Insekten und Meeresbewohnern haben nur WIR einen Himmel. Und sie nicht. Es ist wirklich nicht gut durchdacht. Wieso haben es nur Schimpansen geschafft, sich zu Menschen weiterzuentwickeln? Warum, zum Teufel, gibt es keine Nachfahren von Delfinen, die meinem Dad ein Auto verkaufen wollen, oder den Cousin eines Erdmännchens im Vorstand von Microsoft? Warum haben sich diese Spezies intelligenzmäßig nicht einmal ansatzweise weiterentwickelt? Ist das nicht seltsam? Vielleicht sind wir Außerirdische. Oder in diesem Matrix-Film steckte doch ein Körnchen Wahrheit.
Ich hatte noch nie ein Tagebuch. Aber es war ein ziemlich verrücktes Jahr, und das größte Abenteuer steht noch bevor, also ist es wohl an der Zeit. Ich will nicht, dass Luke es in meiner Tasche findet oder mich beim Schreiben erwischt und mich fragt, was ich da mache. Also habe ich mir eine neue E-Mail-Adresse besorgt. Cool, oder? Ein geheimes Cyber-Tagebuch. Das ist so millennium.
Armer Luke. Wir wissen beide, dass sich unsere Beziehung totgelaufen hat. Wir haben bloß keine Ahnung, wie wir ohne einander auskommen sollen. Das müssen wir erst lernen. Genauso, wie wir das Zusammensein lernen mussten.
Bald beginnt unser letztes gemeinsames Abenteuer. Ein letztes

Hurra. Die letzte Ruhestätte unserer Beziehung. Es ist tragisch. Aber alles muss irgendwann zu Ende gehen. Wir auch. Er ist alles, was ich bisher kannte. Aber keine Beziehung überlebt, was uns dieses Jahr widerfahren ist. Wir haben nie wirklich darüber geredet. Aber es ist die ganze Zeit da. Ein stummer Schatten, der uns überallhin folgt.
Die Vorstellung, dass er mit einer anderen zusammen ist, macht mich fertig. Aber ich muss stark sein und es durchziehen. Nicht nur für mich. Sondern für uns beide.
Es ist ausgeschlossen, dass wir auch nach unserer Rückkehr nach Heathrow zusammen sein können. Ich muss frei sein.
Aber das weiß er natürlich nicht.
Ich glaube, er würde tot umfallen, wenn er es wüsste.
Ich habe ihm versprochen, ihn niemals zu verlassen.
Ich habe ihm so viel versprochen.
Aber manchmal bleibt einem nichts anderes übrig, als die zu verletzen, die man liebt.
Bis bald, ich muss jetzt packen.

Ich hebe atemlos den Blick. Luke bemerkt den seltsamen Ausdruck, der sich vermutlich auf meinem Gesicht breitgemacht hat. »Ist alles okay, Cassidy?«

Ich schlucke schwer. »Ja.«

Mari. Ich drücke die Hand auf meine Brust. Sie ist zurückgekommen, um mir ihre Version der Geschichte zu erzählen. Ein Teil von mir würde das Handy am liebsten ins Wasser gleiten lassen und weiter im Ungewissen bleiben. Ich weiß, dass in den E-Mails Geheimnisse auf ihre Entdeckung warten. Mein Blick huscht zu Luke, und ich frage mich, was sie wohl über ihn erzählen wird, denn mir ist klar, dass er etwas vor mir verbirgt. Eine heftige Übelkeit packt mich. Ich spüre, wie sie meine Kehle emporsteigt, aber ich schlucke sie hinunter.

»Cassidy«, sagt Luke erneut, »bist du dir sicher, dass alles okay ist?« Er streckt die Hand aus und legt sie auf mein Knie.

Ich schließe die Augen und denke an sie. *Mari, Mari, Mari. Wohin bist du verschwunden?*

Was hast du getan?

Denn ich habe plötzlich mehr denn je das Gefühl, dass die Geschichte sehr viel mehr mit Mari zu tun hat als mit Luke.

HORROR

Kapitel 36

Mit jedem Tuckern des Motors zieht sich mein Inneres weiter zusammen, und am Ende bin ich starr vor Angst. Das trübe grüne Wasser klatscht an den Bug des Bootes. Die Beklommenheit vergeht nicht. Ich trinke einen Schluck aus meiner Wasserflasche, während die Geräusche des Dschungels mich einhüllen. Ich wische mir mit dem ausgeleierten Saum meines T-Shirts den Schweiß vom Gesicht und hebe die Kamera aus meinem Schoß. Wenn ich sie zu lange in einer Position halte, beginnen meine Arme zu schmerzen, also hieve ich sie auf die Schulter, um das Gewicht abzufangen. Mein Handy liegt tonnenschwer in meiner Tasche, aber ich wage es nicht, weiterzulesen. Luke sitzt so nahe bei mir, dass wir uns praktisch berühren, und ich befürchte, dass ich meinen Gesichtsausdruck nicht unter Kontrolle haben könnte.

Ich riskiere einen Blick auf sein nachdenkliches Gesicht. Mari wollte sich von Luke trennen. Was, wenn er es herausgefunden hat? Was, wenn sie es ihm im Dschungel gesagt hat und er plötzlich eine Wut verspürte, die er bis dahin nicht kannte? Hat er rotgesehen und die Kontrolle verloren?

Nein. Dazu wäre Luke nicht fähig. Es sei denn … es sei denn, Cleo hätte recht. Vielleicht ist er gefährlicher, als ich wahrhaben will. Weil ich ihn begehre. Die Scham packt mich erneut.

Bin ich überhaupt noch fähig, in dieser Angelegenheit objektiv zu sein? Dann kommt mir ein anderer Gedanke: Wurde ich manipuliert? Ich betrachte sein freundliches Gesicht auf dem Monitor, während er zu den Mangroven blickt und die Vögel beobachtet. Sein von Wassertropfen übersätes T-Shirt flattert sanft im Wind. Er bemerkt, dass ich ihn filme, und verzieht die Lippen zu einem bittersüßen Lächeln.

Ich räuspere mich. »Wie ist es, wieder hier zu sein?«

Er blinzelt nachdenklich. »Ich hätte nie gedacht, dass ich jemals hierher zurückkommen würde«, meint er mit rauer Stimme und kratzt sich am Kopf, wie jedes Mal, wenn er kurz davor steht, etwas zu offenbaren. »Ich weiß noch, wie ich auf dem Boot lag, nachdem man mich gefunden hatte. Es fuhr in die andere Richtung, und irgendwann wurde mir klar, dass es tatsächlich nach Hause ging.« Er deutet in die Richtung, aus der wir gekommen sind. »Es war, als würden mich Engel auf den Armen tragen. Etwas, von dem ich jede Minute geträumt hatte, während ich dort draußen festsaß.« Er schüttelt traurig den Kopf. »Ich hatte keine Ahnung, dass bereits der nächste Albtraum auf mich wartete. Es war nicht vorbei. Das war es nie.« Er senkt den Blick und schlingt die Arme um seine Mitte. »Ich gab mir das Versprechen, nie mehr hierher zurückzukehren.« Ich zoome näher heran, um eine Nahaufnahme von seinem kummervollen Gesicht zu machen. Er blickt direkt in die Kamera. »Aber ich muss es tun. Für Mari – und für ihre Eltern. Ich mache es für sie. Nicht für mich.«

»Wir sind da!«, ruft Reggie von hinten, und der laute Motor verstummt, während wir auf die Anlegestelle zutreiben. Schweigen senkt sich über uns. Das Boot prallt gegen das dunkle, feuchte Holz und weckt uns aus unserer Starre. Ich hebe den Blick vom Monitor der Kamera, und er gleitet über die Mangroven, deren Wurzeln sich wie die Finger einer Hexe ins Wasser strecken. Immer wieder erhebt sich das kurze Kreischen eines Vogels über das niemals verstummende Summen. Der Dschungel brodelt unter den Bewegungen seiner unsichtbaren Bewohner.

Reggie springt an Land und vertäut das schaukelnde Boot. Dann streckt er mir die Hand entgegen, und ich hüpfe umständlich auf die Anlegestelle, wobei ich beinahe auf dem feuchten, glitschigen Holz ausrutsche. Doch er hält mich fest, bis ich das Gleichgewicht wiedergefunden habe. Es dauert eine Sekunde, dann hat sich auch mein Kopf wieder beruhigt, und der Dschungel dreht sich nicht mehr vor meinen Augen. Reggie lädt die Ausrüstung vom Boot auf die Anlegestelle. Luke hilft ihm, ich filme. Wir haben nur das Nötigste dabei, und für den weiteren Weg werden wir noch einmal eine Auslese treffen, der Rest bleibt hier im Basislager.

Morgen brechen wir gleich bei Sonnenaufgang auf. So haben wir den ganzen Tag Zeit, um zu Fuß zum zweiten Camp zu wandern, wo wir eine weitere Nacht verbringen werden. Am letzten Tag der Dschungelaufnahmen wandern wir schließlich weiter zu dem Aussichtspunkt. Bis dahin haben die anderen hoffentlich die Ersatzdrohne in Betrieb genommen und sind den Fluss hochgefahren, sodass sie nahe genug sind, um Luke zu filmen, der am höchsten Punkt des Berges steht. Es ist eine der wichtigsten Einstellungen des Filmes. Raef will sie als Einstieg verwenden, um die Ausmaße unserer Dokumentation deutlich zu machen. Der eindrucksvolle, schier endlose Dschungel, und Luke, der im Vergleich dazu winzig klein wirkt. Die perfekte Vorschau auf das, was kommt. Ein

Mann im Kampf gegen diesen gigantischen, schlangenverseuchten Urwald.

Die schwüle Luft überzieht meinen Körper mit einem ekelhaften feuchten Film. Es ist drückend heiß, und ich brauche eine Pause. Sobald ich genug von der Ankunft aufgenommen habe, lasse ich mich am Flussufer nieder und schlüpfe aus meinen bequemen, abgetragenen Birkenstocksandalen, um mir dicke Strümpfe überzuziehen und die Füße in die Stiefel zu stecken, die mir Melissa für die Wanderung besorgt hat. Fliegen surren hektisch um meinen Kopf und steigern das klaustrophobische Gefühl nur noch.

»Cassidy?« Es ist Luke. Sein Mikro ist verrutscht. »Warte.« Ich springe auf, gehe zu ihm und schiebe die Hand unter sein T-Shirt. Ich spüre seine Muskeln unter meiner Haut. Meine Wangen beginnen zu glühen.

»Ist alles in Ordnung?«, wispert er. Sein Gesicht ist nur wenige Zentimeter von meinem entfernt. Ich nicke und bekomme kein Wort heraus. Ich befestige das Mikro und trete ein paar Schritte zurück, um die Position zu überprüfen. »Cassidy, bitte. Sieh mich doch wenigstens an.«

Ich stelle sicher, dass Reggie noch immer mit dem Ausladen beschäftigt ist, dann hebe ich langsam den Blick. »Bist du bereit?«, frage ich. »Wirst du mir jetzt deine Geschichte erzählen? Mir endlich erklären, was hier passiert ist?«

Seine Stimme ist heiser. »Ja. Das habe ich dir doch gesagt. Ich werde dir alles erzählen.« Er macht ein paar Schritte auf mich zu. »Cassidy, ich ... ich kann nicht aufhören, an dich zu denken«, flüstert er. »Bitte sag mir ... empfindest du dasselbe für mich?«

Ich schüttle den Kopf. »Luke, bringen wir doch bitte zuerst die nächsten paar Tage hinter uns, dann reden wir, okay?« Er wirft mir einen frustrierten Blick zu, und ich greife nach seiner Hand und drücke sie beruhigend.

Reggie macht sich mit Taschen beladen auf den Weg, doch ich hebe die Hand. »Ich filme euch, wie ihr den Pfad entdeckt und ins Basislager geht. Luke, sobald wir da sind, würde ich gerne mit dir über die Unterschiede zwischen damals und heute reden. Darüber, wie du dich fühlst. Okay?« Ich bringe die Kamera in Position und richte den Blick auf den Monitor, um sicherzustellen, dass alles scharf und nicht überbelichtet ist. Es macht mich verrückt, dass es hier so grün ist. Habe ich die Farbtemperatur richtig eingestellt? Ich betrachte blinzelnd das Bild. Es sieht alles gleich aus, und ich mache mir Sorgen, dass auch die Gesichter der Männer einen Grünstich abbekommen.

Ich habe Duncan nicht die Wahrheit gesagt. Ich habe jahrelang nicht mehr selbst gefilmt und auch noch nie mit diesem Kameramodell. Für *Missing* hatte ich eine Crew, sodass ich mich auf den redaktionellen Teil konzentrieren konnte. Dieses Mal muss ich mindestens vier verschiedenen Rollen gerecht werden. Ich bin Kamerafrau, Tontechnikerin, Produktionsassistentin und Regisseurin. Luke und Reggie sollen nicht merken, dass ich mich weit außerhalb meiner Komfortzone bewege. Ich darf die Unsicherheiten, die ich bezüglich meiner Eignung für diese Aufgaben habe, nicht zeigen. Die Kamera drückt auf meine Schulter, und ich habe den Monitor in meine Richtung gedreht, damit ich sehe, was ich filme. Blätter und Zweige schlagen gegen meine Beine und Arme, als ich mich zwischen ihnen hindurchschiebe, und ich werfe nur ab und zu einen Blick auf den Weg, um sicherzustellen, dass keine Hindernisse vor mir liegen. Die größte Gefahr ist, über etwas zu stolpern. Es ist schwierig, darauf zu achten, wo man hintritt, und sich gleichzeitig darauf zu konzentrieren, was man mit der Kamera einfängt. Und das soll jetzt zwei ganze Tage lang so weitergehen. Mir wird mit einem Mal heiß, und ich schnappe eilig nach Luft, damit das Gefühl mich nicht überwältigt. Luke hat hier draußen mehrere Monate überlebt, da werde ich wohl ein paar Tage hinbekommen.

Ich trotte ein Stück entfernt hinter den beiden her, während sie den Weg durch das Dickicht suchen. Sie unterhalten sich, und Luke erzählt von den Dschungelhühnern. »Ich habe es einfach nicht geschafft, eines zu fangen. Auch nicht, als ich schon halb verrückt vor Hunger war und mich samt den Federn über sie hergemacht hätte, wenn ich auch nur annähernd die Gelegenheit dazu gehabt hätte.«

Ich lausche dem Gespräch lächelnd. Das wäre ein netter Satz für den Film. Luke kommt genau so rüber, wie er ist: scharfsinnig, witzig, gutmütig. Ein angenehmer Gesprächspartner. Dann denke ich an Maris E-Mail und beiße mir auf die Unterlippe.

Ein lautes Krächzen reißt mich aus meinen Gedanken, und als ich den Blick hebe, entdecke ich einen großen, bunten Vogel auf einem Ast vor mir. Er ist wunderschön, das Geräusch war es nicht. Es dröhnt durch meinen Kopf und lässt ihn pochend zurück. Die Männer haben ihre Unterhaltung beendet und treten von dem im Schatten liegenden Pfad ins Licht. Ich lasse die Kamera sinken und gehe auf sie zu, um nachzusehen, was ihre Aufmerksamkeit erregt hat. Das Basislager. Wir stehen wie angewurzelt da und betrachten die auf Pfählen erbauten Bambushütten und die langen, schmalen Leitern, die zu den Türen nach oben führen.

Ich richte die Kamera aus und mache ein Standbild. »Reggie, tut mir leid, aber kannst du zur Seite rücken?«, frage ich, um Luke alleine aufs Bild zu bekommen, wie er den Ort in sich aufnimmt, den er vor so langer Zeit zurückgelassen hat. Zumindest einen Vorteil hat die Tatsache, dass ich selbst filme. So mache ich mir nicht ständig Sorgen, dass Duncan vielleicht nicht das filmt, was ich haben möchte, und ich weiß während der Überarbeitung genau, was wir haben und was nicht.

»Würdest du noch mal ein Stück zurückgehen und erneut auf die Lichtung treten?«, frage ich Luke. »Dann kann ich dich von hier aus filmen.«

Luke wirft mir einen unsicheren Blick zu, wie jedes Mal, wenn wir etwas auch nur ansatzweise künstlich inszenieren. »Klar, Cassidy.« Er geht summend an mir vorbei. Es ist der Song von den Red Hot Chili Peppers, den er in seiner alten Schule auf dem Klavier gespielt hat. Ich lecke mir den Schweiß von der Lippe und blicke zu den hoch aufragenden Bäumen empor. Ein Affe lacht mir von der anderen Seite entgegen. Es ist ein gemeines, teuflisches Kichern, als würde er mir gleich einen Streich spielen. Dieser Ort ist wunderschön, aber gleichzeitig auch schrecklich beängstigend.

Luke tritt erneut auf die Lichtung und schlendert mit den Händen auf den Hüften zwischen den wackeligen Hütten umher. Ich habe schon mehr als genug Fotos des Camps gesehen, die überall im Internet herumschwirren. »In welcher Hütte haben Mari und du übernachtet?«, frage ich, obwohl ich die Antwort bereits kenne. Er geht auf die Hütte in der Mitte zu und legt die Hand auf einen der Pfähle. »Hier.« Er deutet auf das Holz, und ich trete zu ihm. *M&L 4EVER,* tief ins Holz geritzt. Ich mache eine Nahaufnahme.

»Wann ist euch aufgefallen, dass euch jemand verfolgt?«, frage ich.

Er verzieht unbeabsichtigt das Gesicht. »Hier noch nicht. Erst später, nachdem wir uns verirrt hatten.« Er schluckt, als hätte er einen bitteren Geschmack im Mund, und richtet den Blick in den Wald. »Es war Nacht, als ich ihn zum ersten Mal hörte. Ich dachte, es wären Kokosnüsse, die von den Bäumen fallen oder nachtaktive Tiere.« Er räuspert sich. »Aber dann ... dann war da dieses Lachen.«

Ich erinnere mich, dass ich bereits im übersetzten Vernehmungsprotokoll davon gelesen habe. Schon damals wurde mir eiskalt. Die meiste Zeit über ist deutlich erkennbar, dass die Polizisten ihm kein Wort glauben. Die Sprache, die sie verwenden. Sie machen sich über ihn lustig. Er lehnt sich an einen der dünnen Pfähle, und ich trete ein paar Schritte zurück, um einen größeren Winkel abzudecken. Dann mache ich die Kamera aus und lasse sie sinken.

»Na schön. Das ist also für heute Nacht unser Zuhause«, erkläre ich fröhlich, um mir mein Unbehagen nicht anmerken zu lassen.

»Ich besorge Holz für das Feuer«, verkündet Reggie.

Luke steht vor mir und starrt mich an. Ich senke eilig den Blick auf die Kamera und gebe vor, die Aufnahme zu überprüfen. Erst, als ich höre, wie Luke sich in Bewegung setzt und ruft: »Ich helfe dir!«, wage ich, wieder aufzusehen.

Kapitel 37

mari.castle1984@infinitymail.com
18.07.2002 18:02:32
Hi Mari,
es ist alles eingepackt! Ich habe das Bruttoinlandsprodukt eines Kleinstaates in der Drogerie ausgegeben. Jetzt ist die Liste aus dem Forum für Rucksacktouris abgearbeitet. Mum und Daddy sind furchtbar nervös. Sie sind so verklemmt. Mir ist klar, dass sie mich am liebsten FÜR IMMER bei sich behalten wollen. Sie hätten mir diese Reise niemals erlaubt, wenn Luke nicht dabei wäre. In ihren Augen ist er perfekt. Daddy murmelt ständig »Wenigstens bist du mit Luke unterwegs« vor sich hin. Als würde er meinem Urteilsvermögen nicht trauen.
Luke ist der Kapitän des Fußballteams. Luke gewinnt einen Preis bei der Wissenschaftsmesse. Luke spielt Klavier wie Chopin. Man kann ihm praktisch alles in die Hand drücken, und er macht das Beste daraus. Außerdem ist er ein netter Kerl. Und die sind an meiner Schule Mangelware. Luke würde niemals mit dem betrunkensten Mädchen der Party rummachen. Nicht so wie die anderen aus meinem Jahrgang.
Ich wusste, dass Daddy mich zumindest ein wenig von der Leine lassen würde, wenn ich ihn mir angle. Es dauerte fast drei Jahre, bis Luke mich überhaupt bemerkte. Aber ich bin sehr geduldig. Ich kann warten.
Luke hat die gute Seite in mir zum Vorschein gebracht. Ja, ich wurde weich. Aber mittlerweile verhält er sich mir gegenüber

anders. Als hätte er erkannt, dass ich vielleicht gar keine gute Seite habe. Meine Maske hat Sprünge bekommen, seit es passiert ist. Ich habe es für ihn getan. Warum versteht er das nicht? Ich weiß nicht einmal, ob ich es schaffe, es hier niederzuschreiben. Ich habe es nie auch nur ausgesprochen. Manchmal bin ich selbst überrascht, wozu ich fähig bin.

»Cassidy!« Ich stopfe das Handy eilig in meine Tasche. Luke steht mit einer Ladung frisch geschlagenem Holz hinter mir, in der anderen Hand hält er eine Axt. Mein Blick bleibt an der Klinge hängen. »Du siehst aus, als hättest du einen Geist gesehen«, meint er schmunzelnd.

Ich grinse. »Tut mir leid, es war nur eine E-Mail von Raef, die vorhin noch eingegangen ist. Du weißt ja, wie er manchmal ist.« Ich gehe hinüber zur Feuerstelle, einem rußschwarzen Loch zwischen den Hütten. Reggie beugt sich bereits mit einem Feuerzeug darüber und bläst sanft in das angehäufte Holz. Zarter Rauch steigt auf.

Der Nachmittag geht langsam in den Abend über. Das unaufhörliche Zirpen der Grillen folgt mir, wohin ich auch gehe. Ich beobachte Luke und denke daran, was Mari geschrieben hat. Welches Geheimnis hatten die beiden? Was hat sie mit ihm gemacht? Lügt er deshalb immer noch, was sie betrifft?

Beschützt er sie? Oder vielleicht sich selbst?

Ich greife nach einem Bonbon, das ich mir an der Hotelrezeption geschnappt habe, wickle es langsam aus und stecke es mir zwischen die Lippen. Die Zuckerbombe lässt einen Plan in mir reifen. Ich weiß, was ich tun werde. Ich interviewe ihn, und sobald er sich öffnet und damit beginnt, was wirklich hier geschehen ist, frage ich ihn nach Maris Geheimnis.

Nutze den Überraschungseffekt.

Er hat keine Ahnung, dass ich Bescheid weiß. Er wird so verblüfft sein, dass er sich verraten wird. Und ich werde bei ihm sein, die Kamera direkt auf sein Gesicht gerichtet. Ich werde ihn mit einem Überraschungsangriff derart verunsichern, dass ihm keine Zeit bleibt, eine Verteidigungsstrategie einzuleiten.

Er sieht zu mir hoch und lächelt, und ich fühle mich grausam, weil ich gerade Pläne schmiede, um ihn hinters Licht zu führen. Doch das Gefühl vergeht schnell. Es ist zu seinem eigenen Besten. Er braucht jemanden – mich –, um die Tür zu öffnen, die er vor zwanzig Jahren versiegelt hat. Was auch immer Mari getan hat. Was auch immer hier passiert ist. Er muss aufhören, sie zu decken, und die Wahrheit erzählen. Erst dann wird er endlich frei sein.

»Okay, sollen wir den Ablauf der nächsten Tage durchgehen?«, schlage ich vor.

Reggie holt die Karte hervor. Es war nicht leicht, sie zu beschaffen. Wir mussten einen Antrag an die örtliche Bezirksstelle richten. Es sind sämtliche Erhebungen und weitere wichtige Details daraus ersichtlich. Reggies Finger folgt einer langen roten Linie. »Das ist die offizielle Route, entlang derer ihr damals verschwunden seid.«

Luke verfolgt nickend die Bewegung des Fingers. »Genau.«

»Glaubst du, du kannst dich an die Stelle erinnern, wo es passiert ist?«, frage ich.

Er zuckt mit den Schultern. »Es war kurz vor dem nächsten Lager. Aber dort draußen sieht alles gleich aus. Ich glaube nicht, dass ich es finden werde.«

Ich nicke. Laut Polizeiprotokoll gingen sie an diesem Tag am Ende der Gruppe. Mari wurde übel, und sie musste sich übergeben. Luke rief den anderen zu, damit sie warteten, und folgte ihr ins Dickicht. Eine braune Schlange schlängelte sich auf sie zu. Sie hatten während der Sicherheitsschulung von diesen Tieren gehört. Eine Malaysische Mokassinotter, deren Biss tödlich sein kann. Mari bekam es mit der Angst zu tun und lief in den Dschungel. Luke folgte ihr. Als sie endlich das Gefühl hatten, in Sicherheit zu sein, und zum Pfad zurückkehren zu können, konnten sie diesen nicht mehr finden.

Ich habe auch die Aussage des Guides gelesen. Er hielt es für mehr oder weniger unmöglich, sich derart einfach im Dschungel zu verirren. Die Gruppe hatte sofort kehrtgemacht und das Areal gründlich abgesucht. Seiner Meinung nach hatte es beinahe den Anschein, als hätten sie absichtlich versucht, die Gruppe loszuwerden. Eine sehr ungewöhnliche Behauptung. Und je besser ich Luke kennengelernt habe, desto mehr vermute ich, dass der Guide sich damit nur selbst aus der Affäre ziehen wollte.

»Wir machen uns also auf den Weg zum nächsten Camp und kommen an der Stelle vorbei, wo ihr euch von der Gruppe entfernt habt. Und am nächsten Tag erreichen wir schließlich den Aussichtspunkt.« Ich sehe Reggie fragend an, und er nickt. »Wie viele Stunden werden wir bis dorthin unterwegs sein?«, frage ich und deute auf das rote Dreieck auf der Karte, das das nächste Lager markiert. Es scheint nicht allzu weit entfernt. Die Tatsache motiviert mich.

»Acht Stunden mindestens.« Reggie weist auf die Kamera. »Normalerweise sind es etwa fünf. Aber nicht mit der ganzen Ausrüstung. Es wirkt nicht weit, aber es gibt einige Anstiege, und das Terrain ist schwierig.«

»Ich werde nicht die ganze Zeit filmen. Wir legen ab und zu eine Pause ein, um Fragen zu stellen und ein Stück des Weges zu dokumentieren – nach der Bearbeitung wird sich alles nahtlos ineinanderfügen, weshalb es keinen Sinn hat, alles aufzuzeichnen.« Ich wende mich an Luke. Er hat das Gesicht verzogen und starrt auf die Karte. Seine sanft gebräunten Wangen wirken blass. Ich drücke seinen Arm. »Alles okay, Luke?« Er nickt wenig überzeugend. »Jetzt dauert es nicht mehr lange«, flüstere ich.

Mein Handy gibt einen schrillen Ton von sich. Mein Alarm. Es wird Zeit, mich bei Cleo zu melden. Ich gehe hinüber zu unserer Ausrüstung, öffne den Koffer mit dem Satellitentelefon, mache es an und entferne mich ein paar Schritte, um in Ruhe telefonieren zu können. Nachdem ich einige Male erfolglos versucht habe, eine Verbindung herzustellen, trabe ich zurück zum Fluss, wo es weniger Bäume gibt und der Satellit besser erreichbar ist.

»Cass? Cass?«

»Ja, ich bin da!«, rufe ich. Es ist, als hätten wir Cleo und Duncan vor Tagen am Flussufer zurückgelassen, und nicht erst vor ein paar Stunden.

»Oh, gut.« Sie klingt erleichtert. »Ist alles in Ordnung da draußen?«

»Ja, es läuft alles nach Plan. Wir sind bereits im Basislager und wandern morgen bei Tagesanbruch los.«

»Super. Wie geht es euch so?«

»Gut. Wir sind guter Dinge«, erwidere ich und halte kurz inne. Soll ich ihr von den E-Mails erzählen?

»Hat Jamal dich noch erreicht? Er meinte ...« Sie klingt mit einem Mal aufgeregt. Sie weiß Bescheid.

»Ja. Ich hab sie bekommen. Aber ich hatte keine Gelegenheit, sie herunterzuladen, bevor das Netz fort war.«

»Oh«, erwidert sie enttäuscht. »Ich könnte ihn bitten, sie mir zu schicken«, schlägt sie vor, ihre Stimme um einiges höher.

»Nein, schon gut. Das kann noch ein paar Tage warten«, erwidere ich. Warum lüge ich sie an? Wir sind doch ein Team. Ich sollte ihr diese Informationen ebenfalls zur Verfügung stellen. Aber ich will sie für mich. *Ich* will hinter das Geheimnis kommen, bevor ein anderer erfährt, was damals vorgefallen ist.

Sie räuspert sich ernüchtert und wechselt das Thema. »Hör mal, angeblich sollen morgen Abend oder am darauffolgenden Morgen heftige Gewitter aufziehen. Der Kerl, mit dem ich geredet habe, sprach von einer Fünfzig-fünfzig-Chance, dass sie direkt über euch hinwegziehen. Es wäre vernünftig, die Regenhüllen einzupacken, denn es könnte durchaus sein, dass das Wetter nicht so bleibt.«

»Danke, Cleo.« Ich blicke hoch in den wolkenlosen Himmel. Langsam bricht die Dämmerung herein.

»Okay, also dann. Ich hoffe, es klappt alles wie geplant. Bald hast du's geschafft, Cass«, meint sie und klingt erleichtert. »Ich wünschte, ich wäre bei dir und könnte dich unterstützen.«

»Ich ... Das wünschte ich auch, Cleo«, gebe ich zu. »Es ist tatsächlich ziemlich belastend, alles alleine zu machen.«

»Wie bitte?«, ruft sie belustigt. »Cassidy Chambers! Du wirst das Ding rocken, und danach halten dich die Leute für eine noch größere Draufgängerin als ohnehin schon.«

Ich muss lachen. »Ja, genau.«

Sie sagt einfach immer genau das Richtige. Wir verabschieden uns. Ich lasse das Telefon sinken und blicke auf den Fluss hinaus. Das dunkle, sanft dahingleitende Wasser wirkt beinahe wie Öl. Ich trete an den Rand der kleinen Anlegestelle. Das Holz knarrt unter meinem Gewicht. Ich halte inne und sehe hinauf zu den Sternen, die bereits im gemächlich zurückweichenden Tageslicht zu funkeln beginnen.

Als ich zurück auf die Lichtung trete, ist es beinahe dunkel. Die anderen sitzen im orangefarbenen Licht des Feuers. Reggie reicht eine Flasche mit Whisky an Luke weiter, der gerade über etwas lacht, was Reggie gesagt hat. »Habt ihr für mich auch noch etwas übrig?«, frage ich und gehe auf die beiden zu. Luke nickt und streckt mir die Flasche entgegen. Ich nehme einen großen Schluck. Die Flüssigkeit brennt meine Kehle hinunter und bringt mein Inneres in Aufruhr, ehe sich die Wärme in meinem Bauch ausbreitet.

Plötzlich springt Luke auf und blickt starr in Richtung Dschungel. »Habt ihr das gehört?«, flüstert er.

Ich schüttle den Kopf und nähere mich dem Rand der Lichtung. Ich kann nichts erkennen. Das Mondlicht reicht nicht zwischen die Bäume. Ich mache die Handy-Taschenlampe an und richte sie auf die dunkelgrünen Blätter. Doch der Strahl kommt nicht weit. Ich vernehme lediglich dieselben Hintergrundgeräusche wie immer und dazu das Knacken und Prasseln des Feuers. »Ich höre nichts, Luke«, erwidere ich sanft und blicke in sein beunruhigtes Gesicht. Er schüttelt den Kopf. Es war klar, dass die erste Nacht hier draußen nicht einfach werden wird.

Im nächsten Moment höre ich doch etwas. Ein Rascheln. Ich zucke erschrocken zusammen und schreie auf.

Lukes Kopf fährt zu mir herum. Reggie springt auf, lässt den Ast fallen, mit dem er das Feuer geschürt hat, und greift nach einer der Macheten, die er in einen Baumstamm geschlagen hat. Er kommt zu mir und starrt ebenfalls in die Dunkelheit. »Wahrscheinlich ein Dschungelhuhn«, erklärt er. Ich schlucke. Natürlich. Ein Huhn. Mein Herz klopft, und ich bemühe mich, ruhig zu klingen. »Es ist alles gut, Luke. Es war wahrscheinlich bloß ein

Huhn.« Lukes Hände zittern. Schade, dass ich diese Momente nicht aufgenommen habe.

Ich gehe zur Kamera, die geduldig auf dem Stativ auf mich wartet, und nehme sie in die Hand. Ich will die Aufnahme gerade starten, da bemerke ich, das Reggie und Luke sich bereits über etwas anderes unterhalten. Der Moment ist vorüber. Ich lege die Kamera einigermaßen frustriert beiseite. Mein Herz beginnt erneut zu pochen, als ich an meinen Schrei denke. Ich spüre das Klopfen in meinem ganzen Körper, und mit jedem Schlag macht sich mehr Angst in mir breit.

Kapitel 38

Mein Blick gleitet über den Bambusboden bis zu Lukes Umriss unter dem Moskitonetz. Er hat sich in seinen Schlafsack verkrochen und das Gesicht zur Wand gedreht. Ich hole mein Handy hervor und halte mir das leuchtende Display vors Gesicht. Ich brenne darauf, in Maris Tagebuch weiterzulesen. Ich öffne die Datei, doch in diesem Moment höre ich etwas.

»Cassidy«, flüstert Luke. »Kannst du nicht schlafen?« Er schiebt das Netz zurück und steckt den Kopf durch den Spalt.

Ich lege das Handy beiseite und tue es ihm gleich. Ich sehe in seine eindrucksvollen blauen Augen, und sofort steigen unwillkürlich Erinnerungen an unsere gemeinsame Nacht in mir hoch. »Nein ... Ich bin mir nicht sicher, ob ich es diese Nacht noch schaffen werde.« Ein lautes Krächzen durchschneidet die Finsternis. »Es ist seltsam, wie laut es hier draußen ist, nicht wahr?«

Er nickt. »Man meint, man gewöhnt sich irgendwann daran. Aber ich glaube nicht, dass das bei mir der Fall war.«

»Ich war wild entschlossen, hierherzukommen. Aber mir war nicht klar, wie ... wie ...« Ich war darauf vorbereitet, mich Lukes Angst zu stellen. Aber ich hätte nie gedacht, dass ich auch mit meiner eigenen klarkommen muss.

»Ist schon gut, Cassidy. Niemand kann dich auf das hier vorbereiten. Man ist vollkommen isoliert von der Außenwelt, weit fort vom nächsten Handymast und jeglicher Zivilisation, und irgendwie hat man das Gefühl, als würden hier die Regeln, die einem zu Hause Sicherheit geben, nicht mehr gelten.«

»Ja … stimmt.« Er hat recht. Genau das ist der Punkt. Man kann nicht einfach den Notruf wählen, und schon kommt die Polizei. Man kann nicht einfach auf die Straße laufen und den nächstbesten Fremden um Hilfe bitten. Familie und Freunde sind weiter als bloß einen kurzen Anruf entfernt.

»Man fühlt sich wie aus den Angeln gehoben«, murmelt er.

Aus den Angeln gehoben. Ich denke über seine Wortwahl nach. »Aus den Angeln gehoben«, flüstere ich unwillkürlich.

»Verrückt. Als könnte hier draußen alles passieren und niemand würde je davon erfahren.« Seine Augen leuchten. Vor Aufregung? Oder vor Angst? Ich ziehe den Schlafsack höher und schlucke.

»Wirst du mir morgen erzählen, woran du dich erinnerst?« Er bewegt sich in seinem Schlafsack. »Du schiebst es doch nicht noch einmal auf, oder? Du … du wirst es mir sagen?«

Seine Stimme klingt heiser. »Ja. Das habe ich doch gesagt.«

»Die Wahrheit«, stelle ich klar und mustere ihn eingehend. »Das, was du mir von Anfang an sagen wolltest. Weshalb du überhaupt erst zu mir gekommen bist.«

»Natürlich. Das ist alles, was ich jemals wollte. Der Grund, warum ich das hier tue. Die Wahrheit.«

»Okay. Super.«

Schweigen. Er wendet den Blick ab und verschwindet hinter dem Moskitonetz. Mir wird mit einem Mal kalt. Manipuliert er mich, sodass ich am Ende die Geschichte erzähle, die er mir eingebläut hat? Mache ich mir selbst etwas vor? Habe ich in Wahrheit längst die Kontrolle verloren? Ich presse die Lippen aufeinander, als ich an den Kuss zurückdenke. Er war real. Muss real gewesen sein.

Vielleicht steckt er immer noch in der Geschichte fest, die er sich zurechtgelegt hat, weil er nicht fähig ist, sich seine Taten einzugestehen. So, wie Dr. Ackerman gesagt hat.

Aus den Angeln gehoben. Die Worte lassen mich nicht los. Vielleicht ist ihnen niemand gefolgt. Vielleicht waren da nur Luke und Mari, die langsam vor Angst, Hunger und Durst verrückt wurden. Vielleicht schafften sie es hier draußen nicht mehr, weiter zu verbergen, was sie getan hatten.

Jemand kommt die Leiter nach oben, und die Hütte knarrt bei jedem Schritt. Ich erstarre einen Moment lang, dann fällt das Licht einer Taschenlampe auf mein Gesicht. Ich hebe schützend die Hand.

»Entschuldige.« Ich entspanne mich, als ich Reggies Stimme höre. Er nimmt die Stirnlampe ab und richtet den Strahl an die Wand. »Das Feuer ist jetzt aus«, erklärt er. »Kommt ihr beide klar?« Wir nicken. Reggie schläft in der Nachbarhütte. Er hat keine Angst, so wie wir, und ist gerne allein. »Dann gute Nacht.« Er wirft einen prüfenden Blick auf die erste Sprosse der Leiter hinter sich und ist kurz darauf verschwunden.

»Gute Nacht«, erwidern wir.

»Gute Nacht, Cassidy«, meint Luke sanft.

»Gute Nacht, Luke«, flüstere ich.

Dann drehe ich das Gesicht zur Wand, hole mein Handy hervor und stelle die Helligkeit so niedrig wie möglich.

Hi Mari,
morgen geht es los! Ich kann es kaum erwarten. Gestern haben wir ein letztes Mal zusammen zu Abend gegessen, und es war schrecklich. Luke war auch da. Er war perfekt wie immer, hat sein übliches Programm abgezogen, und Daddy war hin und weg. Wie kommt es, dass manche Menschen problemlos sie selbst sein können? Dass sie sich wohl in ihrer Haut fühlen und alle sie mögen, während andere so tun müssen, als wären sie jemand anderes, um akzeptiert zu werden?
Die Mobber in der Schule waren plötzlich ganz anders, nachdem ich mit Luke zusammengekommen bin. Diese wankelmütigen Idioten. Sie hassen mich, weil ich die Tochter des Direktors bin, und am nächsten Tag lieben sie mich, weil Luke Speed mich als Freundin auserwählt hat. Dabei hat weder das eine noch das andere etwas mit mir zu tun. Ich habe sie dazu gebracht, mich zu akzeptieren, indem ich die Person änderte, mit der sie mich verknüpften. Das Leben ist ein Spiel. Ich brauchte nur ein wenig Zeit, bis ich erkannte, wie die einzelnen Spielsteine verschoben werden können.
Aber werde ich nur durch das definiert, was ich für andere Leute bin? Wer ist Mari Castle? Ich bin mir nicht sicher, ob ich es weiß. Ich weiß bloß, dass es mir leichter fällt, ich zu sein, wenn ich Luke bei mir habe. Ich frage mich, welche Form ich annehmen werde, wenn er nicht mehr da ist. Ich finde diesen Gedanken spannend. Man sagt, dass Liebe und Hass nahe beieinanderliegen, und das stimmt tatsächlich. Jeder findet, ich sollte dankbar sein. Als wäre er eine Art Sozialarbeiter. Und ich habe tatsächlich Glück, dass ich ihn habe. Ich denke, das macht mich wütender als alles andere.
Ich hätte die Idioten aus der Schule in Ruhe gelassen, wenn sie

mich nicht zur Außenseiterin gemacht hätten. Und als ich keine mehr war, ertrugen sie es nicht, dass ich es ihnen mit gleicher Münze heimzahlte.
Daddy hatte schon immer ein winziges bisschen Angst vor mir. Ich mache ihn nervös. Es frustriert ihn, dass er mich nicht im Zaum halten kann. Aber jemanden wie Luke versteht er. Luke ist unkompliziert. Luke ist perfekt. Ich wette, er hätte viel lieber Luke als Sohn als mich als Tochter.

Ich höre etwas unter mir und erstarre. Da ist es schon wieder. Etwas bewegt sich unter den Pfählen, auf denen die Hütte erbaut ist.

Ich setze mich auf, greife nach der Taschenlampe und richte sie auf Luke. Seine Schultern heben und senken sich gleichmäßig. Er schläft tief und fest. »Luke«, zische ich, doch er rührt sich nicht. Da ist es schon wieder. Eine Eiseskälte breitet sich in mir aus. Ich will noch einmal nach Luke rufen, überlege es mir aber anders. Es ist vermutlich gar nichts, und ich will ihm keine Angst machen.

Ich schäle mich umständlich aus dem Schlafsack und schlage das Netz zurück. Meine nackten Füße tappen über das unebene Bambusholz. Ich schließe einen Moment lang die Augen. *Du schaffst das.* Ich weigere mich, Angst zu haben. Am Eingang angekommen, richte ich das Licht der Taschenlampe durch das Loch nach unten. Ich kann kaum etwas erkennen. Von der Feuerstelle steigt immer noch Rauch auf. Ich lege mich auf den Bauch, um unter die Pfähle zu spähen. Wahrscheinlich habe ich es mir nur eingebildet. Ein Dschungelhuhn, vielleicht? Nein. Es war ein größeres Tier. Ein Wildschwein? Ich habe gehört, dass die Tiere ziemlich gefährlich werden können und einer der Gründe sind, warum diese Unterkünfte auf Pfählen gebaut wurden. Ich richte den Strahl der Taschenlampe auf Reggies Hütte. Dort ist alles dunkel.

Kurz darauf kehre ich aufgewühlt zu meinem Lager zurück. Ich muss schlafen. Es liegt ein langer, anstrengender Tag vor uns. Ich schlüpfe in meinen Schlafsack und stelle mir vor, ich wäre zu Hause in meiner Wohnung. Der grässliche Schrei eines unbekannten Tieres hallt durch die Nacht und reißt mich aus meiner Meditation. Nein, ich muss meine Gedanken wieder unter Kontrolle bringen. Ich bin in London, direkt hinter der Tankstelle und dem McDonald's. Ich höre Polizeisirenen und betrunkenes Gegröle. Das leise Wummern der Musik aus der Bar um die Ecke. Ich bin dort. Nicht hier – in der Mitte dieses Labyrinths aus Bäumen, Felshängen, Mangroven und Höhlen. *Ich bin nicht hier ... Ich bin nicht hier.*

Ich öffne ruckartig die Augen, als ich spüre, wie sich sein Körper hinter meinen schiebt. Sein warmer Atem in meinem Nacken lässt mich erschaudern. Ich schließe die Augen, als sich seine Arme um mich schlingen. Ich sollte ihm sagen, dass er gehen soll. Dass er mich alleine lassen soll. Aber ich tue nichts dergleichen. Er hält mich fest. Ich träume. Das ist alles. Ich sage kein Wort. Ich erlaube lediglich dem einzigen Menschen, den ich je geliebt habe, mich festzuhalten. Denn wer weiß, ob ich je wieder die Chance haben werde, mich so zu fühlen wie gerade eben.

Kapitel 39

Schrilles, beinahe aggressives Vogelgezwitscher weckt mich. Durch die Spalten im Dach dringt das erste Licht des Tages. Ich höre Lukes gleichmäßigen Atem, er schläft tief und fest auf seinem ursprünglichen Platz auf der anderen Seite der Hütte. Ein lauter Pfiff steigt von unten hoch. »Seid ihr wach?«, ruft Reggie.

Luke regt und streckt sich.

»Ja«, rufe ich. »Wir sind gleich bei dir!«

Luke steht auf und beginnt, das Netz zu verstauen und seinen Schlafsack einzurollen. Ich setze mich auf und beobachte ihn. Die Stille ist tonnenschwer. »Großer Tag heute«, murmle ich.

Er hält inne und sieht mich an. Seine Schultern sacken nach unten. »Cassidy. Ich ... ich muss dir etwas sagen.«

»Was denn?« Ich halte den Atem an. Kommt jetzt das Geständnis?

»Ich liebe dich«, erklärt er ohne Umschweife. »Ich liebe dich wirklich.«

Ich runzle die Stirn. Spüre einen stechenden Schmerz in der Brust. »Nicht.« Ich stehe ebenfalls auf und beginne zu packen.

»Hör mir zu.« Er klingt verzweifelt. Ich ziehe ein T-Shirt über das Trägershirt. »Ich habe nicht mehr so empfunden, seit ...«

Ich drehe mich entnervt zu ihm um und mache einen

Schritt auf ihn zu. »Sag es nicht«, befehle ich. »Luke. Wir sind hier, um zu arbeiten. Um einen Film zu drehen, der deine Zukunft neu ausrichten wird. Darauf sollten wir uns konzentrieren. Nicht auf das hier. Nicht auf uns.« Ich deute mit dem Finger auf uns beide. »Bitte. Wir müssen professionell bleiben. Es hinter uns bringen. Tun, weshalb wir hergekommen sind. Du darfst nicht ...«

»Was darf ich nicht?«

»Du darfst in der Nacht nicht mehr zu mir kommen. Ich kann nicht ... ich ...« Ich versuche, die richtigen Worte zu finden.

»Ich weiß, dass du es auch spürst«, meint er flehentlich.

»Bitte, Luke. Bringen wir den Dreh hinter uns. Ich kann nicht alles alleine machen und mich gleichzeitig um das Chaos kümmern, das wir beide angerichtet haben. Das schaffe ich nicht. Wenn ich dir wirklich etwas bedeute ... können wir die ganze Sache dann bitte vergessen, solange wir hier im Dschungel sind?« Er packt meinen Arm, und ich starre auf seine Hand hinunter, die sich fest und verzweifelt an mich klammert. »Vielleicht ... vielleicht können wir später, wenn wir bewiesen haben, dass du nichts mit dieser Sache zu tun hattest, herausfinden, ob zwischen uns etwas entstehen kann. Aber nicht hier. Nicht jetzt.« Ich werfe ihm einen letzten, verzweifelten Blick zu, dann entziehe ich ihm meinen Arm, gehe mit großen Schritten zum Eingang, drehe mich um und steige entschlossen die Leiter nach unten. Lasse ihn und dieses Gespräch hinter mir.

»Wir sind so weit!«, rufe ich Reggie zu und springe die letzte Sprosse nach unten. Er steht vor der Feuerstelle und fixiert einen Punkt auf dem Boden. Ich trete neben ihn und sehe nach, was ihn derart in den Bann zieht. »Was hast du denn?«

»Sieht irgendwie aus wie Fußabdrücke«, meint er und tippt mit dem Fuß auf etwas in der Erde. Ich sehe genauer hin. Die Erde wurde an einigen Stellen ein wenig zusammengeschoben, und die daraus entstandenen ovalen Abdrücke könnten tatsächlich von nackten Füßen stammen.

»War einer von euch in der Nacht hier unten?«, fragt Reggie.

»Nein«, antworte ich und betrachte die Abdrücke wie gebannt. Es könnten Fußabdrücke sein. Oder auch nicht. Schwer zu sagen. Ich höre, wie Luke die Leiter nach unten klettert. »Sagen wir ihm lieber nichts«, flüstere ich Reggie zu. »Es hat nichts zu bedeuten.« Ich verwische die Abdrücke eilig mit dem Stiefel, und Reggie wirft mir einen erstaunten Blick zu, sagt jedoch nichts.

»Was macht ihr beide da?«, fragt Luke und kommt auf uns zu. »Warum starrt ihr so gebannt auf den Boden?« Er klingt amüsiert.

»Ach, nur so. Machen wir uns noch schnell einen Kaffee, bevor es losgeht!«, schlage ich vor, um das Thema zu wechseln. Es waren keine Fußabdrücke, und es wäre nicht ratsam, Luke Angst einzujagen, immerhin liegen ein paar sehr schwere Tage vor uns. Ich bin bloß alarmiert wegen der Sache, die Reggie auf dem Boot angesprochen hat. Die Legende des wilden Mannes aus dem Dschungel hat zu vielen weiteren Geschichten geführt. Aber das ist alles nur Gerede. Nichts, wovor man Angst haben muss.

Das einzige Furchteinflößende hier ist der Dschungel selbst.

»Kaffee gibt es heute keinen«, erklärt Reggie eilig. »Wir müssen das Wasser rationieren und dürfen nichts trinken, das unserem Körper Wasser entzieht, bis wir im nächsten Camp sind.«

»Na gut, dann eben kein Kaffee. Darf ich stattdessen eine Runde im Fluss schwimmen? Ich würde mich gerne ein wenig frisch machen, bevor wir aufbrechen.« Die Nacht war heiß und schwitzig, und ich fühle mich widerlich. Ich kann jetzt nicht einfach loswandern und auch noch eine Kamera herumschleppen.

»Ja. Der ist sauber. Und Krokodile gibt's hier auch keine«, meint er grinsend.

»Super. Ich bin gleich wieder da. Wir haben doch noch Zeit, oder?«, frage ich, und er nickt.

Ich gehe den Pfad entlang zurück zum Fluss. Am Ufer angekommen, lege ich mein Oberteil, den BH und die Baumwollhose ab und behalte nur die Unterhose an. Dann gehe ich ein Stück flussabwärts, fort von der Anlegestelle. Hier ist das Wasser weniger schlammig, beinahe klar. Winzige, durchsichtige Fische schwimmen hektisch in alle Richtungen davon, als ich in den Fluss wate. Ich tauche mit dem Bauch voran ein, strecke die Arme von mir und seufze zufrieden, als das Wasser die klebrige Schweißschicht fortspült. Nach einer Weile drehe ich mich auf den Rücken und blicke hoch in den wolkenlosen Himmel. Ein Moment der Ruhe und des Friedens vor der anstrengenden Wanderung.

Als ich sauber bin, tappe ich zurück zu meinen Klamotten und hole das Handy aus der Hose, die irgendwo in dem Haufen liegt. Ich werfe einen Blick den Pfad entlang, um sicherzugehen, dass ich alleine bin. Nur noch schnell der nächste Tagebucheintrag, dann gehe ich zurück. Ich schüttle das Wasser von den Fingern, entsperre das Telefon und beginne zu lesen.

Wir sind in Bangkok angekommen. Mum und Daddy haben uns für die erste Nacht ein hübsches Hotel spendiert. Bis wir uns »orientiert« haben. Luke wollte bleiben und das Zimmer genießen. Sich Filme ansehen, ein Schaumbad nehmen und kuscheln. Wie kommt er auf solche Ideen, obwohl er gesehen hat, was sich vor dem Fenster befindet? Er hat geschmollt, als wir losgezogen sind. Aber am Ende macht er immer das, was ich will. Er will keinen Streit riskieren. Sonst sagen wir womöglich Dinge, die wir nicht meinen. Oder doch meinen. Und dafür sind wir beide noch nicht bereit.

Wir haben uns für eine Bar mit Blick auf die Khaosan Road entschieden. Ich habe mich noch nie so lebendig gefühlt. Ich wollte los und in die Menge eintauchen. Die Musik wummerte, und ich tanzte über die Terrasse. Luke beobachtete mich peinlich berührt. Früher fand er alles toll, was ich getan habe. Aber jetzt nicht mehr. Ich habe ihn ignoriert. Ich habe mich noch nie so frei gefühlt. Am liebsten hätte ich mich in einen Vogel verwandelt und wäre davongeflogen. Als Mensch ist man so eingeschränkt.

Während ich tanzte, hörte ich mit einem Mal jemanden klatschen und wandte mich um. Da saß dieses Pärchen, das aussah, als wäre es schon eine Weile unterwegs. Sie wirkten entspannt, die Haut tiefbraun, die Haare von der Sonne ausgebleicht. Wir setzten uns zu ihnen. Sie kamen aus den Niederlanden, hießen Astrid und Sander. Sie erzählten uns von den Inseln, von Wanderungen, Nachtzügen und Magic Mushrooms. Sie gaben ein wenig an, als wäre offensichtlich, dass wir neu waren und sie bereits hierhergehörten.

Wir betranken uns, und irgendwann schlug jemand vor, einen Abstecher nach Patpong zu machen. Ich hatte gehört, wie sich die Leute aus dem Jahrgang vor uns darüber unterhalten haben. Es ist das Rotlichtviertel Bangkoks, wo die Sex-Shows sind. Ich wollte hin. Luke natürlich nicht. Er steigt jedes Mal auf

die Bremse, wenn sich etwas Außerplanmäßiges ergibt. Oder etwas auch nur ansatzweise Provokantes. Doch Astrid legte die Hand auf Lukes Knie. »Komm schon, kleiner Brite, sei nicht so verklemmt.« Und schon war er dabei.
Wie soll ich jemals mit ihm Schluss machen, da ich doch weiß, dass so viele nur darauf warten, meinen Platz einzunehmen? Wie soll ich es jemals schaffen, ihn loszulassen? Wird diese alberne menschliche Eifersucht es ertragen? Warum will ich etwas behalten, obwohl es längst ausgedient hat?
Er kommt wieder, ich muss aufhören. Bis später!

»Cassidy!« Luke tritt aus dem Wald und bleibt im nächsten Moment wie angewurzelt stehen. »Oh.« Er starrt mich an, dann blinzelt er eilig. »Tut mir leid.« Er kratzt sich am Kopf und dreht sich um. Ich schlüpfe eilig in meine Klamotten, der Stoff klebt an meiner feuchten Haut. »Reggie meint, wir müssen los«, erklärt er.

»Ich komme schon«, erwidere ich und lasse das Handy zurück in meine Hosentasche gleiten. Mari muss warten.

Wir packen noch einmal um und nehmen nur mit, was wir wirklich brauchen. Alles andere bleibt hier. Ich habe einen leichten Rucksack, den ich allerdings vorne tragen werde. In ihm wird die Kamera Platz finden, denn so komme ich gut an sie ran, falls ich sie unterwegs schnell hervorholen muss. Das Mikrofon ist das größere Problem. Am besten wäre, es würde rund um die Uhr laufen, denn wenn ich erst zu Luke eilen und es befestigen muss, geht jede Spontanität verloren. Tonaufnahmen über das Kameramikrofon sind nicht gerade optimal, wenn ich mehr als einen Meter von ihm entfernt bin, denn der unglaubliche Lärm im Dschungel würde seine Stimme zu sehr überdecken. Ich zähle die AA-Batterien, und wir haben genug, um es die ganze Zeit laufen zu lassen. Ich muss nur unbedingt die Zeit im Auge behalten und sicherstellen, dass ich sie immer rechtzeitig wechsle. Und ich muss dafür sorgen, dass er das Mikro wieder anmacht, nachdem er auf der Toilette war.

Wir packen unsere Schlafsäcke und ein paar Planen ein. Eine als Unterlage, die andere als Schutz vor eventuellem Regen. Ich werfe einen Blick in den Himmel. Immer noch keine Anzeichen des Gewitters, vor dem Cleo gewarnt hat. Wir teilen uns die Kleidung, das Essen und das Wasser, das wir für die Wanderung brauchen, genau ein. Die Wasservorräte haben das meiste Gewicht. Reggie berechnet akribisch, wie viel jeder braucht, und steckt drei große Plastikflaschen in seinen Rucksack, nachdem er uns beiden jeweils eine kleinere Flasche in die Hand gedrückt hat. »Ihr solltet oft, aber in kleinen Mengen trinken«, erklärt er uns. »Im Notfall gibt es auch einige Wasserstellen unterwegs.«

»Wie hast du gelernt, dich derart gut hier draußen zurechtzufinden?«, frage ich. Sein breit gefächertes Wissen beeindruckt mich.

Er blickt einen Moment lang in die Ferne. »Hauptsächlich, indem ich Touristen durch den Dschungel geführt habe. Als ich noch jung war, war das eine gute Einnahmequelle. Außerdem liegt das Dorf, in dem ich aufgewachsen bin, am Rande des Nationalparks, ich habe es also im Blut.«

»Wie hast du es geschafft, genügend Wasser zu finden, Luke?«, frage ich und wende mich zu ihm um.

»Ich habe hauptsächlich Regenwasser gesammelt«, erwidert er leise, dann schließt er eilig den Mund und sagt nichts weiter.

Ich filme die schweigenden Vorbereitungen auf unsere

Wanderung. Mache Nahaufnahmen von Lukes finsterem und dann wieder nachdenklichem Gesicht. »Wie fühlst du dich heute, Luke?«

»Gut. Ein bisschen nervös.« Seine Stimme dringt aus meinen Kopfhörern. In-Ear-Kopfhörer wären mir lieber gewesen, allein schon wegen der Hitze, aber auch hier stellen die Akkus ein Problem dar, wenn man keine Lademöglichkeit in Griffweite hat. Und ich habe nur eine Powerbank dabei, die ich für mein Handy aufspare. Die Kopfhörer, die ich jetzt trage, sind groß und gepolstert und drücken auf meinen heißen, feuchten Kopf. »Es ist, als wüsste Mari, dass wir hier sind. Als wollte sie, dass wir sie finden«, fügt er hinzu und blickt in die hoch aufragenden Bäume.

Ich will, dass Luke so unbelastet wie möglich unterwegs ist, weshalb Reggie und ich den Großteil des Gepäcks übernehmen. Zusätzlich zu dem Rucksack auf der Brust trage ich auch noch einen auf dem Rücken.

»Cassidy, bist du sicher, dass das okay für dich ist?«, fragt Luke skeptisch.

»Alles gut. Legen wir los.« Ich mache ein paar Schritte, bis ich mein Gleichgewicht gefunden habe.

Reggie geht voran. Ein verwitterter blauer Pfosten markiert den Weg. Entlang des Weges werden wir immer wieder solche Hinweise finden, bis wir im nächsten Lager angekommen sind. »Tag eins im Dschungel nimmt seinen Anfang …«, meint Luke und klingt wie ein alter britischer Forschungsreisender, um seine Angst zu verbergen. Ich lache, doch es bleibt mir im Hals stecken, und ich schlucke. Los geht's.

Kapitel 40

Ich filme, wie Reggie das wuchernde Unterholz entlang des wenig benutzten Weges niederhackt. Das Zischen des Messers und das Krachen, wenn es auf Widerstand stößt, tragen das ihre zu der unheimlichen Stimmung unter dem zitternden Blätterdach bei. Immer wieder dringt Licht zu uns nach unten und trifft auf den von Grünzeug bedeckten Boden. Wurzeln ragen aus der Erde und scheinen nur darauf zu warten, dass ich über sie stolpere. Es sind schwierige Bedingungen, und nach zehn Minuten mache ich die Kamera aus und packe sie fort.

Wir gehen weiter, und ich denke an Maris E-Mails. Ihre Feststellung, dass Luke anders war als die anderen Jungen in ihrem Jahrgang, lässt mich nicht los und zwingt mich, an meine eigene Schulzeit zurückzudenken. Ich war eine Außenseiterin, die ebenfalls verzweifelt versuchte, dazuzugehören. Meine Selbstvergessenheit und mein Verlangen, anderen zu gefallen, machten mich zu einem leichten Opfer. Ich frage mich, ob sich junge Männer auch manchmal schuldig fühlen. Ob sie ebenfalls die Scham packt, wenn ihnen klar wird, dass sie uns benutzt haben. Oder ob sie stolz sind, weil sie bekommen haben, was sie wollten.

Blut schießt in meine Wangen, und ich blinzle, um die Erinnerungen an die Nacht neulich zu vertreiben. Das Gefühl, als ich ihn festhielt. Die atemlose Lust an dieser tiefen Verbindung, die ich mir noch zu keinem anderen Mann erlaubt hatte. Eine wunderbare, von beiden Seiten ersehnte Lust. Ich wollte ihn. Unbedingt. Es sei denn ... es sei denn ... er hat dieses Verbrechen tatsächlich begangen und spielt uns allen etwas vor. Es sei denn, es ist alles gelogen. Denn wenn etwas auf Unehrlichkeit basiert, dann kann es kein beiderseitiges Einverständnis geben, nicht wahr? Dann ist es etwas sehr viel Dunkleres.

Ein Vogel kreischt, und ich habe das Gefühl, Mari würde mir zuflüstern. Sie versucht, mir etwas zu sagen. Sie bittet mich, ihr zuzuhören. Will mich warnen. Doch mein Körper hat andere Pläne und sehnt sich erneut verzweifelt nach ihm.

Nach etwa zwei Stunden machen wir die erste Pause. Ich beobachte mit gemischten Gefühlen, wie Reggie Luke die zweite Machete reicht. Ich kaue auf meinem Fingernagel, während er ihm zeigt, wie man sie verwendet. Lukes muskulöser Arm führt die Klinge kraftvoll nach unten, und sie zischt durch die Luft. Ich atme tief ein und rufe mir in Erinnerung, dass ich keine Angst vor ihm haben muss.

Unter dem Blätterdach steht die Luft. Es ist nicht einmal das kleinste Lüftchen wahrnehmbar. Ich trinke ein paar große Schlucke aus der Wasserflasche und gieße etwas auf meine Hand, um mir notdürftig das schweißbedeckte Gesicht zu waschen. Dann hole ich die Kamera hervor und filme Luke. Sein T-Shirt hat dunkle Schweißflecken unter den Armen. Er reibt sich die Augen und blinzelt unbehaglich. Sein unrasiertes Gesicht glänzt, ein Schweißtropfen rinnt über seinen Nacken.

»Du liebe Zeit, das ist aber eine ziemliche Tortur.« Ich lache und versuche, die gedrückte Stimmung ein wenig aufzulockern. Ich wünschte, Cleo wäre hier und würde ein paar Witze erzählen. »Kaum zu glauben, dass wir noch nicht einmal annähernd da sind«, fahre ich fort. »Es muss schrecklich beängstigend gewesen sein ... alleine hier draußen«, füge ich sanft hinzu.

Er sieht zu mir, und sein Blick fällt auf die Kamera. Er nickt und beschließt offenbar, mitzumachen. »Ich dachte ständig, dass ich jeden Moment sterben würde.« Er seufzt. »Und irgendwann war ich bereit dafür. Ich hatte meinen Frieden damit gemacht. Alles war besser, als noch einen einzigen Tag alleine hier draußen zu verbringen. Im Kampf ums Überleben.« Er spricht direkt in die Kamera. »Zu Hause in England habe ich mir danach oft gewünscht, ich wäre tatsächlich gestorben. Es wäre einfacher gewesen. Für alle.« Seine Worte treffen mich wie ein elektrischer Schlag. Das ist gut. Genau das brauche ich. Sein Innerstes. Ich brauche ungefilterte Emotionen. Ein Abbild des achtzehnjährigen Jungen, alleine im Dschungel. Ohne Ausweg. *Stell dir vor, das wäre mein Junge!*, werden sich die Zuschauer denken, wenn sie den Film sehen. Mitgefühl wird sich breitmachen, wenn sie Luke endlich als Menschen erkennen. So, wie ich ihn sehe. Nicht als heimtückischen Mörder.

»Was hat er deiner Meinung nach mit ihr gemacht?«, frage ich beklommen.

Er hebt ruckartig den Kopf. »Wie bitte?«, haucht er und scheint sich nicht sicher, ob er mich richtig verstanden hat.

»Der Mann, der euch gefolgt ist. Du hast einmal gesagt, dass deine Vorstellung dich in deinen Träumen an die grauenvollsten Orte führt. Kannst du den Zuschauern etwas darüber erzählen?«

Er schüttelt den Kopf und wirft mir einen gequälten

Blick zu. Ich denke an Dr. Ackerman und dessen Vermutung, Luke könnte seine eigenen Taten auf eine andere Person übertragen haben, weil er nicht mit der Schuld leben konnte.

Er seufzt. »Alles. Das Schlimmste, was ein Mann einer Frau antun kann.« Er sieht mir in die Augen, bis ich den Blick abwende. »Ich stelle mir vor, dass er ihr größere Schmerzen zugefügt hat, als je ein Mensch erfahren sollte. Es lässt mich nicht los. Ich hoffe, es ging schnell. Ich hoffe, er hat es nicht ausgekostet.« Ich filme ihn, wie er mit gesenktem Kopf dasitzt und diesem Gedanken nachhängt. »Ich fühle mich ihr mittlerweile sehr nahe. Näher, als ich es in den letzten zwanzig Jahren getan habe«, flüstert er. »Ich spüre sie überall.«

Das könnte der entscheidende Moment sein. Und ich stelle die zentrale Frage: »Was ist passiert, als du sie das letzte Mal gesehen hast? Habt ihr euch ... gut verstanden?«

Er runzelt die Stirn. Die Intimität ist verflogen. »Wenn ich so weit bin, Cassidy. Wenn ich so weit bin.« *Aber wann?,* denke ich. Wann wird er so weit sein? Was, wenn es nie passiert? Der langsame Spannungsaufbau ist perfekt, wenn er letzten Endes zu etwas führt. Aber wenn nicht? Wozu wäre all das hier gut? Warum wollte er diesen Film?

»Okay! Wir sollten weiter«, meint Reggie, der bereits aufgestanden ist und bereitsteht. Ich mache die Kamera aus und stecke sie in den Rucksack. Dann nehme ich die Kopfhörer ab und wische mir mit dem Ärmel den Schweiß von Stirn und Ohren.

Das Gelände steigt stetig an und wird immer unwegsamer. Es sind lediglich das Zischen der Macheten und das Brechen der Äste zu hören. Es wird steiler und steiler.

Meine Beine brennen, mein Blick verschwimmt, und ich blinzle den Schweiß fort.

Als wir das nächste Plateau erreicht haben, schlägt Reggie seine Machete in einen Baumstamm und hält inne, um einen Schluck Wasser zu trinken. Ich bin froh, dass es auch an seine Substanz geht und nicht nur an meine.

Nur Luke macht weiter und schlägt mit beinahe unkontrolliert wirkender Aggression auf das Unterholz ein. »Luke?«, rufe ich. Er reagiert nicht, und ich versuche es erneut. »Luke!« Er hält inne, dreht sich allerdings nicht um, sondern blickt nach oben in den Himmel. Ich brauche einen Moment, ehe mir klar wird, dass er weint. Ich hole eilig die Kamera hervor und setze die Kopfhörer auf. Das Kabel ist verdreht und gräbt sich wie ein Strick in meinen Hals.

Ich trete auf ihn zu, um ihn aus der Nähe zu filmen. Die Panoramaaufnahme habe ich bereits im Kasten. Ich muss ständig daran denken, was ich später bei der Überarbeitung und beim Schnitt brauchen werde. Ich rücke von der Seite her näher, gerade als er sich die letzten Tränen von der Wange wischt. Sein Gesicht füllt den Bildschirm. Ich betrachte es. Die Wut darin lässt mich erschaudern. »Ist es das, was du wolltest?«, fragt er schroff, und seine Stimme klingt zornerfüllt. »Ist es das, was du für deinen verdammten Film willst?« Die Wut bricht in einer gewaltigen Welle aus ihm hervor, und ich verlagere die Kamera und öffne den Mund, um ihn zu beruhigen. »Mach sie aus«, flüstert er mit rauer Stimme. »Mach sie aus!«, brüllt er im nächsten Moment und hält eine Hand vor die Linse. Ich senke die Kamera, halte sie nur noch am oberen Griff und lasse sie nach unten hängen. Ich habe sie noch nicht ausgemacht.

»Luke«, beginne ich entnervt. Ich verstehe, dass er aufgebracht ist, aber er muss einsehen, dass wir alles im Kasten haben müssen – die guten Momente und die schlechten. Das ist das Problem beim Filmen und im Umgang mit Mitwirkenden. Man konzentriert sich derart auf die für den Film erforderlichen Details, dass man die Gefühle der handelnden Personen aus den Augen verliert.

»Weißt du, was das Schlimmste ist?«, presst er durch zusammengebissene Zähne hervor. Er spricht so leise, dass nur ich es über das Mikro und die Kopfhörer höre und Reggie nicht. »Ich weine nicht wegen ihr. Ich weine wegen *dir.*«

Es ist wie ein Schlag in die Magengrube. Mein schweißnasser Finger springt zum Aufnahmeknopf, und ich versuche hektisch, die Kamera auszumachen, aber es ist zu spät. Es wurde bereits aufgezeichnet. *Scheiße.* »Luke«, murmle ich. »Es tut mir leid ... ich ...« Ich will einfach nur, dass das alles vorbei ist. Ich blicke hoch zu den dunklen Wolken, die langsam in den idyllisch blauen Himmel einfallen.

»Es tut mir leid. Wir gehen es langsam an, okay?«, ist alles, was ich zustande bringe. Wie komme ich je wieder hier raus, ohne meine Karriere für immer zu ruinieren? Ich habe die Person hintergangen, die ich eigentlich im Laufe der Dreharbeiten finden wollte: Mari.

Kapitel 41

Ein paar Stunden später beginnt es zu regnen. Zuerst sind es nur winzige Tropfen, und ich bin mir nicht sicher, ob ich es mir bloß einbilde. Doch bald sehen wir dunkle Gewitterwolken durch die Löcher im Blätterdach. Donner grollt, dann beginnt das unverwechselbare Prasseln. Große Tropfen fallen vom Himmel und von einem Blatt auf das andere, bis sie schließlich auf dem Boden landen. Ich halte mein Gesicht in den Regen. Er fühlt sich wunderbar auf der klebrigen Haut an. »Wartet!«, rufe ich den anderen hinterher, nehme den Rucksack vom Rücken und hole die Plastikhülle für die Kamera hervor. Ich überziehe sie sorgfältig damit und schließe den Klettverschluss. Dann stecke ich mein Handy und die Powerbank in den wasserfesten Beutel um meinen Hals, wickle die Batterien und sämtliche elektrischen Geräte in Plastik und stecke sie wieder in den Rucksack. Immer dann, wenn ich denke, dass der Trip nicht mehr härter werden kann, geschieht etwas, das den Einsatz noch einmal erhöht. Ich hole eine Packung Kondome aus meiner Tasche und gehe auf Luke zu. Er wirft mir einen überraschten Blick zu, als ich eines aufreiße. Ich drehe ihn forsch herum und entferne den Akku für das Mikro, den er an seinem Gürtel trägt.

»Was machst du ...?«, fragt Luke verwirrt.

Ich nehme das Kondom und ziehe es über den Akku. »Das hält trocken, und er gibt hoffentlich nicht den Geist auf.« Ich kaue besorgt auf meiner Unterlippe, aber dann rufe ich mir in Erinnerung, dass wir für den Notfall auch noch einen Ersatzakku dabeihaben. Ich lasse Luke los, und wir ziehen schleppend weiter.

Nachdem es etwa eine halbe Stunde lang stark geregnet hat, verwandelt sich der Boden in rutschigen Brei und bewegt sich unter meinen Füßen, sodass ich mich immer wieder an knorrigem Buschwerk festhalten und nach vorne ziehen muss. Meine Hände brennen vor Anstrengung.

Ein lauter Donner zerreißt den Himmel, und ich zucke zusammen.

»Alles in Ordnung?«, ruft Luke mir über den brüllenden Lärm hinweg zu.

»Ja«, erwidere ich heiser. Ich will nicht zugeben, wie sehr ich kämpfe. In diesem Moment verliert ein Fuß den Halt, und ich spüre, wie ich nach hinten kippe. Ich knalle mit voller Wucht auf den Rücken. Etwas Hartes bohrt sich in meinen unteren Rücken, als hätte mir jemand einen Schlag mit einem Baseballschläger versetzt. Ich schreie vor Schmerz auf, während ich auf dem Rücken den Pfad nach unten rutsche, und beiße die Zähne aufeinander, als sich ein pochender Schmerz ausbreitet.

Einen Moment lang rühre ich mich nicht von der Stelle. Ich stehe wohl unter Schock. Regentropfen prasseln auf meine Haut, und meine Hand findet keinen Halt in dem grobkörnigen Matsch, als ich versuche, mich hochzustemmen. Lukes Gesicht taucht vor mir auf. »Warum behauptest du, dass alles okay ist, wenn ganz offensichtlich das Gegenteil der Fall ist?«, fragt er mürrisch, packt meine Hand und zieht mich hoch. Unsere Oberkörper sind nur wenige Zentimeter voneinander entfernt. Wir sind beide nass bis auf die Knochen und keuchen. Sein Geruch schlägt wie eine Welle über mir zusammen. Ich schlucke.

»Mein Rücken«, stöhne ich und zucke erneut zusammen. Er dreht mich um, hebt mein Oberteil und tastet vorsichtig die Haut ab. »Das wird ein netter Bluterguss.« Ich ziehe ruckartig das Oberteil zurecht. »Und jetzt gib mir etwas von deinem Gepäck. Es ist reiner Wahnsinn, dass du alles schleppst, während ich praktisch nichts tragen muss.«

Ich denke an die Ausrüstung, die ich bei mir habe. »Ist schon gut. Ich bin bloß ausgerutscht.«

»Du machst mich wahnsinnig«, erklärt er entnervt. »Lass mich etwas für dich übernehmen. Die Bedingungen sind brutal.« Er spricht leise, wie mit sich selbst. »Das ist verrückt. Es ist irre, dass du alles alleine machen musst.« Er sieht mich an, dann sagt er mit klarer, fester Stimme: »Cassidy, lass mich dir helfen.«

Ich lege instinktiv eine Hand auf die Tasche vor meiner Brust, als wäre sie ein Baby in einem Tragetuch. In dem Rucksack auf dem Rücken befinden sich die Reserveakkus für die Kamera und zusätzliche Ausrüstung. Wichtige Dinge, ohne die ich meine Arbeit nicht machen kann. »Cassidy«, wiederholt er bestimmt, und ich gebe nach. Ich schlüpfe aus den Trageriemen und lasse den Rucksack zu Boden sinken. Dann hole ich die Reserveakkus hervor und reiche sie ihm. Er verstaut sie in seinem Rucksack, und ich lege meinen wieder an. Ich fühle mich leichter. Er hatte recht. Es hilft tatsächlich.

»Wie lange noch, Reggie?«, ruft er.

»Nicht mehr lange. Eine Stunde, vielleicht zwei?«

»Also gut, bringen wir es hinter uns«, erkläre ich.

Wir setzen uns in Bewegung, und ich gehe den Ablauf noch einmal durch. Eine weitere Nacht, dann der Aussichtspunkt, die Drohnenaufnahme und der Abstieg. Einschließlich eines emotionalen Enthüllungsinterviews irgendwo auf dem Weg. Der schwierigste Teil der Route liegt bereits hinter uns. Ich klammere mich bei jedem weiteren Schritt an diesen Gedanken.

»Ist alles okay?«, ruft Luke nach hinten.

»Ja!«, rufe ich zurück. Meine Hand gleitet über die Stelle, an der ich mich verletzt habe. Ich spüre, wie das Blut unter der Haut pulsiert, es wird wohl wirklich ein harter violetter Bluterguss werden. Ich verziehe das Gesicht. Luke beobachtet mich mit ernster Miene. Ich gehe energischer, damit er kein Aufheben macht.

Irgendwann wird der Pfad schmäler, und wir verringern das Tempo. Die Pflanzen sind hier noch mehr ineinander verwachsen, und Reggie hat größte Mühe, uns den Weg zu bahnen. Ich fluche. Ich war so abgelenkt durch die blöde Plackerei, dass ich vergessen habe, Reggies Kampf zu filmen. Ich beiße mir auf die Lippe und schlucke. Ich wünschte, Duncan wäre hier. Ich muss mich derart auf den Weg konzentrieren, dass ich nicht klar denken kann und keine Ahnung habe, was ich filmen soll. Es ist zu viel. Ich schaffe das nicht. *Beruhige dich. Denk nach.* Ich muss gewissenhaft die verschiedensten Bausteine einsammeln, die ich später bei der Überarbeitung brauche, um die Geschichte zu erzählen.

Die zusätzlichen Schwierigkeiten, vor die der Regen uns stellt, sollten sich im Film gut machen. Wenn ich genügend Material davon habe. Vielleicht fällt es dem Schnitt zum Opfer – es ist immerhin nicht zwingend notwendig, um Maris und Lukes Geschichte zu erzählen –, aber es zeigt die nervenaufreibenden Bedingungen im Dschungel, und wenn wir Lukes Reise durch den Dschungel aus der Vergangenheit in die Gegenwart holen, könnte es ein sehr wichtiger Aspekt sein. »Du musst alles abdecken«, ermahne ich mich leise selbst.

Regentropfen platschen auf die Linse, als ich Luke und Reggie filme, wie sie mit aller Kraft versuchen, einen Pfad freizuschneiden. Ich halte inne, filme, wische die Linse trocken und folge den beiden. Nachdem ich es ein paarmal wiederholt habe, packe ich die Kamera erschöpft wieder ein.

Nach einem Gewaltmarsch, der sich deutlich länger angefühlt hat als ein oder zwei Stunden, kommen wir endlich beim zweiten Lager an, und ich beginne erneut zu filmen. Die Hütten auf den Pfählen in der Nähe des Flusses wirkten himmlisch im Vergleich zu diesen von abgestorbenen Blättern und Moos bedeckten Baracken. Das Bambusholz ist mit Schimmel überzogen. Reggie reißt die Tür auf, und es ist, als hätte jemand einen Sack Staub über uns entleert.

»Hier war offensichtlich schon eine ganze Weile niemand mehr«, meint er.

»Hat es auch so ausgesehen, als du zum letzten Mal hier warst?«, frage ich Luke, um ihn zum Reden zu bewegen. Die Kamera gräbt sich in meine Schulter, und ich verlagere das Gewicht ein wenig, doch ich finde keine bequemere Position. Die Schmerzen werden schlimmer, aber ich mache weiter.

»Nein. Natürlich nicht«, erwidert Luke knapp. Wir sind alle zu Tode erschöpft, aber wir sind nur vierundzwanzig Stunden hier, und die muss ich nutzen. Ich blicke hinter der Kamera hervor und sehe ihn an, und sein Blick wird sanfter. »Nein, es hat damals ganz anders ausgesehen.« Er geht zu einer der Hütten und legt die Hand auf die Holzwand. »Die Hütten waren noch relativ neu.« Er sieht sich nachdenklich um. »Hier haben wir unsere letzte Nacht zusammen mit der Wandergruppe verbracht.« Er fühlt sich sichtlich unwohl.

Komm schon, Luke, ich brauche mehr als das.

»Wo habt ihr geschlafen?«, frage ich ihn lautlos und deute auf die Hütten. Er soll es der Kamera zeigen, ohne dass meine Stimme im Weg ist. Er nickt, tritt einen Schritt zurück und betrachtet die drei Verschläge. Dann deutet er auf die rechte Hütte. »Ich glaube, dort haben Mari und ich geschlafen.« Er geht zur Tür, aber sie ist mit einem Seil am Rahmen festgebunden. Er zieht die Machete aus dem Baumstamm und zerschneidet es. Das Seil lockert sich, und er entfernt es und öffnet die Tür. Ich gehe zu ihm, um zu filmen, was er sieht. Das Innere der Hütte ist beinahe leer, abgesehen von fünf provisorischen Bettrahmen aus Bambusholz und ein paar trockenen, eingerollten Blättern an der Rückseite, wo das Dach eingestürzt ist.

»Wir haben uns die Hütte mit ein paar Deutschen geteilt. Einer der Kerle hat die ganze Nacht geschnarcht. Mari hat kein Auge zugetan. Kein Wunder, dass sie am nächsten Tag nicht sie selbst war.«

Ich mache ein paar Aufnahmen vom Inneren der Hütte, dann gehen wir wieder nach draußen, und ich filme Luke, der über die Lichtung wandert. Danach beschließe ich, ein paar Standbilder zu machen. Das Stativ haben wir im Basislager zurückgelassen, es wäre viel zu umständlich gewesen, es mitzuschleppen. Ich bekomme also kein optimales Bild hin, aber ich presse die Ellbogen, so gut es geht, an den Körper, gehe herum und mache mehrere Detailaufnahmen. Ich halte vor einem Baum inne. Lange, dünne Stricke hängen von oben herab, alle in verschiedenen Stadien der Fertigstellung. Nachdem ich sie gefilmt habe, senke ich die Kamera, nehme sie in die Hand und drücke das Wasser aus den Seilen heraus. »Reggie, was ist das hier?«

Er tritt neben mich und betrachtet die Stricke. »Sieht

aus wie handgeflochtene Bambusseile.« Er blickt hinter den Baum und entdeckt mehrere geschälte Äste. Er geht in die Knie und hebt einen hoch. »Sieht noch nicht sehr alt aus. Vielleicht waren vor Kurzem Einheimische hier.«

Er klingt nicht sehr überzeugt.

Ich runzle die Stirn. Einheimische. Das muss es sein.

Der Regen hat aufgehört. Ich dehne den Nacken von einer Seite auf die andere und bin erleichtert, dass wir den härtesten Teil des Weges nun hinter uns haben und uns eine kleine Ruhepause bevorsteht. Reggie spannt eine der Planen und richtet eine Feuerstelle ein. »Wir sollten losziehen und trockenes Holz sammeln«, schlägt er vor und deutet auf den Wald.

»Ich helfe dir«, bietet Luke an und greift nach der auf dem Boden liegenden Machete.

Ich blicke hinauf in den Himmel. In ein paar Stunden wird es dunkel. Das Lager bildet eine gute Kulisse für das Interview. Außerdem ist es hier im Vergleich zu dem dichten Blätterdach im Dschungel relativ hell.

»Luke, bleib doch. Wir könnten ... wir könnten uns unterhalten. Vor der Kamera. Über ... du weißt schon ...« Ich werfe ihm einen vielsagenden Blick zu. »Es wäre eine hübsche Einstellung mit den Hütten und ...«

Er schüttelt eilig den Kopf. »Nicht hier. Ich kann das hier nicht.«

Ich beiße die Zähne aufeinander und verziehe den Mund zu einem angespannten Lächeln. »Warum nicht?«

»Ich mache es oben am Aussichtspunkt. Das würde sich doch gut vor der Kamera machen, nicht wahr? Dort oben, mit dem Dschungel zu unseren Füßen.«

Ich beiße mir auf die Wange und denke nach. Ja, das würde sich tatsächlich gut machen. Ich hoffe nur, dass er es ernst meint. »Okay«, sage ich schließlich und versuche, mir nicht anmerken zu lassen, wie frustriert ich bin. Ein schweres Gewicht legt sich auf meine Brust. Wie oft wird er mich noch vertrösten?

Ich filme, wie Reggie und Luke zwischen den Bäumen verschwinden, dann lege ich die Kamera beiseite. Meine Schultern brennen von den Riemen des Rucksackes, die auch noch die Träger meines Tops tief in die Haut gedrückt haben. Ich recke den Kopf, um einen Blick auf die rot leuchtenden Striemen zu werfen.

Kurz darauf schlüpfe ich unter die Plane und ziehe mit einem erleichterten Seufzen die Wanderstiefel von den Füßen. Ich bewege die Zehen und rolle die Strümpfe nach unten. Meine rechte Ferse sticht, und als ich nachsehe, entdecke ich eine große Blase. Ich hätte Melissas Rat befolgen und die Schuhe eintragen sollen. Ich berühre die Blase mit gerunzelter Stirn und betrachte sie eine Weile. Soll man die Dinger aufstechen? Das hier fühlt sich sehr viel mehr nach einem Überlebenstraining an, als ich angenommen habe. Ich bin von einer schnellen Wanderung, ein paar einfachen Aufnahmen und einem Interview ausgegangen. Auf dem Papier schien es sehr viel einfacher.

Mari.

Der Gedanke kommt wie aus dem Nichts und lässt mich zusammenzucken. Als hätte mir jemand ihren Namen ins Ohr geflüstert. Es sieht nicht so aus, als würden die anderen bald wiederkommen, also hole ich mein Handy hervor und beginne zu lesen.

Als wir im Rotlichtbezirk ankamen, war ich gehörig betrunken. Ich hatte so etwas noch nie gesehen. Und ganz sicher nicht zu Hause, in unserem netten grünen Städtchen vor den Toren Londons. Stroboskoplichter blitzten, sodass ich manchmal kaum etwas erkennen konnte, während wir an einer Bar nach

der anderen vorbeizogen, in denen sich halb nackte Frauen an Polestangen rekelten und uns mit gekrümmtem Zeigefinger ins Innere locken wollten, während sie uns »Farang! Farang!« nachriefen.
Ich geriet ins Stolpern, und Astrid fragte: »Alles okay?« Ich nickte, und sie griff grinsend nach meiner Hand. Ich warf einen Blick auf unsere verschlungenen Finger und lächelte. Es kommt nicht oft vor, dass andere Frauen mich mögen. Ich fragte sie, wie lange sie und Sander schon zusammen waren. Und sie lachte.
Dann erzählte sie mir etwas, was mich überraschte. Sie sind gar nicht zusammen. Sie sind bloß Freunde. Manchmal auch ein bisschen mehr, aber meistens bloß Freunde. Sie können tun und lassen, was sie wollen. Alles, was ihnen in den Sinn kommt. So etwas habe ich noch nie gehört.
Ich weiß noch, dass ich Mitleid mit den Mädchen aus der Schule hatte, die noch nie einen Jungen geküsst hatten. Ich hingegen war stolz, dass ich jemanden hatte, der mir gehörte. In einer Beziehung geht es um Besitz. Der Gedanke, dass es auch anders sein kann, wäre mir nie gekommen. Es fühlte sich an, als hätte jemand eine Tür aufgestoßen und mich erleuchtet.
Wir entschieden uns für einen Club, und mein Herz klopfte mit einem Mal unglaublich schnell. Ich war noch nie in einem solchen Laden gewesen. Es fühlte sich gefährlich an. Und Dunkelheit hat mich schon immer in den Bann gezogen.
Wir saßen in einer Nische, Astrid auf der einen Seite, Luke auf der anderen.
Dann gingen die Lichter aus. Mein Knie berührte Astrids Knie, und ich sah nicht zu dem thailändischen Mädchen auf der Bühne. Ich sah bloß sie. Die Art, wie der Lichtschein von der Bühne auf ihre blonden Haare und die vollen rosafarbenen Lippen fiel. Sie bemerkte, wie ich sie anstarrte, und grinste. Und dann beugte ich mich einfach nach vorne … und küsste sie.

Ich weiß nicht, woher der Impuls kam. Ich wollte es einfach. Ich schob meine Zunge in ihren Mund, und unsere weichen Lippen pressten sich aneinander. Unsere Brüste berührten sich. Ich legte eine Hand auf ihre Wange und zog sie noch näher. Als wir uns voneinander lösten, glänzte mein Speichel auf ihrer Oberlippe im bunten Licht der Scheinwerfer. Ihre Wangen glühten. Es war ein so weicher, aber gleichzeitig leidenschaftlicher Kuss gewesen. Er hatte mir gefallen. Er hatte mir sogar sehr gefallen. Luke packte meinen Arm und zog mich von ihr fort und auf seine Seite der Bank.
Ich lehnte mich benommen zurück und sah den Ausdruck auf Lukes Gesicht. Er sah mich mit offenem Mund an. Wütend und auch ein wenig angeturnt, glaube ich.
Es war so verwirrend. Und dann auch wieder nicht.
Ich glaube, es ging nicht darum, dass ich Astrid geküsst hatte oder dass sie eine Frau war. Es ging darum, dass sie nicht Luke war. Ich dachte immer, er wäre der beste Küsser der Welt. Ich hatte mich nach seinen Küssen verzehrt. Mittlerweile graut mir davor. Ich möchte davor zurückweichen.
O Gott, und dann wurde es echt schlimm. Übelkeit packte mich. Ich stürzte die Treppe nach oben, vorbei an all den nackten Frauen, und übergab mich draußen vor dem Haus. Luke kam hinterher und streichelte meinen Rücken, während ich würgte. Er ist immer da, um mich zu retten. Selbst, wenn ich Mist gebaut habe.
Ich hörte nicht auf, mich zu entschuldigen, und er meinte nur: »Schon okay.«
Als ich fertig war, wandte ich mich um und wischte mir über den Mund. Eine alte Thailänderin starrte mich an. Ihr Blick war auf unheimliche Weise niederträchtig, und mein Inneres zog sich zusammen. Es war, als hätte sie es mir angesehen. Als hätte sie gesehen, was ich getan hatte.
Ich bin schmutzig und falsch. Ich bin kein Mensch, sondern bloß

ein Stück Fleisch, das von einer Katastrophe zur nächsten wankt.

Ich schnappe nach Luft. Das wollte mir Astrid vermutlich erzählen. Aber warum hat sie nie mit jemandem darüber geredet? Ich denke an die bedrohlichen thailändischen Polizisten und an Maris ältere, gottesfürchtige Eltern. Welche Gefühle hatte der Kuss in Luke ausgelöst? Ich höre Schritte und stecke das Handy eilig zurück in meine Tasche. »Hi.« Ich lächle. Sie haben beide bereits gehacktes Brennholz dabei. Luke wirft mir einen besorgten Blick zu. Ich sehe die Mari vor mir, die diese E-Mails verfasst hat. Wie sehr sie sich doch von dem Mädchen unterscheidet, das er beschrieben hat. Warum hat er mir den Kuss verschwiegen? Schämte er sich, oder ... war womöglich genau das sein Motiv? Ich schlucke.

Es heißt, jeder hat zwei Seiten, doch in Wahrheit sind es noch mehr. Die Person, die wir darstellen. Die Person, die wir verbergen. Und die Person, als die uns die anderen verzweifelt sehen wollen. Wir halten unsere dunkle Seite im Zaum. Einigen gelingt es besser als anderen. Und was bedeutet Wahrheit überhaupt? Selbst sie wird von Fehlkommunikation, Mutmaßungen und Missgunst beeinflusst. Sie ist bloß ein Puzzle aus unzähligen Teilen, die verschiedene Leute zusammentragen. Teile, die nie perfekt ineinanderpassen werden. Wir belügen uns sogar selbst, wenn auch nicht immer wissentlich.

Was hast du getan, Luke? Ich würde ihm die Frage gerne ins Gesicht brüllen, ihn aus Verzweiflung und Frust kratzen und treten. *Sag es mir, damit ich dich lieben kann, so, wie ich es mir wünsche. Damit ich diesem Gefühl nachgeben kann, das mich verfolgt, seit wir uns kennengelernt haben.*

Ich würde alles für ihn aufgeben. Wirklich alles. Wenn er der Mann ist, für den ich ihn halte. Der Mann, den ich mir wünsche.

Die Gedanken nehmen ihren Lauf, während ich Luke beobachte, der Reggie mit dem Feuer zur Hand geht. Hoffnungslos lasse ich die Arme hängen, und ein Fluss aus Gedanken und Gefühlen zieht an mir vorbei.

Die Nacht senkt sich über unser kleines Lager, und Reggie kocht ein Säckchen Reis. Wir sitzen in erschöpftes Schweigen gehüllt ums Feuer. Fernab jeglicher Zivilisation. Weit entfernt von jeder Menschenseele.

Kapitel 42

Das Feuer prasselt, während wir versuchen, den Tag zu verarbeiten. Lukes Gesicht ist in orangefarbenes Licht getaucht, und ich beobachte verstohlen, wie er gedankenversunken in die Flammen starrt. Reggie schürt das Feuer mit einem Stock, und Funken stieben in die windstille Nacht.

»Hast du heute alles bekommen, was du an Aufnahmen brauchtest?«, fragt Reggie.

Ich presse die Lippen aufeinander. »Ja, es war toll.« Ich möchte meine Sorgen und Bedenken nicht vor Luke äußern.

»Möchtest du morgen vielleicht etwas abseits des Weges filmen? Um zu zeigen, wie es tiefer drin aussieht?«

Ich schüttle den Kopf. Ich will auf keinen Fall vom Weg abweichen, auch nicht unter Reggies sicherer Führung. »Dafur haben wir zu wenig Zeit«, erwidere ich. Ich werfe einen Blick auf den letzten Bissen Reis in meinem Feldgeschirr und schiebe ihn mir in den Mund. Ich habe keinen Hunger, obwohl ich völlig ausgehungert sein sollte, und brauche einen Schluck Wasser, um ihn überhaupt hinunterzubekommen.

Reggie holt den Whisky hervor und reicht ihn mir. »Medizin«, meint er mit einem Augenzwinkern. Ich genieße das brennende Gefühl, das einen Moment lang das durch meine Adern schießende Adrenalin in Zaum hält.

Als ich ihm den Whisky zurückgeben will, schüttelt er den Kopf. »Nimm ruhig noch mehr.« Ich lächle dankbar und gönne mir einen weiteren Schluck.

Der Alarm auf meinem Handy geht los. *Cleo.* Ich sehne mich so sehr nach dem Kontakt zur Außenwelt, dass ich aufspringe. »Wo hab ich nur ...?«, murmle ich auf dem Weg zu unseren Taschen vor mich hin.

»Ich glaube, es ist in meinem Rucksack«, meint Reggie.

Ich öffne ihn, wühle in Reggies Sachen und stoße schließlich auf das Satellitentelefon. Wir haben es in einen Plastikbeutel gepackt, der Koffer wäre zu unhandlich gewesen.

Ich mache es an und werfe einen Blick auf den Empfang. Nichts. Ich sehe zu dem Blätterdach über unseren Köpfen empor. »Ich brauche ein größeres Stückchen Himmel«, erkläre ich den anderen.

»Ich komme mit.« Luke steht auf.

Nein, ich will ungestört reden. »Schon gut, dort drüben ist es besser.« Ich deute nach vorne.

Reggie reicht mir seine Stirnlampe. »Aber bleib in Rufweite«, ermahnt er mich.

Ich mache mich eilig auf den Weg zu einer Stelle, wo ich einen freien Blick auf den Sternenhimmel habe. Meine Ferse schmerzt, und ich verziehe das Gesicht. Ich kann es kaum erwarten, Cleos Stimme zu hören, und meine Hand zittert, als ich das Telefon hochhebe. Die Erleichterung ist groß, als sich der Empfang langsam aufbaut. Es knackt einige Male, dann beginnt es zu tuten, und kurz darauf meldet sich Cleo. Doch ihre Stimme geht immer wieder in einem Rauschen unter.

»Cass! Bist du ... das Unwetter ... Sorgen ...«

»Cleo? Cleo, kannst du mich hören?«, frage ich.

»Cass? Cass, bist du da?«

»Ja! Kannst du mich hören?«

»Jetzt geht es besser.« Gott sei Dank klingt ihre Stimme nun klarer.

»Geht es euch gut? Wir konnten es kaum glauben, als es plötzlich hieß, dass das Unwetter direkt über euch hinwegziehen wird.«

»Wir sind okay. Aber es ist hart.«

»Hat er ... hat er schon etwas gesagt?« Es rauscht und knistert, und ich versuche, nicht die Nerven zu verlieren, während ich mich bemühe, wenigstens ein paar Brocken zu verstehen. »... Interview ...«

Ich werfe einen Blick zurück zum Lager. Ich sehe gerade noch den Schein des Feuers. »Noch nicht. Aber er hat versprochen, dass es so weit ist, wenn wir oben auf dem Aussichtspunkt sind.«

»Oh.« Sie klingt enttäuscht. »Das ist gut«, fügt sie unsicher hinzu.

»Ich habe beschlossen, dass es der perfekte Ort ist, um die Sache zu beenden. Der Berg, unten der Dschungel. Es wird toll aussehen.« Es klingt, als wäre es meine Idee gewesen. Ich bin mir nicht sicher, wen ich hier hinters Licht führen will.

»Bitte weiche nicht von Reggies Seite, okay?« Erneutes Knistern. »Ich habe ein schlechtes Gefühl ...« Das Telefon ist tot. Ich nehme es vom Ohr und starre darauf, dann versuche ich es noch einmal, doch ohne Erfolg. Ein grauenhaftes Gefühl packt mich, beinahe wie eine Vorahnung.

Ich hole mein Handy hervor und nutze die Gelegenheit, um Maris nächsten Tagebucheintrag zu lesen.

Hi Mari,
es ist ein paar Tage her, dass ich es geschafft habe, mich lange genug davonzustehlen, um zu schreiben. Seit Bangkok weicht

Luke nicht mehr von meiner Seite. Ich glaube, er ist wütend über das, was passiert ist. Aber er hat zu große Angst davor, es anzusprechen. Genau wie ich. Vielleicht wäre das dann das Gespräch, in dem wir zugeben, dass wir nicht mehr zusammen sein können, und wir haben beide zu große Angst, den ersten Schritt zu tun. Der Anfang vom Ende. Der Riss, der sich letztes Jahr aufgetan hat, ist größer geworden. Vielleicht ignorieren wir ihn so lange, bis die Zerstörung so groß ist, dass wir nicht mehr die Augen davor verschließen können. Ich frage mich, wie diese Zerstörung letzten Endes aussehen wird. Was der Tropfen sein wird, der das Fass zum Überlaufen bringt.
Wir haben beschlossen, die nächsten Wochen von einer Insel zur nächsten zu reisen. Aber es ist, als hätten wir vergessen, wie man ein Paar ist, und ich habe keine Ahnung, wie wir die Zeit überstehen sollen. Wir streiten uns wegen allem. Wo wir essen. Was wir trinken. Mit wem wir uns unterhalten. Wo wir übernachten. Geld. Er hat ein Budget festgelegt und ist unglaublich kleinlich, wenn ich auch nur einen Baht zu viel ausgebe. Es macht mich wahnsinnig.
Und je kleinlicher er ist, desto größer wird mein Bedürfnis, ihn zu provozieren. Ich trinke noch einen Kurzen an der Bar, wenn er meint, ich soll es lieber bleiben lassen. Ich ziehe mich aus und laufe um Mitternacht nackt ins Meer, wenn er anmerkt, dass dort wahrscheinlich Steine sind. Ich mache es einfach. Ich mache alles. Vielleicht geht er dann irgendwann. Und ich muss nie mehr daran denken, was ich getan habe.

»Cass! Cass!« Sie rufen nach mir, und ich fahre herum. »Ja!«, antworte ich. »Ich komme!« Ich stapfe zurück zum Lager und denke darüber nach, was Mari mir gerade offenbart hat. Was sie beschreibt, klingt nicht nach einem Paar, das sich bei Vollmond am Strand einen Heiratsantrag macht.

Das grelle Licht meiner Taschenlampe schwenkt von einer Seite zur anderen und fällt plötzlich auf Lukes Gesicht. Er schneidet eine Grimasse. »Tut mir leid, sie hat nicht aufgehört zu reden«, erkläre ich kleinlaut, und er mustert mich skeptisch, als wüsste er, dass ich etwas vor ihm verberge. »Wir sollten jetzt schlafen«, schlage ich vor und trete ans Feuer.

»Du humpelst«, bemerkt Luke anklagend. »Was ist los mit dir?«

»Es ist bloß eine Blase. An der Ferse«, erkläre ich.

»Lass mal sehen.«

Ich schüttle den Kopf. »Nein, schon gut. Es ist nichts. Ehrlich.«

Er schüttelt wütend den Kopf. »Cassidy. Komm her und lass mich sehen.« Er deutet auf meinen Platz am Feuer, und ich folge seiner Anweisung.

Ich schlüpfe aus dem nur lose verschnürten Stiefel, und er legt meinen Fuß sanft in seinen Schoß, zieht den Strumpf nach unten und betrachtet die Blase im Licht seiner Taschenlampe. Reggie lehnt sich ebenfalls näher heran.

»Ein Wunder, dass sie noch nicht aufgeplatzt ist«, murmelt Luke. »Wir sollten sie öffnen, desinfizieren und verbinden.« Reggie nickt zustimmend. »Sonst platzt sie morgen, während wir unterwegs sind, und infiziert sich.« Reggie wirft Luke die Erste-Hilfe-Tasche zu, der sie mit einer Hand aus der Luft fängt. »Kann ich mir dein Messer ausleihen?«, fragt Luke, und ich nicke und hole es aus meiner Tasche. Er hält die Klinge ins Feuer, um sie zu sterilisieren. Die Haut über der Blase ist dick, und es dauert eine Weile, bis die Flüssigkeit heraussickert und die Blase in sich zusammenfällt wie ein Ballon. Luke tupft etwas Salbe auf die Stelle, deckt sie mit einem sterilen Pflaster ab und verbindet den Fuß. »Besser?«, fragt er sanft und betrachtet mich mit einem unglaublich fürsorglichen Blick.

»Danke«, krächze ich. »Offenbar bin ich nicht so hart im Nehmen, wie ich dachte«, witzle ich.

»Du musst nicht hart sein, Cassidy«, meint er sanft und hält dabei immer noch meinen Fuß fest. Ich senke den Blick auf die sorgfältig abgedeckte Blase, und mir wird klar, dass mich noch nie jemand so angesehen hat. Ich habe es nicht zugelassen. Ich entziehe ihm meinen Fuß. »Gehen wir schlafen«, meint er schließlich, steht auf und öffnet die Tür in eine der Hütten.

Während wir das Lager für die Nacht bereit machen, beginnt es erneut zu regnen. Die Bäume schwanken hin und her, lautes Donnern hallt durch den Dschungel, und grelle Blitze durchzucken den Himmel. Das Gewitter ist näher als je zuvor. Wir lagern unser Gepäck in der Hütte, die uns am stabilsten erscheint. Wir werden diese Nacht zusammen schlafen. Es ist nicht genug Platz, die anderen Hütten sind zu baufällig. Maris E-Mails müssen warten. Wir haben noch trockene Sachen in einem Plastiksack und ziehen uns um, um im Trockenen zu schlafen. »Morgen früh nehmen wir dann wieder die nassen Sachen«, meint Reggie. »Es ist immer gut, einen Satz trockene Kleidung als Reserve zu haben.«

Es ist viel zu heiß in der Hütte. Ich liege auf meinem Schlafsack und höre zu, wie der Dschungel um uns brodelt. Ich denke an zu Hause und versuche, mich an jedes Detail zu erinnern. Das gemütliche Sofa mit der Decke über der Lehne. Herzog, der eingerollt darauf eingeschlafen ist. Ich stecke die Hand in meine Hosentasche und erkenne, dass mein Taschenmesser nicht da ist. Luke hat es mir nicht zurückgegeben. Ich brauche es – es gibt mir ein Gefühl der Sicherheit. Ich weiß nur nicht, wovor es mich beschützen soll.

»Luke, hast du noch mein Messer?«, frage ich in die Dunkelheit hinein.

»Wie bitte?«, raunt er.

»Mein Messer. Könnte ich es wiederhaben? Ich will es nicht verlieren.«

»Oh. Ach ja.«

Es raschelt, und ich hebe das Display meines Handys, um ihm zu leuchten, während er sich aufrichtet. »Ich glaube, es ist in meinem Rucksack. Da kommt es bis morgen früh nicht weg«, sagt er und legt sich wieder auf den Boden. »Tut mir leid, ich habe es wohl aus Versehen eingepackt.«

Ich beiße mir auf die Lippe, dann krabble ich seufzend unter dem Netz hervor. »Was machst du denn?«, fragt er, als ich zu seinem Rucksack tappe.

»Ich hätte es lieber gleich«, erkläre ich ihm, öffne die Schnallen, stecke die Hand ins Innere des Rucksackes und ziehe diverse Innentaschen auf.

»Warte. Tut mir leid. Hier ist es«, sagt er plötzlich. Ich wende mich zu ihm um, während er das Messer hervorzieht. »Es ist offenbar in meinen Schlafsack gerutscht.« Er lässt es über den Boden in meine Richtung schlittern, und ich fange es auf, kehre zurück zu meinem Schlafsack und halte es fest umklammert. Ich versuche, jegliche Gedanken an den Mann im Dschungel zu verdrängen, damit er mich nicht in meinen Träumen heimsucht.

Kapitel 43

Ich öffne ruckartig die Augen, als Luke aufschreit. »Nein!« Seine Stimme zittert vor Angst, und ein ersticktes Heulen zerreißt die stickige Luft in der Hütte.

Ich richte mich auf. Es ist stockdunkel. Ich kann absolut nichts erkennen. Hat er einen Albtraum? »Was ist denn los?«, murmle ich und taste nach meiner Taschenlampe oder nach dem Handy.

Er geht schwer atmend in der Hütte auf und ab. »Da draußen ist jemand«, keucht er, und in jeder Silbe schwingt Panik mit.

Licht flammt auf. Meine Pupillen ziehen sich zusammen, und mein Kopf beginnt zu pochen. Reggie steht mit der Taschenlampe in der Hand mitten in der Hütte und leuchtet von einer Ecke in die andere, doch ich sehe nur uns und die Moskitonetze, die wie Geister von der Decke baumeln.

»Da draußen ist jemand«, wiederholt Luke mit zitternder Stimme und umklammert seinen Kopf mit beiden Händen.

»Was meinst du?« Meine Gedanken rasen. Ich stehe auf und gehe zu ihm. Ziehe an seinen Händen und versuche, seine Aufmerksamkeit auf mich zu lenken. Er kann mich nicht ansehen, sondern starrt mit vor Entsetzen aufgerissenen Augen ins Leere. »Luke? Luke!« Ich komme nicht zu ihm durch. Er wirkt wie weggetreten.

»Er ist da draußen. Er ist gekommen, um mich zu holen.«

»Luke! Luke!«, rufe ich und versuche, ihn zu beruhigen. »Luke, es ist alles okay. Es ist alles gut. Ich bin hier.« Ich packe sein Kinn. Er hat keine andere Wahl, als mir in die Augen zu sehen. Das Keuchen versiegt, er blinzelt und mustert mich. »Ich bin es. Cassidy.«

»Cassidy«, haucht er. Die Wärme kehrt in seine Augen zurück. Dann versucht er, es uns zu erklären. »Ich habe ein Klopfen gehört. Das hat mich aufgeweckt.«

Ich wende mich um. Reggie dreht sich beunruhigt um die eigene Achse.

»Luke, kann es sein ... kann es sein, dass du geträumt hast?«

Er runzelt die Stirn. »Willst du damit sagen, dass ich es mir nur eingebildet habe?« Er deutet auf die Wand. »Jemand hat an die Hütte geklopft. Du hast es doch auch gehört, nicht wahr?« Er wendet sich an Reggie, die Hände flehend aneinandergepresst. Doch Reggie schüttelt entschuldigend den Kopf. Luke wirkt so verletzlich, so vollkommen verloren in seiner Angst.

»Es ist sicher unheimlich schwer für dich, wieder hier zu sein, Luke. Träume können sehr real wirken. Beinahe wie ... ein Flashback?«, sage ich vorsichtig.

Er wirft mir einen ungläubigen Blick zu. »Fick dich«, faucht er, und der Hass in seiner Stimme lässt mich erstarren.

»Tut mir leid«, flüstere ich. »Ich will damit nur sagen, dass es vielleicht nicht das war, was du denkst.«

»Warum glaubt mir nie jemand?«, schreit er und ballt die Hände zu Fäusten. »Da draußen ist jemand. Er spielt mit uns.« Seine Stimme zittert. »Wir hätten niemals hierherkommen sollen.«

Die Kamera. Wo ist sie? Ich gehe zur hinteren Wand der Hütte und greife danach. Luke bemerkt, was ich vorhabe. »Das ist doch nicht dein Ernst!«, ruft er.

»Das hier ist wichtig, Luke.«

»Da draußen ist jemand, der uns vermutlich umbringen will, und du filmst es auch noch? Das ist Wahnsinn, Cassidy.«

Ich schlucke seine Anschuldigung hinunter. »Du willst deine Geschichte erzählen? Das hier ist deine Geschichte, Luke! Du. Deine Angst. Die Möglichkeit, dass jemand dort draußen ist.« Ich deute auf die Tür. »Das ist die Geschichte!«

Er scheint über meine Worte nachzudenken und wandert weiter in der kleinen Hütte auf und ab. Sein Körper zittert bei jedem Schritt. Dann schlägt er frustriert mit der Faust an die Wand.

Ich versuche, ruhig zu atmen. Dort draußen kann niemand sein. Luke ist außer sich vor Angst. Ihm wird langsam klar, was wirklich passiert ist. Es ist ein Teil des Prozesses. Wie Dr. Ackerman gesagt hat. Er hat seine eigenen Taten womöglich auf diesen eingebildeten Fremden übertragen, um mit der Schuld leben zu können. Nun steigt die Wahrheit langsam an die Oberfläche. Vielleicht erfolgt die große Offenbarung, wenn der Rausch schließlich verebbt.

Ich stecke die Hand in meinen Rucksack und taste nach dem Mikrofon, überlege es mir dann aber doch anders. Die Bitte, es anzulegen, bringt das Fass womöglich zum Überlaufen. Wir befinden uns in einem kleinen, geschlossenen Raum, das Kameramikro sollte genügen. Ich mache die Kamera an und checke den Akku. Leider hat dieses Modell keine Nachtsichtfunktion. Die kleine Kamera, die auch im Dunkeln Bilder liefert, habe ich im Basislager zurückgelassen, da ich es für puren Luxus hielt, sie hierherzuschleppen. Na gut. Ich muss mit dem arbeiten, was ich habe. Wenigstens wird es atmosphärisch – Spannung, Action und dazu die hin und her springende Taschenlampe.

Reggie schlüpft in seine Stiefel und geht zur Tür. »Ich sehe nach«, erklärt er ruhig.

»Reggie, ich glaube nicht …« Das ist wirklich nicht nötig.

»Sei vorsichtig.« Luke tritt nach vorne, einen sorgenvollen Ausdruck auf seinem attraktiven Gesicht.

Ich bringe es nicht übers Herz, die Sache vor Luke hinunterzuspielen. »Ja, sei vorsichtig.« Reggie greift nach seiner Machete. Er nimmt die Situation wirklich ernst. Es ist süß von ihm, dass er Luke beruhigen will, indem er sich umsieht.

»Das war eine idiotische Idee«, murmelt Luke. »Wir hätten nicht herkommen sollen.« Er ringt die Hände. »Es passiert erneut, genau wie damals. Niemand hat mir geglaubt, und wir wissen ja, was mit Mari geschehen ist.« Ich weiche bis an die Wand zurück, um ihn zu filmen. Er wirft mir einen fassungslosen Blick zu. »Wir werden alle sterben, und du denkst nur an deinen Film!«

Er schüttelt wütend den Kopf, dann stürzt er zur Tür. »Reggie, warte. Ich komme mit«, erklärt er und steigt ebenfalls in seine Stiefel.

Ich sehe mich nach meinen um. »Wartet, ich begleite euch«, erkläre ich und überlege fieberhaft, wie ich das alles einfangen soll. Soll ich die Taschenlampe über die Kamera halten? Würde das funktionieren?

Luke wirft einen hasserfüllten Blick auf die Kamera und kommt mit großen, wütenden Schritten auf mich zu. »Nein. Du bleibst hier. Lehn dich mit dem Rücken an die

Tür, damit sie niemand öffnen kann. Mach sie unter keinen Umständen auf, es sei denn, wir sind es.« Er klingt so ernst, dass ich nicke.

Er verlässt die Hütte. Ich filme, wie die beiden sich auf den Weg machen, und sehe zu, wie die Dunkelheit ihre Umrisse verschluckt. Dann schließe ich die Tür, lasse mich nieder und lehne den Rücken dagegen, wie Luke es mir aufgetragen hat.

Da draußen kann unmöglich jemand sein. Luke verkraftet es nicht, wieder hier zu sein. Das schlechte Gewissen packt mich. Es ist meine Schuld. Ich blinzle und sehe den Mann vor mir. Bereit zum Angriff. Ich umklammere meine Knie und habe plötzlich Angst, alleine zu sein.

Ich werfe einen Blick auf die Uhr. Vier Uhr morgens. Bald geht die Sonne auf. Ich taste nach meinem Messer und umklammere den Griff. *Beeilt euch.* Endlich höre ich Schritte. Ich setze mich auf und versuche herauszufinden, wem sie gehören. Meine Sinne sind aufs Äußerste geschärft.

»Cassidy?« Ein Zischen. Es ist Luke. Ich rutsche vorsichtig von der Tür fort, um ihn hereinzulassen.

»Wo ist Reggie?«, frage ich und blicke hinaus in die Dunkelheit.

»Keine Ahnung. Er ist ins Dickicht, um sich umzusehen, kam aber nicht wieder raus«, erwidert er besorgt. »Ich habe das hier gefunden.« Er lässt Reggies Taschenlampe klappernd auf den Boden fallen. Ich starre fassungslos darauf.

»Er kommt sicher gleich wieder«, presse ich hervor.

Die Zeit vergeht quälend langsam. »Vielleicht war es der Regen? Das Klopfen, das du gehört hast, meine ich.« Er gibt keine Antwort. »Oder ein Wildschwein?«, murmle ich, doch er ignoriert mich immer noch.

Ich sehe auf die Uhr. Reggie ist seit fünfzehn Minuten da draußen. Um einiges länger, als man braucht, um die Umgebung zu checken. »Er kommt sicher gleich wieder.« Meine Stimme hat sich in ein Wimmern verwandelt.

»Ich sehe noch mal nach«, beschließt Luke und fährt sich mit der Hand übers Gesicht.

»Lass mich nicht alleine.« Ich packe seinen Arm. Ich war mir so sicher, dass niemand hier ist. Aber jetzt ... jetzt bin ich es nicht mehr.

»Ich sehe mich nur noch mal schnell um und komme dann sofort wieder. Lehn dich gegen die Tür, okay? Beweg dich nicht«, meint er mit rauer Stimme. »Und mach auf keinen Fall die Tür auf. Außer für mich oder Reg«, befiehlt er weiter. Ich nicke, greife nach meinen Stiefeln und schlüpfe eilig hinein, während ich mich wieder an die Tür lehne. So habe ich wenigstens die Möglichkeit, davonzulaufen. Auch wenn bei dem Gedanken, alleine in den dunklen Schlund des Dschungels zu flüchten, Übelkeit in mir hochsteigt. Die Abgeschiedenheit des Ortes kommt mir immer mehr zu Bewusstsein. Mein Blick fällt auf die Kamera. Das rote Licht leuchtet noch. Ich habe vergessen, sie auszumachen. Ich lasse sie laufen und kneife die Augen zu.

Ich höre bloß Luke, der in einiger Entfernung Reggies Namen ruft. Bei jedem noch so kleinen Geräusch beiße ich vor Angst die Zähne zusammen. »Da draußen ist niemand, da draußen ist niemand«, versichere ich mir flüsternd. Dann höre ich einen entfernten, erstickten Schrei. Mein Körper gefriert, mir wird eiskalt. Ich kneife erneut die Augen zu. In diesem Moment beginnen die Kinderlieder zu spielen. *Ringel, Ringel, Reihe ... sind der Kinder dreie.* Ich versuche, es abzustellen und durch eine andere Melodie zu ersetzen, aber es gelingt mir nicht. Und schon bald bewegen sich meine Lippen zum Text und singen lautlos das verhasste Lied. Ich presse mir die Hände auf die Ohren.

Dann. *Wumm!* Etwas kracht gegen die Tür.

Ich dränge mich dagegen und schreie.

Wumm!

Nein, das kann nicht sein. Ich will nicht hier draußen sterben. Nicht so.

»Cassidy!« Erleichterung. Es ist Luke. »Cassidy, ich bin's. Mach die Tür auf.« Ich weine beinahe vor Erleichterung. Ich rücke zur Seite, und er drückt die Tür auf. Keuchend ringt er um Atem. »Ich konnte nichts erkennen. Es ist so verdammt dunkel.« Die Angst sickert aus jedem Wort. »Aber da draußen ist jemand, Cassidy. Das weiß ich.«

Nein. Das passiert nicht wirklich. »Wo ist Reggie? Ich dachte, ich hätte einen Schrei gehört«, wimmere ich. Ich habe mich unter seiner Führung so sicher gefühlt. Er kann nicht fort sein.

»Ich auch«, krächzt Luke. »Da bin ich ... zurückgekommen. Warten wir, bis der Morgen dämmert, dann sehe ich noch einmal nach. Ich bin mir sicher, dass alles okay ist. Er hat seine Machete.« Er glaubt doch nicht wirklich, dass Reggie sich in einer Situation befindet, in der er sich verteidigen muss? Luke lehnt sich an die Wand und gleitet dann immer noch schwer atmend daran hinunter. Er greift nach meiner Hand und drückt sie, und ich verziehe das Gesicht, so fest umklammert er mich. »Es ist alles gut. Ich lasse nicht zu, dass dir etwas passiert«, sagt er.

Ich würde ihm gerne glauben.

Aber vielleicht hat er dasselbe zu Mari gesagt?

Kapitel 44

Im ersten Licht des neuen Tages öffnen wir behutsam die Tür. Das Lager liegt verlassen vor uns. Das verkohlte Holz in der Feuerstelle ist gespenstisch weiß. Reggie hat das Feuer gemacht, aber das war vor mehreren Stunden. Und jetzt ist er fort. Ich schlage mir eine Hand vor den Mund und schluchze auf. Eine Träne läuft über meine Nase und fällt zu Boden. Luke geht mit großen Schritten umher und ruft: »Reggie!« Ich geselle mich zu ihm. Unsere Schreie hallen durch den Dschungel, doch sie bleiben unbeantwortet. Ich will das Satellitentelefon herausholen, aber es ist nicht dort, wo ich es verstaut habe. Wir suchen verzweifelt danach.

»Wo hattest du es das letzte Mal?«, fragt Luke.

»Ich dachte, ich hätte es nach dem Anruf zurück in Reggies Rucksack gesteckt.« Ich sehe hinüber zu der kleinen Lichtung und kehre dorthin zurück, um danach zu suchen. Ich weiß nur noch, dass ich Maris E-Mail gelesen habe. Habe ich das Telefon womöglich fallen gelassen? Wir suchen überall. Packen alles aus und legen unsere Habseligkeiten nebeneinander auf den Boden. Wir bewegen uns immer hektischer und frustrierter. Schließlich halten wir inne und sehen uns enttäuscht und benommen um. Unser Zeug liegt überall verstreut. Aber es war sinnlos. Ich kann nicht glauben, dass wir das Telefon verloren haben.

Luke macht sich ein weiteres Mal auf den Weg zu der kleinen Lichtung, doch er kehrt mit leeren Händen zurück. »Was machen wir jetzt?«, fragt er verzweifelt.

»Wir sollten warten.«

»Aber wie lange? Was, wenn er nicht zurückkommt? Was, wenn er sich verirrt hat?« Er schluckt. »Oder so.«

»Reggie verirrt sich nicht«, widerspreche ich ihm.

Er wirft mir einen schnellen Blick zu. »Du hast es doch auch gehört, Cassidy.«

Ich weigere mich, es anzuerkennen. »Vielleicht hat er sich verletzt?« Ich kaue auf meinem Fingernagel herum. »Er könnte gestürzt sein.«

»Aber ich habe doch nachgesehen!«, erwidert Luke entnervt. »Wenn wir uns weiter in den Dschungel wagen, verirren wir uns womöglich, und das hilft niemandem.« Er hat recht. »Wir müssen zurück zum Basislager und Hilfe holen«, folgert er.

Denk nach, Cassidy. Denk nach. Duncan und Cleo sollten mittlerweile auf dem Boot sein, das sie ins Basislager bringt. Von dort lassen sie die Drohne steigen und schicken sie zum Aussichtspunkt, um uns zu filmen. Wenn wir uns jetzt auf den Rückweg machen, verpassen wir sie. Wir stehen kurz vor der Schlüsselszene. Ich weiß noch, dass Reggie meinte, es werde etwa eine Stunde von hier bis zum höchsten Punkt der Gegend dauern, als er uns den Weg auf der Karte gezeigt hat. Wenn wir jetzt umkehren, war's das. Der Film wäre endgültig verloren.

»Wir sollten zurück und Hilfe holen«, wiederholt Luke und lässt mich dabei nicht aus den Augen. Offenbar will er meine Reaktion abschätzen.

»Aber das würde den ganzen Tag dauern.«

»Na und?«, faucht er.

Ich kaue weiter auf meinem Nagel herum. Ich will dieses letzte Interview auf dem Aussichtspunkt. »Wir könnten weitermachen wie geplant und auf dem Aussichtspunkt filmen. Und dann kehren wir zurück.« Ich bin über mich selbst schockiert.

Er wirft mir einen hitzigen Blick zu. »Bist du verrückt? Reggie braucht Hilfe. Und da draußen schleicht ein Irrer herum!«

Jetzt, im kalten Licht des Tages, stellt sich die Frage, ob es wirklich möglich ist, dass sich jemand hier herumtreibt oder ob Luke mich bloß mit seiner Panik mitgerissen hat. Er hatte einen Albtraum, und wir haben einen Vogel, einen Affen oder sonst etwas gehört. Unsere Gehirne waren auf Angst programmiert und haben uns etwas vorgegaukelt. Reggie hat sich vermutlich tatsächlich verirrt. Aber er ist ein Survival-Profi – er kommt sicher noch ein paar Stunden alleine zurecht. Außerdem würde es ihm schwer zu schaffen machen, wenn ein verstauchter Knöchel oder Ähnliches schuld daran wäre, dass wir den Film nicht fertigstellen können.

Oder rede ich mir nur das ein, was ich hören will? »Ich weiß, ich weiß.« Ich massiere meine Stirn. *Denk nach, Cassidy. Denk nach.*

Dann kommt mir eine Idee, und die Worte sprudeln aus mir heraus. »Wenn wir auf dem Gipfel sind, können wir den anderen über die Drohne ausrichten, dass wir Hilfe brauchen.« Ich wende mich schwungvoll zu Luke um. Das ist es. »Und es geht sogar schneller!«, füge ich aufgeregt hinzu. »Sie können sofort über ihr Satellitentelefon Alarm schlagen, ohne dass wir uns den ganzen Tag durch den Dschungel schlagen müssen, um zu ihnen zu gelangen.« Ich nicke zufrieden. »Das ist die beste Lösung.«

Er nickt und scheint zu verstehen. »Zeichnen diese Dinger auch Geräusche auf?«

»Nein«, gebe ich zu, und er runzelt die Stirn. »Aber sie werden verstehen, dass wir Hilfe brauchen. Wir sorgen einfach dafür, dass sie es merken. Wenn wir winken und schreien und mit den Lippen das Wort ›Hilfe‹ formen, weiß Cleo sofort, was los ist.« Dann fällt mir noch etwas ein. Ich krame in meiner Tasche, bis ich meinen Notizblock gefunden habe. »Wir können ihnen sogar eine Nachricht schreiben. Das sehen sie bestimmt!«, erkläre ich triumphierend und hebe zum Beweis den Notizblock und den Stift hoch.

Er hält inne und denkt nach. »Okay.« Er stemmt die Hände in die Hüften und wandert wütend auf und ab. »Scheiße!«, brüllt er. »Was für eine verdammte Scheiße!« Mehrere Vögel fliegen erschrocken auf. Wir sehen ihnen nach, wie sie hoch ins Blätterdach steigen, es durchbrechen und in den blauen Himmel steigen.

Fort.

Mari.

Ich blinzle.

Wir packen nur das Nötigste zusammen. Zu zweit können wir noch weniger tragen. Die Campingausrüstung brauchen wir nicht, nachdem wir uns heute bereits auf den Rückweg machen werden, also lassen wir sie zurück. Melissa wird den gebrauchten Campingutensilien hoffentlich keine Träne nachweinen. Wichtig ist, dass wir die geliehene Kamera und die technische Ausrüstung heil nach Hause bringen.

Ich trete in die Hütte und sehe mich nach der Kamera um. Sie liegt ganz hinten, wo ich sie gestern Nacht liegen gelassen habe. Ich sollte noch ein paar Aufnahmen von dem Lager machen, bevor wir es verlassen. Vielleicht sogar eine kurze Erklärung abgeben, dass unser Guide verschwunden ist. Oder ich bringe Luke dazu. Bloß für den Fall, dass ich es später brauche. Die Kamera ist ganz verkeilt. Vermutlich hat Luke sie in alldem Chaos nach hinten geschoben. Ich drücke den Einschaltknopf, aber sie geht nicht an. Dann erinnere ich mich, dass ich sie letzte Nacht nicht ausgemacht habe. Der Akku ist leer. Kein Problem, wir haben noch zwei zur Reserve. Ich hole einen aus der Tasche und hebe die Kamera hoch.

Im nächsten Moment ziehe ich die Hand ruckartig zurück und werfe einen Blick auf die Tropfen auf meiner Handfläche. Die Kamera ist nass. Ich tausche eilig und mit klopfendem Herzen den Akku und versuche noch einmal, sie einzuschalten. Verschwommenes violettes und grünes Licht flackert über den Bildschirm. Ich schlucke bittere Galle hinunter. *Nein.* Ich mache die Kamera aus und versuche es noch einmal. Wasser tropft aus der Hülle und auf den Boden. Die Panik packt mich mit voller Wucht. *Nein,* kreische ich innerlich. Nichts passiert. Ich entferne fluchend den Akku und mache mich hektisch auf die Suche nach dem zweiten. Ich weiß, dass es sinnlos ist, aber ich setze ihn trotzdem ein und drücke noch einmal den Einschaltknopf. »O Gott«, stöhne ich. *Nein.* Ich lege den Kopf in die Hände und beginne zu weinen.

»Was ist los?« Luke hat mich gehört und kommt in die Hütte.

»Die Kamera ist kaputt«, flüstere ich und kann es selbst kaum glauben.

Er starrt mich an. »Wie bitte? Warum?«

»Ich ... ich weiß es nicht. Da ist offenbar ein Loch im Dach.«

»Hey, hey ... nicht weinen.« Er kommt zu mir und nimmt mich in die Arme.

Ich schiebe ihn fort. »Nicht.« Ich deute mit dem Finger

auf ihn. »Wage es nicht, mich zu trösten. Ich habe alles ruiniert. Es ist vorbei. Und es ist meine Schuld.«

»Cassidy.« Er klingt genauso hilflos und elend, wie ich mich fühle.

Ich stehe auf, und die Kamera fällt mit einem dumpfen Knall von meinem Schoß auf den Boden. Das hier ist der reinste Albtraum. Beginnend damit, dass diese verdammte Drohne kaputtging.

Die Dreharbeiten sind verflucht.

»Hör mal, ich weiß, dass wir gerade einen Tiefpunkt erreicht haben, aber es muss einen anderen Weg geben, um es doch noch durchzuziehen. Was ist mit deinem Handy? Du könntest doch damit filmen? Wir können es immer noch durchziehen. Du wirst sehen …«

Ich winke entnervt ab.

»Reggie!« Ich trete brüllend vor die Hütte, auch wenn mich niemand hört. »Reggie!«, rufe ich erneut, und meine Kehle brennt vor Schmerz. »Wo ist er?«, frage ich ins Leere. Dann setze ich mich in Bewegung, gehe suchend umher, rufe seinen Namen. Der Dschungel nimmt meinen Ausbruch regungslos und stumm hin.

Luke packt meinen Arm und versucht, die Panikspirale zu durchbrechen. »Hör zu, Cassidy. Wir müssen ruhig bleiben. Wir haben einen guten Plan. Wir packen jetzt erst mal alles zusammen und gehen zum Aussichtspunkt, und wenn wir später wieder hier vorbeikommen, wird Reggie bereits auf uns warten. Da bin ich mir sicher.«

»Aber die Kamera ist kaputt! Was nützt es überhaupt noch, hier zu sein, wenn wir es nicht filmen können? Wir sind hergekommen, um deine Geschichte zu erzählen, die du mir anvertrauen wolltest, aber bis jetzt hast du mir überhaupt nichts erzählt!« Mittlerweile keuche ich und bekomme kaum noch Luft, so wütend und verzweifelt bin ich. »Das ist das Schlimmste … das Allerschrecklichste … Und dann die Sache mit dir … Spielst du mit mir? Gefällt dir das hier? Hast du mich aus irgendeinem kranken Grund dazu gebracht, mich in dich zu verlieben?«

Ich trommle mit den Fäusten auf seine Brust ein. Er zieht mich in seine Arme und hält mich fest.

»Cassidy. Nein … nein. Ich habe es dir doch gesagt. Du weißt, was ich für dich empfinde. Das alles spielt keine Rolle. Wichtig sind nur wir beide.«

»Ist dort draußen wirklich jemand? Hat er … hat er sich Reggie geschnappt?«, flüstere ich mit den Lippen an seiner Brust.

Er gibt bloß ein beruhigendes Murmeln von sich und lässt mich weinen. Streichelt sanft meinen Rücken, bis das Schluchzen verebbt.

»Es ist alles gut, Cassidy. Ich werde dich beschützen … Ich lasse nicht zu, dass dir jemand wehtut.«

Kapitel 45

»Ich sehe mich noch mal schnell um und suche ein letztes Mal nach Reggie, bevor wir gehen, okay? Vielleicht findest du in der Zwischenzeit das Telefon«, meint Luke. »Ich bin gleich wieder da.«

»Sei vorsichtig«, stammle ich.

»Es dauert nicht lange«, erwidert er. Unsere Blicke treffen sich. Er formt die Hände zu einem Trichter, hält sie sich vor den Mund und ruft Reggies Namen.

Ich mache mich auf die Suche nach dem Satellitentelefon. Dabei denke ich an Duncan und Cleo, die schon bald mit dem Boot im Basislager ankommen werden und keine Ahnung von unserer Notlage haben. *Machen Sie keinen Ärger,* hat der Polizist während des Interviews gesagt. Ich stelle mir die Schlagzeilen vor: FILM CREW AUS MARI-DSCHUNGEL GERETTET. Ich frage mich, wie ich das Raef erklären soll.

Ich betrachte die kaputte Kamera, die nutzlos auf dem Boden liegt. Was, wenn sich alle täuschen, was den Mann im Dschungel betrifft? Dr. Ackerman, die Polizei, die Medien ... ich. Ich habe schon in der ersten Nacht etwas gehört, und vielleicht waren doch Fußabdrücke in der Asche des ersten Lagerfeuers. Was, wenn es den Mann wirklich gibt und er Reggie etwas angetan hat? Er könnte das Satellitentelefon gestohlen haben. Mein Blick wandert zu den handgeflochtenen Seilen, die von dem Ast baumeln.

Was, wenn wir nie alleine waren? Reggie … O Gott. Ist er womöglich tot?

Ich lasse mich auf den Boden sinken und sitze zusammengekauert da. Lausche Lukes Stimme, die in der Ferne Reggies Namen ruft. *Mari.* Ich hole mein Handy heraus und lese weiter.

Wir verbringen die Vollmondnacht auf Koh Phangan. Ich dachte, es würde die schönste Zeit meines Lebens werden. Aber zwischen Luke und mir läuft es einfach nicht mehr, und es geht uns beiden nicht gut dabei. Ich bin froh, dass wir zumindest Astrid und Sander wiedergetroffen haben. Wir versuchen, unsere Beziehungsprobleme vor ihnen zu verbergen. Aber ich ertrage kaum, wie frei und glücklich die beiden sind, während ich mich fühle, als säße ich in einer Falle.
Wir wollen uns auf der Full-Moon-Party ein paar Pillen genehmigen. Vielleicht schaffe ich es damit, ausnahmsweise mal an nichts zu denken. Ich will fort. Aber erst jetzt und hier habe ich erkannt, dass man sich selbst nicht entkommen kann, indem man in ein Flugzeug steigt. Besinnungslosigkeit ist die einzige Antwort. Ich will einen Trip. Ich dachte, diese Reise würde ein riesiges Abenteuer werden. Aber das ist sie nicht.
Vielleicht fühle ich mich danach geläutert. Vielleicht schaffe ich es, nicht ständig an den Tod zu denken. Vielleicht trete ich als neuer Mensch daraus hervor. Vielleicht denke ich nicht mehr an das, was wir getan haben.
Langsam glaube ich, ich sollte es dir erzählen. Vielleicht hilft es tatsächlich, es aufzuschreiben.
Und es ist ja nicht so, dass das hier irgendjemand außer mir lesen wird, nicht wahr?

»Nichts.« Luke kommt mit großen Schritten ins Lager zurück und lässt deprimiert den Kopf hängen. »Ich hoffe, er ist okay. Wir müssen los und so schnell wie möglich Hilfe holen. Wann wird die Drohne startklar sein?«

Ich werfe einen Blick auf die Uhr. »In etwa zwei Stunden.«

»Okay, dann los.« Er greift nach seinem Rucksack.

Ich nicke zustimmend, doch dann: »Warte.« Wir müssen es dokumentieren. Die Geschichte, die wir erzählen wollten, gehört der Vergangenheit an. Jetzt müssen wir *diese* Geschichte hier erzählen.

Ich hole mein Handy heraus und filme mich selbst. Ich betrachte mein geplagtes Gesicht auf dem Display. Die Lippen sind geschwollen, die Haut ist fettig und rot, die feuchten Haare kleben an den fleckigen Wangen. »Mein Name ist Cassidy Chambers. Ich drehe eine Dokumentation über Luke Speed.« Ich werfe ihm einen Blick zu. »Mari Castles Freund. Wir befinden uns gerade im Dschungel, im zweiten Basislager. Ganz in der Nähe des Ortes, wo die beiden vor zwanzig Jahren den Anschluss zu ihrer Gruppe verloren haben. Ich ... ich kann selbst nicht glauben, dass ich das jetzt sage, aber ... unser Guide ist verschwunden. Und die Kamera ist kaputt. Das, was als einfache Dreharbeiten gedacht war, um die Örtlichkeiten im Film sichtbar zu machen, hat ein Eigenleben entwickelt. Und es wurde zu einer eigenen Geschichte.«

Ich höre etwas und verstumme. Luke wirbelt herum. Wir warten schweigend, aber nichts passiert. »Das Satellitentelefon ist ebenfalls verschwunden.« Ich presse die zitternden Lippen aufeinander. »Wir machen uns jetzt auf den Weg zum Aussichtspunkt und hoffen, dass wir den anderen von dort unsere Notlage begreiflich machen können, damit sie Hilfe holen.« Ich atme tief ein. »Wir glauben ... wir glauben, dass jemand ...« Luke fängt meinen Blick auf. »Es wäre möglich, dass noch jemand hier draußen ist.« Ich blinzle, als mir die schreckliche Tragweite der Situation bewusst wird.

»Komm, Cassidy, wir sollten los«, meint Luke.

Ich filme Luke, der derangiert und schwer atmend vor mir steht. Dann mache ich das Handy aus und stopfe es zurück in meine Tasche.

Wir gehen los und folgen den verwitterten blauen Pfählen entlang des Weges. Ich versuche, an nichts zu denken und bloß einen Fuß vor den anderen zu setzen. Mein Blick bleibt auf Lukes breiten Rücken gerichtet, der die Machete von einer Seite zur anderen gleiten lässt und den Pfad freischneidet. Wenigstens habe ich ihn. Er ist nicht mehr der schmächtige, wehrlose Achtzehnjährige. Er kann es mit jedem aufnehmen, der sich uns entgegenstellt.

Ich hole das Handy heraus und filme ihn eine Zeit lang. Nur Gott weiß, wie die Dokumentation am Ende aussehen wird. Auf jeden Fall anders als das, was wir dem Sender verkauft haben. Das zusätzliche Drama könnte die Zuschauerzahlen in die Höhe treiben. Ich habe nur keinen blassen Schimmer, wohin die Reise geht. Und wie sie endet.

Ich halte die Aufnahme an und trinke einen Schluck Wasser.

»Ich muss mal pinkeln«, erkläre ich Luke und begebe mich tiefer ins Dickicht, um einen geeigneten Platz zu finden. Gerade, als ich meine Hose öffne, tritt er neben mich. Er lehnt sich an einen Baum und wendet den Blick ab. Es behagt ihm nicht, alleine hier draußen zu sein.

»Fertig?«, fragt er kurz darauf.

»Jep.« Ich stehe auf und ziehe die Hose hoch.

Ein lautes Krachen. Das Kreischen der Vögel, die in alle Richtungen davonfliegen.

»Was war das?« Sein Kopf fährt zu dem Pfad herum. In die Richtung, aus der wir gerade gekommen sind.

Ich habe es auch gehört.

»Komm.« Er packt meine Hand und läuft los. Grünes Dickicht zischt an uns vorbei, dann verstecken wir uns hinter einem großen Strauch.

»Vielleicht war es Reggie«, hauche ich hoffnungsvoll. Lukes Blick dringt in meinen, und er legt sich einen zitternden Finger auf die Lippen. Sein Gesicht glänzt vor Schweiß.

»Ich höre nichts mehr.« Ich lausche erneut. »Wir sollten weiter, sonst verpassen wir die Drohne.« Er nickt langsam, und als wir uns aufrichten, halten wir einander fest an den Händen.

»Hier entlang«, flüstert er, immer noch darauf bedacht, nicht zu viel Lärm zu machen.

Wir stapfen weiter. »Wir sollten längst wieder auf dem Pfad angelangt sein. Ist das auch sicher die richtige Richtung?«, frage ich ihn.

Er nickt mit aufeinandergebissenen Zähnen. »Ich denke schon.« Er setzt sich wieder in Bewegung. Doch das alles fühlt sich absolut nicht richtig an.

»Warte!« Ich bleibe wie angewurzelt stehen, und seine Hand rutscht aus meiner.

Er dreht sich um. »Komm, Cassidy! Wir verpassen sonst die Drohne.«

»Nein. Wir sollten uns zuerst orientieren. Vielleicht gehen wir in die falsche Richtung.« Ich drehe mich im Kreis. Es sieht alles gleich aus! Bei der Vorstellung, wir könnten uns verirrt haben, zieht sich mein Inneres zusammen. Könnten wir bitte die Zeit zurückdrehen? Nur ein paar Minuten?

»Ich bin mir sicher, dass es hier entlang geht«, sagt er und will mich weiterziehen.

»Nein, das fühlt sich nicht richtig an.« Mein Blick wandert von Baum zu Baum, von Stamm zu Stamm und von Wurzel zu Wurzel. Irgendetwas muss mir bekannt vorkommen. Aber da ist nichts.

Kapitel 46

Panik. Alles verschlingende Panik. Die Welt dreht sich und scheint mit einem Mal viel zu eng. Die feuchte Luft verfängt sich in meiner Kehle, und ich kann nicht mehr atmen. »Hör mal, wir müssen einfach nur bergauf.« Lukes Worte verhallen in meinen Ohren, während ich versuche, mich auf diese neue Realität einzustellen.

Verirrt.

Wir haben uns im Dschungel verirrt.

Das kann nicht sein. Das darf nicht passieren.

»Cassidy?« Luke packt meinen Arm und zwingt mich, ihn anzusehen. Er deutet auf einen Hang, der immer weiter nach oben führt. »Wir müssen einfach da entlang, dann kommen wir zum Aussichtspunkt.«

Ich schüttle den Kopf. »Wir müssen zurück auf den Pfad. Sonst wissen wir doch nicht, wo wir hinsollen.« Ich suche hektisch nach der Karte. Ich folge mit zitternden Fingern dem Weg zum zweiten Basislager und dann in die andere Richtung bis zum Gipfel. Vielleicht funktioniert das, was Luke vorschlägt, tatsächlich. Ich betrachte das Gebiet, durch das wir hindurchmüssen. Es ist dicht verwachsen, überall Wurzeln und Äste. Ein chaotisches Durcheinander, sehr viel schwerer zu bewältigen als der Pfad, der nicht ganz so unwegsam war. »Wir haben keine andere Wahl«, erkläre ich schließlich schicksalsergeben.

Wir schlagen uns durch die Tentakel des Dschungels.

Luke hackt alles nieder, was uns am Aufstieg hindert. Schon für die ersten paar Meter brauchen wir eine Ewigkeit, und ich habe ständig Angst, dass wir uns in die vollkommen falsche Richtung bewegen. Wir halten an, um etwas zu trinken, und ich betrachte meine halb volle Flasche. Wir haben die Ersatzration im Lager zurückgelassen, weil wir dachten, wir würden ohnehin bald dorthin zurückkehren. Ich muss mir den Rest genau einteilen. Was, wenn wir keines mehr haben? Reggie hat gesagt, dass es auch im Dschungel Wasserstellen gibt. Aber wie sollen wir die finden?

Ich versuche, ruhig zu atmen und nicht zuzulassen, dass mich erneut die Panik packt. Luke sitzt zusammengesunken auf einem Stein, doch er kann keine Sekunde stillhalten und reibt sich immer wieder ängstlich über das Gesicht. Er hat sich wieder genau an dem Ort verirrt, an dem er vor all den Jahren monatelang halb tot umherirrte. Sein Gesicht wirkt verzerrt, die Sanftheit ist verschwunden. Es fühlt sich nicht richtig an. *Er* fühlt sich nicht richtig an. Ich denke an das letzte Telefonat mit Cleo. Sie hat gesagt, dass ich nicht von Reggies Seite weichen soll. Und dass Luke etwas an sich hat, das sie nicht einordnen kann.

Ein Gedanke setzt sich fest. Er war mit Reggie unterwegs, als dieser verschwand. Was, wenn ... was, wenn ...?

»Luke.« Meine Stimme zittert. »Warum bist du Reggie nicht ins Dickicht gefolgt?« Ich klinge leise und kleinlaut. Sein Kopf fährt zu mir herum. Erkenntnis blitzt in seinen Augen auf. Oder ist es Schmerz? Meine Angst hat sich gegen mich gewendet und führt dazu, dass ich in allem und jedem nur das Schlechteste sehe. Die Dunkelheit ist heimtückisch. Wir dürfen uns auf keinen Fall gegeneinander wenden. Aber vielleicht macht der Dschungel genau das mit dir.

»Was willst du damit sagen?« Er klingt angespannt und blickt mit gerunzelter Stirn in den Wald. Ich nehme mein Handy hervor und starte die Aufnahme, dann verstecke ich es zu meinen Füßen und drehe es so, dass das Mikro in seine Richtung zeigt und seine Stimme aufzeichnet. *Jetzt wird es Zeit für die schmerzhaften Fragen, die ich dir versprochen habe, Luke.* »Weil ... du mit Reggie zusammen warst. Und jetzt ... ist er fort.«

»Cassidy. Willst du ehrlich andeuten, ich hätte Reggie etwas angetan? Warum sollte ich?« Seine blutunterlaufenen Augen funkeln mich wütend an, bis ich den Blick abwende. »Wie kannst du so etwas denken? Ich ... ich ...« Er spricht den Satz nicht zu Ende, sondern verstummt.

Irgendetwas geht hier vor. Angst breitet sich in mir aus. Die Kamera, die auf seiner Seite der Hütte lag. Das Messer, das er einsacken wollte. Das Klopfen, das er gehört hat, während wir schliefen. Außer ihm hat es niemand gehört. Oder doch? Hat er es sich nur ausgedacht?

Und Mari. All die Dinge, die sie mir erzählt hat. Dinge, die so gar nicht zu seiner Version der Geschichte passen. Er kann lügen. Das hat Mari mir gezeigt.

»Mari und du. Ich weiß, dass ihr ein Geheimnis hattet. Sagst du mir, was es war?«

Er runzelt die Stirn. »Ich habe keine Ahnung, wovon du redest.«

»Irgendetwas ist passiert. In Cambridge, bevor ihr nach Thailand aufgebrochen seid. Ich weiß, dass eure Beziehung nicht so rosig war, wie du sie geschildert hast.« Ich werfe einen schnellen Blick auf mein Handy. Die Zeitanzeige läuft. Es wird alles aufgezeichnet. »Was ist passiert? Wir sind hier. Nur du und ich. Und niemand weiß, ob wir es jemals wieder von hier fort schaffen. Meinst du nicht, dass es langsam Zeit zum Reden wird?«

Er schüttelt den Kopf. »Ich ... ich ...« Er presst die Lippen aufeinander.

Ich lehne mich näher zu ihm heran. Wut kocht in mir hoch. »Komm schon, Luke. Du hast mich angerufen. Du hast gesagt, dass du bereit bist. Du wolltest mir deine Geschichte erzählen. Wenn nicht jetzt, wann dann, Luke? Wann?«

»Da war nichts. Kein Geheimnis. Ich weiß nicht, wovon du redest.« Er steht auf und streicht die Hose glatt. »Können wir bitte einfach weiter zum Gipfel? Wenn du deine Kamera wieder hast und wir von hier fort sind, kannst du deinen Film beenden, das schwöre ich dir. Aber hier geht es ums nackte Überleben, Cassidy. Es geht darum, heil von hier fortzukommen.«

Ich versuche, ihn zu durchschauen. Suche nach Zeichen, die ihn verraten. Er lügt. Ich weiß, dass er lügt. Mari hat mir die Wahrheit über ihre Beziehung erzählt, und es war keine unschuldige Jugendliebe. Aber warum? Warum hat er Stunden für die Master-Interviews geopfert, ohne die Wahrheit zu erzählen?

Es ergibt keinen Sinn. Verleugnet er immer noch alles, weil er es nicht erträgt, sich dem zu stellen, was zwischen ihnen vorgefallen ist?

Ich sage nichts mehr, während wir uns mehr oder weniger auf allen vieren weiter durch den Dschungel schlagen. Immer wieder verfangen sich die Rucksäcke an tief hängenden Ästen und zwingen uns weiter in Richtung Boden. Meine Fingernägel sind schmutzverkrustet, mein Rücken schmerzt von der unnatürlichen Haltung. Das unheilvolle Kreischen der Vögel hallt durch den Wald, während sie die traurige Prozession der verlorenen Seelen durch ihr Zuhause verfolgen.

Wir halten an und trinken kleine Schlucke von unserem kostbaren Wasser. Ein Moskito landet auf meinem Arm, sticht zu und trinkt mein Blut. *Klatsch!* Ich hebe die Hand und sehe, wie seine Beine im Todeskampf zucken. Sein zerquetschter Schädel ist mit meinem Blut getränkt.

»Ist alles okay?«, fragt Luke und wartet, bis ich zu ihm aufgeholt habe. Er klingt fürsorglich, aber ich kann mich nicht dazu überwinden, ihn anzusehen.

»Wir sollten längst oben sein«, stöhne ich. »Wir sind schon seit Stunden hier draußen. Selbst, wenn wir den Weg zum Aussichtspunkt finden, die Drohne haben wir verpasst.«

Ich sehe mich um. Ich habe das Gefühl, in der Falle zu sitzen. Ich verstehe diese Umgebung einfach nicht. Sie erscheint mir in keiner Weise logisch. Die Stelle, an der wir durch das Dickicht hinaus auf den Aussichtspunkt hätten gelangen sollen, stellte sich als weiteres überwuchertes Plateau heraus, auf dem es genauso aussieht wie überall sonst. Luke lässt sich erschöpft neben mich sinken. Er legt einen Arm um meine Schultern und zieht mich an sich. Sein Geruch. Ich schließe einen Moment lang die Augen und genieße das tröstliche Gefühl, aber mittlerweile mischt sich auch etwas Saures, Unbehagliches darunter.

»Weißt du, was ich kaum erwarten kann?«, fragt er mich. Ich schüttle den Kopf. »Dich mit nach Hause zu nehmen und dir alles zu sagen, was ich dir schon immer sagen wollte. Und alles mit dir zu tun, was ich immer schon tun wollte.«

Ich schiebe ihn von mir. »Nicht.«

»Warte!« Er hebt den Kopf, als hätte er etwas gehört. Doch dieses Mal hat er keine Angst, dieses Mal bebt er vor Aufregung. »Hörst du das?«

Ich lausche. Wasser. Ich höre Wasser.

Wir laufen darauf zu. Kämpfen uns durch den Dschungel, der meine Arme und Beine zerkratzt. Am Ende brechen wir durch die letzten Büsche und Bäume auf eine Lichtung hinaus. Wir laufen auf einige Felsen an deren Rand zu und werfen einen Blick über sie hinweg. Ein Abgrund und darunter ein rauschender Bach.

»Wenn wir dem Bach folgen, sollte er uns aus dem Dschungel führen. So sagt man doch, oder? Wenn du dich im Dschungel verirrst, folge dem Wasser.«

»Aber wohin wird es uns führen?«, fragt Luke skeptisch.

Ich hole die Karte heraus. Es gibt mehrere blaue Linien, aber ich habe keine Ahnung, welche wir hier vor uns sehen. Allerdings münden sie alle in den Fluss, auf dem wir in den Dschungel gekommen sind. Wir kommen hier weg! Ich drehe mich um und umarme ihn. Doch er schließt mich nicht in die Arme wie sonst immer. Ich lasse ihn los, als mir klar wird, dass er die Umarmung nicht erwidern wird.

»Ich will einfach nur nach Hause«, flüstere ich. Sämtliche Gedanken an den Film, an Mari – verschwunden. Ich will zurück in die Sicherheit meines Bettes, zu meiner Katze. Zu Rebecca und dem Baby.

»Dieses Geheimnis, von dem du vorhin gesprochen hast. Wer ... wer hat dir davon erzählt?«, fragt Luke.

Ich erstarre. »Es kam irgendwann mal zur Sprache.«

Er schluckt und tritt zwei Schritte zurück. Betrachtet mich neugierig und mit schmalen Augen.

»Warum hast du mir nichts von dem Kuss erzählt?«, flüstere ich.

»Von welchem Kuss?« Er mustert mich eingehend.

»Mari. Sie hat Astrid in Bangkok geküsst.« Er zuckt zusammen. »Hat dich das schockiert?«, frage ich vorsichtig und beobachte seine Reaktion genau.

»Wer hat dir davon erzählt?«, fragt er verärgert. »Können wir ... können wir bitte das Thema wechseln?«, meint er mit rauer Stimme.

Luke lügt. Ich sehe keine andere Möglichkeit.

Er betrachtet mich und kaut dabei auf seiner Unterlippe. Eine Dunkelheit hat von seinem attraktiven Gesicht Besitz ergriffen. Die Bartstoppeln sind dichter geworden, die Augen gerötet. Er blinzelt mehrmals hintereinander. Dann tritt er auf mich zu und schlingt einen Arm um mich, sodass ich mich nicht mehr rühren kann. Es ist keine Umarmung. Er fixiert mich.

»Hör auf, Luke. Bitte. Du tust mir weh.« Tränen schießen mir in die Augen.

»Komm her«, sagt er mit rauer Stimme und zieht mich näher an sich heran. »Warum weinst du?«, fragt er und wischt forsch die Tränen von meinen Wangen. Dann presst er seine Lippen auf meine. Ich versuche, ihn von mir zu schieben.

»Lass das!«, schreie ich, und er lässt mich los. Ich stolpere nach hinten und falle unbeholfen auf den Knöchel. Ich schreie auf und umklammere ihn. Der Schmerz ist wie ein brennender Pfeil, der sich tief in meine Haut bohrt.

Luke geht neben mir in die Hocke. »Lass mich mal sehen.« Er stößt meine Hand fort, öffnet meinen Wanderstiefel und rollt den Strumpf nach unten. Er umfasst meinen Knöchel, der jeglichen Halt verloren hat und bereits vor unseren Augen anschwillt. Der Schmerz schießt mein Bein nach oben in meinen Magen, und Übelkeit überkommt mich. Unsere Blicke treffen sich.

»Du solltest das filmen«, sagt er.

»Wie bitte?«, krächze ich.

Ich sehe ihn an. Seine Augen wirken glasig. Aufgeregt. Er klopft meine Tasche ab, sucht nach meinem Handy. Als er es gefunden hat, streckt er es mir ins Gesicht. »Komm schon. Du musst das aufnehmen. Das gibt zusätzlichen ... Wie hast du es noch genannt? *Suspense.*« Er grinst. »Du brauchst es für *unseren* Film.« Seine Worte schlängeln sich wie eine Schlange aus seinem Mund. »Na los, entsperre es für mich.« Ich tippe wie ferngesteuert das Passwort in mein Handy und starte die Aufnahme, dann richte ich die Kamera zitternd auf sein Gesicht.

Mir ist eiskalt. Bittere Galle steigt meine Kehle hoch und verbrennt mein Inneres. »Für *unseren* Film?«, flüstere ich. Die Art, wie er es gesagt hat, lässt mich zu Eis gefrieren. Er lächelt grimmig. Es ist ein Lächeln, das ich noch nie an ihm gesehen habe. Ich betrachte es auf dem Display meines Handys. Da ist dieser wilde Blick in seinen Augen. Im nächsten Moment reißt er mir das Telefon aus der Hand.

Er blickt selbstgefällig darauf hinunter. Beginnt, darauf herumzutippen. »Also, was hast du da ständig hinter meinem Rücken getan, wenn du dich mal wieder davongeschlichen hast? Was ist es, Cassidy? Es muss sehr fesselnd sein, denn du hast verzweifelt nach Möglichkeiten gesucht, seit wir hier sind.« Ich versuche, mir das Handy zu schnappen, aber mein Knöchel ... Ich schaffe es nicht.

»Mmm, ist es in deinem E-Mail-Ordner? Nein ... irgendwo anders. Lass uns doch mal nachsehen, einverstanden?« Dann grinst er. »Hi, Mari.« Er verstellt die Stimme und klingt wie ein affektierter Teenager. »Ich kann es kaum erwarten, dir alles zu erzählen. Vielleicht erzähle ich dir sogar von meinem Geheimnis ...«

Er beginnt zu lachen. Es ist ein dunkles, donnerndes Lachen. Und ich fühle mich nicht mehr sicher bei ihm. Ich fühle mich überrumpelt. Als wäre ich in eine Falle getappt. Ich hüpfe auf einem Bein auf ihn zu. »Gib es zurück«, flehe ich.

»Glaubst du, mich interessiert, welches Geheimnis die verdammte Mari Castle hatte? Es interessiert mich einen Scheiß!« Er lacht und schleudert das Handy zwischen uns auf den Boden. Das Lachen verstummt nicht. Er hält sich den Bauch und johlt. Seine sanfte, freundliche Persönlichkeit ist wie weggeblasen.

»Und weißt du auch, warum es mich nicht juckt, Cassidy?« Er lehnt sich näher heran. Das hier gefällt ihm. Meine Augen weiten sich. »Weil ich nicht Luke Speed bin.«

Kapitel 47

»Wie bitte?« Ich sehe zu ihm hoch. »Wie meinst du das?« Ich beuge mich nach vorne und wage, das unverwechselbare Muttermal auf seinem Gesicht zu berühren. »Luke?« Sein Blick wird noch ungnädiger, und ich ziehe ruckartig die Hand zurück, als hätte er mich gebissen. Hat er den Verstand verloren? Erlebt er einen psychotischen Schub?

»Du warst so versessen darauf, diesen Film zu machen, dass du bereit warst, die Fakten außer Acht zu lassen«, erklärt er. Entsetzt weiche ich zurück. »Dein Ehrgeiz. Du glaubst, du stehst über allem. Du hast es kein einziges Mal infrage gestellt«, fährt er fort und beginnt, auf und ab zu gehen. Der Adrenalinschub ist ihm deutlich anzusehen. Ich versuche, mich zu bewegen, doch der Schmerz in meinem Knöchel lässt mich aufschreien. Mein Handy liegt zwischen uns auf dem Boden, und das Verlangen, es wiederzubekommen, übernimmt das Kommando. Ich verziehe das Gesicht und greife danach.

»Wenn du nicht Luke bist, wer bist du dann?«

Er lacht erneut und berührt den Schönheitsfleck in seinem Gesicht. »Ein Tattoo. Der Kerl fand es ziemlich seltsam, offenbar wollen so etwas sonst nur Frauen.« Er greift in seine Augen und holt etwas heraus. Kontaktlinsen. Als er mich erneut ansieht, sind seine Augen nicht mehr blau, sondern dunkelbraun, beinahe schwarz. Er sieht völlig verändert aus, als hätte er eine Maske abgenommen. »Die wollte ich schon den *ganzen verdammten Tag* loswerden!«, schreit er. Der Dschungel um uns bebt, und mir wird klar, dass seine Augen nicht von der Hitze gerötet waren.

»Du hast mich angerufen«, flüstere ich, und langsam dämmert es mir. Ich denke an die letzten Monate und gehe in Gedanken Schritt für Schritt zurück.

Er lacht. »Ich wusste, dass du darauf abfahren würdest. Darauf, die Auserwählte zu sein. Das war mir bereits klar, bevor ich dich kannte. Ich wusste genau, was für ein Mensch du bist. Dein Ehrgeiz geht über alles. Und über jeden.«

»Wer bist du?«, frage ich erneut.

Er schüttelt abwehrend den Kopf.

Das kann nicht sein. Ich denke an den grinsenden Teenager auf den Fotos. Er sieht genauso aus wie er.

Er wandert weiter auf und ab, die Freude darüber, sich endlich zu erkennen zu geben, ist unübersehbar. »Ich wusste, dass du darauf hereinfallen würdest. Ich musste nur die passende Geschichte finden. Einen passenden Verdächtigen, in dessen Rolle ich schlüpfen konnte.« Er schenkt mir einen zufriedenen Blick und ein großspuriges Lächeln.

»Du hast dir diesen Fall ausgesucht, weil du wusstest, dass du als Luke durchgehen würdest? Aber warum?« Er schüttelt gemächlich den Kopf. Er ist noch nicht bereit, mir auch den Rest der Geschichte zu erzählen. Wer ist dieser Betrüger? »Aber wir haben alle Dokumente überprüft.« Ich habe keine Ahnung, wie das passieren konnte.

Er schnaubt. »Ihr habt *Lukes* Dokumente überprüft. Nicht meine. Es ist nicht schwer, an solche Dinge ranzukommen, wenn man die richtigen Leute kennt.« Er grinst. Er genießt das hier. Die Kontrolle, die er über mich hat.

Ich mustere sein Gesicht. Er sieht tatsächlich aus wie eine ältere Version von Luke, vor allem mit dem unverwechselbaren Muttermal und den tiefblauen Augen. Zwanzig Jahre machen etwas mit dem Gesicht und dem Körperbau eines Menschen. Ich schäme mich in Grund und Boden. Wie konnte mir das entgehen?

»Aber dein Reisepass ... Wir sind mit dem Flugzeug hierhergekommen ...«, stammle ich.

»Ich habe doch grauenhafte Flugangst, Cassidy«, spottet er und gibt sich gespielt ängstlich. »Melissa – ehrlich, machen Sie sich keine Sorgen. Überweisen Sie mir einfach den Betrag für ein Standardticket und schicken Sie mir die Flugdaten, ich erledige den Rest.« Ich sehe Melissa an ihrem Schreibtisch, umgeben von Unterlagen und Tabellen. Erleichtert, etwas von ihrer Liste streichen zu können.

»Sag mir, wer du bist«, verlange ich.

»Und dann habe ich auch noch den Jackpot geknackt!« Er johlt vor Freude. »Darauf hätte ich niemals gewettet. Es war schwer, während der ganzen Rückfahrt mit dem Zug ein trauriges Gesicht aufzusetzen.« Er blickt mich übertrieben niedergeschlagen an.

»Wolltest du deshalb nicht, dass Cleo die Polizei verständigt, als dich der Mann vor der Schule niedergeschlagen hat?« Und ich war so dumm und dachte, er würde sich schämen. Wäre zu bescheiden und demutsvoll, um viel Aufhebens darum zu machen.

»Es ist krank, wie versessen die Leute auf den Schmerz anderer sind. Krank. Ich habe sämtliche Bücher und Artikel über diese privilegierten Idioten gelesen. Die Polizeiberichte, die jemand dankenswerterweise auf einer Plattform hochgeladen hat, auf der Hobbydetektive versuchen, alte, ungelöste Fälle zum Abschluss zu bringen. Dann musste ich nur noch dasitzen und alles mit der einen oder anderen Ausschmückung vor dir auskotzen, während wir deine kostbaren Interviews gedreht haben. Und du bist darauf reingefallen!« Ich denke an Raefs Einschätzung der Interviews. An die Anmerkung, dass ich nichts Neues aus Luke herausgebracht hätte, bloß zusätzliche Details. Er hat mich hingehalten und mit der Ankündigung vertröstet, dass es eine große Enthüllung über die Ereignisse im Dschungel geben wird, aber die gibt es nicht. Weil er nicht weiß, was passiert ist. Er war noch nie hier.

»Warum macht man so etwas?«, frage ich, und Panik packt mich. Ich befinde mich ganz eindeutig in großer Gefahr. Verschollen in den unendlichen Weiten des Dschungels mit einem vollkommen Fremden.

»Du. Du glaubst, du kannst den Leuten einfach alles nehmen und niemand stört sich daran? Du glaubst, du kannst ein derart erfolgreiches Leben auf den Lügen über andere Leute aufbauen, ohne irgendwann die gerechte Strafe dafür zu kassieren?« Er hält inne und mustert mich. »Ich hätte nicht gedacht, dass ich es schaffen würde, dir derart unter die Haut zu gehen. Ich habe mir nicht einmal in meinen kühnsten Träumen ausgemalt, dass du mich so weit gehen lassen würdest.« Sein Blick fällt auf meine Brust, und ich fühle mich benommen. Abscheu packt mich.

»Wer bist du?«, brülle ich. »Wenn du nicht Luke bist – wer bist du dann?«

Er spuckt aus. »Wir waren glücklich – bis du aufgetaucht bist. Er hätte nie jemandem wehgetan.« Eine Pause, um die Spannung zu erhöhen. »Er war der beste Vater, den man sich vorstellen kann.«

»Vater?«, frage ich verwirrt. »Wer?«

»Wie fühlt es sich an, manipuliert zu werden, Cassidy?« Seine Worte reißen mich in Stücke. »Wie fühlt es sich an, wenn man plötzlich die Kontrolle verliert? Wenn das eigene Leben in den Händen eines anderen liegt? Wenn es nicht mehr länger dir gehört?«

Ein Schluchzen dringt über meine Lippen. Ich beginne zu weinen. Ich versuche, es hinunterzuschlucken, doch mein Kinn zittert.

»Hör auf zu weinen!«, befiehlt er frustriert. »Du darfst nicht weinen.« Er kommt mit großen Schritten auf mich zu, packt mich und wischt mir grob die Tränen von den Wangen. Unsere Blicke treffen sich, und meine Angst steigt ins Unermessliche. Wer ist dieser Mann? Wozu ist er fähig? Im nächsten Moment lässt er mich los und wendet sich verletzt ab. »Ich habe ihn im Gefängnis besucht. Er meinte, er würde sich lieber umbringen, als an diesem Ort zu bleiben. Das ist Schmerz. Er hat nie irgendjemandem ein Haar gekrümmt. Nie. Aber du dachtest, er hätte es getan. Du hast *ihm* diese ekelhafte, ungeheuerliche Tat zugeschrieben.«

»Gefängnis«, flüstere ich. Ich betrachte erneut sein Gesicht. Denke an ein altes Familienfoto, das der Presse zugespielt wurde, nachdem *Missing* veröffentlicht worden war. Ein Arm, der über der Schulter eines Jungen im frühen Teenageralter liegt. Max Barbers Sohn. Der Sohn des Mannes, den man nach unseren Ermittlungen des Mordes an Molly-Ann schuldig gesprochen hat. Wie war noch gleich sein Name …?

»Ich habe ihn geliebt. Er war ein guter Vater. Er hätte niemals – *niemals* – getan, was du ihm in die Schuhe geschoben hast.« Sein Gesicht ist verzerrt. Eine groteske, schmerzerfüllte Fratze. »Du glaubst wirklich, er wäre fähig gewesen, einem kleinen Mädchen solche Dinge anzutun? Du hast der Welt erklärt, dass er dieses Tier – dieses Monster – war.«

Ich schlucke. »Connor.« Er zuckt zusammen, als er seinen richtigen Namen hört.

Die DNA-Spuren waren eindeutig, es ist ausgeschlossen, dass sein Vater unschuldig ist. Aber wie traumatisierend muss es sein, wenn man herausfindet, wie ein geliebtes Familienmitglied wirklich ist?

»Connor.« Ich humple auf ihn zu. Es gibt nur eine Möglichkeit, aus der Sache herauszukommen. Ich muss eine Verbindung aufbauen. Er ist ein großer, kräftiger Mann, und ich kann nicht davonlaufen. »Ich glaube dir. Ich glaube dir wirklich. Sehen wir zu, dass wir von hier fortkommen, dann stellen wir alles richtig.«

Er ignoriert mich und wandert wieder polternd auf und ab. »Die akribische Planung hat sich bezahlt gemacht. Es musste die perfekte Geschichte sein. In der öffentlichen Wahrnehmung schon viele Jahre her, aber etwas, auf das du sofort anspringen würdest. Ein Knüller, den du dir nicht entgehen lassen würdest. Und ich musste ins Bild passen. Ich habe mir Hunderte Fälle angesehen. Bis ich auf Luke stieß. Dasselbe Alter. Und wir sehen einander ähnlich, es brauchte bloß ein paar kleine Optimierungen. Er wurde seit Jahren nicht mehr gesehen. Es war perfekt. Je mehr ich über den Fall herausfand, desto überzeugter war ich, dass es funktionieren würde. Ich habe Tag und Nacht recherchiert und alles zusammengetragen, was es über die Geschichte zu wissen gibt. Die Facebook-Beiträge der Schüler dieser lächerlichen Schule – die Erinnerungen an die heimliche Raucherecke und das Fußballspiel. Du hast es geliebt. Ich wollte dich ruinieren, Cassidy. Dich und deine perfekte kleine Karriere. So, wie du unsere Familie ruiniert hast.«

»Du hast dir den Fall ausgesucht, weil du Luke Speed ähnlich siehst, den seit Jahren niemand mehr zu Gesicht bekommen hat.« Ich kann nicht glauben, dass das gerade wirklich passiert. Ich lasse mich zu Boden sinken, das Gewicht der Geschichte ist zu schwer.

»Vermutlich liegt er tot in einem drogenverseuchten Loch. Der Schmerz macht solche Dinge mit Menschen, weißt du? Und sieh nur! Es hat funktioniert. Du bist voller Freude darauf eingestiegen. All die sinnlosen Stunden, die du mich interviewt hast. Du bist auf alles reingefallen.« Er lacht auf. »Ich musste lediglich einen mickrigen Song auf dem Klavier lernen. Darauf bin ich besonders stolz. Ich habe Talent, findest du nicht auch?« Er grinst höhnisch. »Und jetzt sieh uns an. Hier draußen, ganz alleine. Nur wir beide.« Er geht zu der Stelle, an der ich zu Boden gesunken bin. »Was soll ich deiner Meinung nach jetzt mit dir anstellen?« Er ist außer sich vor Freude. Die Tatsache, dass wir uns im Dschungel verirrt haben, scheint ihm nichts auszumachen. Er scheint es richtiggehend zu genießen.

Ich versuche aufzustehen. Es tut höllisch weh. Ich lege meine Hand auf einen Felsbrocken, um nicht den Kontakt zur Wirklichkeit zu verlieren.

»Es ist ausgeschlossen, dass du ganz alleine hier rauskommst«, erklärt er. Ich starre ihn ungläubig an. Er sieht so anders aus. Mein Luke. Er hat nie existiert. Trauer steigt in mir hoch.

»Das ist krank«, zische ich.

Er verzieht das Gesicht. »Ich wollte es nie so weit kommen lassen. Aber dann haben sich deine Vorgesetzten eingemischt. Eine Reise nach Thailand! Was für eine irrwitzige Idee. Bringen wir den armen Mann, der einen psychischen Zusammenbruch nach dem anderen erlitten hat, doch einfach an den Ort zurück, wo er seine Freundin verloren hat. Es ist eine Art ausgleichende Gerechtigkeit, dass du jetzt dasselbe Schicksal erleidest.« Ich schüttle den Kopf. Ich begreife das alles nicht. Er fährt fort: »Es war gar nicht so einfach, hierherzugelangen, ohne dass mir jemand auf die Schliche kommt. Zuerst wollte ich nicht. Ich hätte die ganze Sache beinahe hingeworfen und wäre abgehauen. Sogar in der Nacht vor dem Abflug, weißt du noch? Ich wollte dir erklären, dass ich nicht nach Thailand will, aber du hast nicht zugelassen, dass ich meine Meinung ändere. Und dann dachte ich: Die Geschichte kann im Grunde nirgendwo besser enden als hier.« Er macht eine ausladende Armbewegung. »All die Dinge, die hinter den Kulissen abliefen, während du mit einer Jammermiene herumgelaufen bist und einen mitleiderregenden Anblick abgegeben hast. Die anonymen Droh-E-Mails haben ihren Zweck erfüllt, nicht wahr?«

Mein Kopf fährt hoch, und er grinst höhnisch. »Das warst du«, flüstere ich zitternd. Ich schüttle ungläubig den Kopf, während Tausende Fragen in meinem Kopf umherschwirren. »Aber du hast im Hotel deinen Reisepass vorgelegt. Ich habe ihn gesehen. Da stand ›Luke Speed‹.«

»Eine Fälschung. Und nicht einmal gut gemacht. Ich wusste, dass ich damit niemals in ein Flugzeug steigen kann. Wenn man im Hotel dahintergekommen wäre, hätte ich meine Tasche geschnappt, wäre in ein Taxi gesprungen, zum Flughafen gefahren und abgehauen. Der angerichtete Schaden war da bereits groß genug. Ich wollte nur noch sehen, wie weit ich es treiben kann – und womit ich noch durchkomme.« Er grinst. »Und jetzt sieh uns an, Cassidy.«

»Reggie. Du hast so getan, als hättest du jemanden gehört, um ihn loszuwerden, nicht wahr? Es schleicht kein Fremder durch den Dschungel. Es gibt nur uns.«

Er sieht mich voller Stolz an und zuckt mit den Schultern. »Du dachtest, die Reise würde mit einem Interview enden. Stattdessen bekommst du die Szene deines Lebens. Glaubst du, es würde mir etwas ausmachen, wenn wir hier draußen sterben?« Er lacht. »Es wäre doch ein ziemlich gutes Finale, oder nicht?«

»Connor. Willst du mich wirklich hierlassen?«, frage ich kleinlaut. Ich denke an das Geiseltraining, das ich absolviert habe, während wir in Afghanistan filmten. Gib deinem Geiselnehmer die menschlichen Eigenschaften zurück. »Ich würde sterben. Könntest du damit wirklich leben? Es ist etwas ganz anderes, als bloß meine Karriere zu zerstören«, fahre ich leise fort und versuche, Augenkontakt mit ihm aufzunehmen. Ich humple auf ihn zu. »Connor. Ich dachte ...« Ich beiße mir auf die Lippen. »Ich dachte, ich würde dir etwas bedeuten.« Ich sehe ihm direkt in die Augen.

Er presst die Zähne aufeinander. Dann kichert er. Sieht mir bei meinen mitleiderregenden Bemühungen zu, mich fortzubewegen. »Das hat keinen Zweck. Ohne mich kommst du hier nie mehr raus.« Er ist begeistert.

»Willst du mir wirklich wehtun? Bedeute ich dir denn gar nichts?« Ich versuche, die Erinnerung an unsere gemeinsame Nacht zu verdrängen. »Die Art, wie du mich geküsst hast ... wie du ... wie ... Das war nicht alles nur gespielt.«

»Halt die Fresse, verdammt noch mal!«, brüllt er, und mein Mund klappt zu.

Ich sehe mich nach etwas um, mit dem ich mich verteidigen kann. Aber da ist bloß Wald. Feuchter, glitzernder Wald, der sich immer noch von dem starken Regen erholt. Die Sonne schimmert durch die Blätter, ich kneife die Augen zusammen. Mein Blick huscht über die Felsen zu dem sprudelnden Wasser. Direkt unter uns befindet sich eine Art Becken. Es sieht tief aus. Ich frage mich, ob ich springen könnte.

Ich lasse mich auf einen der Felsen sinken und rutsche nach hinten. Ich darf auf keinen Fall mein Handy verlieren. Ich weiß, dass es hier draußen nicht funktioniert, aber es verbindet mich mit der Außenwelt, und ich will es bei mir haben. Ich taste unauffällig nach dem wasserdichten Beutel um meinen Hals, lasse es hineingleiten und schließe ihn mit einer Hand. So sollte es nicht kaputtgehen. Ich ziehe die Schnur um meinen Hals fester, damit es mir nicht über den Kopf rutscht, wenn ich springe.

Ich beobachte Connor, der auf und ab marschiert und leise mit sich selbst redet. Ich schlucke ein Würgen hinunter, mir ist körperlich übel. Ich wurde verletzt. Benutzt. Vergewaltigt. Denn genau das ist es, nicht wahr? Ich wurde unter Vorspiegelung falscher Tatsachen in eine Falle gelockt, mit dem Ziel, dass meine Gefühle für ihn jegliche Zweifel unter sich begraben würden. Ich kann nicht glauben, dass ich darauf hereingefallen bin. Ich wurde manipuliert.

Ich wurde doch noch nie in meinem Leben wirklich geliebt.

Es ist alles meine Schuld.

Ich rücke noch ein Stück weiter nach hinten.

»Ich wollte dich bloßstellen. Dich blamieren. Dein Leben sollte genauso sinnlos werden wie meines – und wie das meines Vaters. Ich wollte dir das nehmen, was du liebst. Deine Karriere. Und ich glaube, ich hatte großen Erfolg, oder was meinst du?«

Ich schiebe mich Zentimeter um Zentimeter nach hinten, während er seine Schimpftiraden loslässt. Kann ich das wirklich? Werde ich den Sturz überleben?

»Aber du konntest nicht genug kriegen, nicht wahr?«, knurrt er hasserfüllt. »Du wolltest hierher, in den Dschungel. Damit Luke noch einmal durchlebt, was niemals jemand zwei Mal erleben sollte.« Er kommt auf mich zu. »Du bist krank!«

»Das stimmt nicht, Connor. Ich wollte Mari finden. Ich wollte, dass du ...« Ich schüttle den Kopf. Das stimmt so nicht. »Ich wollte, dass *Luke* einen Abschluss findet. Ich wollte ihm das geben, was er wollte. Eine Chance, den Leuten endlich seine Wahrheit näherzubringen. Ich dachte, er wollte seine Geschichte erzählen!«

»Und jetzt bekommst du stattdessen meine.« Er grinst höhnisch.

»Du hast die Kamera zerstört und das Satellitentelefon versteckt, nicht wahr?«, frage ich. »Reggie«, hauche ich. Ich frage mich, was mit ihm passiert ist. Reggie, die gute Seele. Wie Connor es getan hat. Vermutlich ist Reggie tot, und es ist allein meine Schuld. Ich war so versessen darauf, dass das alles real ist.

»Ich hatte nie vor, dir körperlich wehzutun, Cassidy.« Er hält inne und mustert mich. Sein Blick wandert über meine Beine, meine Brüste, und sein Mund verzieht sich zu einem durchtriebenen Lächeln. »Aber jetzt, wo wir schon mal hier sind, habe ich keine andere Wahl, oder?«

Es ist meine einzige Chance, wer weiß, ob sich noch eine ergibt. Und ich lasse mich, verdammt noch mal, nie wieder von irgendjemandem gefangen halten. Ich hole mir die Kontrolle zurück. Ich ziehe die Riemen meines Rucksacks so fest wie möglich, dann schließe ich die Augen, halte den Atem an und rolle mich nach hinten. Ich verbringe eine gefühlte Ewigkeit im freien Fall, dann schlägt das Wasser über mir zusammen.

Kapitel 48

Einen Moment lang sinke ich wie ein Stein. Ich achte nicht weiter auf meinen schmerzenden Knöchel und beginne, wie wild zu strampeln, während ich den Blick auf das wogende Licht über mir gerichtet halte. Sobald Luft mein Gesicht berührt, nehme ich einen riesigen Atemzug. Geschrei hallt von oben herab. »Cassidy! Du Miststück!« Im nächsten Moment reißt mich die Strömung mit sich, und ich werde von dem sprudelnden Wasser davongetragen. Mein Rucksack hält mich zurück, und ich schaffe es unter größter Kraftanstrengung, ihn von meinem Rücken auf den Bauch zu befördern, um ihn als Schwimmbrett zu benutzen.

Nach der ersten Biegung höre ich einen Schrei und lautes Platschen. Connor kommt hinterher. Ich strample schneller und verzweifelter, und das Wasser trägt mich weiter. Die chaotische Kakofonie des Dschungels begleitet mich, ein erschütternder Chor aus Geschnatter und Gekreische.

»Cassidy! Ich komme!«, ruft er irgendwo hinter mir, während ich um die nächste Biegung gespült werde. Weiße Schaumkronen und Wirbel schieben mich schonungslos voran. Dann höre ich einen schmerzerfüllten Schrei. Vielleicht ist er gegen ein Hindernis geprallt. Ich hoffe es. Soll er doch ertrinken.

Die Strömung zieht mich immer weiter und weiter und

weiter. Etwa alle hundert Meter beschreibt der Wasserlauf eine Biegung. Wasser dringt in meinen Mund und meine Nase, und ich huste und spucke.

Nach einer neuerlichen scharfen, felsigen Biegung verringert sich das Tempo. Ich spüre Boden unter meinen Füßen und erkenne, dass ich gerade noch stehen kann. Ein weiteres Brüllen. »Cassidy!« Ich wende mich keuchend um. Er muss schon sehr nahe sein. Ich muss mich verstecken, die Strömung hilft mir hier nicht mehr weiter. Er wird jeden Moment auftauchen, und ich muss so rasch wie möglich raus aus dem Wasser.

Ich wate in Richtung Ufer, so schnell es meine Verletzung zulässt, und bemühe mich, nicht vor Schmerz aufzuschreien. Die Mangroven wachsen bis ins Wasser, und ich humple darauf zu, verstecke den Rucksack zwischen den dicken Wurzeln und warte. Sobald ich Connor entdecke, schnappe ich ein letztes Mal nach Luft und tauche unter.

Meine Lunge brennt, und ich weiß, dass ich noch nie zuvor so lange unter Wasser war. Mein Herzschlag dröhnt in meinen Ohren. Ich stöhne, und kleine Luftblasen steigen vor meinem Gesicht an die Oberfläche. Ich schlage unwillkürlich mit den Armen, so versessen ist mein Körper darauf, endlich wieder aufzutauchen. Als ich es schließlich keine Sekunde länger aushalte, schieße ich keuchend nach oben.

Ich sehe mich atemlos um und entdecke ihn ein Stückchen weiter flussabwärts. Er sieht sich hektisch um und brüllt wütend meinen Namen, der durch das felsige Tal hallt. Ich nehme einen weiteren Atemzug, dann tauche ich wieder in mein Versteck ab.

Als ich das nächste Mal an die Oberfläche komme, sehe ich nur noch seinen Rücken. Er watet um einiges weiter unten und auf der anderen Seite aus dem Wasser.

Ich warte, bis er verschwunden ist, bevor ich mein Versteck verlasse. Das Wasser zwischen den Mangroven ist abgestanden und stinkt, und ich bin froh, es hinter mir zu lassen. Ich schnappe mir meinen Rucksack und klettere über die Wurzeln hinweg in Sicherheit. Sie klammern sich an den Stoff meiner Kleidung wie verzweifelte Hände.

Sobald ich festen Boden unter den Füßen habe, lasse ich mich keuchend und hustend sinken und würge bittere weiße Galle nach oben. Ich versuche, tief zu atmen und in die Realität zurückzufinden. Luke ... Connor ... Wie kann das sein?

Ich spüre etwas Seltsames an meinem Bein, und als mir klar wird, dass ich es mir nicht nur einbilde, ziehe ich eilig die Hose nach unten. Es ist ein Blutegel, der glücklich zuckend an mir saugt. Was soll ich jetzt tun? *Denk nach, Cassidy. Denk nach.* Ich bin mir sicher, dass ich irgendwann gehört habe, dass man sie nicht einfach abreißen soll. Ich stoße einen hilflosen Schrei aus und wage es, seine schleimige Haut zu berühren. Wenn ich doch nur googeln könnte, was in einem solchen Fall das Beste ist. »Argh!«, presse ich laut durch die vor Frustration zusammengebissenen Zähne hervor. Mein Blick fällt auf einen Stock. Ich will dieses Ding einfach nur loshaben. Ich schiebe das Ende des Stockes gewaltsam unter seinen Körper und hebe ihn hoch. Der Egel hält sich stur an mir fest, und ich versuche es noch einmal mit mehr Kraft. Er lässt los und fliegt durch die Luft. Sein zuckender Körper liegt auf der Erde. Seine Zähne haben eine rote, hässliche Wunde hinterlassen. Ich lege mich auf den Rücken und ziehe die patschnasse Hose wieder nach oben. Der feuchte Stoff klebt an meiner Haut. Ich umklammere meinen pochenden Knöchel mit beiden Händen, dann stoße ich ein Seufzen aus, lege den Kopf in die

Hände und gönne mir einen Moment, um die letzte Stunde zu verarbeiten.

Meine Welt ist in sich zusammengefallen. Luke ist nicht Luke. Der Film. Mari. Mein Herz. Alles ist in tausend Scherben zerbrochen. Alles ist fort. Und jetzt bin ich hier. Alleine im Dschungel. Selbst, wenn ich es hier rausschaffe – was erwartet mich zu Hause? Meine Arbeit ist das, was mich ausmacht. Connor war erfolgreich. Selbst, wenn er mich nicht aufspürt, hat er gewonnen.

Ich schluchze und beiße mir auf die Lippe.

Komm schon, Cassidy. Du bist stärker als das hier.

Ich ziehe meinen Rucksack zu mir und beschließe, eine Bestandsaufnahme zu machen. Meine Wasserflasche mit wenigen Zentimetern Inhalt. Drei Proteinriegel und ein Apfel, den ich aus der Unterkunft mitgenommen habe. Vor tausend Jahren. Ich greife nach der Karte. Sie ist ebenfalls patschnass und zerfällt beinahe in meinen Händen. Ich stehe mühevoll auf und lege sie zum Trocknen in die Sonne. Als Nächstes ziehe ich vorsichtig mein Handy aus dem wasserdichten Beutel. Ich drücke den Knopf an der Seite, und das Display leuchtet auf. Ich seufze vor Erleichterung. Auch die Speicherkarten mit den Aufnahmen unserer Dschungelwanderung sind trocken geblieben. Allerdings war die Powerbank nicht im Beutel, sondern im Rucksack. Ich hole sie heraus. Wasser tropft daraus hervor. Ich nehme das Kabel und verbinde sie mit meinem Handy, aber es funktioniert nicht. Mein Akku ist noch etwa zu drei Vierteln voll. Ich muss darauf achten, dass ich nicht zu viel davon verwende. Ich versuche, die Taschenlampe anzumachen, doch auch sie hat sich das Wasser geholt. Ich blicke hoch in den Himmel. Ich bezweifle, dass ich es vor Einbruch der Dunkelheit aus dem Dschungel herausschaffe. Wenn überhaupt. Ich verdränge den Gedanken.

Ich hebe den Saum meines T-Shirts hoch und wische mir damit übers Gesicht. Verscheuche die Moskitos, die in meinen Ohren surren. Dann starte ich meine Handykamera. Ich muss das hier aufzeichnen. Diese Geschichte, in der ich gefangen bin, wird irgendwann zu Ende sein. Wenn ich hier sterbe, will ich, dass irgendwo dokumentiert ist, was passiert ist. Die Vorstellung tröstet mich, auch wenn die Möglichkeit besteht, dass niemand dieses Video je zu Gesicht bekommt. Ich denke an Maris Tagebuch und frage mich, ob sie genauso empfunden hat.

»Hi«, flüstere ich schniefend. »Cassidy Chambers hier. Ich ... ich kann nicht glauben, dass ich das jetzt sage, aber Luke ... der Mann, mit dem ich zusammen unterwegs war, ist nicht Luke Speed.« Ich wische mir zitternd eine Haarsträhne aus dem Gesicht und blinzle eine Träne fort. »Sein Name ist Connor. Connor Barber. Er ist ... er ist ... Max Barbers Sohn. Er hat sich unter Vorspiegelung falscher Tatsachen an mich herangemacht, um sich für die – seiner Meinung nach – unrechtmäßige Verurteilung seines Vaters zu rächen«, erkläre ich, auch wenn ich es selbst nur schwer glauben kann. »Jetzt bin ich hier. In demselben Dschungel, in dem sich Mari und Luke damals verirrt haben. Ich bin alleine und habe keine Ahnung, wo ich mich befinde. Mein Knöchel ... ist schlimm verstaucht.« Meine Stimme zittert, aber das Filmen gibt mir Trost. »Ich werde versuchen, dem Wasserlauf zu folgen, um am Ende hoffentlich an den Fluss zu gelangen, auf dem wir in den Dschungel gekommen sind. Dort werde ich warten, bis jemand vorbeikommt ...«

Ich höre ein Geräusch und klappe den Mund zu. Drehe die Kamera in die Richtung, aus der es kam. Dann stehe ich auf. Mein Knöchel brüllt vor Schmerz, als ich mich bewege. Ich halte den Atem an, als es im Unterholz raschelt.

Im nächsten Moment bricht mit ruckendem Kopf ein Dschungelhuhn daraus hervor. Ich lache beinahe auf. Es entdeckt mich, erstarrt und läuft in die andere Richtung davon.

Ich stecke das Handy vorsichtig in den wasserfesten Beutel zurück. Dann stehe ich einen Moment lang da, während der Dschungel auf mich niederblickt wie ein Geier, der über seiner sterbenden Beute Kreise zieht.

Ich kann immer noch nicht ganz glauben, dass die Geschichte, die ich erzählen wollte, vielleicht mit meinem Tod enden wird.

Kapitel 49

Bevor ich losgehe, humple ich zurück zum Wasserlauf und wate ein Stück weit hinaus, um meine Wasserflasche aufzufüllen. Ich trinke ausgiebig, dann fülle ich sie erneut. Zurück am Ufer, greife ich nach der feuchten Karte. Ich sehe ein Durcheinander aus blauen Linien und habe keine Ahnung, wo ich bin. Ich kann nur dem Wasserlauf folgen und hoffen, nicht auf Connor zu treffen. Ich schwinge den Rucksack auf den Rücken und schließe den Gurt vor der Brust. In der Nähe der ersten Bäume entdecke ich einen klobigen Stock, den ich als Gehhilfe benutzen kann. Ich frage mich, wie weit ich mich durch die Wildnis schlagen muss. Und wenn ich erst mal angekommen bin, woher soll ich wissen, ob es der richtige Fluss ist? Was, wenn mich die Strömung in einen anderen Wasserlauf gespült hat und ich nun in die vollkommen falsche Richtung unterwegs bin?

Ich darf mich von meiner Angst nicht verrückt machen lassen. Ich muss mich an die einzige Hoffnung klammern, die ich noch habe, sonst lähmt mich die Angst, und ich komme hier nie raus.

Ich trete in den Wald und stelle sicher, dass sich der Wasserlauf immer in Sichtweite auf meiner linken Seite befindet. Ich traue mich nicht, direkt am Ufer zu bleiben. Einen Fuß vor den anderen. Das ist alles, was jetzt zählt. Das Krächzen der Vögel. Das Rascheln der Äste. Das Johlen und Schnattern unsichtbarer Wegbegleiter.

Schweiß rinnt über mein von der Sonne verbranntes Gesicht. Ein schnatternder Affe springt direkt vor mir über den nicht vorhandenen Pfad. Dicke Lianen hängen von oben herab. Angst hallt wie dumpfes Donnergrollen durch meinen Körper. Dieser Albtraum muss ein Ende haben, ermahne ich mich, während ich mich im Kreis drehe. Warum sind wir hierhergekommen? Es war albern und unverantwortlich. Dieser Ort wird mich verschlingen. Die Sonne. Die wilden Tiere, die überall lauern. Oder *er*. Die Wildschweine und die Gibbons mit den weißen Händen werden sich glücklich grunzend und schnatternd über meine Knochen und mein Fleisch hermachen. Rotes Blut, das von den behaarten Unterkiefern tropft. Eine blutige Hand, die einem Jungtier einen Bissen entgegenstreckt. Jemand hat mir einmal von den malaiischen Sonnenbären erzählt. Der Name klang so freundlich. Aber jetzt, schutzlos und in stinkenden Klamotten, fürchte ich, dass glänzende Knopfaugen mich aus dem dichten Unterholz heraus beobachten. Werden meine letzten Momente von der schrecklichen Gewissheit kurz vor einem Angriff geprägt sein?

Ich höre ein seltsames, schniefendes Geräusch hinter mir und bleibe wie angewurzelt stehen. Mein Atem geht flach, als ich langsam den Kopf drehe. Ein riesiges Wildschwein. Untersetzt und kräftig. Größer, als ich es mir vorgestellt habe. Ich will bereits losrennen, doch dann fällt mir ein, dass Reggie uns davor gewarnt hat. Wildschweine können bis zu fünfundvierzig Kilometer in der Stunde schnell werden. Die Hauer des Keilers sind groß und spitz. Sein intensiver Blick ruht auf mir, die Klauen kratzen begeistert über den Boden. Ich weiche langsam zurück und strecke die Hände abwehrend von mir. Mein Rücken prallt gegen einen Baumstamm. Ich sehe nach oben. Niedrige Äste ragen in allen Richtungen daraus hervor.

Ich versuche, ruhig zu atmen, und blicke erneut zu dem Tier. Speichel tropft aus seinen Mundwinkeln, und es gibt ein tiefes, raues Geräusch von sich. Dann macht es einige Schritte zurück, als ob es Anlauf nehmen und auf mich zuspringen möchte. Mir bleiben nur noch wenige Sekunden.

Ganz ruhig, befehle ich mir selbst. Das grauenhafte Geräusch wird lauter und eindringlicher, als wollte das Tier vor dem Absprung noch Gas geben. *Eins, zwei, drei …* Ich zähle in Gedanken, bevor ich mich ruckartig umdrehe und an dem Baum hochspringe. Ich bekomme den untersten Ast zu fassen, ziehe die Beine hoch und schwinge mich darüber. Ich wage nicht, einen Blick zurückzuwerfen.

Ich ziehe mich erneut hoch, hinauf auf den nächsthöheren Ast. Aber irgendetwas hält mich zurück, hindert mich am Weiterkommen. Ich drehe den Kopf, um nachzusehen. Mein Rucksack hängt fest. Ich muss ihn abwerfen, das ist meine einzige Chance. Auch wenn meine kostbaren Habseligkeiten zu Boden fallen. Ich öffne die Schnalle über meiner Brust und lasse den Ast mit einer Hand los, um mich aus dem Trägerriemen zu schälen, während ich mich mit aller Kraft mit der anderen festklammere. Dann wiederhole ich dasselbe auf der anderen Seite.

Der Rucksack kracht zu Boden, und ich ziehe mich einen weiteren Ast nach oben und in Sicherheit. Von oben herab beobachte ich, wie das Wildschwein knurrend auf den Rucksack zutrabt, um ihn zu inspizieren. Es schnüffelt daran.

Kurz darauf sehe ich verzweifelt zu, wie es meinen Rucksack mit den Zähnen aufreißt und mit den Klauen darauf herumtrampelt. Ich höre das Krachen der Plastikverpackung und sehe zu, wie es meine letzten Riegel auffrisst. Als Nächstes kommt die Plastikflasche. Das Wildschwein rollt sie mit der Schnauze über den Boden. *Bitte nicht.* Es tritt darauf, und Wasser schießt aus dem klaffenden Loch. Anstatt weiter tatenlos zuzusehen, filme ich die neueste Katastrophe hautnah. Gerade macht sich das Wildschwein genüsslich über meinen kostbaren Apfel her. Ich lehne die Stirn an die feuchte, glitschige Rinde des Baumes und warte darauf, dass es endlich vorbei ist.

Es vergehen Stunden, ehe ich mich von meinem Baum traue. Das Wildschwein hat meine gesamten Vorräte vernichtet und ist anschließend ohne großes Aufheben wieder im Unterholz verschwunden. Ich klettere die Äste, so weit es geht, hinunter, bevor ich nach unten springe. Als der Schmerz wie ein Blitz durch meinen Knöchel zuckt, beiße ich die Zähne zusammen. Ich rolle meinen Strumpf nach unten. Die Haut ist rot und geschwollen. Ich schreie frustriert auf. Unverletzt wäre ich viel eher in der Lage, das hier zu überstehen.

Ich gehe neben dem Rucksack in die Knie und hebe ihn hoch. Er ist völlig zerfetzt. Licht fällt durch die Löcher im Stoff. Er ist nutzlos, aufgeschlitzt und zerbissen. Die zerbrochene Wasserflasche knackt, als ich danach greife. Erst jetzt, da ich sie nicht mehr habe, wird mir klar, wie wertvoll sie war. Mein Mund ist bereits staubtrocken. Ich hebe sie hoch, lege den Kopf in den Nacken und lasse die letzten Wassertropfen, die sich noch auf dem Flaschenboden befinden, in meinen Mund fließen. Ich behalte die Flüssigkeit einen kostbaren Moment lang im Mund, bevor sie meine trockene Kehle hinunterrinnt. Das Gefühl erfüllt mich mit Angst. Man weiß erst, was man hatte, wenn es fort ist. Noch nie war dieser Satz so wahr wie hier. Der

Wasserlauf ist zwar ganz in der Nähe, aber der Gedanke, dass ich mich jedes Mal, wenn ich etwas trinke, in Gefahr begebe, macht mir Angst.

Ich humple weiter und setze meine erbärmlich langsame Wanderung fort. Was passiert, wenn Connor zuerst zum Basislager zurückkommt? Wird er versuchen, die Suchtrupps aufzuhalten? Schickt er sie in die falsche Richtung? Oder konzentriert er sich nur darauf, mich zu finden und mich bezahlen zu lassen?

Ich denke an das Satellitentelefon. Er muss es noch bei sich haben. Deshalb hat es ihm keine Sorgen bereitet, mich vom Weg abzubringen, sodass wir uns verirrten. Er hatte die ganze Zeit über ein Sicherheitsnetz. Ich frage mich, ob es den Sprung ins Wasser überstanden hat.

Ich lasse mir seinen Plan durch den Kopf gehen. Ihm muss klar gewesen sein, dass die Wahrheit irgendwann ans Licht kommen wird. Der Film wäre nie erschienen. Früher oder später wäre jemandem etwas aufgefallen, und er wäre aufgeflogen. Vielleicht hat er deshalb beschlossen, es hier enden zu lassen. Als er erkannt hat, dass ich etwas weiß, was er bei seinen Recherchen nicht herausfinden konnte, war das Spiel aus.

Raef wird unheimlich enttäuscht sein, wenn er herausfindet, dass ich das Projekt völlig in den Sand gesetzt habe. Der Film, den der Sender gekauft hat und für den bereits bezahlt wurde, existiert nicht. Die aufwendige Produktion, die Reise ins Ausland, die monatelangen Dreharbeiten und die Vorauszahlungen.

Wie soll ich ihm beibringen, dass es den Film im Grunde nie gab? Dass das Geld des Senders und der Werbekunden fort ist? Songbird ist ein junges Unternehmen, das gerade erst Fuß fasst. Die Sache könnte es ruinieren. Und wer ist schuld daran? Ich.

Connor hat gewonnen.

Aber spielt das alles überhaupt eine Rolle? Ich werde höchstwahrscheinlich hier draußen sterben. Ohne auch nur ansatzweise herausgefunden zu haben, was wirklich mit Mari passiert ist. All die vergeudete Zeit. Wie soll ich das jemals Mr und Mrs Castle erklären? Das ist sicher das Allerschlimmste an dieser Entwicklung. Sie wollten Antworten, bevor sie sterben. Und jetzt werden sie nie welche bekommen. Die Schuldgefühle und die Scham rauben mir den Atem.

Ich hätte es wissen sollen. Es gab so viele Anzeichen. Aber ich war so fokussiert auf meine Beute. Auf die Tatsache, dass er mich auserwählt hatte, um seine Geschichte zu erzählen. *Mich!* So etwas passiert nur den Besten. Normalerweise Männern auf dem Höhepunkt ihrer Karriere. Ich wollte das auch. Aber ich wurde bloß zur Lachnummer. Hochmut kommt vor dem Fall. Und das war ein veritabler Absturz.

Ich höre etwas und halte inne. Hoffentlich nicht wieder dieses Wildschwein. *Ich habe dir schon alles gegeben, Kumpel, da ist nichts mehr.* Ich sehe mich eilig nach einem Baum um, auf den ich flüchten kann. Zumindest diesen wichtigen Überlebenstrick beherrsche ich mittlerweile. Mein Herz schlägt schneller. Aber kein Tier zeigt sich, und ich seufze erleichtert auf. Dann setze ich mich wieder in Bewegung. Mein Magen knurrt. Es muss mittlerweile Nachmittag sein. Cleo und die anderen machen sich bestimmt schreckliche Sorgen und überlegen bereits, Hilfe zu holen. Schon bald wird ein Hubschrauber über dem Wald kreisen.

Ich beschließe, zum Wasserlauf zu gehen und etwas zu trinken, um zumindest den quälenden Durst zu stillen. Ich wate langsam in das kühle Nass und tauche die Hände ein. Dann richte ich mich auf und sehe mich um. Normalerweise hätte mich dieses schmerzhaft schöne Tal mit Bewunderung erfüllt, aber jetzt sehe ich nur Dunkelheit und unzählige Gefahren, die zu meinem Untergang führen werden.

Ich bemerke eine Bewegung etwas weiter unten, auf der anderen Seite des Wasserlaufes. Adrenalin schießt durch meine Adern, mein Körper macht sich bereit zur Flucht.

Ich reiße erschrocken die Augen auf. Sämtliches Blut weicht aus meinem Gesicht. Nein. Das kann nicht sein.

Er steht einfach da und beobachtet mich. Meine Beine flehen mich an, endlich loszulaufen. Aber ich bin so entsetzt, dass ich mich nicht von der Stelle rühren kann.

Kapitel 50

Ich höre lediglich meinen keuchenden Atem, während wir einander anstarren. Er ist ein ganzes Stück weit entfernt, aber ich sehe die wirren, verfilzten Haare, die in alle Richtungen abstehen. Sein Gesicht und sein Körper sind mit Schlamm beschmiert. In einer Hand hält er einen knorrigen Stock, der ihn um einiges überragt. Um die Hüfte hat er sich zerrissene Stofffetzen gebunden.

Ist er ein Trugbild? Bilde ich ihn mir bloß ein?

Er bewegt sich nicht und steht vollkommen regungslos da. Wie eine Statue. Also hole ich mit zitternden Händen mein Telefon aus dem Beutel und filme. Richte die Kamera auf den Mann, der selbstbewusst auf dem Felsen steht. Dann dreht er sich langsam um, tritt wie in Trance zwischen zwei hohen Bäumen hindurch und verschwindet im Dschungel. Ich sehe mir die Aufnahme an, um sicherzugehen, dass er wirklich da war und mich der Dschungel nicht in ein geistesgestörtes Wrack verwandelt hat. Ich blicke blinzelnd auf das Display hinunter. Da ist er. Es gibt ihn wirklich.

Alle haben sich getäuscht. Niemand hat Luke geglaubt. Ich denke an die seitenlangen Polizeiprotokolle, in denen Luke die Polizisten angefleht hat, ihm Gehör zu schenken. Er hat die ganze Zeit die Wahrheit gesagt.

Da ist ein Mann im Dschungel. Und mir folgen mittlerweile zwei Männer auf meinen Irrwegen.

Ich wate zurück ans Ufer. Sehe mich immer wieder um, um sicherzugehen, dass er mir nicht folgt. Das ist doch verrückt. Ich brauche einen klaren Verstand, um heil aus dieser Sache herauszukommen. Obwohl ich mich am liebsten zusammenrollen und aufgeben würde. Ich bin nicht stark genug. Nein, das bin ich nicht. Ich wische mir eine Träne von der Wange. *Komm schon, Cassidy. Du darfst nicht zulassen, dass sie gewinnen. Du bist eine Kämpferin. Du bist schon einmal entkommen. Du wirst es wieder schaffen.*

Ich humple in den Wald. Mein Knöchel schmerzt so sehr, dass ich aufstöhne. Ich werfe einen Blick auf die Uhr. Später Nachmittag. Ich verziehe das Gesicht bei der Vorstellung, dass ich die Nacht hier draußen verbringen muss. Ohne Plane oder Hütte, ohne Feuer und ohne Essen. Ich denke an die Survival-Videos, die ich mir online angesehen habe und in denen die Leute Stöcke aneinanderreiben, bis ein Funke entsteht. Funktioniert das tatsächlich?

Ich beschließe, so weit wie möglich zu gehen, solange es noch hell ist. Weit genug vom Wasserlauf entfernt, um nicht entdeckt zu werden, aber nahe genug, um ihn zu hören, falls der Durst unerträglich wird.

Ich halte inne und lehne mich an einen Baumstamm. Atemlos vor Schmerz. Ich werfe einen Blick auf meine Hand, die auf der Rinde liegt, und entdecke etwas. Eine Schnitzerei. Ich reiße eilig die Hand zurück. Mein Gehirn braucht eine Weile, um das seltsame Zeichen einzuordnen. Die einfachen Linien stellen einen Vogel dar. Ich lasse meinen Finger darübergleiten. Die Schnitte sind nicht frisch, aber ich sehe mich dennoch um, ob ich beobachtet werde. Der bloße Gedanke, dass einmal jemand hier war und etwas in diesen Baum geritzt hat, macht noch deutlicher, dass ich nicht alleine hier bin.

Ich lasse meinen Blick schweifen und entdecke eine kleinere Version des Vogels ein paar Meter entfernt auf einem weiteren Baum. Ich beginne zu filmen und humple von einem Stamm zum nächsten. Mein Körper prickelt vor fehlgeleiteter Aufregung. Da ist noch einer. Und noch einer. Ich folge den Vögeln tiefer in den dunklen Dschungel. Stolpere dem entgegen, was sie mir offenbar zeigen wollen. Mein Kopf sagt, dass ich umdrehen und fortlaufen soll, aber mein Herz will es sehen. Ich muss wissen, warum diese Markierungen hier angebracht wurden. Es muss einen Grund dafür geben.

Nach etwa zwanzig Vögeln komme ich auf eine Lichtung. Mein Inneres gefriert zu Eis. Von beinahe jedem Ast hängen verdrehte Stöcke und handgeflochtene Seile. Wie Kugeln in einem Weihnachtsalbtraum. Ein Geräusch. Ich fahre herum und erkenne, dass es sich um ein Windspiel handelt. Ich berühre die Kokosnussschale, aus der es hergestellt wurde. Die letzten Sonnenstrahlen des Tages fallen auf die Lichtung. Ich hebe mit zitternden Händen das Handy und drehe mich im Kreis, um das seltsame Lager zu filmen, das einem zwanghaften Wahnsinn entsprungen sein muss. Die Bäume am Rande der Lichtung tragen allesamt Schnitzereien. Verschiedene Formen, die ins Holz geritzt wurden.

In der Mitte ein Hügel.

Und dann trifft mich die Erkenntnis. Es ist eine Grabstätte.

Meine Kehle zieht sich zusammen, und Tränen steigen in meine Augen. Ich humple auf das Grab zu und breche schluchzend davor zusammen. Mein Handy gleitet aus meiner Hand und fällt zu Boden.

Ich habe Mari gefunden.

Kapitel 51

Ich ziehe die Knie an die Brust und schlinge die Arme darum. »Mari?«, flüstere ich. »Bist du das?« Das Klopfen der Windspiele umgibt mich. Ich habe das Gefühl, als wäre ich an einem urzeitlichen, von Geistern heimgesuchten Ort gelandet. Ich greife nach meinem Handy und starte ein neues Video. Mein abgezehrtes, tränenüberströmtes Gesicht erscheint auf dem Display.

»Hi«, keuche ich und bin überrascht, wie krächzend meine Stimme klingt. »Ich habe vorhin seltsame Schnitzereien an mehreren Baumstämmen entdeckt und bin ihnen hierher gefolgt. Ich glaube, ich bin auf eine Grabstätte gestoßen. Und ich glaube, es könnte Mari Castles Grab sein.« Tränen steigen in meine Augen, und ich fahre zitternd fort. »Ich habe einen Mann auf der anderen Seite des Wasserlaufs gesehen. Er sah genauso aus wie der Mann, den Luke der Polizei beschrieben hat. Ich weiß, es klingt verrückt. Ich glaube es ja selbst nicht ... aber die Gerüchte und Geschichten, dass jemand sich hier draußen herumtreibt ... sie sind wahr. Luke hat die Wahrheit gesagt. Er ist unschuldig.«

Ich denke an Luke, der sich immer noch vor der Welt versteckt. Der immer noch Angst davor hat, wieder ein Teil der Gesellschaft zu werden, weil er befürchtet, nicht akzeptiert zu werden. Er hat alles versucht, um die Leute zum Zuhören zu bewegen, trotzdem hat es niemand getan. Nicht einmal ich. Ich hätte nie gedacht, dass diese seltsame Erscheinung einen wahren Hintergrund haben könnte. Ich habe an Dr. Ackermans Erklärung geglaubt – dass Luke etwas so Grauenvolles erlebt hat, dass er diesen Mann erschaffen hat, um mit der schrecklichen Realität klarzukommen. Aber ich hätte nie gedacht, dass der Fremde wirklich existiert. Die Fußabdrücke an der verloschenen Feuerstelle, das Geräusch, das ich in der ersten Nacht gehört habe. Die Seile, die von dem Ast baumelten. Die Gerüchte, von denen Reggie uns erzählt hat – es war dumm, diese Möglichkeit so schnell abzutun.

Ich spüre, wie mich die Entschlossenheit packt. Ich muss hier raus und Luke Speed ein für alle Mal von allen Zweifeln reinwaschen. Der Welt zeigen, was hier wirklich los ist.

»In Wahrheit ist keiner der beiden Teenager, die vor zwanzig Jahren in dieses Flugzeug stiegen, wieder nach Hause zurückgekehrt«, erkläre ich der Kamera, und der Gedanke macht mich traurig. »Sie hatten noch ihr ganzes Leben vor sich. Und dieser Mann hat es ihnen genommen.« Ich lege das Handy beiseite und betrachte verzweifelt den seltsamen Schrein, den er für sein Opfer errichtet hat. Ich habe es hier ganz offensichtlich mit einem Geistesgestörten zu tun. Und ich habe keine Ahnung, wozu er fähig ist.

Das Licht verändert sich, bald wird es dunkel. Ich muss mir ein Versteck suchen, und es wird sicher nicht in der Nähe dieses Ortes sein. Ich sollte noch einmal zum Wasserlauf und etwas trinken, bevor ich mich verkrieche.

Ich stemme mich hoch und zucke vor Schmerz zusammen. Ich bin zu Tode erschöpft. Tränen steigen hoch. Ich befehle mir, mich zusammenzureißen. Wenn ich das hier überstehen will, darf ich meine Energie nicht verschwenden, indem ich herumheule. Das leise Summen der Moskitos macht mich wahnsinnig, und ich versuche, sie zu verscheuchen, doch sie lassen sich nicht abschütteln.

Ich höre den Fluss bereits und humple schneller. Meine Knie knallen auf die Erde, und ich schaufle das Wasser mit den Händen auf, trinke gierig. Mehr und mehr, um den unstillbaren Durst, den diese feuchte Hitze mit sich bringt, wenigstens ansatzweise zu besänftigen.

Plötzlich höre ich ein Geräusch.

Ein Surren. Wie ein Rasenmäher, aber oben am Himmel. Mein Herz macht einen Satz. Die Drohne! Sie suchen nach mir. Ich stehe auf und schreie, winke mit den Armen, versuche, die Drohne am Himmel ausfindig zu machen.

Mein Kopf schnellt von einer Seite zur anderen, dann erkenne ich entsetzt, dass sie bereits abgedreht hat und in die andere Richtung davonfliegt. »Nein!«, schreie ich. »Komm zurück. Ich bin hier. Ich bin hier!« Obwohl ich weiß, dass sie mich nicht hören kann. Ich sehe zu, wie sie im Zickzack weiterfliegt und verschwindet. »Scheiße!«, brülle ich ins Tal hinaus. Meine Stimme hallt von den Felsen wider und setzt der unheimlichen Stille ein Ende.

Dann fällt es mir wieder ein. Ich bin nicht alleine hier. Ich klappe den Mund zu und drehe mich langsam um. Suche nach Anzeichen, dass ich beobachtet werde. Angst steigt in mir hoch, als ich mir vorstelle, wer mich gerade jetzt im Blick hat. Ein Irrer, der seit Jahrzehnten im Dschungel lebt, oder einer, der gerade erst angekommen ist – beide fest entschlossen, mir ein Ende zu bereiten.

Ich verlasse das Ufer und mache mich auf die Suche nach einem sicheren Unterschlupf für die Nacht. Es wird bald stockdunkel sein, und ich will den Handyakku nicht für die Taschenlampe verschwenden. Ein Kreischen ertönt, und ich hebe panisch den Blick. Ein riesiger Raubvogel zieht seine Kreise über mir. Ein böses Omen. Ich denke an die Kreaturen, die sich über mich hermachen werden, während ich schlafe, und erschaudere.

Ich werde hier draußen sterben, nicht wahr? Hör auf, Cassidy!

Ich wandere planlos umher und sehe mich nach einer Stelle um, die mir einen natürlichen Schutz vor den Elementen bietet. Jedes Rascheln lässt mich zusammenzucken. In meinem Kopf bilden sich seltsame Fragen. *Was wäre dir lieber? Lebendig von einem Wildschwein aufgefressen werden? Von Maris Mörder totgeschlagen werden? Oder dich dem irren Connor auszuliefern, der weiß der Teufel was mit dir anstellen wird …*

Mir wird erneut übel, und ich wische mir den klebrigen Schweiß von der Stirn. Mir ist schwindlig, und irgendetwas stimmt nicht. Es ist nicht nur die Erschöpfung. Ich stütze mich an einem Baumstamm ab, beuge mich nach vorne und übergebe mich.

Die ganze wertvolle Flüssigkeit – fort. Ich starre hinunter auf den nassen Boden. Flusswasser und Galle. *Komm schon, Cassidy. Noch ein Tag. Sie suchen bereits nach dir. Du hast die Drohne gesehen.* Ich klammere mich an diesen winzigen Funken Hoffnung.

Mein Blick fällt auf ein paar kleinere Felsbrocken, und ich humple darauf zu. Sie liegen übereinander, und auf der einen Seite befindet sich ein kleiner Eingang. Eine Höhle. Ich sinke zu Boden und krabble auf allen vieren in die schmale Öffnung. Der Innenraum ist klein, aber kühl. Das muss reichen. Es bleibt gerade genug Platz, um mit an die Brust gezogenen Knien zu sitzen. Ich nehme die Geräusche des Dschungels nur noch gedämpft war und fühle mich abgeschottet von seinen Gefahren. Ich beiße die Zähne aufeinander, während ich den Schuh von dem Fuß mit der Blase ziehe. Ich rolle den Strumpf nach unten und richte die Taschenlampe auf die Stelle. Das Pflaster, das Connor aufgeklebt hat, ist verrutscht, und die Haut um die Wunde ist gerötet. Die Wunde selbst ist eitrig und offen. Sie hat sich infiziert. Ein weiterer Grund zur Sorge. Ich wusste, dass diese widerliche Übelkeit ein schlechtes Zeichen ist.

Ich lehne mich mit dem Rücken an den Felsen hinter mir und seufze dennoch erleichtert. Wenigstens habe ich eine Lösung für die Nacht gefunden. Jetzt muss ich bloß ein wenig schlafen, und morgen ist ein neuer Tag. Die Suchmannschaften werden mich finden. Ich werde überleben.

Kapitel 52

Ich sitze hier seit Stunden, döse vor mich hin und schrecke bei jedem Geräusch auf. Meine Lippen bewegen sich zu den bruchstückhaften Gedanken, die durch meinen Kopf huschen. Der harte Stein in meinem Rücken zwingt mich in eine unbequeme, halb zusammengesunkene Haltung. Mein Knöchel pocht. Da ist noch immer der Geschmack nach Erbrochenem in meinem Mund, den ich einfach nicht loswerde.

Ein Geräusch, und ich fahre hoch.

Angst und Entsetzen reißen mich mit sich, dringen aus allen Poren.

Ich balle die Hände zu Fäusten und lausche. Schritte. »Nein«, forme ich lautlos mit meinen Lippen. Brechende Zweige. Ein Klopfen. Wie ein Stock, der gegen die Steine schlägt.

Ist er dort draußen?

Mein Körper verkrampft sich. Ich schließe fest die Augen und verdränge den Gedanken. *Ich bilde mir das nur ein. Bitte.* Ein weiteres Klopfen. *O Gott.* Er ist tatsächlich dort draußen. Wird er mich umbringen und mich in ein seichtes Grab gleich neben Mari legen? Werde ich bis in alle Ewigkeit hier liegen und dem dumpfen Schlagen der Windspiele lauschen? Das Klopfen wird lauter, er kommt näher. Ich schlinge die Arme um meine Beine und ziehe die Füße, so weit es geht, vom Eingang der Höhle fort.

Mache mich so klein wie möglich. *Bitte helft mir. So helft mir doch,* schreit mein Gehirn, doch es ist niemand da, der mir helfen könnte. Ich bin auf mich allein gestellt.

Ich beiße die Zähne aufeinander, und kalter Schweiß bricht aus, als sich ein Schatten vor die Höhle schiebt. Ich blinzle und starre ungläubig auf die schmutzigen nackten Füße vor dem Eingang.

Er ist es. Er hat mich gefunden.

Ich halte den Atem an. *Bitte geh weiter. Bitte.* Kann mich noch irgendetwas retten? Meine kleine, sichere Höhle wurde zur Falle. Ich greife nach meinem Taschenmesser, hole es heraus, öffne die Klinge und umklammere den Griff. Ich warte darauf, dass eine Hand in die Höhle schießt und mich hinauszerrt, und ich packe den Griff noch fester. Ich habe noch nie jemanden verletzt – aber jetzt werde ich es tun.

Nach einigen Sekunden setzen sich die Füße wieder in Bewegung.

Kurz darauf ist er verschwunden.

Ich sinke erleichtert zusammen.

Endlich kriecht das erste Licht des Tages in die Höhle und auf meine Zehen zu. Ich habe keine Sekunde geschlafen und hatte nach dem nächtlichen Besuch zu große Angst, mich auch nur einen Zentimeter zu bewegen. Es dauert eine Weile, bis ich genug Mut aufbringe, um meinen steifen, schmerzenden Körper aus der Höhle zu zwängen. Ich beiße die Zähne aufeinander, als ich das Gewicht auf meinen Knöchel verlagere, aufstehe und mich eilig gegen die Steine lehne. Es ist noch schlimmer als gestern. Und am anderen Fuß pocht die Ferse. Ich hebe das Hosenbein und sehe hinunter. Die Blase nässt. Ich brauche ein Antibiotikum. Was wird passieren, wenn ich die Medizin, die ich dringend brauche, nicht bekomme? Wie lange werde ich überleben? Werde ich einen qualvollen Tod sterben? *Hör auf, Cassidy. Konzentrier dich. Hör auf, den Aufbruch hinauszuzögern.* Es bringt nichts, mich in Selbstmitleid zu suhlen. Ich muss wieder in Bewegung kommen. Ganz egal, wie langsam.

»Mach einfach das Nächstbeste«, flüstere ich mir zu. *Das Nächstbeste, das Nächstbeste …* Ich wiederhole es in meinem Kopf wie eine Melodie. Bis es mit der Zeit zu einem Kinderlied wird. Ich humple weiter und achte auf jedes noch so kleine Geräusch. Ich weiß, dass er irgendwo in der Nähe ist. Vielleicht beobachtet er mich auf meinem mühsamen Weg und wartet darauf, dass ich zusammenbreche. Ich stelle mir vor, wie er mir die Kehle aufschlitzt und mich an den Haaren zurück zu der verstörenden Grabstätte schleift. Nein – das werde ich nicht zulassen. Ich werde mich wehren.

Ich würde so gerne zum Wasserlauf zurückkehren, um etwas zu trinken, aber ich habe Angst davor, die relative Sicherheit des Dschungels zu verlassen. Meine aufgesprungenen Lippen bewegen sich in einem fort. Ich denke an den Fall. An Connor. An meine vernichtenden Fehler. Ich denke an das Funkeln in seinen Augen, wenn er lachte. Und an die dunkle Leere und die Gleichgültigkeit, die sich stattdessen offenbart haben. Ich versuche, nicht an unsere gemeinsame Nacht zu denken. An die überwältigenden Gefühle, die ungerechtfertigt und falsch waren. Leuchtende, magische Momente, die nun dunkel, verdorben und verfault sind.

Wie dumm ich doch war.

Ich erinnere mich an die Puppen. Wie unbeschwert ich mit ihnen gespielt habe. Zufrieden, dass ich meiner Mum eins ausgewischt und ein besseres Zuhause gefunden hatte. *Soll sie sich ruhig um mich sorgen,* dachte mein sechsjähriges Gehirn, während ich den Puppen neue Kleider anzog und ihre Haare flocht. Das sanfte Klingen der Kinderlieder in den Ohren. Wie hatte ich mich geschämt, als mir klar geworden war, was ich getan hatte und in welcher Gefahr ich mich befand. Aber es war nicht an mir, mich zu schämen. Es war an ihr. Sie hat ihre Scham auf mich übertragen.

Ich befinde mich in einer Art Wahnzustand, während ich nahe am Wasserlauf, gerade noch innerhalb der Waldgrenze, dahinhumple. Acht Stunden. So lange waren wir am ersten Tag mit Reggie unterwegs. War das gestern? Oder vorgestern? Ist es schon länger her? Es fühlt sich an, als wäre ich bereits mehrere Wochen hier.

Nach dem Sprung hat mich der Wasserlauf sicher mehrere Kilometer mit sich getragen. Am Ende des heutigen Tages werde ich es hoffentlich bis an die Mündung geschafft haben. Ich muss es schaffen. Denn was wäre die Alternative? Eine weitere Nacht allein im Dschungel. Mit diesem Mann, der im Dunkeln lauert. Wie lange kann ich in dem Zustand, in dem ich mich befinde, überleben? Luke war wochenlang hier gefangen. Es muss schrecklich beängstigend für den Jungen gewesen sein. Er war praktisch noch ein Kind. Auf der Flucht vor diesem Mann, bloß, um nach seiner Rückkehr von Wut und Hass umgeben zu sein. Ich muss hier raus und allen die Wahrheit sagen. Wenn ich das schaffe, war es zumindest nicht umsonst.

Ich humple zwischen den Bäumen hervor und hinunter an den Wasserlauf, um zu trinken. Ich kann nicht genug bekommen. Das Gelände fällt, und das Wasser fließt wieder schneller. Ich überlege, mich in die Strömung zu werfen und mich davontragen zu lassen.

Dann denke ich an die anderen. Sie haben mittlerweile sicher Hilfe geholt, und Duncan hat sich mit der Drohne auf die Suche nach mir gemacht. Ich sehe ihn mit der Fernsteuerung in der Hand vor mir, wie er den Monitor nicht aus den Augen lässt und nach Hinweisen Ausschau hält. Sie suchen vermutlich nach drei Leuten. Reggie. Ich blinzle. Der liebe Reggie. Was hat Connor mit ihm gemacht? Oder war es vielleicht sogar der Wilde aus dem Dschungel?

Nachdem ich getrunken habe, setze ich mich unter einen Baum, um mich auszuruhen. Ich fühle mich wie ein ausgewrungener Lappen, habe kaum noch Kraft übrig. Ich schließe die Augen. Ruhe breitet sich aus. Vielleicht ist das der Moment, in dem ich einfach aufgebe. Ich habe zwei Seiten: Gerade noch reißen mich Angst und Panik mit sich, dann wieder bin ich vollkommen ruhig wie das Meer an einem windstillen Tag. Ich denke an das blaugrüne Meer am Strand von Deal, wo ich den letzten gemeinsamen Tag mit Rebecca verbracht habe. Wir sind am Pier entlangspaziert und haben die tauchenden Möwen beobachtet. Ich sehe vor mir, wie der Wind ihr die Haare ins Gesicht weht. Ihr Lächeln, als sie die Hände schützend auf ihren immer noch flachen Bauch legt, der erst noch wachsen muss. Meine aufgeplatzten Lippen verziehen sich bei der Erinnerung daran zu einem Lächeln. Werde ich das Baby jemals kennenlernen?

Ein dumpfes Geräusch. Etwas ist aus einem Baum gefallen und rechts von mir auf dem Boden gelandet. Ich blinzle die Tränen fort und sehe zu, wie eine Kokosnuss auf mich zurollt. Ich kann es kaum glauben, muss sie erst aufheben und staunend anstarren. Ich schüttle sie. Flüssigkeit schwappt hin und her. Zuckersüße Kokosmilch und etwas zum Essen.

Ich hole das Taschenmesser heraus und lege die Kokosnuss so auf den Boden, dass sie nicht wegrollen kann, dann steche ich immer wieder auf sie ein. Ich entferne die glatte grüne Außenschicht und komme zu dem braunen, felligen Inneren. Ich will sie nicht in der Mitte durchschneiden und womöglich einen Teil der süßen Kokosmilch verschütten. Außerdem habe ich Angst, ich könnte mich mit dem Messer verletzen. Ich kann gut ohne eine weitere Verletzung leben.

Ich klopfe mit dem Messer auf den oberen Teil der Nuss ein, wo sich die drei kleinen Punkte befinden. Zu meiner großen Freude bricht tatsächlich ein Stück der Schale heraus. Ich halte die Frucht über meinen Kopf und lasse die Kokosmilch in meinen Mund laufen. Als sie alle ist, vergrößere ich das Loch, breche Stücke aus der Schale heraus und beiße in das wächserne Fruchtfleisch. Alleine die Tatsache, dass ich nun etwas im Magen habe, vertreibt die Verzweiflung ein wenig.

Während ich kaue, überlege ich, welche Möglichkeiten ich habe. Ich kann mich weiter durch den Dschungel schlagen oder mein Glück im Wasser versuchen. Letzteres ist die größere Versuchung, aber ich weiß nicht, wohin der Wasserlauf führt. Womöglich kommt hinter der nächsten Biegung ein steiler Wasserfall. Es ist ein Risiko.

Ich denke an zu Hause. Was ich tun werde, falls ich jemals zurückkehren werde. In meinem bisherigen Berufsleben ging es immer darum, einer Sache hinterherzujagen. Nach vorne zu streben, um endlich »anzukommen«. Aber was bedeutet das wirklich? Wo sehe ich mich selbst in zehn Jahren? Alleine, umgeben von meinen Auszeichnungen. Und mehreren Katzen. Und sonst niemandem? Ist es wirklich das, was ich will?

Konnte Connor mich derart einfach manipulieren, weil

ich mich in Wahrheit schon lange nach einer Verbindung zu einem anderen Menschen und nach Nähe sehne?

In diesem Moment höre ich das Surren einer Drohne und stehe, so schnell es geht, auf. Die Überreste der Kokosnuss fallen von meinem Schoß, und ich laufe humpelnd zurück zum Fluss. *Surr.* Da! Sie ist direkt über meinem Kopf. Ich springe herum und winke mit den Armen wie eine Verrückte. Sie schwebt in der Luft und fliegt dann kurz auf und ab, als wollte sie mir zunicken. Sie haben mich entdeckt. Sie wissen, wo ich bin.

Meine Lippen verziehen sich zu einem breiten Lächeln. Freudentränen laufen über meine Wangen. Ich komme nach Hause.

Ich winke der Drohne fröhlich grinsend zu. Stelle mir vor, wie Duncan und Cleo im Basislager zu jubeln beginnen und die Leute von der Suchmannschaft zu sich rufen, um es ihnen zu zeigen. Ich winke weiter und versuche, mit den Lippen Worte zu formen. »Luke ist nicht Luke. Max Barber. Sein Sohn!« Ich übertreibe mit den Bewegungen und hoffe, dass sie es verstehen. Auch wenn ich es bezweifle. Die Information ist zu außergewöhnlich. Die Drohne schwebt noch einen Augenblick lang über mir, dann steigt sie ruckartig in die Höhe, und ich muss hilflos zusehen, wie sie den Wasserlauf entlang und über den Dschungel fliegt, bis sie schließlich verschwunden ist.

Mir ist schwindelig vor Glück. Alle meine Sorgen sind im Bruchteil einer Sekunde von mir abgefallen. Das ist der Anfang vom Ende dieser Geschichte. Was für eine Erleichterung.

»Hallo, Cassidy.«

Ich fahre herum.

Connor.

Kapitel 53

Connor ist von Schweiß und Schmutz bedeckt. Sein hellgrünes T-Shirt ist feucht und fleckig. Aber er hat immer noch seinen Rucksack und scheint die Zeit im Dschungel wesentlich besser überstanden zu haben als ich. Er nimmt einen lässigen Schluck aus seiner Wasserflasche und grinst. Zuversichtlich, dass er mich geschnappt hat. Ich weiche in Richtung der Felsen vor ihm zurück. Aber er kommt mit großen Schritten auf mich zu und packt mein Handgelenk. »Glaubst du echt, dass ich darauf noch mal reinfalle?«, höhnt er.

»Connor, sie wissen, wo ich bin. Sie sind auf dem Weg hierher, um mich zu retten. Es ist vorbei. Siehst du das nicht? Sie wissen, wer du bist. Ich habe es ihnen gesagt.«

»Du lügst, Cassidy«, erwidert er selbstgefällig.

»Sie haben mich mithilfe der Drohne gehört.«

Er grinst erneut. »Die Dinger nehmen keinen Ton auf. Weißt du nicht mehr? Das hast du mir selbst erzählt.«

»Ich habe mich geirrt. Das Ersatzgerät ist ein anderes Modell«, erkläre ich, doch die Aufregung in meiner Stimme verrät mich.

Er schüttelt mitleidig den Kopf. »Wir wissen beide, dass das nicht stimmt, Cassidy.« Aber er sieht sich dennoch misstrauisch um und zerrt mich in Richtung Wald, fort von dem offenen Tal.

Er drückt mich auf einen Stein. »Bleib hier sitzen«, befiehlt er und wandert mit der Machete in der Hand vor mir auf und ab. »Es überrascht mich, dass du noch lebst. Ich dachte, eines dieser riesigen Wildschweine hätte dich erwischt. Es hätte mich nicht gewundert, wenn ich nur noch einen Knochenhaufen gefunden hätte.« Er betrachtet mich mit einem Gesichtsausdruck, den ich nicht deuten kann. Ist er erleichtert, dass ich noch am Leben bin, oder missfällt es ihm? Es gibt da einen Teil in ihm, der mich mag. Das weiß ich. Ich muss ihn nur an die Oberfläche locken.

»Willst du mir wirklich wehtun, Connor? Du hattest deine Rache, okay? Mein Leben ist ruiniert, und meine Karriere ebenfalls. Ich werde nie wieder an einem Film mitarbeiten. Wolltest du nicht genau das? Ist das nicht das Ende, das du dir gewünscht hast? Komm schon, Connor, du bist kein Mörder ...«

Trotz seiner aufgesetzten Großspurigkeit spüre ich, dass er unsicher wird. »Vielleicht ist es nicht genug. Vielleicht wäre es so besser.« Er ist unentschlossen. Ich habe noch eine Chance.

»Connor, das kannst du nicht machen. Sieh mich an, Connor.« Er hebt den Blick, wendet sich aber eilig ab, als könnte er es nicht ertragen, mir in die Augen zu sehen. »Weißt du nicht mehr? Du musst ... du musst mich zumindest ein klein wenig gemocht haben ... Das habe ich gespürt«, flüstere ich.

»Halt die Fresse!«, zischt er und kratzt sich frustriert am Kopf. Will er seine Rache wirklich so weit treiben? Bis in den Tod? Die Strafe für Mord ist wesentlich höher als für Betrug. Aber ein gut inszenierter Unfall würde ihm eine Anklage ersparen. Was im Dschungel passiert, dringt selten nach draußen. Das haben wir alles schon erlebt.

»Es fühlte sich nämlich echt an.« Ich stehe auf und wage es, ein paar Schritte auf ihn zuzuhumpeln. »Als du mich berührt hast, mich festgehalten hast, du …«

»Halt die Fresse!«, sagt er erneut und wesentlich schärfer. Habe ich einen Nerv getroffen? Er ist verwirrt. Ich habe die Entscheidung verkompliziert. Ich sehe mich unauffällig nach einer Fluchtmöglichkeit um. Ich muss an ihm vorbei und in den Wasserlauf springen. Aber meine Verletzungen sind ein Handicap. Er ist größer und fitter. Alles spricht gegen mich.

Ich stecke vorsichtig die Hand in meine Tasche und greife nach meinem Taschenmesser. Mein Daumen gleitet über den eingelegten Elefanten, und ich schicke ihm ein kleines Stoßgebet. Was hat Reggie über Elefanten gesagt? War es etwas mit Stärke? Langlebigkeit? Ich umklammere den Griff mit der Faust, sodass nur die Klinge herausschaut, und verberge die Hand hinter meinem Bein. »Darf ich … darf ich einen Schluck von deinem Wasser haben, Connor?«, frage ich.

Er wirft mir einen genervten Blick zu. »Nein«, ist die knappe Antwort.

»Bitte, Connor. Nur einen kleinen Schluck. Ich habe den ganzen Tag noch nichts getrunken.« Er wirft mir einen flüchtigen Blick zu, und seine Schultern entspannen sich ein wenig. Dann nickt er kaum merklich. Er kommt auf mich zu und schraubt im Gehen den Deckel von der Flasche.

Das ist meine Chance. Ich muss angreifen und laufen. Ein harter Schlag und der schnellste Sprint meines Lebens, kaputter Knöchel hin oder her. Es geht ums Überleben. Soll er mir abfallen, es ist mir egal, ich will nur fort von hier.

Er kommt weiter auf mich zu, und die Anspannung steigt. Er ist ganz nah, streckt mir die Flasche entgegen.

»Connor«, sage ich und recke das Kinn. »Nur noch ein letzter Kuss ...« Er wirkt völlig überrumpelt von meinem Vorschlag, und ich nutze den Moment mit allem, was ich habe. Eins, zwei, drei ... Ich schieße hoch.

Wumm!

Die Kraft hinter dem Schlag lässt ihn entsetzt aufschreien. Ich schließe einen Sekundenbruchteil lang die Augen, und als ich sie wieder öffne, ragt der verdammte Griff des Messers aus seiner Schulter, und er sieht ungläubig darauf hinab. Die Machete ist zu Boden gefallen.

Ich nutze die Gelegenheit.

Ich haste auf das Ufer des Wasserlaufs zu. Connor stößt ein wildes Brüllen aus, und ich spüre ihn hinter mir. Mein Knöchel schmerzt höllisch, aber ich achte nicht weiter darauf, sondern konzentriere mich auf die Felsen und das Wasser dahinter.

Aber ich bin zu langsam. Ich schreie auf, als er die Hinterseite meines T-Shirts packt und mich zu Boden reißt. Ich versuche, auf allen vieren zu entkommen, doch er dreht mich auf den Rücken und setzt sich auf mich. Sein Gewicht lässt keine weitere Bewegung zu. Er ringt mit mir, bis er meine Arme zu fassen bekommt, und drückt sie über meinem Kopf auf den Boden. Ich winde mich und versuche, mich zu befreien, aber er ist zu stark, trotz seiner Verletzung. Hätte ich ihn ein paar Zentimeter weiter unten erwischt, würde er jetzt auf dem Dschungelboden verbluten.

Ich habe meine einzige Chance vertan.

Seine Hände legen sich um meinen Hals und drücken zu. Ich umklammere seine Finger und versuche, sie von meiner Haut zu lösen. Doch er hält mich fest wie ein Schraubstock. Ich blicke hoch in den Himmel. Bete, dass ein Hubschrauber auftaucht. Ein Schwarm Vögel fliegt vorüber. Blut steigt in meinen Kopf. »Bitte …«, röchle ich. »Bitte.«

»Ich wollte es nie so weit kommen lassen!«, schreit er, und Speichel landet auf meinem Gesicht. »Du verdammtes Miststück!« Im nächsten Moment wirkt er beinahe zärtlich. »Ich … ich …« Ich glaube, so etwas wie Liebe in seinen Augen zu sehen, während er mich umbringt.

Mein Kopf ist wie in Watte gepackt. Sein Gesicht verschwimmt. Meine strampelnden Beine erschlaffen.

Ich werde sterben.

Kurz bevor ich in die Bewusstlosigkeit gleite, lässt der Druck um meinen Hals plötzlich nach. Bin ich tot? Connors Gewicht auf meiner Mitte – fort. Er stöhnt. Ich lege die Hände auf meinen schmerzenden Hals und drehe mich keuchend und würgend zur Seite. Was ist passiert? Was ist hier los? Ich stemme mich hoch und blicke mich benommen um.

Da sehe ich ihn.

Der schlammbedeckte Mann. Verfilzte, wirre Haare. Nackte Füße. Ich sehe fassungslos zu, wie er Connors Körper von mir fortzerrt. Er wickelt eine Art Seil von seiner Taille. Es sieht handgefertigt aus. Dünn, aber stark. Wie die Seile, die wir im zweiten Lager gefunden haben. Und wie die Seile an der Grabstätte, an denen die knorrigen Äste hängen. Er fesselt Connors Handgelenke hinter dessen Rücken und arbeitet dabei schnell und effizient wie ein erfahrener Seefahrer, der sein Boot vertäut. Als er fertig ist, lässt er Connor los, und dieser sinkt ohnmächtig zu Boden.

»Danke«, keuche ich. Jedes Wort und jedes Schlucken schmerzt. Soll ich davonlaufen? Der Mann wirkt nicht aggressiv. Ganz im Gegenteil. Er scheint ruhig. Unbeeindruckt von meiner Gegenwart. Außerdem hat er mir gerade das Leben gerettet, und ich fühle mich nicht bedroht. Wenn überhaupt, fühle ich mich beschützt.

Ich mustere seinen schlanken, drahtigen Körper. Seine Figur unterscheidet sich wesentlich von der Connors mit ihren dicken Muskeln. Dieser Mann ist dürr, beinahe schmächtig. Sein Alter ist unmöglich zu schätzen. Er kann dreißig sein oder fünfzig.

»Danke«, krächze ich erneut, für den Fall, dass er mich nicht gehört hat.

Er achtet nicht weiter auf mich. Spuckt aus. Dann geht er in die Hocke, stützt die Unterarme auf den Knien ab, denkt nach. Er wendet sich dem Wasserlauf zu, schöpft mit den Händen Wasser, trinkt schweigend.

»Sawadee kha?« Ich versuche es auf Thailändisch, falls er kein Englisch spricht.

Er steht auf und will gehen. Aber ich will nicht, dass er einfach verschwindet. »Warten Sie!«, rufe ich ihm nach und hole mein Handy heraus. Ich muss ihn filmen. Für Luke. Ich brauche so viele Beweise wie möglich, um allen zu zeigen, dass er existiert. Ich starte die Aufnahme und halte das Handy unauffällig in der herabhängenden Hand, damit er nicht bemerkt, was ich tue.

»Sprechen Sie Englisch?«, frage ich. »Was ist mit den beiden Rucksacktouristen passiert, die vor langer, langer Zeit einmal hier durchkamen? War es ein Unfall?«, frage ich betont mitfühlend. Er bleibt wie angewurzelt stehen. Offenbar hat er mich verstanden. »Sie wollten das nicht, oder? Das Grab. Die Mühe, die Sie sich gemacht haben. Sie hätten das alles nicht getan, wenn es Ihnen egal gewesen wäre.« Das ist das Interview meines Lebens. Dieser Mann sollte gar nicht existieren. Trotzdem steht er nun vor mir. Ich kann Luke entlasten. Ihn von den Verdächtigungen befreien und Maris Eltern den Schmerz nehmen, der Eltern plagt, wenn sie nicht wissen, was mit ihrem Kind passiert ist.

Wegen dieses Interviews bin ich in den Dschungel gekommen.

Die einzige Person, die die Wahrheit ans Licht bringen kann, steht vor mir.

»Wer ... wer sind Sie?«, frage ich. Er schweigt immer noch. »Ich habe das Grab gefunden. Haben Sie es für das Mädchen angelegt? Für Mari?«, frage ich leise. Er steht regungslos vor mir. »Verstehen Sie mich?«

Er dreht sich wie in Zeitlupe zu mir um. Der Blick ist gesenkt.

Dann hebt er den Kopf, und ich sehe ihm zum ersten Mal in die Augen.

Sie sind leuchtend blau.

Er öffnet den Mund. »Sie hätten nicht hierherkommen sollen.« Ich blinzle mehrere Male. Der britische Akzent zerreißt die schwüle Luft wie eine scharfe Klinge. Nein. Das kann nicht sein. Das ergibt keinen Sinn.

Ich trete auf ihn zu. »Luke?«

Kapitel 54

Er reißt ein Blatt in der Mitte auseinander, wirft einen Teil ins Wasser und sieht in aller Ruhe zu, wie die Strömung es davonträgt. »Wer sind Sie?«, fragt er leise. »Warum haben Sie Filmausrüstung dabei?« Er blickt in den Himmel empor. »Und die Drohne?«

Ich lehne mich an einen Stein, um meinen von zahllosen Verletzungen geplagten Körper zu entlasten. »Ich wollte eine Dokumentation über Mari drehen.«

Er nickt nachdenklich. »Das dachte ich mir schon.« Er deutet auf Connor, der noch immer auf dem Boden liegt. »Und wer ist er?« Er wirft mir einen Blick zu. »Ich dachte, Sie wären mit ihm zusammen oder so ... Läuft es gerade nicht so gut?«

Ich lächle kaum merklich über seinen Scherz. »Ja, so was in der Art. Haben Sie uns die ganze Zeit beobachtet?« Ich denke an die Schritte, die ich in der ersten Nacht unter der Hütte gehört habe.

Er nickt und wirft auch den zweiten Teil des Blattes ins Wasser. »Ich habe das Feuer gesehen«, sagt er ohne weitere Erklärung. Seine Worte klingen bedacht, die Sätze prägnant.

Ich sehe zu Connor hinüber. Die Blutung an seiner Schulter ist nicht weiter schlimm. Er wird sich davon erholen. Eine Erinnerung steigt hoch – sein Atem auf meinem Nacken –, und ich erschaudere. Mein Blick gleitet über seinen großen, grobschlächtigen Körper. Er hat irgendwie nicht hierher gepasst, und jetzt weiß ich auch, warum. Er hat nie ein paar Wochen hier draußen verbracht und ums Überleben gekämpft. Ich wende mich wieder an Luke. Der nackte Oberkörper. Die Lumpen um seine Mitte, bei denen es sich bei genauerem Hinsehen um zerrissene Cargo-Shorts handelt.

Ich habe so viele Fragen. Wo soll ich anfangen?

»Wie lange sind Sie schon hier?«, frage ich zögernd.

Er sieht mich stirnrunzelnd an. »Ich bin 2017 fort.« Er blickt in den Himmel. Ein Vogel kreischt, und er formt mit den Händen einen Trichter und ahmt den Ruf perfekt nach.

»Fünf Jahre«, sage ich leise. Ich bin unheimlich fasziniert von ihm. Er strahlt eine unglaubliche Selbstsicherheit aus, und das an einem derart unbändigen Ort.

»War er Ihr Kameramann oder so?«, fragt er.

Ich schüttle bloß den Kopf. Ich bin mir nicht sicher, ob es der richtige Zeitpunkt ist, um Luke zu sagen, wer Connor ist und was er hier im Dschungel macht. »Haben Sie etwas mit dem Verschwinden unseres Guides zu tun? Reggie?«

Seine Augen werden schmal. »Ich tue Leuten nichts. Es sei denn ...« Er weist mit einem Nicken auf Connor.

»Das sollte keine Anschuldigung sein ...«, beginne ich. Er sieht mich skeptisch an. »Ich mache mir bloß Sorgen um ihn.«

Er zeigt in Richtung des Aussichtspunktes. »Er ist oben auf dem Berg, ganz in der Nähe des zweiten Camps. Er hat einen harten Schlag ins Gesicht abbekommen, und sein Bein ist verletzt. Aber er hat eine Yucca-Palme und eine Quelle gefunden. Er kommt klar, bis Sie bei ihm sind.«

»Danke.« Ich bin unglaublich erleichtert.

Er streckt die Arme hoch, und im nächsten Moment taucht er wie ein Pfeil in den Wasserlauf. Ich habe noch nie einen perfekteren Sprung ins flache Wasser gesehen. Er taucht auf und streicht sich die nassen Haare aus dem Gesicht. Wasser spritzt in alle Richtungen. Er legt die Hände auf die Felsen und zieht sich hoch. Der Schlamm, der seine Schultern und die Brust bedeckt hat, ist verschwunden. Er merkt, dass ich ihn mustere. »Der Schlamm ist ein natürlicher Sonnenschutz«, erklärt er. Er sitzt am Ufer, die Füße im Wasser. Er ist so gelassen und ruhig. Völlig stressbefreit. Entspannt. Keine Spur von Panik oder Angst. Der Dschungel war ein Albtraum für mich, aber er fühlt sich offenbar wohl in diesem Ökosystem.

»Ist es Mari?«, frage ich.

Er drückt das Wasser aus seinen Haaren und nickt. »Es dauerte eine Weile, bis ich sie gefunden hatte. Aber Zeit gibt es hier ja genug.« Er starrt das Tal hinunter.

»Warum ... sind Sie zurückgekommen?«

Er wirft mir einen seitlichen Blick zu. »Interviewen Sie mich für Ihre Doku? Ich habe nämlich keine dieser albernen Vereinbarungen unterschrieben. Und warum machen Sie das eigentlich?«

Ich trete von einem Fuß auf den anderen. Ich filme ihn immer noch heimlich. Ich kann es nicht *nicht* filmen. Es ist eines der explosivsten Gespräche, die jemals aufgezeichnet wurden, und meine Hände zittern vor Anspannung. Ich muss mir überlegen, wie ich mir im Nachhinein seine Einwilligung sichern kann.

»Ich schätze ... ich schätze, ich will vor allem herausfinden, was mit ihr passiert ist. Ich wollte von Anfang an Maris Geschichte erzählen. Und Ihre. Die Wahrheit über das, was ohne gründliche Recherche von der Presse zerrissen wurde.«

Er hebt eine Augenbraue. »Kaufen Ihnen die Leute diesen Schwachsinn normalerweise ab?« Er seufzt. »Ich habe das alles schon so oft gehört.« Er wirkt unbehaglich. »Wissen Sie, dass mir eine Zeitung hunderttausend Pfund dafür geboten hat, dass ich mit ihnen rede? Und als ich ablehnte, haben sie sogenannte *nahestehende Quellen* befragt, meine Aussagen völlig aus dem Zusammenhang gerissen und mich als Irren hingestellt.« Er senkt betrübt den Blick. »Aber ich schätze, das war ich bis zu einem gewissen Grad auch.«

»Waren Sie die ganze Zeit über hier?«

»Warum sollte ich mit Ihnen darüber reden? Sie – und diese ganze Aufregung, die Sie verursacht haben – sind schuld, dass ich von hier fortmuss.«

»Wollen Sie denn nicht nach Hause?«

»Nach Hause?« Die Worte steigen tief aus seinem Inneren empor. »Seltsam, dass Sie zu wissen glauben, wo mein Zuhause ist. Ich glaube, Sie kennen mich nicht gut genug, um das zu beurteilen.«

Es ist seltsam, denn ich habe das Gefühl, ihn zu kennen. Aber er hat recht, er ist ein völlig Fremder. Vielleicht sollte ich Angst haben. Er könnte ein Mörder sein. Ich denke an den Luke aus Maris E-Mails und an den freundlichen jungen Mann, an den sich Mr Castle, Alice und Dr. Ackerman erinnern. Das hier ist er.

»Tut mir leid«, sage ich.

Er seufzt und legt den Kopf in die Hände. Er hat vermutlich kein einziges Mal mit jemandem gesprochen, seit er hier ist.

Und dann löst sich sein Widerstand plötzlich in Luft auf. »Ich habe einige Jahre in einer Entziehungsanstalt auf dem Land gelebt. Sie wurde von einem alten Priester geleitet. Im Grunde war es eher eine Kommune. Als es mir nach einiger Zeit besser ging und ich wieder klarer im Kopf war, begann ich zu arbeiten. Draußen. Mit meinen Händen.« Er starrt auf seine geöffneten Handflächen. »Es war wie eine Therapie für mich. Ich war zurück in der Natur, und das ließ die Dinge da oben verstummen.« Er tippt sich an die Schläfe. »Ich machte Überlebenstrainings im Wald. Ging auf die Jagd. Es war eine reinigende Erfahrung, nachdem ich so lange hier draußen herumgeirrt war. Ich schätze, es ging darum, die Kontrolle wiederzuerlangen. Als ich das letzte Mal hier war, hatte ich keine Ahnung, wie man in einer solchen Umgebung überlebt. Ich war schutz- und wehrlos.« Er seufzt, steht auf und starrt ins Tal hinunter. »Ich habe schon seit sehr langer Zeit mit niemandem mehr geredet.« Er wirkt plötzlich emotional. Hin- und hergerissen, als wollte er mir einerseits alles erzählen, hätte andererseits aber Angst davor.

»Es ist okay, Luke. Ich ... ich höre Ihnen zu.« Ich umklammere mein Handy und schlucke. Ich habe mit einem Mal ein schlechtes Gewissen, weil ich alles filme, und wünschte, ich hätte gar nicht damit angefangen. Es fühlt sich so besonders, so intim an. Aber wenn ich die Aufnahme jetzt beende, bemerkt er es, und der Augenblick wäre für immer verloren. »Warum sind Sie zurückgekommen, Luke?«, frage ich sanft, um ihm den Weg zu weisen.

Er lässt sich Zeit mit seiner Antwort. »Ich wollte zurück und Maris Leiche suchen. Beweisen, dass ich sie nicht zerstückelt habe, wie alle insgeheim vermutet haben. Ich dachte, wenn ich ihnen die Leiche zeige, dann können die Gerichtsmediziner ihre Arbeit machen, und ich wäre endlich frei.«

»Sie meinen mittels DNA? Wollten Sie beweisen, dass dieser Mann …?«

Wenn Luke es nicht war, gab es dann noch jemanden hier im Dschungel? Er beißt die Zähne aufeinander, holt tief Luft und scheint zu überlegen, ob er weitersprechen soll. Er schluckt schwer, dann fährt er fort.

»Sie müssen das verstehen. Ich stand unter immensem Stress, als man mich fand. Sie redeten unablässig auf mich ein. *Wo ist sie? Was ist mit deiner Freundin passiert, Mann? Was hast du mit ihr gemacht?* Also habe ich … ich habe ihn erfunden.«

»Sie haben ihn erfunden?«, keuche ich. Ein Geständnis.

Er kommt mit ausgestrecktem Zeigefinger auf mich zu. »Sie müssen das verstehen. Ich habe es nur getan, weil die dachten, ich wäre ein schrecklicher Mensch, der ihr wehgetan hat. Ich war achtzehn – ich bin in Panik geraten. Ich konnte ihnen nicht einfach erklären, dass ich eines Tages aufgewacht bin und sie plötzlich fort war. Diese Leute haben mich von Anfang an fertiggemacht.« Seine Stimme bricht. »Also ja: Ich habe ihn erfunden.«

»Er hat nie existiert«, flüstere ich.

»Ich habe gelogen, und die wussten, dass ich lüge. Ich konnte sie nicht zu der Stelle führen. Es hätte nur bewiesen, was sie ohnehin vermuteten.«

Ich denke an die Grabstätte. »Aber Sie haben Mari gefunden?«

Er nickt. »Bevor ich loszog, habe ich ein Jahr damit verbracht, die Umgebung genau zu studieren, und die ersten Jahre nach meiner Ankunft habe ich kaum etwas anderes getan, als nach ihr zu suchen. Als Erstes fand ich ihren pinkfarbenen Rucksack. Eigentlich unglaublich, dass die Polizei ihn damals übersehen hat. Aber sie haben sich keine große Mühe mehr gegeben, nachdem sie mich gefunden hatten. Und das hier ...« Er greift nach dem Beutel, den er um den Hals hatte, bevor er ins Wasser gesprungen ist. Er holt etwas Rechteckiges daraus hervor. Staubig. Zerkratzt. Die zweite Wegwerfkamera.

»Ich habe sie ganz in der Nähe der Leiche gefunden. Sie hatte sie offenbar in der Hand, als sie sprang.«

»Sie ist gesprungen?«

Er sieht mich an und nickt. »Ihre Tasche und die Leiche lagen unter einer Felswand.« Er hält inne und verzieht das Gesicht bei der Erinnerung daran. »Ich hatte alles, was ich brauchte. Ich konnte sie nach Hause bringen. So würden wenigstens ihre Eltern Frieden finden, wenn ich es schon nicht konnte. Aber nachdem ich sie gefunden hatte, ertrug ich den Gedanken nicht, sie erneut alleine zu lassen. Und ich steigerte mich in die Vorstellung hinein, dass die Anschuldigungen nach meiner Rückkehr wieder von vorne beginnen würden.« Er tritt näher an den Wasserlauf heran. »Ich mag es hier. Hier weiß ich, wer ich bin.« Er beginnt zu weinen, seine Schultern beben. »Und ich hatte zu große Angst, zurückzukehren und irgendjemandem zu erzählen, dass ich sie gefunden habe, denn vielleicht hätte man mir nicht geglaubt. Also habe ich sie hier begraben – zusammen mit mir.«

»Luke, es tut mir so leid.« Ich denke an Mari, an das Mädchen aus den E-Mails. Wie aufgewühlt und verängstigt sie gewirkt hat. Wie nahe am Abgrund sie sich befunden hat.

»Jeden Morgen, wenn ich aufwache, nehme ich mir vor, dass es morgen so weit sein wird. Morgen gehe ich zurück. Aber hier ... hier kenne ich die Regeln. Und wenn ich mich daran halte, geht es mir gut. Dort, wo ich herkomme ... ist es schwerer. Es ist viel schwieriger, dort zu überleben als hier.« Er richtet den Blick in die Ferne. »Ich muss mich ständig entschuldigen oder mich erklären. Mit den anklagenden Blicken der Leute zurechtkommen. Hier kann ich einfach *sein.*«

Ich werfe einen Blick auf die Wegwerfkamera in seiner Hand. Das Geheimnis. Ich hatte keine Gelegenheit, das Tagebuch zu Ende zu lesen und herauszufinden, was zwischen dem jungen Paar passiert ist, an das sich Mari und Luke so fest klammerten, nachdem sie hierhergekommen waren. Ich will ihn gerade danach fragen, aber da kommt Connor wieder zu sich. Ich drehe mich um und sehe, wie er sich bewegt. Dann sinkt er erneut in die Ohnmacht.

Ich werfe Luke einen zögernden Blick zu. Jetzt ist nicht der richtige Zeitpunkt für diese Frage. »Wie haben Sie hier draußen fünf Jahre lang völlig alleine überlebt?«

Er schnieft. »Ich habe mich vorbereitet. Meine körperliche Fitness verbessert. Alles gelesen und angesehen, was mit Überleben im Dschungel zu tun hat. Es vergingen zwei Jahre, bis ich den Mut aufgebracht habe, es durchzuziehen. Ich bin per Anhalter durch Europa und in Laos über die Grenze. Ich wollte nicht, dass jemand erfährt, dass ich hier bin.« Er beugt sich nach vorne, pflückt eine Blume, steckt sie sich in den Mund und kaut. Dann reicht er mir ebenfalls eine, und ich tue es ihm nach. Sie schmeckt süß. Die Blütenblätter zergehen auf meiner Zunge. »Ich wollte mich einfach in der Wildnis in Luft auflösen. Ich wette, dass niemand mich vermisst hat. Sogar meine eigene Mutter hat sich von mir abgewandt. Nach all den Eskapaden, die ich mir als Süchtiger geleistet habe. Ich war mir nicht sicher, ob ich je wieder zurückkommen würde.« Er legt die Hände aufeinander. »Ich bringe Sie zurück zum Basislager. Es ist nur etwa eine Stunde entfernt.«

»Was ist mit …?« Ich deute auf Connor.

»Ich denke, der kann ruhig noch eine Weile hier liegen bleiben und sich beruhigen, oder was meinen Sie?«

Ich nicke zustimmend. »Sind wir wirklich so nahe am Lager?«, frage ich erstaunt. »War ich tatsächlich in die richtige Richtung unterwegs?« Ich lasse das Handy in meine Hosentasche gleiten.

Er nickt. »Ich bin Ihnen gefolgt. Ich habe gehofft, dass ich nicht einschreiten muss. Aber dann hat der Kerl versucht, Sie umzubringen, also dachte ich, ich sollte besser …«

»Waren Sie letzte Nacht vor meiner Höhle?«, frage ich, und er nickt erneut.

»Ich hätte mir fast in die Hose gemacht vor Angst.«

Er lacht. »Das tut mir leid. Aber ja, Sie wären schon bald auf das Lager gestoßen. Ziemlich beeindruckend für eine Anfängerin …« Er hilft mir hoch und legt meinen Arm um seine Schulter, sodass ich den Knöchel entlasten kann, während wir gehen. »Wie heißen Sie eigentlich?«, fragt er.

»Cassidy. Ich heiße Cassidy. Schön, Sie kennenzulernen, Luke.«

Kapitel 55

Luke bahnt sich den Weg durch den Dschungel und hinterlässt dabei kaum eine Spur. Er bewegt sich ohne Hast, wie jemand, der den Weg ganz genau kennt. Er warnt mich, wenn der Boden uneben wird, und hält dann und wann inne, um zu lauschen und schließlich wortlos zu nicken, wenn er ein Rascheln oder den Ruf eines Tieres zuordnen konnte. Licht fällt durch das Blätterdach, während wir uns unserem Ziel nähern. Lukes Schritte sind leise und geschmeidig, und ich fühle mich im Vergleich wie ein Bulldozer.

Wir kommen an einem großen Baum mit mächtigen, überirdischen Wurzeln vorbei, die sich wie die Beine einer Spinne in alle Richtungen strecken, und machen eine Pause. Ich humple um den Stamm herum und bewundere die uralte, majestätische Gestalt. »Das ist ein Dipterocarpus«, erklärt Luke. »Der größte in der Gegend. Ich schlafe manchmal hier«, fährt er fort und deutet auf eine behaglich aussehende Mulde.

»Er sieht aus wie aus einem Fantasyfilm«, bemerke ich und lasse die Hand über die Rinde gleiten. Luke lehnt sich gegen den Stamm und verschränkt die Arme. Wer weiß, wie viel Zeit mir noch mit ihm bleibt, bevor der Lärm anderer Menschen alles zunichtemacht. Ich beiße mir auf die Lippe. »Sie haben der Polizei erzählt, dass Sie eines Morgens aufgewacht sind, und Mari war fort. Warum hat sie Sie Ihrer Meinung nach verlassen, Luke?«

Er greift nach einem Stock und beginnt, die Rinde in perfekten geraden Strichen abzuziehen, während er über die Antwort nachdenkt. »Wie gut konnten Sie Mari während Ihrer Recherche kennenlernen? Glauben Sie an die Propaganda von damals?«, fragt er und wirft mir einen Blick zu. »Ich verstehe, warum ihre Eltern es getan haben. Sie wollten, dass sie für alle Ewigkeit perfekt bleibt. Sie wollten sie als makelloses Wesen unsterblich machen. Damit sie in den Herzen einer ganzen Nation weiterleben kann.« Er seufzt. »Aber um das zu unterstützen, musste ich mich selbst verleugnen.«

Jetzt, Cassidy. Frag ihn. »Was ist passiert, bevor Sie Cambridge verlassen haben? Es war etwas Bedeutendes, nicht wahr?«

Er sieht mich überrascht an, und ich lasse zu, dass sich Schweigen über uns senkt, während er überlegt, wie er antworten soll. Ob er mir vertrauen kann. Schließlich hebt er den Blick. »Wussten Sie, dass Mari acht Geschwister hatte?«

Ich runzle die Stirn. »Nein.« Ich dachte, sie sei ein Einzelkind gewesen.

»Fehlgeburten. Elsie ist sehr religiös, noch mehr als Charles. Mari hat einmal erzählt, dass ihre Mutter es für eine Bestrafung und eine Lektion hielt – den Grund, warum sie so hart um Mari kämpfen musste. Und weil Mari die Einzige war und ihre Eltern bereits älter waren und sich verzweifelt nach einem Kind sehnten, waren sie überfürsorglich. Und sehr nachsichtig, was ihr Verhalten betraf. Sie übersahen Dinge absichtlich. Es gingen viele seltsame Sachen vor sich, die ich damals nicht wirklich verstand. Ich war erst achtzehn. Vor allem ihr Dad wollte sie auf keinen Fall gegen sich aufbringen. Auch wenn sie etwas wirklich Schlimmes tat, drückte er ein Auge zu. Er wollte den Schein aufrechterhalten, dass sein einziges Kind etwas ganz Besonderes war. Ich glaube, er hat sich selbst belogen, was die Person betraf, die sie tatsächlich war. Nach allem, was ich erlebt habe, und nach dieser langen Zeit ist mir klar, dass sie eine Therapie benötigt hätte. Sie befand sich in einer regelrechten Abwärtsspirale, und ich konnte mit der Verantwortung nicht umgehen. Ihre Eltern waren die Erwachsenen in der Geschichte, sie hätten ihr Hilfe besorgen sollen. Aber ich schätze, sie wollten nicht wahrhaben, dass ihre Tochter psychische Probleme hatte.« Ich nicke und denke an das alte Paar und unser Gespräch im Garten. »Sie wurden alle im Garten hinter dem Haus begraben, wussten Sie das? Man kann seinen Rosenzüchtungen eigene Namen geben, also benannten sie jede Blume nach einem Kind. Das hat Mari mir einmal erzählt.«

Ich sehe den makellosen Garten und die herrlichen Blumen in den verschiedensten Pastelltönen vor mir, die so unglaublich gepflegt und umsorgt gewirkt hatten. Grabstätten.

»Vermutlich war Mari deshalb derart vom Tod besessen. Sie sprach sehr oft darüber. Öfter als alle anderen, die ich kannte. Ich glaube, die Angst ihrer Eltern hat sich auf sie übertragen. Elsie war in jeglicher Hinsicht ein nervöses Wrack. Im Grunde verständlich.« Er wirft mir einen unbehaglichen Blick zu, ehe er fortfährt. »Als mein Vater erneut an Krebs erkrankte und es so aussah, als würde er es nicht schaffen, war Mari am Boden zerstört. Sie verstand sich wunderbar mit ihm. Meine Mum war immer skeptisch, was sie betraf, aber Dad nicht. Mari wollte ständig in seiner Nähe sein. Sich um ihn kümmern. Vor allem, als das Ende näher rückte. Ich glaube, es ging ihr sogar noch näher als mir. Nach seinem Tod musste ich sie trösten, und nicht umgekehrt. Es war unglaublich viel für mich. Aber es gab noch einen anderen Grund, warum mich Dads Tod so hart traf.«

Er hält inne.

»Was ist passiert, Luke?«, hauche ich.

Er mustert mich unsicher, dann beschließt er, fortzufahren: »Gegen Ende hatte er große Schmerzen. Mari ertrug es nicht. Sie konnte einfach nicht still danebensitzen und dabei zusehen. Eines Tages kam sie zu mir und meinte, wir sollten ihn von seinem Leid erlösen. Sie meinte, es sei nicht fair, dass er solche Schmerzen erleiden muss, wo der Tod doch ohnehin unausweichlich sei.«

O mein Gott.

»Ich wollte nichts davon hören. Bezeichnete sie als verrückt. Das konnten wir unmöglich machen. *Ich* konnte das nicht. Mein Dad war ... er war ... mein Ein und Alles.« Sein Kinn zittert, als die Erinnerungen ihn übermannen. »Aber sie ließ nicht locker. Redete ständig von den wahnsinnigen Schmerzen, die er hatte. Davon, wie sehr wir ihn liebten und dass wir ihn nicht noch einen weiteren Tag leiden lassen sollten. Er war zu Hause, bekam Palliativpflege und hatte laut seinen Ärzten nur noch wenige Tage. Sein verzweifeltes Stöhnen in der darauffolgenden Nacht war zu viel. Und sie ... sie hat angeboten, es zu tun.« Er holt tief Luft. »Es war mitten in der Nacht. Mum schlief. Wir hörten, wie er vor Schmerz aufschrie, und gingen in sein Zimmer. Wir entzündeten eine Kerze, und ich hielt seine Hand und küsste sein Gesicht. Ich sagte ihm, dass ich ihn liebte. Und sie ... sie ... sie machte es mit einem Kissen. Erst wehrte er sich, dann war plötzlich alles ganz still. Er war fort.«

Er hebt den Blick und sieht mich an. Wischt sich eine Träne vom Gesicht. »Vielleicht sollte ich mich wirklich von der Öffentlichkeit fernhalten.« Er weint hinter vorgehaltener Hand. »Niemand hat je infrage gestellt, wie er gestorben ist, weil es ohnehin nur noch eine Frage der Zeit war. Mum hatte keine Ahnung. Die Schuldgefühle waren überwältigend. Sie hätte bei ihm sein sollen, als er …«

Die Traurigkeit bricht wie eine Flutwelle über mich herein. »Es tut mir so leid, Luke.« Mehr bringe ich nicht zustande. Der Gedanke, dass er in so jungen Jahren mit alldem klarkommen musste. Ein überforderter Junge, der mit dem ererbten Trauma seiner Freundin und dann auch noch mit dem Tod seines Vaters klarkommen musste. Das Geheimnis. Das Ereignis, das die Vorstufe für den weiteren Verlauf der Geschichte bildete. Der Tod seines Vaters unter dem Deckmantel einer derangierten Art der Sterbehilfe.

»Mari war die einzige Frau, die ich je geliebt habe. Am Anfang unserer Beziehung versuchten die Leute, mich vor ihr zu warnen. Sie war anders als alle, die ich bis dahin kennengelernt hatte. Als wäre ein Asteroid auf der Erde eingeschlagen und sie wäre aus dem Krater emporgestiegen. Sie faszinierte mich jeden einzelnen Tag. Wenn sie der Meinung war, dass etwas falsch war, dann war das so. Niemand konnte ihre Meinung ändern. Sie war unkontrollierbar. Ich fand es heldenhaft. Aber nach dem Tod meines Vaters sah ich die Gefahr, die in ihr lauerte, und das, wozu sie sich entwickelte. Sie hatte die Verbindung zur Realität verloren. Es war, als wäre sie bloß auf der Durchreise. Sie blieb nie lange an einem Ort.« Er murmelt wehmütig vor sich hin, als hätte er vergessen, dass ich da bin. »Nach meiner Rettung waren da so viele unterschiedliche Gefühle für sie. Wut, Verbitterung … Liebe. Ich sah es als meine Pflicht, das Geheimnis, wer sie wirklich war, zu bewahren. Für Elsie und Charles. Sie wollten, dass die Welt sie als perfekte, sorglose Tochter kennenlernt. Charles war überzeugt, dass die Presse nur unter diesen Voraussetzungen weiter über sie berichten würde. Ich zerbrach unter dem Gewicht der Lüge über den Mann, der uns angeblich verfolgt hat, und unter den Umständen von Dads Tod. Ich nahm Drogen, um die Gefühle zu betäuben. Aber Mari war immer da. Sie folgte mir in die Dunkelheit der Sucht. Flüsterte mir zu. Flehte mich an, sie zu suchen. Denn genau das hatte ich immer getan. Ich hatte sie immer beschützt, aber ich hatte versagt. Ich musste zurück. Ich … ich liebte sie noch immer.«

Ich nicke. Schockiert von seinen Geständnissen.

Ein Vogel kreischt und setzt dem intimen Moment ein Ende. Luke richtet sich auf, wischt die Tränen fort und schnieft. »Wir sollten weiter«, sagt er und streckt mir die Hand entgegen.

»Jetzt sind wir gleich da«, murmelt Luke. Ich spüre, wie nervös er ist. Mein Kopf platzt beinahe: Connor und die Tatsache, dass ich mich verliebt habe, Maris Tagebuch und schließlich die Begegnung mit Luke und seine Version der Wahrheit. Wir kommen nun bald zum Ende der Geschichte. Das Puzzle ist fast gelöst. Aber kann ich ihm wirklich glauben, was er mir erzählt hat?

»Was ist passiert, als Sie das letzte Mal mit Mari zusammen waren?«, frage ich – und es ist die Frage, die ich von Anfang an stellen wollte.

Er seufzt. Er hat bereits so viel gesagt. »Wir waren seit etwa drei Wochen alleine unterwegs. Siechten vor uns hin. Waren kaum noch bei klarem Verstand. Mari hatte sich in den Kopf gesetzt, dass wir gemeinsam Selbstmord begehen sollten, bevor es noch schlimmer werden würde, als es ohnehin schon war. Sie wollte das Schicksal selbst in die Hand nehmen. Ich habe versucht, es ihr auszureden. Habe sie gebeten, uns mehr Zeit zu geben. Ihr versichert, dass wir einen Weg aus dem Dschungel finden würden. Aber ihr war anzusehen, dass sie die Entscheidung bereits getroffen hatte. Jedes Mal, wenn ich ablehnte, wurde sie fahriger und frustrierter. Sie hatte aufgegeben, wollte nicht einmal mehr versuchen, einen Ausweg zu finden. Am Ende sagte ich ihr die Wahrheit. Ich sagte ihr, dass ich so etwas niemals machen würde. Und als ich am nächsten Morgen aufwachte, war sie verschwunden. Sie hatte ›Sorry‹ in die Erde geschrieben. Hatte meinen Rucksack durchwühlt und die Kamera mitgenommen.« Wir halten inne, und er holt sie aus seinem Beutel. »Wie Sie sehen, sind keine Fotos auf dem Film mehr übrig.« Er berührt das Zahnrad. »Die letzten Fotos. Das waren ihre letzten Momente. Sie war besessen davon, alles zu dokumentieren.« Er reicht mir die Kamera. »Hier, nehmen Sie sie. Lassen Sie die Fotos entwickeln, wenn wir wieder draußen sind. Wenn wirklich das auf ihnen zu sehen ist, was ich vermute, gehen Sie damit zur Polizei. Kämpfen Sie für mich.« Er sieht mich flehend an. Ich nicke und stecke die Kamera ein. »Versprochen.«

Er räuspert sich. »Wissen Sie, was? Ich habe diese Schlange nie gesehen.«

Ich runzle die Stirn. »Wie bitte?«

»Die Schlange, vor der Mari davongerannt ist. Sie hat geschrien und die Beine in die Hand genommen. Ich hatte keine andere Wahl, als ihr zu folgen. Aber ich habe die Schlange nie gesehen. Ich habe mich oft gefragt, ob da überhaupt eine war. Vielleicht wollte sie, dass wir uns hier draußen verirren. Zusammen.«

Ich blinzle. Denke an die Worte in Maris Tagebuch: *Es ist ausgeschlossen, dass wir auch nach unserer Rückkehr nach Heathrow zusammen sein können … Die Vorstellung, dass er mit einer anderen zusammen ist, macht mich fertig … Manchmal bin ich selbst überrascht, wozu ich fähig bin.*

Hatte sie den gemeinsamen Selbstmord bereits im Sinn, als sie die Wandergruppe aus den Augen verloren hatten? Hatte sie es womöglich … mit Absicht gemacht?

In der Ferne sind Stimmen und das Surren der Drohne zu hören. Wir sind bald da.

Luke blickt in die Richtung der Geräusche und anschließend in den Himmel, bevor er sich noch einmal nachdenklich im Dschungel umsieht. Er genießt die letzten Momente in Sicherheit. Seine Leichtigkeit ist wie weggeblasen, er scheint jetzt schon unter dem Gewicht dessen zusammenzubrechen, was passieren wird, wenn die Kavallerie übernimmt. Wird sich die Geschichte wiederholen? Wird er erneut niedergeschossen, sobald er aus der Deckung tritt? Oder wird man ihm dieses Mal freies Geleit bieten?

Mein Anteil an der ganzen Angelegenheit schmerzt. Das Video auf dem Handy brennt ein riesiges Loch in meine Tasche. Ich will nicht diejenige sein, die ihn ins Rampenlicht zerrt. Ich will nicht, dass er seinen geliebten Dschungel verlässt, wenn er noch nicht bereit dafür ist.

Ich denke daran zurück, wie ich ihn vorhin gefragt habe, ob er denn nicht nach Hause will. Und ich verstehe es. Ich verstehe es wirklich. Das hier ist sein Zuhause. Ich will nicht diejenige sein, die es ihm nimmt und ihn erneut den Medien zum Fraß vorwirft. Ich kann es nicht auf mein Gewissen laden. Er muss es selbst wollen.

Er nähert sich den Geräuschen. Ich folge ihm nicht.

»Warten Sie!«, rufe ich.

Er dreht sich um. »Was ist denn?«

»Sie ... Sie sollten bleiben.« Er neigt verwirrt den Kopf. »Hören Sie mir zu. Ich bin die Einzige, die weiß, dass Sie hier sind. Ich habe Sie gefilmt, als wir uns zum ersten Mal am Ufer des Wasserlaufs gesehen haben. Das Bild ist verwackelt und unscharf, und Sie ... Sie sehen aus wie der Mann, den Sie der Polizei beschrieben haben. Connor wird ebenfalls denken, dass dieser Mann ihn niedergeschlagen hat. Er hat Sie nie sprechen gehört, er weiß nicht, wer Sie sind. Ich kann der Polizei und der Öffentlichkeit beweisen, dass es diesen Mann tatsächlich gibt. Ich könnte sagen, dass er Mari begraben hat. Und niemand wird je von unserem Geheimnis erfahren.« Ich werde das Video löschen. Ich will es nicht mehr. Es ist falsch. Ich habe es unrechtmäßig an mich gebracht. »Bleiben Sie, wenn Sie es möchten. Oder kommen Sie zurück, wenn ich Ihren Namen reingewaschen habe.« Ich deute auf die Kamera. »Ich werde sagen, dass ich sie gefunden habe.«

Es geht gegen alles, woran ich glaube, und es ist noch immer nicht die Wahrheit. Aber nach allem, was er durchgemacht hat, und nach allem, was ich über Mari und Luke erfahren habe, will ich einfach, dass er die Zukunft bekommt, die er sich wünscht. Zumindest einer der beiden hat es verdient. Er hat mir das Leben gerettet, und falls dieser Dschungel wirklich sein Zuhause ist, sollte er bleiben dürfen.

Er sieht mich verblüfft an. »Das würden Sie tun? Für mich?«

»Wenn Sie es wollen, dann tue ich es.«

Kapitel 56

Wir stehen einander schweigend gegenüber.

»Okay«, krächzt er, immer noch erstaunt über mein Angebot.

Ich nicke und strecke ihm die Hand entgegen.

»Es war … es war mir eine große Ehre, Sie kennenzulernen, Luke.«

Er nimmt meine Hand. Wir sehen einander an, und die Schwere des Augenblicks ist unerschütterlich. Er drückt meine Hand, dann lassen wir los. Er weicht langsam zurück und tritt dabei in einen Sonnenstrahl, der durchs Blätterdach fällt. Er sieht aus wie ein Geist, gebadet in grünes Licht. Ich wende mich ab und gehe auf die Stimmen zu.

»Cassidy!«, ruft er, und ich bleibe stehen und drehe mich noch einmal zu ihm um. »Danke.«

Ich lächle. »Danke, dass Sie mir erzählt haben, was wirklich passiert ist.«

Er wendet sich ab und verschwindet im Grün. Ich humple auf das Camp zu und beiße vor Schmerz die Zähne aufeinander. Ich bin froh, bald die medizinische Versorgung zu erhalten, die ich dringend benötige, habe aber auch Angst davor, wieder in die Zivilisation einzutauchen. Ein Teil von mir ist eifersüchtig auf das, was Luke hier gefunden hat. Die Einfachheit des Lebens, sobald man die Kontrolle darüber gefunden hat.

Ich halte ein letztes Mal inne, um Luft zu holen und

mich auf das Wiedersehen mit den anderen vorzubereiten, bevor ich durch die Bäume auf die Lichtung trete. Ich blicke auf meine Hände hinunter. Sie zittern. Gerade, als ich den entscheidenden Schritt machen will, höre ich etwas und drehe mich um. Er ist doch nicht verschwunden. Er steht direkt vor mir.

»Ich komme mit«, sagt er.

»Wie bitte?«, hauche ich.

»Ich musste hierher zurück, um Mari zu finden. Und mich selbst. Das habe ich getan.« Er räuspert sich. »Ich ... ich muss es zu Ende bringen. Allen erzählen, dass ich gelogen habe. Die Wahrheit sagen. Sonst bleibt es für immer eine Geschichte in meinem Kopf, die sich ständig wiederholt. Ich habe getan, wozu ich hergekommen bin.«

»Aber Luke, was, wenn man Ihnen nicht glaubt? Was, wenn da keine Bilder auf der Kamera sind?«

Er nickt nachdenklich. »Ich bin bereit, mich dem zu stellen, was kommt.« Ich merke, dass sein Entschluss feststeht.

Ich nicke, und er nimmt meine Hand.

»Sind Sie bereit?«, frage ich, und er nickt. »So bereit, wie man sein kann.«

Wir halten uns fest an den Händen, als wir schließlich aus den Tiefen des Dschungels treten und in das nächste Kapitel dieser Reise eintauchen.

Im nächsten Moment höre ich Cleo, die meinen Namen kreischt.

Ich öffne die Augen und habe das Gefühl, als hätte ich zum ersten Mal seit Monaten wieder gut geschlafen. Mein Blick fällt auf das Fenster, durch das helles Licht strömt und an dessen Glas Palmenblätter kratzen. Ich sehe mich in dem kleinen Einzelzimmer um und erinnere mich, dass ich mich im Krankenhaus befinde. Gestern – der nervenaufreibende Flug mit dem Hubschrauber. Ein schweigender Luke, der bei dem Gedanken an den Ansturm der Fotografen, Journalisten und Schaulustigen – Leuten, vor denen er viele Jahre lang davongelaufen ist – das Gesicht verzieht. Connor, der fluchend und vor Wut brüllend von einem uniformierten Polizisten zu Boden gedrückt wird, nachdem er zu fliehen versucht hat. Das Chaos nach der Landung. Die Krankenwagen und Polizeiautos mit den blinkenden Lichtern, die auf uns warten, als wir aus dem Hubschrauber steigen.

Ich hebe den Arm, um mir die Haare aus dem Gesicht zu streichen, und spüre einen Widerstand. Ich hänge an einer Infusion. Meine Beine pochen, und das Schlucken tut immer noch weh. Ich drehe den Kopf und sehe Cleo, die auf dem Stuhl neben dem Bett eingeschlafen ist.

»Cleo«, krächze ich.

Ihre Augen klappen auf, sie greift nach meiner Hand und umklammert sie. »Cass.« Sie beginnt zu weinen.

»Schon gut. Es ist alles okay«, versichere ich ihr. »Mir geht es gut. Wie lange habe ich geschlafen?«

»An die zwölf Stunden. Du musst zu Tode erschöpft gewesen sein.«

»Wo sind die anderen? Was ist mit Reggie?«

Sie lächelt. »Reggie geht es gut. Er liegt in einem anderen Zimmer. Er kommt wieder in Ordnung. Er hat ein Feuer gemacht, und der Hubschrauber konnte ihn dank des Rauches recht schnell lokalisieren.« Sie schüttelt ungläubig den Kopf. »Ich kann es immer noch nicht glauben, dass Luke ... Connor ...?«

»Wo sind die beiden?«

»Connor liegt auch hier, aber auf einem anderen Stockwerk. Er hat versucht, dich umzubringen, Cass. Ich kann es nicht glauben ... Ich wusste, dass etwas nicht stimmt, aber ich hätte nie gedacht, dass es das ist.« Sie deutet mit dem Kopf auf meinen Hals. »Er wird wohl nicht so schnell nach Großbritannien zurückkehren. Sie haben zwei Wachmänner vor seiner Tür postiert.«

»Und Luke?«, frage ich besorgt.

»Der sitzt auf der Polizeistation. Sie haben ein Team hinausgeschickt, um die Leiche zu exhumieren. Es sieht leider nicht allzu gut aus für ihn. Sie wollen auch noch einmal mit dir reden. Offiziell, auf der Polizeistation. Ich werde sie hinhalten, solange es geht.«

»Cleo?« Ich setze mich auf. Mein Herz klopft ein wenig schneller, als ich daran denke, was ich ihr in die Hand gedrückt habe, bevor ich von den Polizisten und Rettungskräften umringt wurde, die alle wissen wollten, was passiert war. Ihre Lippen verziehen sich zu einem sanften Lächeln. Sie stellt sicher, dass niemand an der Tür ist, dann zieht sie etwas aus ihrer Tasche. Die Kamera. Sie streckt sie mir entgegen, und ich drücke sie erleichtert an meine Brust. Ich habe Luke versprochen, dass das, was sich auf ihr befindet, nicht in dem ganzen Trubel untergehen wird.

Cleo steht auf. »Ich hole dir etwas Wasser.« Ich greife nach ihrem Handgelenk, bevor sie sich auf den Weg machen kann. »Mein Handy?« Sie greift nach unten zu der Steckdose, löst das Ladekabel und legt das Telefon neben mir aufs Bett.

»Wir haben Mari gefunden«, flüstere ich und kann es immer noch nicht ganz fassen.

»Ja. Ja, das haben wir.« Ihre Augen glänzen.

»Connor hat uns zu ihr geführt«, bemerke ich.

»Nein, das warst du, Cass. Das warst du alleine.« Sie drückt meine Hand. »Schlaf noch ein wenig, ja? Ich komme zurück, sobald ich kann.«

Ich nicke und lasse mich auf das Kissen sinken. Nehme mir einen Moment, um die Erleichterung, dass es vorbei ist, sacken zu lassen. Dann greife ich nach meinem Handy, entsperre es und lese Maris letzte E-Mail.

Hi Mari,
jetzt werden wir also bald in den Dschungel aufbrechen. Wir sind gerade aus dem Zug gestiegen, und ich habe schnell einen Abstecher in ein Internetcafé gemacht, bevor der Bus uns abholt und zum Boot bringt. Es wird wohl das letzte Mal sein, dass ich dir schreibe, und ich wollte mich noch verabschieden. Ich fühle mich anders. Ich weiß, dass es vorbei ist. Ich dachte, ich könnte fortlaufen und mich endlich von mir selbst befreien. Aber ich bin immer noch hier. Ich bin immer noch ich.
Seit der Full-Moon-Party bin ich unglaublich deprimiert. Luke glaubt, dass es die Nachwirkungen der Drogen sind, aber das ist es nicht. Ich höre ständig bloß diese Stimmen in meinem Kopf, die mir sagen, dass meine Zeit abgelaufen ist. Ich weiß, es ist egoistisch, aber ich will, dass Luke mit mir kommt. Wir müssen dieses Leben hinter uns lassen, damit wir noch einmal von vorne beginnen können. Wie ein unbeschriebenes Blatt Papier.
Ich kann nicht mehr nach Hause zurück und weiter mit dem Wissen leben, was ich mit Lukes Dad getan habe. Es wird nie aufhören, nicht wahr?
Ich weiß nicht viel über diesen Ort. Ich weiß nur, dass meine Geschichte hier endet. Im Dschungel. Aber ich bin nicht mutig genug, um es alleine zu tun. Es tut mir leid, Luke, aber du musst mich begleiten.

Epilog

WO IST MARI: Eine bahnbrechende Dokumentation, die jeder gesehen haben sollte

Von Sarah Blake

Die komplexe Geschichte der mit Hochspannung erwarteten True-Crime-Dokumentation beginnt mit einem Telefonanruf, der auf kluge Weise von der überraschenden Hauptakteurin des außergewöhnlichen Films neu inszeniert und nacherzählt wird. Bei dieser Akteurin handelt es sich um niemand anderes als um Cassidy Chambers, die Filmemacherin höchstselbst. Natürlich weiß jeder, der nicht gerade auf dem Mond lebt, was dann passiert, trotzdem ist dieser Telefonanruf der Prolog, mit dem die Suche nach der geliebten, aber dennoch sorgenbeladenen Marigold Castle beginnt. Chambers achtet den ganzen Film über darauf, dass das Opfer im Zentrum der Geschichte bleibt, auch wenn es streckenweise um ihre eigene Entführung im Kindesalter geht, was nur beweist, dass es sich hier nicht um die übliche Nachbearbeitung eines Cold Case handelt.

Verwoben in die eigentliche Geschichte aus dem Jahr 2002, an die wir uns alle noch gut erinnern, ist die Entstehung des Films selbst. Chambers hat die mutige Entscheidung getroffen, nichts zurückzuhalten, und so erfahren wir unter anderem von ihrer Affäre mit dem Betrüger Connor Barber, der Rache für seinen Vater nehmen wollte, der aufgrund eines

abscheulichen Verbrechens im Gefängnis sitzt. Barber wirkt in den Interviews, die er telefonisch aus dem Gefängnis in Bangkok geführt hat, wo er die nächsten zehn Jahre wegen versuchten Mordes einsitzt, überraschend teilnahmsvoll, vor allem, wenn der Film sich seiner schwierigen Kindheit unter einem übergriffigen Patriarchen widmet.
Chambers ist überaus pragmatisch in der Erzählung der Umstände, wie sie selbst in die Geschichte hineingezogen wurde. Sie erklärt, dass es essenziell war, ihre eigene Geschichte als Entführungsopfer zu thematisieren, weil es für sie der Grund war, warum sie so anfällig für Connors Manipulationen war und warum die erschütternden E-Mails, die er ihr schickte, sie zurück in ihre eigene dunkle Vergangenheit katapultierten und sie derart verunsicherten, dass sie sogar ihr Urteilsvermögen trübten.
Die Castles haben mich tief berührt, und ihre Interviews sind wohl für jeden nachvollziehbar, der sein Kind liebt und weiß, dass der Verlust desselben die größte Angst aller Eltern ist. Die Tatsache, dass das alte Paar endlich seine Tochter begraben konnte, bringt etwas Licht in die düstere Geschichte. Der Moment, als Mrs Castle die Rosen auf dem Grab ihrer Tochter niederlegt, hat uns wohl allen die Tränen in die Augen getrieben.
Und dann ist da noch Luke Speed. Ein weiteres Opfer. Die Fotografien auf der Kamera sind tatsächlich Maris Abschiedsbrief. Der Film deutet an, dass sie ein Foto des schlafenden Luke schoss, bevor sie sich alleine auf den Weg zur Felsklippe machte. Das letzte Foto zeigt einen einsamen Vogel, der über den blassen Morgenhimmel gleitet. Zusammen mit den Tagebucheinträgen und dem Obduktionsergebnis, das den Sturz als Todesursache bestätigt, dienen diese Fotos als letzter Beweis, der Luke von allen Vorwürfen freispricht. Nachdem feststand, dass Mari durch einen Suizid zu Tode gekommen ist,

entschieden die thailändischen Behörden, dass es im öffentlichen Interesse liegt, Luke nicht anzuklagen, weil er ihren Leichnam fortgeschafft und illegal begraben hat, sodass er letzten Endes nach Hause zurückkehren konnte. Luke schreibt derzeit an seiner Autobiografie – um die angeblich bereits fünf große Verlagshäuser rittern –, und auch eine Survival-Show ist im Gespräch. Jeder, der seine Reise durch diese epische Geschichte verfolgt hat, kommt wohl nicht umhin, sich eine bessere Zukunft für ihn zu wünschen.
Also, wie lässt sich all das in einem Satz zusammenfassen? Sehen Sie sich diesen Film an! Es ist oft ein schwerer Weg, bis die Wahrheit ans Licht kommt – und in dieser Geschichte berührt sie die Zuschauer und Zuschauerinnen auf jeden Fall.

Khao-Soon-Nationalpark

September 2002

»Hey!« Ein Lichtblitz lässt ihn aus dem Schlaf hochfahren, und er stürzt sich auf die Kamera. Sie lacht – ein schrilles, irres Lachen, das sie sich in den letzten paar Tagen angeeignet hat. Es klingelt in seinem Kopf, und sein Magen zieht sich zusammen, als Hass hochkocht. »Verdammt noch mal, Mari!« Er wischt sich über die Augen. Es ist schwer genug, hier draußen einzuschlafen. Der Hunger macht Schlaf beinahe unmöglich, frisst dein Inneres auf und trommelt wie ein Tinnitus in einem fort durch deinen Körper. Eine stets präsente Erinnerung daran, dass du dich im Dschungel verirrt hast.

»Jetzt entspann dich mal, Luke«, sagt sie.

Es sind jetzt drei Wochen, falls sie richtig mitgezählt haben. Die Zeit hat ihre Bedeutung verloren, sobald ihre

Handys keinen Saft mehr hatten. Luke hat versucht, sie aufgrund der Position der Sonne zu bestimmen, aber er weiß nicht genau, ob er es schon richtig hinbekommt. Er betrachtet seine Freundin. Glasige Augen und eingefallene Wangen anstelle der Pausbacken, die sie früher hatte. Ihre Schulterblätter stechen durch die Haut wie Fledermausflügel.

An manchen Tagen wandern sie weiter, an anderen ist alleine der Gedanke daran zu viel. Dann liegt Mari einfach nur da und starrt den ganzen Tag glücklich und zufrieden auf den Boden. Er hat das Gefühl, als hätte er ihr Gewicht jeden Zentimeter ihres bisherigen Weges auf seinen Schultern getragen.

Er denkt oft an die Geschichte, die ihnen Mr Arnold, ihr ehemaliger Geschichtslehrer, erzählt hat. Es ging um ein Schiff namens *Terror,* das 1845 im Zuge der Durchquerung der Nordwestpassage in der Arktis verschwand. Einer Theorie zufolge blieb das Schiff im Eis stecken, und die Crew irrte über das zugefrorene Meer, verrückt vor Hunger, bis die Männer sich gegenseitig auffraßen, um zu überleben.

»Schlaf einfach weiter«, sagt sie und sitzt mit an die Brust gezogenen Knien da. Zwei Streifen Schmutz ziehen sich über ihre Wangen, und sie sieht aus wie eine emanzipierte Version von Rambo.

»Nein, gehen wir lieber gleich los. Wir sind ja schon fast da«, sagt er und steht benommen auf. Sie zuckt mit den Schultern.

Am Vortag meinte er, durch die Lücken im ewigen Grün so etwas wie einen Aussichtspunkt entdeckt zu haben. Eine hoch aufragende Felswand mit einem flachen Plateau. Wenn sie es erreichen, können sie sich einen Überblick über das gesamte Gebiet verschaffen und sich einen neuen

Weg überlegen, da ist er sich sicher. Vielleicht sehen sie irgendwo Feuer oder die Spitze eines Tempels – irgendetwas von Menschen Erschaffenes in der Ferne.

Sie packen schweigend ihre Habseligkeiten.

»Ich weiß nicht, warum wir uns überhaupt die Mühe machen«, murmelt Mari. Sie ist wie eine Schlinge, die sich langsam um seinen Hals festzieht. Er braucht seine ganze Energie, um sie über Wasser zu halten, damit sie weiter einen Schritt vor den anderen setzt und dafür kämpft, von hier zu entkommen. Alleine wäre es einfacher. Ihm wird jedes Mal übel, wenn ihm dieser Gedanke kommt.

Sie trotten schweigend durch den Dschungel. Der Morgentau klebt an ihrer von Insekten zerstochenen Haut. Er hält an und wartet, bis sie zu ihm aufgeschlossen hat. Sein Adrenalinspiegel steigt, je näher sie dem Felsen kommen, und er würde gerne losrennen, um schneller oben zu sein und zu sehen, was sich auf der anderen Seite befindet. Aber er wartet, während sie langsam vor sich hin stapft.

Endlich sind sie auf dem Plateau angekommen, und er eilt an den Abgrund und blickt blinzelnd auf den endlosen Urwald hinunter. Sein Kopf springt suchend von einer Seite zur anderen.

Nichts. Da ist gar nichts, verdammt noch mal. Bloß Dschungel. Mehr und noch mehr davon, so weit das Auge reicht. Er beginnt zu weinen. Legt den Kopf in die Hände und schluchzt.

Er spürt ihre Hand auf seinem Rücken. Er zuckt zurück und entfernt sich von ihr. Die Wut und Verbitterung werden stärker. »Was ist denn?«, fragt sie und scheint beinahe verwirrt von seiner Reaktion.

»Dich interessiert es nicht einmal, ob wir je von hier fortkommen werden«, sagt er und schlägt frustriert in die Luft.

Sie starrt in die Ferne hinaus. »Ich habe dir doch schon gesagt, dass alles im Leben aus einem bestimmten Grund passiert, Luke.«

»Was, wenn das niemals endet?«, meint er leise, mehr zu sich selbst. Angst und Hoffnungslosigkeit reißen ihn mit sich.

»Dann bringen wir es doch zu Ende«, sagt sie so überzeugt, wie er sie seit Wochen nicht mehr gehört hat.

Er sieht zu ihr. Sie ist näher an den Abgrund herangetreten. Ein Vogel schwebt vor ihnen in der Luft. Sie hält die Kamera immer noch in der Hand, dreht den Film mit dem Daumen weiter und schießt ein Foto.

»Du sollst doch keine Fotos verschwenden«, bemerkt er barsch.

Sie kichert. »Wofür willst du sie denn aufsparen?«

»Ich wollte das letzte Foto machen, wenn wir endlich hier rauskommen.«

Sie weiß es genau. Er hat es ihr viele Male gesagt. Sie blickt auf die Kamera hinunter. »Ups. Alle verbraucht.« Sie zuckt mit den Schultern.

Wut kocht in ihm hoch. Seine Nasenflügel beben hasserfüllt. »War da wirklich eine Schlange, Mari?«, fragt er zum millionsten Mal. »War. Da. Eine. Schlange?«

Sie antwortet nicht. Reckt bloß herausfordernd das Kinn. Könnte sie sich die Schlange wirklich nur ausgedacht haben, damit sie sich verirrten? War es Absicht?

Er stürmt auf sie zu und packt sie an den Schultern. Schüttelt sie, damit sie ihm endlich in die Augen sieht. Sie tut nichts dergleichen. »Ich hasse dich«, presst er durch die zusammengebissenen Zähne hervor. »Du bist das Schlimmste, was mir je passiert ist. Ich wünschte, ich hätte dich nie kennengelernt.« Er will, dass sie nur einmal auf das reagiert, was er sagt. Doch sie schweigt. »Du bist schuld, dass ich nicht mehr ohne schlechtes Gewissen an meinen Vater denken kann. An die guten Dinge, vor dieser Nacht und dem, was ich zugelassen habe. Ich kann meiner Mum nicht mehr ins Gesicht sehen. Und jetzt bereite ich ihr hiermit noch weitere Sorgen.« Er lässt sie los und geht erschöpft vor ihr in die Hocke. Sie steht bloß da und sieht regungslos auf ihn hinunter.

»Okay, Luke. Ich sage es dir.«

Er blickt verwundert zu ihr hoch. Ein sanfter Wind fährt in ihre herabhängenden, feuchten Haare. Ihre Augen sind gefühllos und kalt, und sie genießt die kurze Verzögerung und beißt sich auf die Lippe. Es ist totenstill, und er sieht in Zeitlupe, wie ihr Mund das erste Wort formt.

»Da. War. Keine. Schlange.«

Ein ohrenbetäubender Knall, als die Wut ihn von innen heraus in Stücke reißt. Er stürzt auf sie zu, drückt sie nach hinten in Richtung Abgrund. Sie schreit und versucht, sich an sein T-Shirt zu krallen, doch sie verliert den Halt, und er geht zu Boden, während sie über den Rand der Klippe stürzt. Ihr Schrei verstummt abrupt, als ihr Körper krachend auf der darunterliegenden Erde aufschlägt.

Dann senkt sich erneut Stille über den Dschungel.

Danksagung

Zunächst danke ich Ihnen dafür, dass Sie sich für dieses Buch entschieden und es gelesen haben. Nach drei Büchern erfüllt es mich immer noch mit Ehrfurcht, dass die Leute meine Romane tatsächlich kaufen und lesen.

Ich danke allen bei Quercus für ihre Unterstützung. Meiner Lektorin Kat Burdon, die von Anfang an begeistert von dieser Geschichte war. Ich habe unglaublich gerne mit dir daran gearbeitet. Ein von Herzen kommendes Danke an Stef Bierwerth und Joe Christie von der Öffentlichkeitsarbeit, und an David Murphy und Isobel Smith aus dem Vertrieb, an Charlotte Gill aus der Marketingabteilung und an Lorraine Green für dein hervorragendes Lektorat. Danke an Lisa Brewster für ein weiteres unglaubliches Cover. Ein Buch auf den Markt zu bringen, ist ein riesiger Aufwand, der nur im Team gelingt, und ich schätze alles, was ihr tut. Danke an Graham Bartlett, der mir in Hinsicht auf die Polizeiarbeit und die rechtlichen Aspekte der Geschichte geholfen hat, etwaige Fehler gehen auf meine Kappe.

An meine Agentin Teresa Chris – danke für deine Führung und deine Leidenschaft. Ich treffe sehr selten jemanden, der dieselbe Leidenschaft für Klamotten aus dem Wohltätigkeitsladen hegt wie ich.

Die Inspiration für dieses Buch lieferten verschiedene Ereignisse und Begebenheiten, darunter auch meine denkwürdige Rucksackreise nach Thailand 2002 mit meiner Freundin Emma Spike (Hi, Emma!). Unsere abenteuerlichen Eskapaden, unsere Fähigkeit, jede Fähre zu verpassen (dank der ausführlichen Erforschung diverser *Buckets,* die auch in diesem Buch Erwähnung finden), Jungs und Streitigkeiten über besagte Jungs ... Ach, wie schön wäre es, noch einmal neunzehn zu sein! Dieses Gefühl der Freiheit war belebend und beängstigend zugleich, und ich hoffe, ich konnte das in diesem Buch beschreiben. Thailand ist eines der schönsten Länder, in denen ich je war, und ich würde liebend gerne irgendwann dorthin zurückkehren.

Aufgrund meiner Karriere im Fernsehen wollte ich immer schon eine Geschichte aus der Sicht einer Person schreiben, die versucht, eine Geschichte zu erzählen. Und hier ist sie! 2016 habe ich eine Serie im Amazonas gedreht. Diese Erfahrung hat tiefe Eindrücke hinterlassen, und ich wusste, dass ich versuchen wollte, diese in einem Buch festzuhalten. Ich möchte mich bei den Vermittlern vor Ort bedanken, die mich bei diesem Dreh begleitet haben und ohne die ich verloren gewesen wäre. Paola Toapanta und Roberto Aguirre, ich danke euch! Ich habe mein Wissen über das Filmemachen dazu verwendet, um Cassidy zu formen und die Geschichte im Zuge der Produktion einer Dokumentation zu erzählen, aber auch hier habe ich mir einige künstlerische Freiheiten gegönnt.

An meine Eltern, die mich immer auf meinem Weg unterstützt haben: Ich danke euch für alles, aber vor allem für eure Tätigkeit als methodische Testleser. Eines meiner Ziele war, meinen Dad mit einem Twist zu überraschen, und nach drei Büchern kann ich zufrieden festhalten, dass es mir gelungen ist. Danke an meine Schwester Juliet, die immer voller Begeisterung auf mein nächstes Buch wartet. Außerdem möchte ich mich bei weiteren Familienmitgliedern bedanken, die so nett waren, frühe Versionen des Buches zu lesen: Ida Fairbairn, Caroline Penney, Elizabeth Savidge, Jennifer Semple.

Danke auch an meine wunderbar aufmunternden Freundinnen außerhalb der Buchbranche – Lottie Dominiczak, Lucy Francis, Kate Hubert, Sophie Nevin, Candice O'Brien und Birdie Woodward.

Genauso wie an meine Autorenfreund*innen, die mir geholfen haben, den Schwung und die Freude nicht zu verlieren, vor allem an den Drafty Writers' Club, Katie Khan und Kate Maxwell. Und natürlich danke an Lizzy Barber, Charlotte Duckworth, Liv Matthews – ich glaube, ohne unsere WhatsApp-Gruppe hätte ich längst aufgegeben. Charlotte Philby, ich bin unglaublich dankbar, dass sich unsere Wege schon während der Schulzeit gekreuzt haben und dass wir nun zusammen auf Buchfestivals abhängen können. Danke an alle Autor*innen, die sich die Zeit genommen und eine Ausgabe dieses Buches gelesen haben.

Danke an meinen Mann und meine Kinder. Dan: Wir sind jetzt ein Jahrzehnt zusammen und sieben Jahre verheiratet, was offenbar für uns beide ein Schock ist, da wir immer wieder unseren Jahrestag vergessen. Deine positive Sicht auf die Dinge trägt mich jedes Mal durch die dunklen Tage des Schreibprozesses. Danke, dass du mich immer mit »Das sagst du jedes Mal« beruhigst, wenn ich dir mal wieder erkläre, dass ich es nie wieder schaffen werde, ein Buch zu schreiben, denn es ist genau das, was ich hören muss.

Ich habe dieses Buch meiner Tochter gewidmet, weil dieses Mal sie an der Reihe ist, aber auch, weil Cassidy eine so starke weibliche Hauptfigur ist. Ich hoffe, dass sie den Mut findet, eines Tages auch in ihrer eigenen Geschichte eine starke weibliche Hauptrolle einzunehmen.

Am wichtigsten ist mir jedoch der Dank an alle Buchverkäufer*innen und Buchblogger*innen, die ihre Zeit damit verbringen, meine Bücher zu verkaufen, Rezensionen zu schreiben und sie online zu posten. Es bedeutet mir so unheimlich viel, und ich danke euch. Wenn Ihnen dieses Buch gefallen hat, hinterlassen Sie doch bitte eine Rezension. Ich lese sie liebend gerne, und sie sind eine Inspiration für mein nächstes Projekt!

Eine Mutter zwischen Wahrheit und Verrat

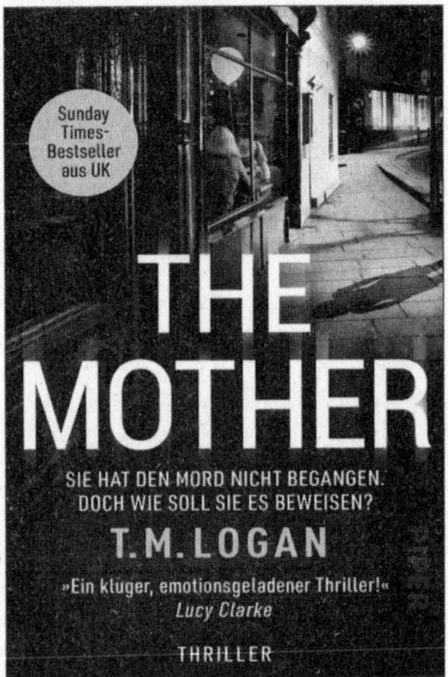

Coverabbildungen vorbehalten

T.M. Logan

The Mother – Sie hat den Mord nicht begangen. Doch wie soll sie es beweisen?

Thriller

Aus dem Englischen von Sonja Rebernik-Heidegger

Piper Taschenbuch, 512 Seiten

ISBN 978-3-492-32161-7

Eine einzige Nacht verändert Heathers Leben schlagartig: Nach einem Streit findet sie ihren Mann erstochen auf der Couch vor, sie selbst ist die einzige Verdächtige. Obwohl Heather sich nicht an den Abend erinnern kann, wird sie verurteilt. Den Kontakt zu ihren Söhnen unterbinden die Schwiegereltern.
Zehn Jahre später kommt Heather aus dem Gefängnis frei und hat nur ein Ziel: ihre Unschuld zu beweisen, um ihre Söhne zurückzubekommen. Doch es gibt jemanden, der großes Interesse daran hat, die Wahrheit für immer zu vertuschen. Und dieser jemand kennt keine Grenzen …

Leseproben, E-Books und mehr unter www.piper.de